大魚讀品
BIG FISH BOOKS

让日常阅读成为砍向我们内心冰封大海的斧头。

THE SEVEN DEATHS OF EVELYN HARDCASTLE

STUART TURTON

伊芙琳的七次死亡

[英] 斯图尔特 · 特顿 ________ 著　　徐颖 ________ 译

中国友谊出版公司

献给我的父母，他们一心奉献，不知索取。献给我的姐姐，她是我的第一位忠实读者，从我写豆腐块小文章开始，她就无情地评判我的作品。献给我的妻子，她给予我关爱与鼓励，没有她的提醒，在电脑前奋战的我难得抬头休息片刻，是她使这本书更加充实丰富。

阁下台鉴：

敬请莅临布莱克希思庄园，庆贺小女伊芙琳·哈德卡斯尔诞辰暨化装舞会。

皮特·哈德卡斯尔勋爵携

内室海伦娜·哈德卡斯尔

小儿迈克尔·哈德卡斯尔

小女伊芙琳·哈德卡斯尔

谨启

尊客名单

爱德华·丹斯律师

克里斯托弗·佩蒂格鲁律师

菲利普·萨克利夫律师

唐纳德·戴维斯先生暨令妹格蕾丝·戴维斯女士

米莉森特·德比女士暨令郎乔纳森·德比先生

前海军军官克利福德·赫林顿先生

投机客丹尼尔·柯勒律治先生

银行家塞西尔·雷文古勋爵

吉姆·拉什顿警官

理查德（迪基）·阿克医生

塞巴斯蒂安·贝尔医生

泰德·斯坦文先生

佣人名单

管家罗杰·柯林斯

厨娘德鲁奇太太

贴身女仆露西·哈珀

马厩主管阿尔夫·米勒

家庭画家格里高利·戈尔德

雷文古勋爵的贴身男仆查尔斯·坎宁安

伊芙琳·哈德卡斯尔的使女玛德琳·奥伯特

恳请尊驾切勿提及托马斯·哈德卡斯尔暨查理·卡佛，以免徒增伤感。

如承俯允，无任感荷。

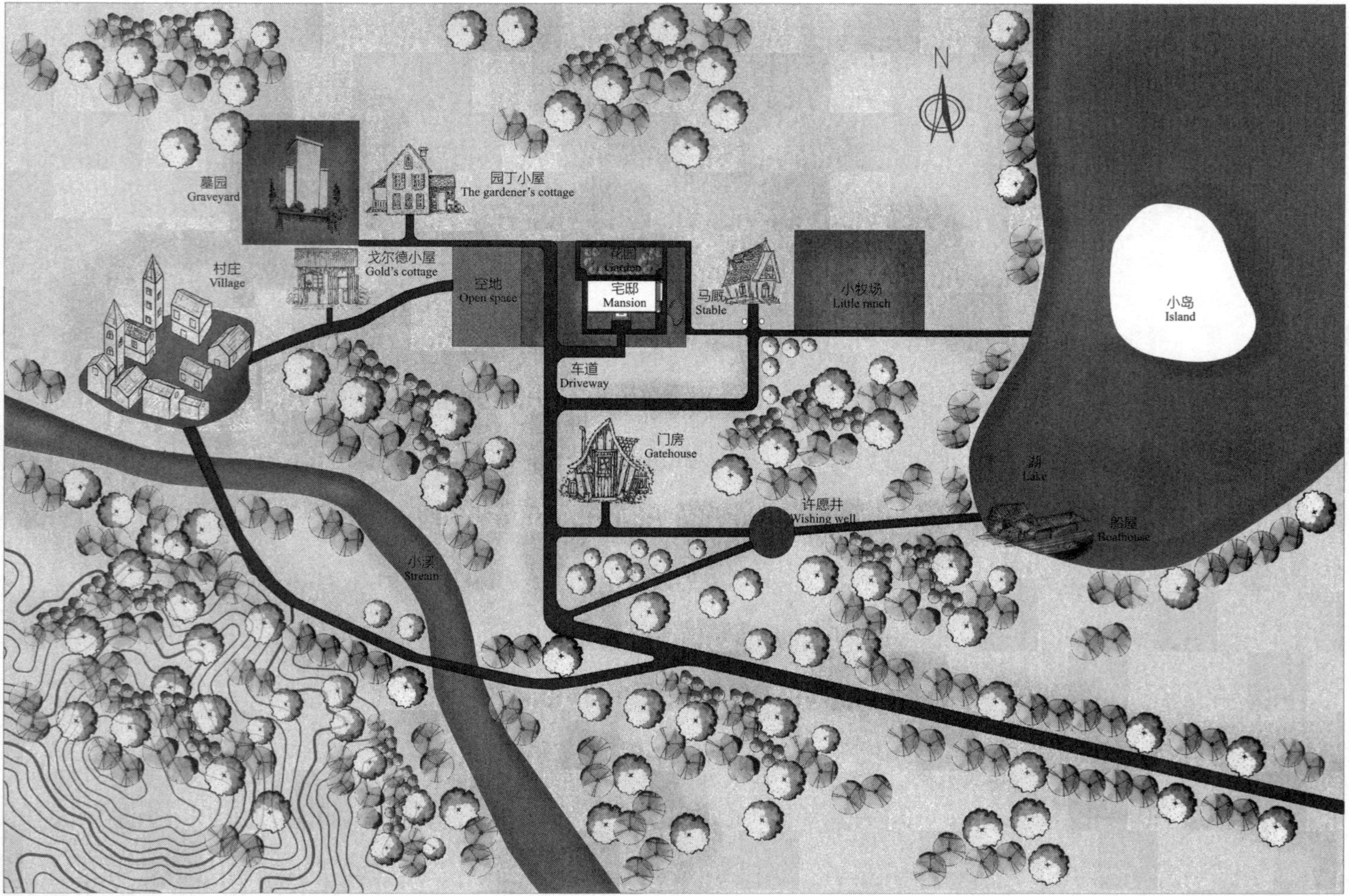
N
墓园
Graveyard
园丁小屋
The gardener's cottage
戈尔德小屋
Gold's cottage
村庄
Village
空地
Open space
花园
Garden
宅邸
Mansion
马厩
Stable
小牧场
Little ranch
小岛
Island
车道
Driveway
门房
Gatehouse
湖
Lake
许愿井
Wishing well
船屋
Boathouse
小溪
Stream

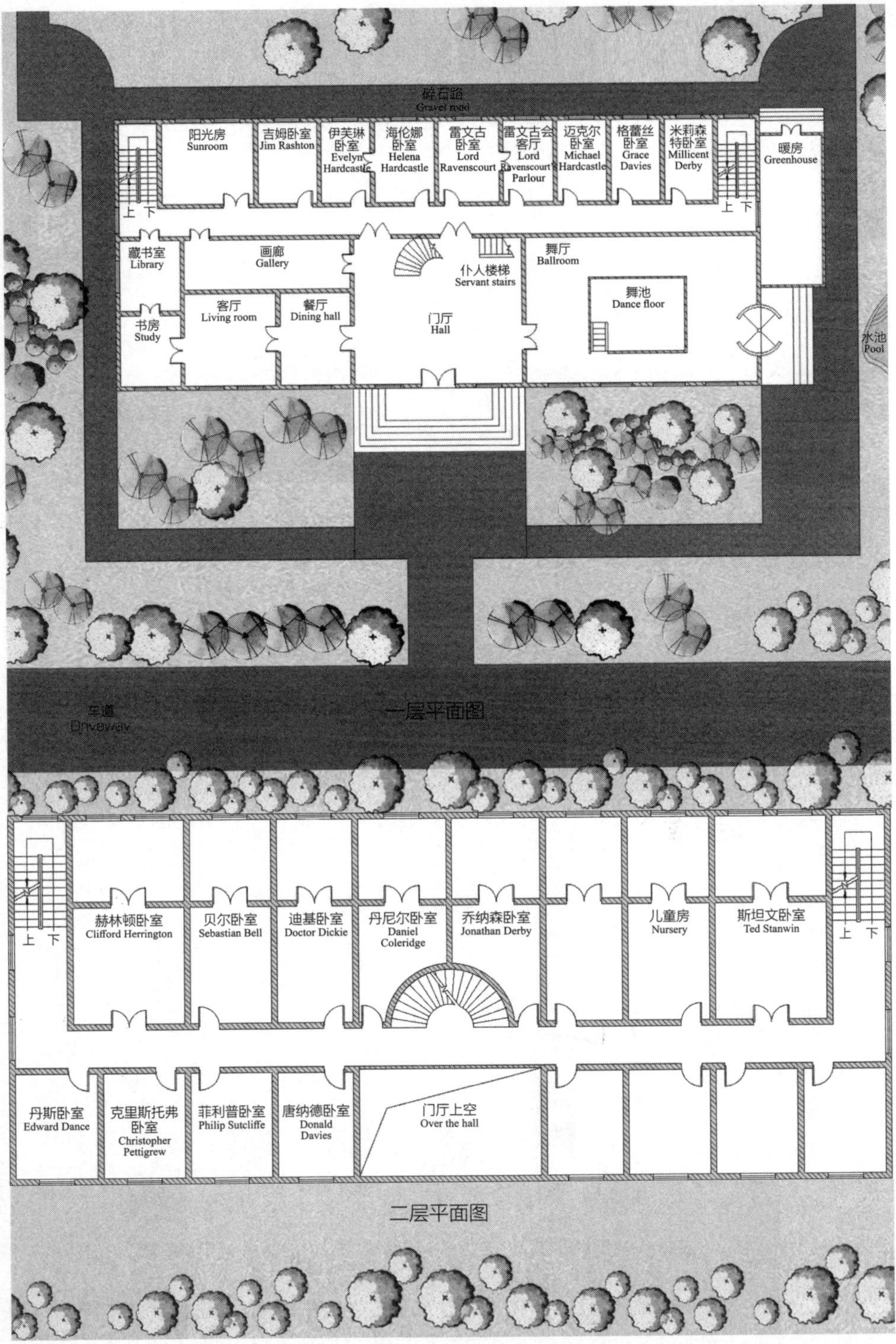

碎石路
Gravel road
阳光房
Sunroom
吉姆卧室
Jim Rashton
伊芙琳卧室
Evelyn Hardcastle
海伦娜卧室
Helena Hardcastle
雷文古卧室
Lord Ravenscourt
雷文古会客厅
Lord Ravenscourt's Parlour
迈克尔卧室
Michael Hardcastle
格蕾丝卧室
Grace Davies
米莉森特卧室
Millicent Derby
暖房
Greenhouse
上 下
藏书室
Library
画廊
Gallery
仆人楼梯
Servant stairs
舞厅
Ballroom
舞池
Dance floor
客厅
Living room
餐厅
Dining hall
门厅
Hall
书房
Study
水池
Pool
车道
Driveway
一层平面图
赫林顿卧室
Clifford Herrington
贝尔卧室
Sebastian Bell
迪基卧室
Doctor Dickie
丹尼尔卧室
Daniel Coleridge
乔纳森卧室
Jonathan Derby
儿童房
Nursery
斯坦文卧室
Ted Stanwin
丹斯卧室
Edward Dance
克里斯托弗卧室
Christopher Pettigrew
菲利普卧室
Philip Sutcliffe
唐纳德卧室
Donald Davies
门厅上空
Over the hall
二层平面图

一

第一天

我在奔跑中，忘掉了一切。

“安娜！”喊完之后，我惊讶地闭上嘴。

大脑一片空白。我不知道安娜是谁，也不知道为什么要喊她，我甚至不知道自己是如何来到这里的。立在林中，我的手搭在额头上，挡着细密的雨丝，心怦怦乱跳，浑身汗味，腿直哆嗦。刚才，我肯定是一路跑来的，可又记不得因何而跑。

“怎么回事……”看到自己的手，我哑然失声。一双骨瘦如柴、丑陋无比的手，一双完全陌生的手，我实在无法相认。

我这才感到惊慌，努力回忆自己的一切：家人、住址、年龄，随便什么都好。可脑海里一片空白，我甚至不知道自己的名字，几秒钟之前的记忆，也消失得无影无踪。

我的喉咙发紧，呼吸变得急促而粗重。林子在旋转，我眼前阵阵发黑。

冷静冷静。

“我没法呼吸。”我慢慢地倒在地上，喘着气，血涌上耳畔，手指插入泥土中。

你可以呼吸，你需要的只是冷静下来。

这发自内心的声音，冷静权威，给了我安慰。

闭上眼睛，在林中聆听，镇定下来。

我听从内心的声音，紧闭双眼，但只能听见自己惊慌的喘息声；喘息声挤走了其他所有声音。可是，慢慢地，慢慢地，我在恐惧中钻开了个洞，让其他声音溜进来：雨点滴在树叶上，头顶枝条沙沙作响，右边小溪潺潺流动，林中乌鸦扑棱着双翼飞起。何物在灌木丛中疾走？是只兔子，它傍地跑，那声音仿佛触手可及。我将这些新近的记忆编织起来，将自己团团围住。这足以驱散我的惊慌，哪怕带来的只是片刻的安宁。

我笨拙地站起身来，惊诧自己竟然这么高，顶天立地的样子。我晃晃悠悠地从裤子上拂去几片湿树叶，这才注意到自己穿着衬衫，上面溅有泥点和酒渍。我肯定是从一场聚会上匆匆赶来的，口袋空空，没有外套，想必是在附近迷了路。这让人略感心安。

光线熹微，似乎是早晨，十有八九我在这里待了一宿。如此盛装打扮，我不可能独自过夜，此刻肯定有人知道我失踪了。毋庸置疑，树林那边的房子里，人们醒来后会惊慌失措地派人来找我吧？我的目光掠过树梢，期待着朋友们从枝叶婆娑中走出来，拍拍我的背，开几句玩笑，然后护送我回家。可是这样的白日梦，并不能帮我走出林子，我不能再在这里耽搁，企盼得救。我浑身颤抖，牙齿打战，就是为了取暖，我也得走动起来。可是目之所及只有树木，我压根不知道自己到底是走向得救，还是误入歧途。

我茫然无措，又回到先前的忧虑——我到底是谁？

“安娜！”

无论我喊的女子是谁，显然是她令我流落此地，可我对她一无所知。也许她是我的妻子？也许她是我的女儿？似乎又都不对劲，我总感觉这个名字似曾相识，隐隐觉得这个名字正将我的思绪牵往某处。

“安娜！”我放声大叫，声音中透出绝望，我感到希望渺茫。

“救命！”传来女子的尖叫声。

我转过身去，寻觅声音的来源。我有些眩晕，瞥见远处林间身影一晃，一名黑衣女子正在逃命。几秒过后，我就看见追赶她的人快速穿过林间。

“你，站住！”我喊起来，可声音微弱而疲惫，被他们的脚步声淹没了。

惊恐将我钉在原地，直到快看不见两人，我才抬腿追赶，脚步如飞。没想到身体这样痛居然也能跑得非常快。即便如此，不管我如何奋力奔跑，也总是与他们相距一步之遥。

汗水从眉头淌下来，虚弱的双腿越发沉重，直到它们完全不听使唤，我一下扑倒在地。我在树叶堆里挣扎着，终于爬起来，恰好听见安娜的叫喊。她的声音响彻林间，因恐惧变得尖厉，之后一声枪响，一切陷入死寂。

“安娜！”我不顾一切地呼喊，“安娜！”

无人应答，只有枪声的回音在慢慢淡去。

三十秒钟。我发现她后只犹豫了三十秒钟。这就是她遇害时和我的距离。三十秒钟的犹豫不决使我彻底放弃了她。

我捡起脚边的一根树枝，试着挥舞了几下。掂着沉甸甸的树枝，摸着粗糙的树皮，我略感心安。虽然没法用树枝对抗手枪，但总比赤手空拳地在林中搜索强。刚才的跑动，让我气喘吁吁、颤抖不已，可内疚把我推向那尖叫声传来的方向。我小心翼翼地拨开垂下的树枝，无声无息地窥探那些避之不及的骇人场景。

左边有细枝折断的声音。

我屏住呼吸，侧耳聆听。

那声音又响起来，我身后有人脚踩得树叶和枝条嘎吱作响。

我不寒而栗，呆立原地，不敢回头。

细枝折断的声音越来越近，浅浅的呼吸声近在咫尺。我双腿发软，用来防身的那根树枝从手上掉落。

我想要祈祷，却忘了祷词。

脖后一阵热烘烘的呼气，同时传来烟草和酒精的味道，中间夹杂着汗臭。

“向东走。”一个嘶哑的男声说。讲话的人将一个沉甸甸的东西放进我的口袋。

那人走了，脚步声渐渐消失在林中。我随之缓缓瘫倒，额头贴在地上，一股湿树叶和腐物的味道袭来，泪水顺着脸颊流下。

可鄙的是，我感到一丝解脱；可悲的是，我是那么懦弱，甚至不敢直视折磨我的人。我是个怎样的人啊？

过了一会儿，恐惧渐渐消散，我可以动弹了，便挪动脚步靠在旁边的树上稍作歇息。凶手的礼物在口袋里叮当作响，我害怕地把手伸进口袋，掏出了一个银质指南针。

“哦！”我发出一声惊叹。

指南针的玻璃罩已经破裂，金属壳有所磨损，底面上刻着字母“S.B.”。我不明白这两个字母是什么意思，但杀手的指示再清楚不过：他让我用指南针向东走。

我满怀内疚地向林中张望。安娜的尸体应该就在附近，但我不敢去找她，因为我怕凶手会勃然大怒。也许正因为我不敢靠近那里，才可以苟活。我真想挑战他仁慈的底线吗？

也许这便是他的底线。

好久好久，我盯着指南针颤动的指针。对于未来，我没有什么把握，但深知杀手毫无怜悯之心。无论他在玩什么花招，我都不该听他的建议，更不该按他说的去做，可如果我拒绝的话……我又开始在林中寻觅。往哪个方向走似乎都一样，光天化日之下，无边无际的树林中满是恶意。

让恶魔指引你回家，你迷失到了何种地步？

只迷失这一次，我下定决心，就只有这一次。

我站直，不再靠着树，把指南针平放于掌心。我径直向东走去，顶着寒风，不顾一切。

希望弃我而去。

我身在炼狱，对将我逐至此处的罪恶视而不见。

二

风在呼号，雨越下越大，从树木间倾泻而下，落在地上跳跃着，水花四溅。我跟着指南针向东走着。

我瞥见前方暗处出现一抹亮色，便向那里艰难地涉水走去。原来是一条红手帕钉在树上，或许是孩童嬉戏后留下的。我找寻着，几英尺之外又是一条，接着一条又一条地出现在眼前。在这些钉着手帕的树木间，我跌跌撞撞地前行，终于走出了幽暗的树林，来到空地上。眼前是一座乔治王时代的气派宅邸，红砖外墙上爬满了常春藤，我隐隐觉得这个宅子已然荒弃。宅邸门前的长车道上杂草丛生，车道两侧的矩形草坪上泥沼遍布，鲜花几近枯萎凋零。

我想看看这宅邸有没有人住。视线所及之处，窗户里面一片昏暗，只有一层的窗里透出些微光。那也许是得救的希望，我却还在犹豫不决。感觉自己仿佛撞上了一头沉睡的野兽，它庞大、危险、一动不动，那隐约的微光就是它的心跳。凶手给我这个指南针，不就是想将我引入更为险恶的虎口吗？

因为想到安娜，我终于迈步走向大宅。林中半分钟的犹豫不决使她丢掉性命，而此刻我又止步不前。我稳了稳神，拂去眼上的雨水，穿过草坪。踏上摇摇欲坠的台阶，我拾级而上来到大门前，像生气的孩子般用尽全力砸着木门。林子里发生了那样可怕的事，如果我能叫起这宅子里的人，或许能惩治恶人。

很不幸，我叫不起宅子里的人。

我竭尽全力砸门，可无人应答。

我把鼻子贴在门两侧的高窗上，拢起手来往里面瞅，彩色玻璃上积了厚厚的尘土，我什么也看不见。我用手去拍窗上的玻璃，又退后在宅子前面转悠，想找找有无其他入口。这时，我注意到门铃拉绳，那是条生了锈的链子，上面缠满了藤叶。我清走拉绳上的东西，使劲拽了一下，任由门铃一直响，窗户后面终于有人被惊动了。

一个睡眼惺忪的家伙开了门，他长得很奇怪。我们俩站在那里愣住了，面面相觑。他矮小的身体佝偻着，仿佛被火烤得皱缩，半张脸上有火烧的疤痕，高低肩，松松垮垮地披着破旧的棕色睡袍。肥大的睡衣罩着他干瘦的身体，就好像挂在衣架上。这人看上去人不人，鬼不鬼，像个被遗落在进化过程中的古老物种。

“噢，谢天谢地，您快帮帮我。”我开口后镇定了下来。

他看着我，目瞪口呆。

“您家里有电话吗？”我接着问了一句，“我们得报警。”

他一言不发。

“你这个家伙，别光在那里杵着！”我大喊着，去晃他的肩。接着，我把他推到一边，闯进了大厅。我四下扫视着，差点惊掉下巴：大厅里到处都在闪闪发光，方格图案的大理石地面倒映着头顶的枝状水晶灯，灯上装饰着十多支蜡烛，墙上挂着好多面穿衣镜；宽阔的楼梯饰有华丽的栏杆；通向画廊的台阶上铺着狭长的红色地毯，像是被屠杀的动物倾泻而下的鲜血。

大厅后面的门咣的一声被打开，六七个仆人从里面出来，满怀抱着粉色、紫色的鲜花，那花香中裹挟着一股热蜡味。他们看到大门旁气急败坏的我，顿时所有的交谈声戛然而止。仆人们一个个转向我，仿佛都屏住了呼吸，大厅中一片寂静，只能听见我衣服上的水一滴一滴地落在光洁的大理石地面上。

叮。

叮。

叮。

“是塞巴斯蒂安吗？”

一个英俊的金发男子三步并作两步地从楼梯上跑下来，身上穿着板球毛衣和亚麻裤子。此人看上去五十来岁，虽然已显出些许岁月的沧桑，却并无疲惫与憔悴之气。他的手插在口袋里，穿过大厅，笔直地向我走过来，默立的仆人忙给他让出路来。此人一直目不转睛地盯着我，似乎压根没有注意到仆人。

“亲爱的，你到底怎么了？”他关切地皱起了眉头，“我看见你时……”

“我们得报警，”我说着抓住了他的前臂，“安娜被人杀了。”

身边众人惊讶地窃窃私语。

他冲我皱皱眉，飞快地扫视了一下周围的仆人，他们全都凑了过来。

“安娜吗？”他压低了声音问。

“没错，是安娜。有人追杀她。”

“谁在追杀她？”

“一个黑衣人。我们必须通知警方！”

“一会儿，等一下，我们先去你的房间。”他安慰着我，引我上了楼梯。

不知道是因为房子里太热，还是友人的面孔带来的解脱，我开始感到阵阵眩晕，爬楼梯时，我不得不抓紧扶手才不至于摔倒。

我们走上楼梯，迎面是一座古董钟，钟的机械组件已经生锈，秒针已然丢失，可随着钟摆摆动还可以数秒。快到上午十点半了，比我想象的要晚。

我们两边的楼道通向大宅两翼。东面通道被一块丝绒幕布挡住了去路，那块幕布草草地钉在天花板上，布上别着一块牌子，写着“装修中”。

我急于将早上的遭遇一吐为快，便又要提起安娜的事，可这位好心人[1]神秘地摇摇头，不让我说话。

“这些可恶的仆人，很快就能把你的话传得面目全非，”他的声音低得仿佛沉到了地面，“我们最好私下里谈。”

他离我不过两步远，可我已经走不了直线了，更难跟上他的脚步。

“亲爱的老兄，你看上去糟透了。”他注意到我落后了几步。

他架起我的胳膊，带着我沿着通道向里走。他单手扶着我的背，手指抵住我的脊梁。这个简单的手势，让我感到了他的急迫。他带我穿过阴暗的通道，两边的卧室里有女仆在打扫卫生。这些墙似乎是最近才粉刷的，因为粉尘让我的眼泪哗哗直流，越往里走，匆忙翻修的迹象就更明显。地板上有涂料的泼溅痕迹，上面铺了小地毯用来遮盖地板吱呀的响声。靠背椅摆在那里是为了遮住墙上的裂缝，而画作和瓷瓶则是用来吸引目光，让人不去看那剥落的檐口。鉴于这种破败程度，此类的遮掩

---

1 好心人（Samaritan），字面译为“撒玛利亚人”，由《圣经》寓言故事“撒玛利亚好人”（Parable of Good Samaritan）而来，是帮助陌生人的好心人，后常用来指乐善好施之人。

无异于徒劳一场，不过像是给废墟铺上地毯。

“啊，这就是你的卧室，不是吗？”我的伙伴打开了快到通道尽头的一扇门。

寒冷的空气扑面而来，我为之一振，可他走上前去想关上窗户。我跟随他走进了房间。这个房间很舒适，正中是张四柱床，松垂的床篷与破旧的床幔破坏了这张床自带的华贵之气，倒是幔布上绣的鸟儿还算栩栩如生。房间左边有个折叠屏风，从它的缝隙可以窥见一个铁质浴盒。除此之外，家具寥寥无几，只有一把椅子、一个餐边柜、一个床头柜和窗边的一个大衣柜，家具都已经开裂褪色。私人物品只能看见一件，就是床头柜上的那本詹姆斯国王钦定本《圣经》，封面已经磨损，内页也卷了角。

趁这位好心人摆弄失修的窗户之时，我走过去站在他身边，窗外的景色瞬时令我忘掉了一切。宅子周围是茂密的树林，绿色的树冠连成一片，绵延起伏，看不见一个村庄，也看不见一条路。如若没有那个指南针，没有那个凶手的指示，我不可能找到这里。可我怎么也摆脱不了那种感觉：我觉得自己被诱入陷阱。如果没有更大的阴谋，他们为什么要杀掉安娜，却留我一命呢？这个恶魔想从我身上得到什么呢？有什么东西在林子里得不到呢？

我的同伴把窗户砰地关上，示意我坐在扶手椅上，椅子旁边的炉火不怎么旺了。他从柜橱里拿出一条新的白毛巾递给我，他自己坐在床沿，两腿交叉。

“亲爱的，从头讲起吧。”他说。

“没有时间了，”我抓住椅子把手，“到时候我会和盘托出，但现在我们要先报警去搜查树林！那里有个疯子逍遥法外。”

他目光炯炯地看着我，仿佛在我那脏衣服的皱褶里可以发现真相。

“恐怕我们给谁也打不了电话，因为这里根本没有电话线。”他抚摩着脖颈，“但是我们可以去搜搜林子，如果有发现，就派个仆人去镇上报告。你需要多长时间换衣服？你得领我们去案发现场。”

“那个……”我拧着毛巾，“有些困难，因为我迷路了。”

“那就说说，”他抬起一条腿，露出了脚踝处的灰袜子，“凶手长什么样子？”

“我没看清他的脸，他穿着厚重的黑色大衣。”

“那这个安娜呢？”

“她也是一袭黑衣。”我意识到自己只知道这些，面颊不由得有些发烫，“我……好吧，我只知道她的名字。”

“容我猜测一下，塞巴斯蒂安，她是你的朋友吧？”

“不……”我越发结结巴巴，“我的意思是，可能是吧。我也没法确认。”

我的好心人身体前倾，手在膝盖旁边晃荡着，脸上露出不明所以的笑容。“我觉得我有点没搞明白。你怎么能知道她的名字，却又无法确定……”

“见鬼，我什么都想不起来了，”我打断他的话，忏悔道，“我连自己叫什么都记不得了，更别提我的朋友了。”

他的眼中泛起怀疑之色。我不能怪他，这事在我自己听来，也是够荒谬的。

“虽然我失忆了，但我刚才的所见所闻千真万确，”我竭尽全力想让他相信我，“我看见一个女子被人追赶，她尖叫着，后来一声枪响，她就无声无息了。我们必须搜查那片树林！”

“我看哪，”他顿了顿，一边拂去裤腿上的线头，一边斟字酌句，更为谨慎地对我说，“有没有可能，你看到的两个人是情侣？也许他们在林子里逗着玩呢！那声音可能是树枝折断的声音，甚至可能是发令枪声。”

“不，不可能，她在呼救，那么惊恐。”不安使我从椅子上蹿了起来，将脏毛巾扔到了地上。

“当然，当然，”他看着我踱来踱去，想让我放心，“我相信你，老兄，但警方问讯可是要精确信息，他们喜欢看比他们地位高的人出丑。”

我盯着他，无计可施，全是些陈词滥调。

“凶手给了我这个。”我忽然想起那个指南针，就从口袋里掏出来，指南针上沾了好多泥，我赶紧用袖子擦干净，“这个后面刻有字母。”我颤颤巍巍地指了指上面。

他眯起眼看了看指南针，还仔细地翻过来端详。

“S.B.。”他慢条斯理地读着，看向了我。

“没错！”

“塞巴斯蒂安·贝尔。”他稍作停顿，咀嚼着我的迷惑，“那是你的名字啊，塞巴斯蒂安。那是你名字的缩写，这是你自己的指南针。”

我张口结舌，说不出一个字来。

“那一定是被我弄丢了，”我最后挤出了一句话，“可能被凶手捡到了。”

“有这个可能。”他点点头。

他的好心反而让我泄气了。他觉得我有点疯癫，一个醉酒的傻瓜在树林里过夜，回来后又胡言乱语。他没有生气，反而觉得我可怜。这正是最糟糕的地方：愤怒是坚实的、有重量的，你可以用拳头击打它；而怜悯是迷雾，只会将你裹住，让你迷失。

我又坐回到扶手椅中，用手捧着头。凶手还在逍遥法外，我却无法让他相信那里有危险。

凶手会为你指路让你回家？

“那的确是我亲眼所见。”我说。

你甚至不知道自己是谁。

“我相信是你亲眼所见。”我的同伴搞错了我反驳的缘由。

我茫然地望着前方，回想着那个叫安娜的女人，她横尸林中。

“来，你在这里休息一下。”他站起身来，“我会在宅子附近打听一下，看看有没有人失踪。也许会有什么发现。”

他想安抚我，语气中却带着敷衍的意味。他对我很好，却并不相信我，我觉得他这样质疑我，就算去搜寻也不会有什么发现。他出了这个门，只会去仆人那里问几个不痛不痒的问题，安娜则会被遗忘在林中。

“我目睹一个女人被杀。”我疲倦地站起身来，“一个我本应该帮助的女人，如果有必要的话，我会搜遍树林的每寸土地来证明这一点。”

他盯了我一秒钟。看我如此肯定，他有点相信我的话了。

“你从哪里开始搜？”他问，“那边有上千公顷的森林。尽管你是好意，可你的方法找不到人。无论这位安娜是谁，她都已经离开人世，凶手也逃之夭夭了。给我一个小时，我就能凑齐人手去搜索、去打听。这个房子里肯定有人知道她的身份，了解她的行踪。我们能找到她，但要用正确的方式去找。”

他按了按我的肩膀。

“你能按我说的去做吗？只需一个小时，拜托。”

我想要反对，却说不出口，他说得没错。我需要休息，需要恢复精力。尽管我对安娜的死感到内疚，却也不愿意独自一人潜回那片树林。我差点没走出来。

我顺从地点了点头。

“谢谢你，塞巴斯蒂安。”他说，“仆人正在放水，你何不干干净净地洗个澡？我会请大夫过来看看，还会让贴身仆人给你备好一些衣物。歇息片刻，我们午饭时客厅见。”

我应该趁他还没走了解一下这里的情况，毕竟这是我此行的目的，但是我又等不及想让他快点去打探消息，那样才能早些去寻找安娜。现在似乎只需要解决一个重要问题，他开门要走的时候，我的问题才脱口而出。

“这座宅子里有没有我的家人？”我问，“会为我牵肠挂肚的人？”

他扭头看了我一眼，既有些警觉，又带着几分同情。

“你是个单身汉，伙计。你没有什么家人，只有一个疯疯癫癫的姨妈住在别处，管着你的钱。朋友呢，你当然有，我就算一个。但这个安娜到底是谁，你从未和我提起过。说真的，直到今天，我才听你说起这个名字。”

我很失望，他尴尬地转过身去，消失在冰冷的走廊里。门关上了，房间里的炉火摇曳闪动了几下。

三

他刚走，我就从椅子里站起身来，拉开床头柜的抽屉翻找，看看有没有什么东西能让我想起安娜；无论什么都好，只要能证明她并非我混沌的大脑臆想出来的。不幸的是，我只找到一个皮夹，里面除了几英镑，还有一张金色凸字印刷的请柬，正面是客人名单，背面是优雅的手写文字：

> 哈德卡斯尔勋爵及勋爵夫人，诚邀您出席化装舞会，以迎接从巴黎归来的女儿伊芙琳。舞会将于九月的第二个周末在布莱克希思庄园举行。因为布莱克希思庄园比较偏僻，所以会安排马车在邻近的艾伯利镇接送受邀的宾客。

这封请柬是写给塞巴斯蒂安·贝尔医生的，过了半晌我才意识到这是我的名字。好心人刚刚已经告诉我了，可看见这白纸黑字的名字和称呼，我越发感到不安。我不觉得自己是塞巴斯蒂安，更不要说是位医生了。

一丝无奈的微笑从我唇边掠过。

若我拿倒了听诊器，那些病人还愿意继续让我做他们的医生吗？

我把请柬扔回抽屉，注意到床头柜上的《圣经》。《圣经》的书页陈旧，看着红笔画线的段落和随意勾画的单词，我怎样也猜不出其中的奥秘。我本来还想找到《圣经》里隐匿的题记或是文字，但它并未给我任何启示。我紧紧抓住《圣经》，笨拙地想要祈祷，希望重新点燃也许有过的信仰。但是这一切努力都显得那么愚蠢，信仰和其他一切都弃我远去了。

我又翻了衣柜，虽然在衣服口袋里一无所获，却在一堆毛毯下面找到了一个扁行李箱[1]。这是个漂亮的老物件，皮面已经破旧磨损，上面扎的铁带也都生了锈，厚重的箱扣下掩住的东西难以窥见。箱子的纸片上写着一个伦敦的地址——也许是我的地址吧，但我的大脑还是一片空白。

我脱掉外套，把行李箱拉出来，箱子里的东西因为晃动发出碰撞的声音。我按压箱扣，这个鬼东西竟然上了锁，满心的兴奋和期待变成了沮丧的叹息。我使劲拽了拽箱盖，一次，又一次，怎么也打不开。我去搜寻打开的抽屉和餐边柜，甚至俯下身去张望床底——床下什么也没有，只有一些老鼠药和灰尘——哪里都找不到行李箱的钥匙。

只剩下浴缸那里没有搜寻。我着了魔一般绕过折叠屏风，猛地看到另一边潜伏着一个对我怒目而视的家伙，我差点吓得魂飞魄散。

是镜子。

发现是镜子后，这个怒目而视的家伙显得有些窘迫不安。

我试探着往前迈了一步，第一次细细审视自己，万般失望涌上心头。只有在这个时刻，望着镜中这个颤抖、害怕的家伙，我才意识到我本来对自己是有所期待的。我也说不好我是高一些，还是矮一些，是瘦

1　扁行李箱（steamer trunk），指可以放在船舱床位下面的大行李箱。

一点，还是胖一点，但绝不是镜子里这个平淡无奇的家伙。棕色的头发、棕色的眼睛，下巴也并不特别，这样的面孔泯然于众，可以被上帝安插至任何一个角落。

很快我就厌倦了，不想再自怨自艾，于是我接着找行李箱的钥匙，除了洗漱用品和一壶水，这里别无他物。看来不管过去我是谁，消失之前我已清除了自身的痕迹。我感到挫败感十足，想要大声号叫。这时敲门声响起，有人重重地敲了五下门。

“塞巴斯蒂安，你在吗？”一个粗哑的声音传来，“我叫理查德·阿克，是个医生。他们请我来看看你。”

我打开门，门外站着个长着灰色大髭须的家伙。那胡子要多怪有多怪，胡梢弯弯的，超出了脸颊。这人已是花甲之年，头顶光秃秃的，蒜头鼻，眼睛里布满了血丝。他浑身酒气，但是高高兴兴，仿佛喝下的每滴酒都化成了微笑。

“天啊，你看上去糟透了。”他说，“这就是我作为医生的意见。”

趁我还在纳闷，他错身而入，把黑色医疗袋扔到床上。他仔细打量了一下房间，特别注意到了我的行李箱。

“我过去也有这么一个行李箱。”他说着，深情地用手拂过箱子顶盖，“瓦列勒牌，是吗？当年参军时，它随我远走东方。他们都说不能信任法国人，但我就是离不开法国人做的行李箱。”

他试着踢了踢箱子，脚却被踢疼了，他不禁皱了皱眉。

“你箱子里装的是砖头吧。”他冲我抬着头，期待着我的回答，仿佛我必须有个合理的解释。

“这箱子锁住了。”我结结巴巴地说。

“找不到钥匙了，嗯？”

“我……不。阿克大夫，我……”

“和别人一样，叫我迪基吧。”他轻快地说着，走到窗边向外张望，“说实话，我一点也不喜欢这个名字，但似乎也没法摆脱它。丹尼尔说你遭遇了不幸的事情。”

“丹尼尔？”这话仿佛要疾驰而去，我紧紧地抓住了它。

“丹尼尔·柯勒律治，就是不久前和你说话的家伙。”

“哦，是他。”

迪基微笑着瞅着疑惑不解的我。

“完全失忆了，是吗？好吧，别着急，我在战争期间看过这样的病例，不管病人愿不愿意，过一两天就能恢复记忆。”

他把我赶到行李箱那里，让我坐在箱子上。我的头前倾着，他用屠夫的那种“温柔”手法来检查我的头骨，弄得我龇牙咧嘴，他还咯咯笑。

“哦，是的，你这里有好大一个肿块。”他停下来，想了想说，“可能你昨晚头撞到哪里了吧，可以说那时你的记忆就全漏出来了。有其他症状吗？头痛、恶心、呕吐，有吗？”

“总能听到一个声音。”我窘迫地承认。

“一个声音？”

“就在我脑袋里。像是我自己的声音，但是，这声音对一切了如指掌。”

“我明白了。”他若有所思，“那这个……声音，都说了些什么？”

“它给我建议，有时会对我的行为评头论足。”

迪基在我身后踱来踱去，捏着自己的髭须。

“这个建议，怎么说呢，正大光明吗？没有暴力或是堕落的意思吧？”

“绝对没有。”这揣测激怒了我。

“你现在听到声音了吗？”

“没有。”

“创伤。”他伸出一个手指，突然说，“那是创伤的表现，实际上非常普遍。人撞了头，各种奇怪的事情便开始发生，他们看见气味，尝到声响，听到味道。通常一两天就会消失，最多一个月。”

“一个月！”我说着，抬头望向他，“这样的情形，我怎么能忍一个月？可能我该去趟医院。”

“天哪，不，医院里到处是可怕的事情，”他惊骇万分，“疼痛与死亡被扔到墙角，疾病与病人蜷缩在床上。听我的，去散散步、收拾收拾东西、和朋友聊聊天。昨天晚宴上，我看见你和迈克尔·哈德卡斯尔畅饮，喝了好几瓶呢。真是个难忘的夜晚啊！他应该可以帮上忙，听我的话，你一旦恢复记忆，那个声音就再也不会回来。”

他停顿片刻，又啧啧感叹：“我更担心你那条胳膊。”

敲门声打断了我们的谈话，还没等我抗议，迪基就把门打开了。丹尼尔的男仆送来了之前说好的熨烫妥帖的衣服。看出我犹豫不决，迪基就收下了衣服，让男仆退下，并把衣服放在床上摆好。

“刚才，我们谈到了哪里？”他说，“啊，讲到了那条胳膊。”

我顺着他的目光看到我袖口上的血液已然凝成一块。他直接把我的袖口拽起来，露出几条丑陋的划伤，伤口里还有破溃的血肉。这伤口看上去曾经结痂，但是我使劲时肯定又撑开了。

他一个个地弄弯我僵硬的手指，然后从医药袋里掏出一个小棕瓶和一些绷带，清理了伤口，涂上碘酒。

“这都是刀伤，塞巴斯蒂安，”他的语气中充满了关切，原有的快乐一扫而光，“是新伤口，似乎当时你在举臂保护自己，像这样……”

他从医疗袋里取出玻璃滴管来模拟当时的场景——他把前臂举到脸的前面，用滴管猛地砍向前臂。这场景让我起了一身鸡皮疙瘩。

“你能想起昨晚的事情吗？”他紧紧箍住了我的胳膊，箍得那样紧，让我疼得直吸气，“什么都想不起来了吗？”

我使劲回想那些失忆的时刻。醒来之后，我原本以为一切都从记忆中抹去了，现在我觉得并非如此。我能感觉到自己的记忆就在那里，只是触碰不到。这些记忆有重量、有形状，如黑暗的房间中被覆盖的家具一般，我只是错置了光线才无法看清它们。

我叹了一口气，摇摇头。

“什么事情都想不起来了，”我说，“但今天早晨我看见一个……”

“女人被谋杀了。”医生打断了我，“是的，丹尼尔告诉我了。”

他说的每个字里都充满了怀疑，但在给绷带打结时他并没有反对我。

“无论如何，你都需要立即报警，”他说，“凶手正要置你于险境。”

他把医疗袋从床上提起来，笨拙地摇了摇我的手。

“策略性撤退，我的孩子，那正是你需要的。”他说，“和马厮总管说一下，让他安排马车送你到镇上，你可以在那里报警。你最好格外警觉小心，这个周末有二十个人在布莱克希思过夜，今晚还会有三十多个人抵达，来参加今晚的舞会。他们中大多数人都有嫌疑，你要是惹恼了他们……哦……”他摇摇头，“小心些，这就是我的建议。”

迪基医生出了门，我慌忙从餐边柜里取出钥匙，在他身后锁上门，我的手抖得厉害，对了好几次才对准锁孔。

一个小时之前，我以为自己不过是凶手的玩物，虽饱受折磨，却没有安全之虞。周围都是人，我感觉很安全，坚持从林中找回安娜的尸首，还催促人们去找凶手。实际情况并非如此，有人试图要杀我，我无意久留此处等他再次动手。虽说死者没法盼着生者来还债，可不管欠了安娜什么，我将来一定会补偿。要是在客厅里见到好心人，我一定会听从迪基的建议乘马车回镇上。

我该回家了。

四

水溢出了浴缸，我迅速洗掉身上的土和树叶。在揉搓得发红的皮肤上，我仔细寻找，看有没有胎记或是伤疤，希望找些痕迹来触发记忆。二十分钟后，我就要下楼了，可我对安娜仍然一无所知，比冲上布莱克希思的台阶时好不了多少。我努力从大脑中召唤记忆，仿佛在撞击意识的砖墙，只得到了挫败的回声，原以为我可以帮着找到安娜，可现在我的无知足以令全部努力功亏一篑。

洗浴完毕，整缸洗澡水像我的心情一样幽黑。我意志消沉，用毛巾擦干身体，看了看仆人留下的熨好的衣服。在我看来，他帮我选的衣服真是一本正经，瞥了一眼衣橱里的换洗衣服后，我登时明白了他的进退两难。贝尔的衣服实在没法说，几套一模一样的西装、两件无尾礼服、猎装、一打衬衫和几件马甲。都是灰黑色系的衣服，千篇一律的制服，仿佛是配合衣服主人隐姓埋名。这样一个人居然能挑起别人来动武，真是古怪至极。

我迅速穿好衣服，但是心神仍然无法平静。我深呼吸加以调整，这才不情不愿地向门口挪动。我的手无意识地伸向床头柜，似乎要抓些什么放到口袋里，仿佛是种本能，但什么也没有抓到，停在半空。我想要拿起的东西已不在原位，也想不起来具体是什么。这肯定是贝尔的老习惯，先前生活的阴影依然笼罩着我。这种影响如此强烈，我两手空空甚觉奇怪。不幸的是，那个讨厌的指南针——我从林子里带出来的唯一的东西，现在却怎么也找不到了。我的好心人——迪基医生口中的丹尼尔·柯勒律治，肯定拿走了它。

我一踏入走廊，便焦虑不安起来。

我脑海中只剩下早上的记忆，可连这些都快记不清了。

一个路过的仆人将我引到客厅，原来客厅就在餐厅的里侧，从今早我进来的大理石门厅可以进入餐厅。这个房间不太讨人喜欢，暗色的木头、猩红色的帷幔，给人的感觉像是待在一个超大的棺材里面，煤火向空气中吐出油烟。客厅里已有十几个人，虽然桌子上已经摆好了冷盘，但大多数客人还坐在皮质扶手椅中，或是站在花窗旁悲伤地望着坏天气。一个围裙上沾有果酱污渍的女仆在客人之间穿梭，尽量不引起注意。她费力地端着一个巨大的银白色托盘来收集脏碟子和空玻璃杯。一个穿着绿色粗花呢猎装的胖子，正在客厅角落的钢琴前装模作样地弹着一首下流的曲子，他弹得如此拙劣，真令人生厌。尽管他极力纠正弹错的地方，可实际上没人注意到他的演奏。

快到中午了，可到处都找不到丹尼尔，我只好给自己找点事干。我细细观察着酒柜里各种各样的酒瓶，不知道它们叫什么，也不知道自己想要哪个。最后，我给自己倒了点棕色的酒，然后转身去观察这些客人，希望某个记忆的火花能让我认出谁来。如果划伤我胳膊的人身在其中，看到我还这么健康强壮，他肯定会气急败坏。那坏蛋要是想在这里曝光，我才不会帮他保守秘密，当然我还得想办法从这里找出他来。几乎在场的每个男士都身着粗呢猎装，粗声粗气、满脸横肉，一副恃强凌弱的神气，而女士们都穿着颜色素淡的裙子、亚麻衬衫和开衫毛衣。丈夫们喧闹吵嚷，她们则低声交谈，不时地斜眼看我。我觉得自己仿佛是一只珍稀的鸟儿，被人窥视。这虽令人不安，却也可以理解。丹尼尔和他们打听事情时，很可能会暴露我的情况。我现在已然成为娱乐的一部分，无论我喜欢与否。

我一边浅饮慢酌，一边偷听旁人的谈话，感觉像是把头扎进了玫瑰丛。一半的人在抱怨另一半的人，他们不喜欢这个住处，不喜欢这里的食物，他们抱怨佣人太傲慢，庄园过于偏僻，根本没法自己开车上山来（天知道他们是怎么找到这鬼地方的）。他们更愤怒的是没有得到哈德卡斯尔勋爵夫人的迎接，昨晚大多数客人已经抵达布莱克希思，可勋爵夫人尚未露面，他们将夫人的怠慢当成了侮辱。

“麻烦让一下，泰德。”女仆想从一位男士身旁挤过。这位先生五十多岁，身材壮硕，脸庞晒得黝黑，红色的头发，发量稀疏。他厚实的身材撑起了猎装，略微发福，蓝色的眼睛炯炯有神，让面孔熠熠生光。

“泰德？”他生气地说，抓住了她的手腕，力量之大让她畏缩，“露西，你觉得自己到底在和谁讲话？你得喊斯坦文先生，我再也不是待在下面，和你们这些贱仆为伍的人了！”

她惊呆了，一边点头，一边看向我们求助。没有人出面，钢琴声也停了下来。我意识到，他们全都害怕这个男人。可耻的是，我也没有好多少。我立在原处一动不动，低眉顺眼地用余光瞥着这一幕，只希望他的粗野不会撒到我身上。

“放开她，泰德。”丹尼尔·柯勒律治的声音从门口传来。

他的声音坚定而冰冷，在房间里回响着。

斯坦文用鼻孔出气，斜着眼睛盯着丹尼尔。他根本不是丹尼尔的对手。他矮胖结实，言语恶毒。而丹尼尔站在那里自有一种气度，他手插着口袋，头微微斜着，却让斯坦文停了下来。丹尼尔仿佛在等着火车驶来，而斯坦文则担心被这火车撞上。

一座钟鼓起勇气，嘀嗒作响。

斯坦文低声骂着，放开女仆，往外走的时候将丹尼尔挤到一旁，没有人听见斯坦文在嘟囔些什么。

房间里又恢复了生机，琴声又响起，英勇的钟继续走着，仿佛什么也没有发生。

丹尼尔的眼神一个个地扫过我们。

我无法面对他的审视，就将目光转向窗上自己的倒影。我脸上满是厌憎，厌恶自己性格中数之不尽的弱点。无论是面对早上的林中谋杀，还是此刻的冲突，我都如此懦弱。一次次路见不平，我都不敢出手，没有勇气去干涉。

丹尼尔走近了，如镜中的鬼魅。

“贝尔，”他轻声唤我，手搭在我肩上，“你有时间吗？”

我羞愧地弓着腰，随他走进隔壁的书房，如芒在背。书房里更暗了，玻璃花窗上覆盖着未加修剪的常春藤，窗外透进来的一缕缕光线，仿佛都被吸进了深色的油画里。从写字台那里可以看到草坪，桌面看上去刚被清理过，上面有支水笔，墨漏到一块吸墨纸上，旁边是把裁纸刀。不难想象，那诸多邀请函正是在这样压抑的气氛中写成的。

对面出房间的门旁角落，有位穿粗花呢猎装的年轻人，他满脸困惑地瞅着留声机的话筒，似乎正在琢磨为何旋转着的唱片无法发声。

“他在剑桥待了一个学期，就觉得自己是伊桑巴德·金德姆·布鲁内尔[1]了。”丹尼尔的话使年轻人从困惑中抬起头来。他不过二十四岁的样子，深色头发，面部宽阔平整，五官仿佛被贴在玻璃上挤平一样。看见我，他开心地笑了，隐隐透着孩子气。

“贝尔，你这个傻瓜，原来你在这里。”他一边握着我的手，一边拍拍我的背，仿佛正撞见我在干什么荒唐事。

他期待地看着我的脸，可我认不出他来，他绿色的眼睛眯缝起来。

“真的吗，你什么也记不得啦？”他迅速扫了一眼丹尼尔，“你这个家伙！我们去喝点酒，一醉方休。”

“消息在布莱克希思传得可真快。”我说。

“无聊呗，传得就快。”他说，“我叫迈克尔·哈德卡斯尔。我们可是老朋友了，但我看咱们现在要算新相识啦。”

他的话中并未流露一丝失望，实际上他似乎还觉得怪好玩的。即便是素不相识，迈克尔·哈德卡斯尔也很容易被逗乐。

“迈克尔昨晚就坐在你旁边。”丹尼尔说道，继迈克尔之后又去检查了留声机，“想想吧，也许就因为他坐你旁边，你才出门撞了头。”

“看哪，贝尔，我们还总觉得丹尼尔永远不会开玩笑呢。”迈克尔调侃道。

回答之前，我本能地停顿了一下，失忆带来的空白是我心头挥之不去的重负，破坏了此时言谈的节奏。从今天早上开始，我第一次生发出对先前生活的渴望，想念与这些人熟识的日子，想念与他们亲密无间的友谊。这些伙伴的脸上映照出我的悲伤，尴尬的沉默在我们之间形成了

1　伊桑巴德·金德姆·布鲁内尔（1806—1859），伟大的英国工程师、皇家学会会员。他主持修建了大西部铁路（号称维多利亚时代的几项奇迹之一），还设计了系列蒸汽轮船和众多重要桥梁，革命性地推动了公共交通和现代工程等领域的发展。

一道鸿沟。真希望能恢复我们之间曾有的信任，哪怕只是一点点。我卷起袖子让他们看我胳膊上缠的绷带，鲜血已经开始往外渗。

“我倒希望头是我自己撞的，”我说，“迪基医生认为我在昨晚受到了袭击。”

“可怜的家伙。”丹尼尔倒吸了口凉气。

“是因为那张可恶的字条吧，对不对？”迈克尔说着，目光扫到了伤口上。

“你在说什么，哈德卡斯尔？”丹尼尔问的时候，抬了抬眉毛，“你是说你知道此事的内情吗？那你怎么不早说？”

“我知道的也不多，”迈克尔有些不好意思，边说边用鞋尖钻厚实的地毯，“我们喝第五瓶时，一个女仆往餐桌送了张字条。后来贝尔就告辞了，他醉得开门都开了好几次。”他看向我，有些惭愧地说，“我想和你一起去，但你坚持非要自己去。我猜也许你要和女人幽会，就没再坚持。到现在才又见到你。”

“那张字条上写的是什么？”我问他。

“没有印象啦，老兄，我根本就没看。”

“你还记得字条是哪个女仆送来的吗？贝尔是否提过有个叫安娜的人？”丹尼尔问。

迈克尔耸耸肩，整张脸陷入了回忆：“安娜？我恐怕没有印象。至于那个女仆，哦……”他鼓起了腮帮，长长呼出一口气，“穿着黑裙子，系着白围裙。真见鬼，柯勒律治，现实点吧，这里有十几个女仆，我怎么能分辨出她们的长相。”

他向我俩抛出了无助的眼神，丹尼尔厌烦地摇摇头。

“别担心，老朋友，我们会把这件事查个水落石出。”他冲我说，按了按我的肩膀，“我有个主意……”

他朝墙上挂的一张住宅地图走过去。那是张建筑草图，上面有雨点打湿的痕迹，图的边缘已经发黄，但对宅子和周边地带的描绘相当准确。如图所绘，布莱克希思这个偌大的宅邸，西边有家族墓园，东边有马厩，一条小路蜿蜒而下通往湖边，湖岸上还有个船屋。宅邸有车道通往镇上，实际上是条坑坑洼洼的土路。除此之外，便只有莽莽山林了。如同在二楼窗户眺望所见，此处除了我们，便只有一片林海。

我身上登时冷汗直冒。

今早我险些和安娜一样消失在那片辽阔林海之中，我真是自掘坟墓！

察觉到我心神不宁，丹尼尔瞅了瞅我。

“这个地方很荒凉吧？”他低语着，从银烟盒里敲出一根烟。他叼着烟，在口袋里摸来摸去找打火机。

“我父亲在政治生涯倾覆之时，将我们带至此处。”迈克尔边说边点燃了丹尼尔的烟，然后他自己也抽了一根，“老父亲将自己视作乡绅，当然，现实和他理想的生活大相径庭。”

我疑惑地抬了抬眉毛。

“我哥哥被一个叫查理·卡佛的家伙杀死了，他是我们家的一个田庄看管。”迈克尔平静地说，仿佛在宣布赛马结果。

我竟然忘了这么可怕的事情！惊骇之下，我结结巴巴地道歉。

“我很抱歉，那肯定是……”

“那是很久以前的事了。”迈克尔打断了我的话，语气中流露出一丝不耐烦，“实际上，已经十九年了。事情发生时我只有五岁，说真的，我几乎什么都记不得。”

“和八卦报纸传的不一样，”丹尼尔补充道，“卡佛和另一个家伙喝得烂醉，他们在湖边抓住托马斯，先是把他淹个半死，又用刀杀死了他。那时托马斯只有七岁。泰德·斯坦文跑了过来，用手枪把他们赶走，但是托马斯已经死了。”

“斯坦文？”我努力克制声音里的惊讶，“就是吃午餐时见到的那个粗人吗？”

“噢，我可不会这么说他。”丹尼尔回答。

“这个老斯坦文，我父母对他印象可好了。”迈克尔说，“他试着救托马斯的时候，只是个低级的猎场看守，但为了感激他，父亲将我们的一座非洲种植园赠予了他，这个讨厌的家伙一下发了大财。”

“那两个凶手后来怎样了？”我问道。

“卡佛被绞死了，”丹尼尔将烟灰弹到了地毯上，“警察在他小屋的地板上发现了他用过的那把刀，还有一打偷来的白兰地。他的同伙至今没有伏法，斯坦文说他用手枪袭击了他，但是没有人去当地医院疗伤，卡佛也拒绝供出同伙。哈德卡斯尔勋爵和勋爵夫人那个周末正在举行舞会，所以他的共犯很有可能就在客人中间，可勋爵的家人坚持说没有一个客人认识卡佛。”

“都是朗姆酒惹的祸。”迈克尔沉闷地说，阴郁的表情好似乌云压在窗棂上。

“所以说，他的同伙还逍遥法外？”说完我顿觉后背发凉。一个十九年前的凶手，也可能在今天早晨作案。当然这样的巧合不太可能。

“你会不会奇怪警察都干吗去了？”丹尼尔说完，陷入了沉默。

我将目光转向迈克尔，他正盯着客厅看。客人们一边聊天一边移步到门厅，客厅里已经空无一人。即使在这里，我也能听见他们那些刻薄无礼的话，像一群蜜蜂在嗡嗡叫，既刺痛人，又令人眩晕。他们对任何事情都言辞失敬，下到宅子的破败，上到哈德卡斯尔勋爵的酗酒恶习，还有伊芙琳·哈德卡斯尔那冷冰冰的举止。我难以想象，可怜的迈克尔在自家宅子里，看到自己的家人被如此嘲讽，究竟做何感想。

“好了，我们来这里并不是想用陈年往事来烦你。”丹尼尔打破了沉默，“我一直在四处询问安娜的消息，恐怕没什么好消息。”

“没有人认识她吗？”

“客人和仆人中都没有人叫安娜，”迈克尔说，“更确切地说，布莱克希思没有人失踪。”

我张嘴刚要反对，迈克尔挥手阻止了我：“贝尔，你总打断我的话。我没法组织人去搜救，十分钟后大家都要去打猎。如果你能大致描述一下你今早苏醒的地点，那我就能带大家往那个方向行进，可以留心细致搜索。我们一行有十五个人，所以很可能会有收获。”

感激之情在我的胸膛涌起。

“谢谢你，迈克尔。”

透过香烟的云雾，他冲我笑了笑：“我从来不觉得你拘泥虚礼，贝尔，没想到你现在和我这样客气。”

我盯着地图，使劲回想苏醒的地点，但是毫无线索，不知道安娜会在何处。凶手指向东边，我就一直在林中穿行，直至来到布莱克希思大宅前面，我只能猜到自己走了多久，或者从哪里开始走。我深吸了口气，将一切都交给天意。我用指尖敲着玻璃杯，丹尼尔和迈克尔在我身后徘徊着。

迈克尔点点头，揉了揉下巴。

“我会告诉那些家伙。”他上下打量着我，“你最好换身衣服，我们马上就出发。”

“我不去，”羞耻让我的声音变得支离破碎，“我必须……我不能……”

迈克尔尴尬地起身：“现在走吧……”

“好好想想，迈克尔，”丹尼尔打断了他，一只手拍拍我的肩膀，“看看他都遭遇了什么。可怜的贝尔差点没走出林子，他怎么会想要回去？”

他的语气柔和下来：“别担心，贝尔，我们会找到那个失踪的姑娘，也会找到杀死她的凶手。一切尽在我们的掌握之中。你尽量远离这些糟心事吧。”

五

我站在花窗旁边，躲在天鹅绒窗帘后面望着外面。迈克尔和其他人已经在车道上集合。他们穿起厚重的大衣，胳膊肘挎着猎枪，谈笑风生，呼着冷气。走到室外享受屠杀的乐趣，让他们看上去生龙活虎。

丹尼尔的话安慰了我，可是不能消除我的负疚感。我本应该和他们一起出发，寻找那位我没法拯救的女子的遗体。然而，我还是溜掉了。我能做到的只有忍受着这种耻辱，目送他们上路，自己畏缩在后。

猎犬经过窗边，紧紧扯着主人们用力拉的牵狗绳。一阵骚动之后，队伍越过草坪向林中出发，那正是我给丹尼尔指的方向，虽然我并没有看见丹尼尔在其中领路。他肯定会晚点出发，再加入打猎的队伍。

我目送着最后一个人消失在林木之间，这才转身回来看墙上的地图。如图所示，马厩离房子并不远。没错，我在那里就能找到马车主管，他可以安排一辆马车，载我到镇上，在那里我就可以搭上回家的火车。

我转身想回到客厅，却看到门口挡着一只巨大的黑色乌鸦。

我的心怦怦直跳，一下就撞到了餐边柜上，家庭照片和小玩意儿哗地掉到了地上。

“你不必害怕。”这个生物开口了，踱了半步走出黑暗。

这根本不是鸟，而是一个装扮成中世纪瘟疫医生[1]的男人，羽毛不过是件黑色大氅，脸上戴的瓷质鸟嘴面具，在灯底下闪着光。这可能是他为今夜的舞会准备的装束，尽管这并不能解释为何他中午就穿上了这不祥的戏装。

“你吓到我了。”我一边说，一边抓住自己的胸膛，尴尬地笑着，以驱散自己的恐惧。他歪着头，审视着我，仿佛在看一只坐在地毯上的迷途动物。

“你带了什么？”他问。

“对不起，我不明白……”

“你醒来时说了一个词，是什么？”

“我们认识吗？”我一边问他，一边向客厅里张望，希望看见别的客人。不幸的是，只有我们两个人，也许这正是他的用意，想到这一点我更加慌张。

“我认识你，”他说，“这就够了。请问，那个词是什么？”

“为什么不摘掉面具，这样我们可以面对面说话？”我问他。

“贝尔大夫，我的面具和你一点关系也没有，”他说，“回答我的问题。”

虽然他的话里并无威胁之意，但瓷质面具盖住了声音，每一句话都显得低沉、隆隆作响，像是动物发出的声响。

1　瘟疫医生（Plague Doctor），又译为“鸟嘴医生”。中世纪欧洲，为了医治瘟疫病人，一位医生制作了防瘟疫面具，口鼻位置突出，因为内里要填充棉花或药物以过滤空气，面具的眼部挖了两个洞。后来鸟嘴面具就成为医生的象征。另外，鸟嘴面具、全黑斗篷、圆盘帽、蕾丝颈围、白手套、手持短木棒也成为嘉年华或舞会的装扮物品。

“安娜。”我一边告诉他，一边用手按住大腿，不让自己逃跑。

他叹了口气：“真遗憾。”

“你知道她是谁？”我充满希望地问，“庄园里没有人听说过她。”

“他们要是听说过她才让我惊讶呢。”他挥了挥手上的手套，不再回答我的问题。他把手伸进大衣，取出一只金怀表，啧啧感叹时间：“不久我们就有任务了，但不是今天，你这样不行。很快局势就会明朗，那时我们再谈。这个时候，我建议你熟悉一下布莱克希思的地形和其他客人。医生，尽可能地享受这一切，因为侍从很快就会找到你。”

“侍从？”话刚一出口，我的内心深处便警铃大作，“是他杀死安娜，也是他割伤了我的胳膊吗？”

“我怀疑是他，”瘟疫医生说，“那个侍从伤了你的胳膊，不会就此收手。”

我听到身后砰的一声响，便转过身去，窗户上有一小摊鲜血，下面的野草和枯花中间，一只鸟儿在扑腾，奄奄一息。这个可怜的小家伙肯定是撞到了玻璃。我为它感到惋惜，为这凋零的生命垂泪，这反应让我震惊。我决心先把这只鸟埋葬，再去忙别的事情。我转身和这位神秘人告别时，发现他已经走开了。

我看看自己的手，拳头紧紧握着，指甲已经嵌入掌心。

“侍从。”我自言自语地重复着。

我对这个人没什么印象，但“侍从”这个词激起的情感确定无疑。不知为何，我害怕这个人。

恐惧驱使我走到写字台，我又看见上面那把早就摆着的开信刀。刀很小，但是足够锋利，一下就把我的指尖刺出血来。我吮吸着伤口，把这件武器放到口袋里。这刀虽然不堪大用，却足以让我不再躲着做缩头乌龟。

稍微鼓起些勇气后，我往自己的房间走去。没有什么客人，我下意识地观察起室内装潢，布莱克希思大宅是个不折不扣的老古董。除了那个富丽堂皇的门厅，经过的所有房间几乎都发了霉，散发出一股霉菌和腐败的味道。角落里有成堆的老鼠药，女仆胳膊够不到的地方都落满了灰尘。地毯破旧不堪，家具上都是刮痕，银质餐具上污迹斑斑，展示餐具的橱柜玻璃也都脏兮兮的。尽管那些客人令人生厌，我却怀念他们乱七八糟的谈话。他们是这个地方的血液，没有了他们，整个房子就只剩下阴森与沉寂。有人的时候，布莱克希思才仿佛活了起来。没有了人，这地方简直就是令人压抑的废墟，只等着落锤把它砸个稀巴烂。

我从卧室里拿好大衣和雨伞，出去的时候雨还在下着，空气中弥漫着令人窒息的腐叶臭味。我没法确定那只鸟撞的窗户是哪个，只好沿着墙边走，直到发现了鸟的尸体。我将就着用那把裁纸刀作铲子，挖了一个浅浅的坟墓埋好它，干活的时候我的手套全湿了。

我颤抖着开始查看路线。通往马厩的鹅卵石小路围着草坪南边绕了过去，我可以横穿草坪，可鞋子不太适合。于是，我做了更为安全的选择，沿着碎石车道走，直到左侧出现了一条路。不出所料，这条路也是年久失修。树根顶翻了石块，未加修剪的枝条低垂下来，活像扒窃的手指。我心里琢磨着那个装扮成瘟疫医生的怪人，甚感惶惑不安。我抓住裁纸刀慢慢移动，脚下十分小心，害怕一旦失足，林木间就会有东西扑向我。我不知道他的葫芦里卖的什么药，但他穿成那个样子，又不能对他的警告置之不理。

有人杀掉了安娜，还给了我指南针。可疑的是，这个人昨天晚上袭击了我，今天早上又救了我。我现在还得和这个侍从周旋。我到底是谁？怎么有这么多敌人？

路的尽头是一个高高的红砖拱门，正中间挂着一面钟，玻璃钟面已经破碎。拱门里边是个院落，院子四周是马厩和屋舍。马槽里堆满了燕麦，几驾马车并排停放着，盖着绿色的帆布来抵挡恶劣天气。

唯一缺少的是马匹。

每个马厩都是如此。

“有人在吗？”我试探着喊了两声，声音在院子里回荡，没有人应答。

一间小屋的烟囱里袅袅升起一缕黑烟，我发现那屋子没上锁，就进了门，脚步声四下回荡着。屋里没人，奇怪的是，炉子里的火还烧着，粥和烤面包都摆在桌子上。我把湿透的手套脱下，挂在火上方的壶杆上，这样走回去再戴手套时能舒服些。

我用指尖碰碰食物，还温着，看来屋子主人并没有走远。马鞍被丢在地上，旁边还有一块皮子，显然是修补中途被打断了。我猜小屋主人应该是冲出去处理一些急事了，所以打算待在屋里等他回来。这个屋舍还不错，虽然空气中满是烧煤味，还掺杂着浓重的擦亮剂和马毛的味道。我更担心的是这个村舍有些偏僻，我还不知道昨晚是谁袭击了我，因此要小心布莱克希思里的每一个人，包括马厩主管。我尽可能不和他单独见面。

门边钉子上挂着值班表，旁边绳子上还吊着笔。我取下值班表翻过一页，想留个字条请求安排一辆马车到镇上去，但是发现这里已经写好了一条留言。

别离开布莱克希思，不光是你自己，很多人都等着你去拯救。晚上十点二十分来家族墓园的墓室旁边见我，我会向你解释一切。哦，别忘了你的手套，都烧着了。

爱你的安娜

烟呛进了鼻孔，我转身去看手套，它们已经被火燎着了。我把手套抢下来，拍掉上面的灰。我瞪大了眼睛，心怦怦乱跳，在小屋里四下寻找，想看看这个花招是怎么回事。

为什么你不在今晚和她见面时直接问她呢？

“因为我看见她死了。”我冲着空荡荡的房间咆哮，连我自己都觉得尴尬。

平静下来后，我又读了一遍这条留言，还是搞不明白它的秘密。如果安娜没有死，如此戏弄我岂不是太残酷？更有可能，今天早上我的遭遇已在庄园里四处传播，有人想开个玩笑来作弄我。可为何要选这样一个不祥之地，挑这样一个时间来见面呢？

这个人难道能预知未来？

“天气不好，谁都可能预测到，我一来这儿就会烘干手套。”

屋舍里静悄悄的，但我自己都觉得这个理由不堪一击。我这样急迫地想找出秘密的理由也是不堪一击。我有这么多弱点，当然高兴丢掉安娜还活着的希望，这样才能问心无愧地逃离这里。

我感觉痛苦不堪，我需要思考。戴上被烤焦的手套，出去走一走可能会有所助益。

我围着马厩转了一圈，来到一个杂草丛生的牧场，草已及腰，木栅烂得不成样子，随时都会垮塌。在牧场的那一头，两个人依偎在伞下。他们互相挎着胳膊，从容地散步，定是觉得这条小路没有人晓得。不知为何他们看见了我，其中一个人举手向我打招呼。我挥手示意，遥远的亲切感油然而生，他们后来消失在树木的暗影里。

我放下手，做出了决定。

我告诉自己，一个死去的女人不可能束缚我，我有自由离开布莱克希思。这是一个懦夫的理由，可听上去不无道理。

如果安娜活着，那就另当别论了。

今天早上，我辜负了她，之后一直在思前想后。如今既然有了第二次机会，我断不能扭头便走。她陷入危险，而我还能施救，所以我一定要救她。如果这都不足以让我留在布莱克希思，那我就不值得拥有这宝贵的生命，这让我唯恐失去的生命。不管三七二十一，我晚上十点二十分一定会去墓园。

六

"有人想要我死。"

把这话大声说出来很奇怪，仿佛在挑战命运，但是如果想活过今天晚上，我就需要面对这种恐惧。我不能在自己的卧室里畏缩害怕，毕竟还有这么多疑问需要去解开。

我往宅子走去，一路上仔细查看林中有无危险的信号，早上的事情还在我的脑海里不断回放。一遍一遍地，我琢磨着胳膊上的刀伤、那个装扮成瘟疫医生的人，还有那个侍从。我想着神秘的安娜，她此刻似乎还活着，活得好好的，给我留下了不少谜题。

她是如何在林子里面逃过一劫的呢？

这个留言也许是她今天早些时候，受到攻击之前就写好了，可她又如何知道我会去那个小屋呢？又怎么会知道我在火上烘手套呢？我没有把计划告诉任何人。难道我大声自言自语了吗？还是她一直在监视我？

我摇摇头，抛开了这些天马行空的念头。我一直将目光放在未来，此刻我需要回到过去。迈克尔说一个女仆昨晚将便条送到餐桌来，那是他最后一次见到我。

任何事情都是从那时而起。

你需要找到那个送来便条的仆人。

我刚进布莱克希思的门，就被客厅里的声音吸引了过去。客厅里没什么人，只有两个年轻的女仆在收拾午餐桌，她们将食物碎渣收到两个巨大的托盘里。她们并肩干活，低头凑在一起窃窃私语，没有注意到我就在门边。

“……亨丽埃塔说夫人快要疯了。”说话的这个女孩的棕色鬈发从白帽子下面倾泻而出。

“不应该这样说海伦娜夫人，贝丝。”另一个大点的女孩责备她，“夫人对我们不错，不是一直都在善待我们吗？”

贝丝琢磨了一下，可还是敌不过她的八卦冲动。

“亨丽埃塔告诉我，夫人在胡言乱语。”她接着说，“她和皮特勋爵大喊大叫。好像因为托马斯少爷的事，他们竟然又回到布莱克希思。她说这真是滑稽。”

“亨丽埃塔太爱嚼舌根，我得把这些从你脑子里好好清清。我们以前又不是没听过他们吵架，如果是真的，海伦娜夫人会告诉德鲁奇太太，难道不是吗？她总会这样做。”

“德鲁奇太太找不到夫人，”贝丝得意扬扬地说，这些针对海伦娜夫人的不力证据都坐实了，“一早上都没看见她，可是……”

我一进来，她们就住嘴了。两个人惊慌地行礼，又是伸胳膊，又是屈腿，脸也红了，一片忙乱。我摆手让她们不必拘礼，问她们昨天晚宴是谁当班，结果她们面面相觑，只会嘟嘟囔囔地道歉。我几乎要放弃了，这时贝丝说伊芙琳·哈德卡斯尔小姐应该知道些什么，她正在宅子后面的阳光房招待女客。

其中一个女仆叮嘱了另一个几句话，她领着我穿过一道门，来到今早我和丹尼尔、迈克尔见面的书房。我们迅速穿过书房旁边的藏书室，来到一个阴暗的走廊。迎接我们的是黑暗，一只黑猫从小电话桌下面走出来，尾巴扫着木地板。黑猫静悄悄地穿过走廊，闪进了走廊那边一扇半掩着的门里。一束橘红色的灯光从门缝里挤出来，说话声和乐声也从里面飘了出来。

“伊芙琳小姐在那里，先生。”女仆说。

女仆的语气明白无疑地表示，无论是对这个房间，还是对伊芙琳·哈德卡斯尔，她都不屑一顾。

忽略女仆的轻蔑，我打开门，一股热浪扑面而来。空气混浊沉闷，满是香水味，刺耳的音乐时而发出高亢之音，时而婉转回荡于四壁。透过巨大的飘窗可以俯瞰房子后面的花园，圆屋顶上面聚积着灰色云朵。壁炉前面是一些座椅和躺椅，年轻的女孩子们依偎在上面，好像垂下的萎谢兰花，她们一根根地抽着烟，一杯杯地喝着酒。房间里充溢着不安的气氛，丝毫没有庆祝的感觉。唯一有生气的东西是对面墙上的油画，画中的老妇人眼睛像煤炭，端坐着审视整个房间，她的表情传神地表现出对这个聚会深恶痛绝。

“我的祖母，希瑟·哈德卡斯尔。”身后传来一位女士的声音，“这画倒是没有溜须拍马、夸大其词，但我祖母也不是个随便就能被糊弄的人。”

我扭头寻找声音的来源，这时十几张面孔百无聊赖地转向我，我的脸一下子红了。接着我的名字在房间里传开了，所到之处引起一阵兴奋的嗡嗡声，好像引着一群蜜蜂在飞来飞去。

坐在国际象棋桌两旁对弈的，一位应该是伊芙琳·哈德卡斯尔本人，另一位是个肥胖臃肿的年长男性，他的西装显然太小了。真是古怪的组合。伊芙琳二十八九岁的样子，瘦削骨感，身材薄得像玻璃片，高高的颧骨，满头的金发扎了起来，露出完整的脸庞。她穿着一条剪裁时尚的绿色裙子，系着腰带，裙子清晰锐利的走线和严肃的表情相得益彰。

至于那个胖男人，差不多超过了六十五岁。真难以想象，他要如何弯曲扭动才能将庞大的身躯塞入桌子后面。那椅子对他来说太小、太硬了，他像是在这椅子上受难一般。脑门上有汗水在闪光，被汗水浸透的手绢攥在手里，证明他已经忍受了很久。胖绅士用一种奇怪的目光看着我，像是好奇，又像是感激。

“很抱歉，”我开口道，“我……”

伊芙琳头没有抬就向前拱了一个“兵”。胖男人又把注意力收回到棋局上，胖乎乎的手指拈起了他的“马”。

看到这一步，我不由得一声叹息，愣在了那里。

“你会玩国际象棋？”伊芙琳问我，她的眼睛还盯着棋盘。

“就算会吧。”我回答。

“雷文古勋爵这局下完之后，你来玩吧！”

雷文古勋爵没有理会我的警告，横冲直撞地走进了伊芙琳的圈套，结果被一个潜伏的“车”偷袭了。随着伊芙琳步步紧逼，勋爵方寸大乱，在需要耐心之时反而匆匆落子。四步之内，这一局就结束了。

“谢谢您陪我消遣，雷文古勋爵。”当勋爵推翻自己的“王”时，伊芙琳说，“我看您现在还要去别处吧。”

这个逐客令可够唐突的，雷文古勋爵尴尬地鞠了个躬，从棋桌上脱出身来，朝我微微点头示意，然后缓慢而吃力地踱出了房间。

伊芙琳用厌恶的眼神目送他走出门去，然后示意我坐在她对面，厌恶的情绪瞬间消失。

“请坐。”她说。

“我恐怕下不了棋，”我说，“我正在找一位女仆，她昨晚给我送来一张便条，可我对她一无所知，希望您能够帮助我。”

“我们的管家可以帮您。”伊芙琳说着，将被吃掉的棋子又放回到棋盘，杂乱的军队又恢复了之前的阵形。每个棋子都被准确地放在方块中央，棋子的面孔向前冲着敌人。显然，这张棋盘上没有懦夫的位置。

“每个仆人在这座宅子里的一举一动，柯林斯先生都了如指掌，至少他让大家都这么觉得。”伊芙琳接着说，“不幸的是，他今天早上遭到了袭击。迪基医生将他转移到门房那里，这样他就可以休息得更为舒适。实际上，我正想去看他，这就陪您去找他。”

我犹豫了片刻，掂量了一下危险。只能说，伊芙琳·哈德卡斯尔要是想伤害我，就不会当着一屋人的面宣布和我同去。

“您真是太好了。”对我的回答她报之一笑。

伊芙琳站了起来，并未理会或者假装不理会周围好奇的目光。有两扇落地玻璃门通向花园，但我们没有从那里走，而是从门厅出去，这样就可以先回自己的卧室穿上大衣、戴上帽子。当我们走出大宅，走进寒冷午后的大风中时，伊芙琳还只是拿着自己的大衣。

“我能问您一下，柯林斯先生发生了什么事吗？”我怀疑他的遇袭可能与我昨晚的遭遇有关。

“他被一个客人袭击了，一个叫格里高利·戈尔德的艺术家。”她说着系上了厚围巾，“无论如何，柯林斯都没有招惹戈尔德，戈尔德打人却打得相当狠，当时没有人来得及阻止他。我需要警告您，大夫，柯林斯先生服了很强的镇静剂，所以我不能保证他是否能帮上忙。”

我们沿着通往镇上的碎石车道走，我再一次纠结于自己的奇怪处境。几天前，我沿着这条路到达布莱克希思时，肯定是既欢欣又激动，可能还因这宅邸路途遥远和地处偏僻而恼怒。那时，我知道自己身处险境吗？或者住下来之后，我才后知后觉危险的存在？我如此迷惘，记忆像地上的落叶被吹到一边。如今站在这里，我如焕新生。不知道塞巴斯蒂安·贝尔是否认可我现在这个样子，他能否和现在的我和谐相处。

伊芙琳一言不发，她一只胳膊挎着我，脸上绽放着温暖的微笑，仿佛一团火在心中燃烧。她的眼睛熠熠发光、生机勃勃，一扫之前死气沉沉的神情。

"走出那个房子太好了。"她大声地说，仰起脸去接雨水，"感谢上苍，你来了，医生。说实话，再多待一分钟，我就崩溃了。"

"幸好我那时去拜访了你。"我对伊芙琳的转变颇为吃惊。她觉察到我的困惑，轻声笑着。

"噢，别介意。"她说，"我讨厌慢慢去了解别人，所以要是遇到喜欢的人，我会马上把他当成朋友。从长远看，这样节省了很多时间。"

"我明白这样做的好处。"我说，"请问，我的什么行为给你留下了好印象？"

"如果你不介意我坦白直说，我就告诉你。"

"你现在不够坦率吗？"

"我一直努力遵守礼节，但是，你是对的，我从未做对过。"她的话语中带有一些嘲讽的遗憾，"好，老实讲，我喜欢你的深沉多思，医生。你给我的感觉是不太喜欢这个地方，我全心认同你的这种感觉。"

"我猜你不喜欢回家，这么说对吗？"

"哦，这里很久以前就不是我家了，"她说着跳过一个大水洼，"我弟弟遇害后的十九年时间里，我一直生活在巴黎。"

"在阳光房的那些女士呢？她们不算你的朋友吗？"

"她们今早刚到这里，说真的，我一个也认不出来了。我所认识的那些孩子，全都蜕掉了之前的躯壳，进入了现实社会。我和你一样，在这里都是陌生人。"

“至少你对自己而言并不是个陌生人，哈德卡斯尔小姐。”我说，“这能给你些安慰吧？”

“恰恰相反。”她望着我，“我想，暂时远离自我，也许是段不错的经历。我嫉妒你。”

“嫉妒？”

“为什么不呢？”她说着，抹掉脸上的雨滴，“你是个脱得一丝不挂的灵魂，医生。没有遗憾，没有伤口，也不用给自己编造谎言，每天早上都能正视镜中的自己。你是……”她咬住嘴唇，寻找合适的字眼，“……诚实的。”

“或者说是‘毫不设防的’。”我说。

“我是不是可以理解为，你不喜欢回家？”

她的微笑有些坏坏的，仿佛唇微动间便可置人于死地，却又藏着好意的提点。

“我并不想成为这样的人。”我平静地说，惊讶于自己的坦诚。虽然说不清，但我总觉得这个女人身上有些什么让我放松。

“怎么会这样呢？”她问我。

“我是个懦夫，哈德卡斯尔小姐，”我叹了口气，“四十年的记忆全部清空后，我发现懦弱就隐藏在下面。如今我只剩下懦弱。”

“哦，叫我伊芙琳，那样我就可以喊你塞巴斯蒂安了。我告诉你，别因为自己的缺点而焦灼不安。我们都有弱点，即使是刚刚降生到这个世界，我也可能谨小慎微。”她说着，挎紧了我的胳膊。

“你真好，但我的懦弱是深深植根于内心的一种本能。”

“好，就算你懦弱，那又如何？”她问我，“比这糟糕的情况有的是。至少你不是个卑劣小人，也不是个残暴之徒。现在你可以选择，不是吗？不像我们这些人，在黑暗中勉力振作。有一天你醒来之后，不知为何自己变了个人，你可以看看这个世界，看看你周围的人，挑选你个性中最想要的部分。你可以说：‘我想拥有那个男人的诚实，想要那个女人的乐观。’你就像是在裁缝街[1]买件西装那样潇洒。”

“你使我的遭遇变成了一种恩赐。”我感觉自己忽然间生机勃勃。

“不然怎么会管这叫重生呢？”她问我，“你不喜欢过去的自己，很好，那就成为一个全新的自我。没有什么可以阻挡你，再也不会有了。正像我说的，我嫉妒你。我们这些人都陷在自己过去的错误中无法自拔。”

我对此无言以对，好在她也没要我立即作答。我们来到两个巨大的栅栏柱子前，柱子顶部是两个破损的天使塑像，她们正在柱顶静默地吹着号角。门房在我们左侧的树林里，它的红瓦屋顶在浓密的树冠间若隐若现。一条小路通向门房，房门的绿漆已经开始剥落，因为年代久远，门已肿胀变形，遍布着裂纹。伊芙琳没有在意，牵着我的手绕到门房后面。她拨开浓密丛生的枝蔓，枝蔓下面覆着的砖墙布满裂纹。

后门插着简单的门闩，伊芙琳打开门闩，带我进到一个潮湿的厨房，操作台上面覆盖着一层灰尘，铜质平底锅还放在铁架上。一到里面，她立刻停下，仔细聆听。

“伊芙琳？”是我的声音。

她示意我别说话，又往走廊那里走了一步。她这种突然的谨慎让我不安。我浑身发僵，她却笑了，打破了这魔咒般的气氛。

“对不起，塞巴斯蒂安，我在听有没有我父亲的动静。”

“你父亲？”我迷惑不解。

1　萨维尔街（Saville Row），又名裁缝街，是伦敦西区一条拥有两百多年历史的老街。从19世纪初开始，萨维尔街便逐渐聚集培养起来世界顶尖的裁缝，现在这里成为高级定制男装的圣地。

“他就待在这里。”她说，“他应该出去打猎了，可我怕他还没有出门，我可不想冒这个险碰上他。恐怕我们对彼此都没有好感。”

我还没来得及发问，她就示意我走进一个有遮檐的门廊，上了狭窄的楼梯，光秃秃的木梯板在我们脚下嘎吱作响。我跟在她后面，每走几步就回头望望。这个门房十分狭窄，又曲里拐弯，墙上嵌着的那些门，角度十分奇特，看上去好似犬牙交错。风夹杂着雨水的气息，从窗户呼啸而入，整个门房都像是在摇晃。这里的任何东西似乎都故意让人心神不宁。

“为什么把管家安排到这么偏僻的角落？”我问伊芙琳，她正琢磨着要开哪边的门，“大宅里肯定有比这里更舒服的地方。”

“大宅里所有房间都有安排了，迪基医生吩咐要让他待在平和宁静、炉火旺盛的地方。信不信由你，这里最适合他。快来，让我们试试这扇门。”她话毕，轻轻敲了敲左边的门，无人应答，她便推开了门。

一个高个子双手被缚，吊在天花板上的钩子上。他的衬衫上都是炭笔的污渍，脚勉强能够着地板。他已经神志不清了，满头黑色的鬈发垂在胸前，脸上都是血。

“不对，肯定是另一边。”伊芙琳说，声音平静而冷漠。

“到底是怎么回事？”我惊恐地退后一步，“这是谁，伊芙琳？”

“这就是格里高利·戈尔德，袭击我们管家的家伙。”伊芙琳打量着他，仿佛是在看一只被钉在软木板上的蝴蝶，“打仗时，管家救了我父亲[1]。看来这次袭击可真让我父亲生气了。”

“生气了？”我说，“伊芙琳，戈尔德像头猪一样被吊在那里！”

1　原文此处为蝙蝠侠（batman），蝙蝠侠常行侠仗义，救人于水火之中，此处是管家救过勋爵之意。

“我父亲不是个细腻的人，也不怎么聪明，”她耸耸肩，“我怀疑细腻和聪明总是相伴相生。”

我苏醒之后第一次感到鲜血沸腾。无论这个男人犯了什么罪，都不应该这样惩罚他，不能用绳子把他这样吊在密室里。

“我们不能不管他，就这么走了，”我抗议道，“这样不人道。”

“他的所作所为本来就不人道。”伊芙琳说，她的冷漠第一次吓住了我，“我母亲派戈尔德来整理家庭画像，别无他事。他甚至都不认识管家，然而今天早上他跟踪管家，用一根火钳把他打了个半死。相信我，塞巴斯蒂安，他应得的惩罚还远远不止这些。”

“还会怎么处理他？”

“一个警官正从镇上赶来，”伊芙琳说着，引我出了这间小屋，关上身后的门，她的心情立即变得明媚起来，“父亲想让戈尔德明白他很恼火，就这些。啊，这肯定才是我们要找的房间。”

她打开了厅对面的另一扇门，我们进了一个小房间，这里四壁全是白墙，一扇小窗户上糊满了灰尘。不像其他房间，这里通风不畅，壁炉里的火烧得正旺，旁边还堆着很多柴火，预备往里填。角落里有张铁床，管家正蜷缩在床上，身上盖着灰色的毯子。我认出了这个家伙，他正是早上给我开门、放我进去的那个被烧伤的人。

伊芙琳说得没错，此人受到了残酷的对待。脸上有可怕的瘀伤，伤口处还是青紫色，干了的血迹弄脏了枕套。痛苦破坏了他的睡眠，他不停地呻吟，若非如此，我差点以为他已经死了。

一个女仆正坐在旁边的木椅上，腿上摊开了一个很大的本子。她不过二十三岁，娇小得仿佛可以塞进口袋，帽子里露出了金色的头发。我们进来的时候，她抬头看了一眼，把本子合上。意识到我们的身份时，她立即站起身来，匆忙抚平她的白围裙。

“伊芙琳小姐，”她结结巴巴地说，眼睛盯着地板，“我不知道您会来。”

“我的这位朋友要来看望柯林斯先生。”伊芙琳说。

女仆棕色的眼睛望向我，然后又一次看向地板。

“对不起，小姐，他一上午都没有醒，”女仆说，“医生给他吃了一些助眠的药。”

“那么他不会醒过来啦？”

“没试过呢。小姐，您上楼来的动静不小，可他的眼皮动都没动。如果那样都唤不醒他，真不知道怎样才行。他呀，不再理会这个世界了。”

女仆又看向我，停留了很久，好像认识我的样子。接着她把目光投向地板，继续那种沉思的状态。

“对不起，请问我们认识吗？”我问女仆。

“不，先生，不算认识，只是……昨天晚餐时我服侍过您。”

“是你给我送来了一张便条吗？”我激动地问。

“不是我，先生，是玛德琳给您送的。”

“玛德琳？”

“是我的贴身侍女，”伊芙琳插了句话，“宅子里的人手不够，我就让她到厨房里帮忙。哦，很幸运，”她看了下腕表，“玛德琳给猎人们送点心去了，大约下午三点钟就能回来。等她回来，我们一起问她好了。”

我接着把注意力转向这个女仆。

“你知道那张便条吗？”我问她，“可能你知道便条上写了什么……”

女仆摇了摇头，拧着手。可怜的姑娘一直盯着地上。我有些可怜她，就道谢离开了。

七

这条大路通往镇子，我们每走一步都会觉得两边的林木在逼近，这和我之前的预想不太一样。从书房里的地图看这条大路，感觉是费力地从林子里开辟出来的。而现实中这是一条宽宽的土路，上面坑坑洼洼，落下的树枝散在四处。森林从来都不能被驯服，不会服从人的意志，哈德卡斯尔家没法让这个森林邻居做出让步。

我不知道我们要去往何处，但伊芙琳相信可以截住返回的玛德琳。私下里，我怀疑她不过是找个理由晚点回到大宅罢了。其实并不需要找借口，在和伊芙琳相处的这一个钟头里，我今天第一次感觉自己是个完整的人，而非某人的残余。风雨之中，有个朋友陪伴左右，成为我一天中最快乐的事情。

“你觉得玛德琳会告诉你什么？”伊芙琳边问，边从路上捡起一根树枝，抛回到林中。

“昨天晚上她给我送来的那张便条，把我引进了树林，后来有人袭击了我。”我回答。

“袭击！”伊芙琳打断了我，惊讶万分，“在这里吗？为什么？”

“我也不知道，但我希望玛德琳能告诉我是谁让她送的便条。她甚至可能看了那张便条。”

“你不用加上‘可能’两个字。”伊芙琳说，“我在巴黎时，玛德琳就是我的贴身女仆。她很忠诚，也会逗趣，但真是太爱偷听、偷看了。她也许把偷看来信当成工作的额外福利。”

“那你可对她够宽容的。”我说。

“不得不宽容，因为我付不起太高的工资。”伊芙琳说，“她告诉你便条上的内容后，你如何行事？”

“我会报告警方，”我说，“希望能让这件事就此作罢。”

在下一个弯路左拐后，我们沿着一条小路进了林子。土路纵横交错，再回望，便看不到来的路了。

“你知道要去哪里吗？”我紧张地问，将一根低垂下来的树枝拂走，不让它挡住脸。上一次进林子时，我就找不到归路。

“我们跟着这些走，”伊芙琳扯着钉在树上的一块黄色布条。它和我今天早上跌跌撞撞跑到布莱克希思时发现的那些红布条相似，那段记忆更加让我不安。

“它们都是标记，”她说，“田庄看守用这些布条在林中导航。别担心，我不会让你迷路。”

她刚说完，我们就来到了一个很小的空地。空地中央有一口石井，木头井架已经坍塌，卷起水桶的铁轮也锈住了，陷在泥里，差不多被落叶掩埋。伊芙琳高兴地拍着手，深情地抚摩着满是青苔的石头井沿。显然，她希望我没有留意塞在石头缝里的字条，也没注意到她想用手指盖住那字条。因为友谊，我没有拆穿她的伪装，当她回头看我时，我忙将眼神移开。布莱克希思里肯定有人在追求伊芙琳，我虽然不好意思承认，但的确有些嫉妒这封密信和写信的追求者。

“就是这里，”她说着，戏剧性地挥了一下胳膊，“玛德琳回宅子时肯定会路过这块空地，一会儿就该到了。她三点钟就回宅子，因为还要帮忙布置舞厅。”

“这是什么地方？”我边问，边四处张望。

“这是许愿池，”伊芙琳回答，她靠着井沿往里面看，“我和迈克尔小时候常常来这里。我们往里面扔小卵石来许愿。”

“那么，小伊芙琳·哈德卡斯尔都许过什么愿呢？”我问她。

她皱皱眉，这个问题使她茫然无措。

“你知道的，无论如何，我都记不得了。”她说，“一个拥有一切的小孩，还会许下什么愿望呢？”

还会渴望更多的东西，所有人都是这样。

“就算能想起自己的事，你大概也没法告诉我。”我微笑着说。

伊芙琳拍拍手上的土，疑惑地看着我。可以看出，她燃起了好奇心，还有愉悦——是在熟悉的地方，不期而遇陌生事物而带来的愉悦。我来这里是因为我吸引了她，意识到这点我有些失望。

“你想过吗，如果恢复不了记忆该怎么办？”她柔声细气地问着，这个问题显得气氛缓和了许多。

现在不知所措的人，换成了我。

最初的疑惑一闪而过，我努力让自己不再自怨自艾。不管怎样，我的失忆不过是挫败，还谈不上悲剧。我记不起来安娜的事情，的确带来了很多麻烦。然而我探寻塞巴斯蒂安·贝尔的身份时，也发现了两个朋友，看到了一本写满注解的《圣经》，还有一个上了锁的行李箱。在这世上活了四十年，只有这么一点点痕迹。没有妻子为我俩逝去的岁月流泪，也没有子女担心深爱的父亲无法归来。这样看，塞巴斯蒂安·贝尔的生活，似乎是容易失落的闲适生活，同时也是值得哀悼的艰难人生。

林中有树枝断裂的声音。

“侍从。”伊芙琳说。回想起瘟疫医生的告诫，我浑身的血液变得冰冷。

“你说什么？”我边问，边疯狂地用目光搜寻森林。

“听那声音是侍从，”她说，“他们正在捡树枝。不怎么体面吧？我们没有足够的仆人来准备烧火炉的柴火，所以客人需要派他们的侍从来捡树枝。”

“他们？有多少侍从？”

“每个来访家庭都带一个侍从，还会有更多家庭抵达，”伊芙琳说，“我看大宅里已经有七八个侍从了。”

“七八个？”我感觉自己仿佛被扼住了喉咙。

“亲爱的塞巴斯蒂安，你不舒服吗？”伊芙琳边问边抓住了我的胳膊。

在其他场合，我会喜欢这种体贴和这种真情流露。可此时此地，她的细心让我觉得尴尬。我该如何解释装扮成瘟疫医生的怪家伙警告我留心一个侍从呢？这个称呼对我来说没有什么意义，然而我一听到这个称呼，心中就升起极度的恐惧。

“对不起，伊芙琳，”我说着，可怜巴巴地摇摇头，“我还有更多的事要告诉你，但不是在此时此地。”

我无法面对她质询的目光，只好环视空地四周。三条小路相交通向林中，其中一条小路径直穿过林间，通向水边。

“那是……”

“湖，”伊芙琳的目光越过我，“我想算是个湖吧。查理·卡佛就是在那里杀死了我弟弟。”

瞬时我俩一片沉默。

“对不起，伊芙琳。”我最后开了口，为自己的冷漠和不体贴窘迫不安。

“你是不是觉得我冷酷无情？可这是很久以前的事，现在想起都觉得似乎从未发生过，”伊芙琳说，“我甚至想不起托马斯的样子。”

“迈克尔也这么觉得。”我说。

“那没什么好惊讶的，事情发生时，他比我还小五岁呢。”她将双手抱在胸前，幽幽地开口，“那天早晨我本该照看托马斯，但是我想去骑马，他总在烦我，所以我就和他玩捉迷藏，然后甩掉了他。如果我不那么自私，他就不会出现在湖边，卡佛也不会向他动手。你想象不到这个想法如何纠缠着那时的我。我睡不着觉，吃不下东西，胸中只有愤怒和自责。谁要安慰我，我就恶语相加。”

“是什么改变了你？”

“迈克尔。”她的笑充满希望，“我待他很是刻薄，可以说糟糕至极，但是无论我说什么，他都一直陪伴在我身边。他看到我的悲伤，就想让我好受一些。我觉得他不一定知道怎么回事，真的。他只是对我好罢了，可就是他让我不再自我放逐。”

“因为这件事，你去了巴黎，好逃避一切吗？”

“我没有逃离，几个月后父母送我出去了。”她咬着嘴唇说，“他们不能原谅我，如果继续待在这里，我也不能原谅自己。我知道出国本来是对我的惩罚，但在我看来，背井离乡反而成了好事。”

“然而你又回来了。”

“你说得好像我愿意回来似的。”她苦涩地说，风在林间呼啸而过，她紧了紧自己的围巾，“是父母命令我回来的。他们甚至威胁我，如果拒绝回国，就剥夺我的继承权。我不答应，他们就威胁要剥夺迈克尔的继承权。于是我就回来了。”

“我不明白他们为什么这样冷漠地待你，却还要为你举办舞会。”

“舞会？”她摇摇头，“噢，亲爱的，你真的不明白这里的内情吗？”

“也许如果你……”

“明天就是我弟弟被害十九年的忌日，塞巴斯蒂安。我不知道为什么父母要纪念这件事情，就在我弟弟遇害之地重新开放大宅，请回当年被邀请的同一批客人。”

她的声音里升腾起愤怒，又夹杂着痛苦的悸动，我想尽力将那痛苦拂去。她将脸转向湖水，蓝色的眼睛湿润了。

“他们将忌日伪装成舞会，还以欢迎我归国的名义邀请客人，我觉得可怕的事情即将降临在我身上。”她接着说，“这不是庆祝，是惩罚，五十个客人即将在这里盛装见证我的惩戒仪式。”

“你的父母真的这样恨你吗？”我震惊地问道。此刻的感觉让我想起今天中午，那只小鸟撞到玻璃上时，我胸中涌起的深切同情，也为命运骤然而至的残酷鸣不平。

“母亲早上给我一个口信，让我到湖边来见她，”伊芙琳喃喃道，“但她没有来，我觉得她根本没想来。她就是想让我站在这里，在悲剧发生的地方回忆过往。这解答你的疑问了吗？”

“伊芙琳……我……我不知道该说些什么。”

“不必开口，塞巴斯蒂安。财富是灵魂的毒药，我父母拥有财富太长时间，而参加这场聚会的大多数宾客也是如此，”伊芙琳说，“他们的礼节不过是面具，你最好记住这一点。”

看到我痛苦的表情，伊芙琳笑着拉起我的手。她手指冰冷，眼神却是温暖的。如同一个登上绞刑架的囚徒，她拥有着脆弱的勇气。

“噢，别担心，亲爱的朋友，”伊芙琳说，“我有过太多辗转反侧的不眠之夜。你可别因此失眠，那可没什么好处。如果愿意的话，你可以顺道为我在许愿井许个愿，虽然我知道你自己有更迫切的烦恼。”

她从口袋里掏出了一枚小小的硬币。

“拿着，”她说着，把硬币递给我，“我觉得小石头不管用。”

硬币抛进井里，井很深，硬币没有落在水里，而是砸到了井底的石头上。尽管伊芙琳建议我给自己许个愿，我还是放弃了，而是祈求她可以从这里得到救赎，摆脱她父母的诡计，获得幸福和自由。许愿的时候，我像孩子一样闭上了眼睛，希望睁开眼睛时乾坤逆转，愿望将成为现实。

“你变了好多。”伊芙琳低语着，面容泛起情感的涟漪，显然是意识到自己言语不慎而感到不安。

“你以前认识我？”我惊讶地问她，从未想过伊芙琳和我之前有过交往。

“我真不该说这些。”她说着走开了。

“伊芙琳，我们在一起一个多钟头，你我成了世上最好的朋友，”我对她说，“请你和我说实话，我到底是谁？”

她的眼神在我的脸上游移。

“我不是回答这个问题的合适人选，”她抗议道，“我们两天前才刚认识，我对你的了解，大多来自道听途说。”

“我对自己一无所知，所以任何信息我都想听。”

伊芙琳紧紧地抿着双唇，尴尬地拽着衣袖。如果给她一把铲子，她能挖条隧道逃走。如果是好人好事，她不会这样羞于启齿，我已经开始害怕她要说的话了。即便如此，我也不会放过任何信息。

“求求你，”我央求道，“你早些告诉我，我就能选择自己的未来，但如果对自己过去的身份一无所知，我便无从选择。”

伊芙琳动摇了，她抬头看着我，忽闪了一下眼睛。

“你真想知道吗？”她确认了一下，“真相并不总是美好的。”

“是好是坏，我都要知道失落的真相。”

“我觉得真不太好，”她叹了口气，紧握着我的手，“你是个毒贩子，塞巴斯蒂安。你谋生的手段，就是给无聊的有钱人解闷，在哈利街[1]行医，不过是个幌子。”

“我是个……”

“毒贩。”伊芙琳又重复了一遍，“我想是在卖流行的鸦片酒，据我了解，你那个大行李箱中各种毒品应有尽有，可以满足不同的趣味。”

我的心陡然一沉。我不敢相信自己会被往事如此伤害，获知之前做这样的营生，我的内心真像是被掏了个大洞。纵然千错万错，我还有一名医生的小小骄傲在支撑着。行医总是正直的，甚至是荣耀的。但是，不，塞巴斯蒂安攫取了医生的头衔，将之用于自私的、邪恶的目的，他败光了自己最后一点善良。

伊芙琳是对的，真相并不总是美好的，但是没有人愿意看到曾经的自己如此不堪。这简直是雪上加霜。

“我不应该担心这些，”伊芙琳边说边抬头捕捉我躲闪的眼神，“我面前的你，丝毫不见过去可怕的身影。”

“这就是我出现在这个聚会上的原因，是不是？”我平静地问，“卖我的货？”

她同情地笑了笑：“恐怕是的。”

我麻木地退后两步。白天我走进房间时，所有奇怪的眼神、低语和骚动都得到了解释。我原以为人们关心我的健康，原来他们在琢磨，何

1　哈利街（Harley Street）是伦敦市中心的一条街道，以伦敦市长托马斯·哈利（Thomas Harley）命名（1767年），19世纪开始，哈利街聚集了大量私人诊所、医疗机构和药店，因此被称为“百年世界名医街”。

时我才能再开箱营业。

我真觉得自己像个傻瓜。

“我得去……”

我无言以对，径直在林中跑了起来，越跑越快，就快跑到大路上了。伊芙琳跟在后面，努力想追上我。她试着安抚我，想让我停下，提醒我还要去见玛德琳，但是我失去了理智，内心只剩下对过去的自己的憎恨。我可以接受他的弱点，或许还能改善这些弱点，但是这一身份无异于背叛。他犯了错，然后逃之夭夭，只留下我收拾残局。

布莱克希思大宅的门大敞着，我跑上楼梯，闪进房间，站在那里看着脚下的行李箱气喘吁吁，我身上还带着泥土的潮湿味道。昨晚我是因为它才进了林子吧？也是因为它才流血的吧？好啊，我要砸掉这一切，与过去的我一刀两断。

伊芙琳也跑了上来，发现我正满屋子乱转，要找重物去砸箱子上的锁。她明白我要干什么，就钻回走廊，一会儿便拿来一个半身塑像，好像是罗马皇帝像。

“你真是个人才。”我说着用塑像去砸锁。

早上把箱子从柜子里搬出来的时候它还很重，因为我得用尽全力才能抬起来，可是现在我每砸一下，箱子就后挫一下。伊芙琳又过来帮忙，她坐在箱子上固定住，我使劲砸了三下，锁开了，落在地板上。

我把塑像扔到床上，抬起沉重的箱盖。

行李箱是空的。

或者说几乎是空的。

箱子里一处角落里，有一枚国际象棋棋子，底座上刻着安娜的名字。

“我想是时候给我讲讲你的故事了。”伊芙琳说。

八

窗外是浓浓夜色，玻璃因为寒冷结了一层霜。壁炉里的火烧得正旺，火苗摇曳着。我没有开灯。房门紧闭，可以听到走廊里匆匆的脚步声、嘈杂的交谈声一直延续到舞厅。远处飘来小提琴乐弦拨动的声音，音乐渐渐苏醒。

我把脚往炉火边靠靠，等待着静谧的降临。伊芙琳请我出席晚宴和舞会，但是我不能和这些人搅在一起，因为我知道了自己的身份，也知道他们想从我这里得到什么。我厌倦了这个大宅子，也厌倦了他们的游戏。我准备在夜里十点二十分去墓园与安娜见面，然后我会找个稳妥的人带我去镇上，离开这个疯狂的地方。

我看向箱子里的那枚棋子，拿起凑近火光仔细端详，希望它能勾起更多回忆。它静静地躺在我手上，没有点亮任何记忆。这是国际象棋里的“象”[1]，手工雕成，上面满是白色漆点，和我在宅子里面看到的象棋大相径庭，宅子里的象棋是昂贵的象牙套装。但是……这枚棋子于我而

1　国际象棋中的棋子，英文为bishop，原意为“主教”，在象棋中译为“象”。

言有着特殊的含义。不管它能不能让我想起什么，都给了我安慰。握着它，我又有了勇气。

有人敲门，我从椅子上慌忙起身，手里还紧紧握着这枚棋子。离去墓园约会的时间越来越近，我也越来越神经紧张，甚至炉火发出的噼啪响声都可能让我从窗户跳出去。

“贝尔，你在吗？”是迈克尔·哈德卡斯尔的声音。

他又敲了一下门，不肯离开的样子，像个礼貌的撞门锤。

我把棋子放在壁炉架上，然后去开了门。大厅里的人装束各异，迈克尔穿着鲜艳的橘红色外衣，手里摆弄着一个巨型太阳面具的系带。

“你在啊，”迈克尔冲我皱皱眉，“你怎么还不换衣服？”

“我不去了，”我说，“因为……”

我用手指了一下头，可他没明白这手势的意思。

“你头晕吗？”他问，“要不要去叫迪基？我刚看见他……”

我赶紧抓住他的胳膊，他差点要飞奔到走廊那边去找大夫。

“我就是不太想去。”我说。

“你确定吗？一会儿有焰火表演，我肯定我父母一整天都在酝酿一个惊喜。太遗憾了，要是——”

“真心的，我不想去。”

“好吧，如果你确定的话。”他说得很勉强，神情和声音都有些沮丧，“很抱歉你这一天这么糟糕，贝尔。希望明天会变好，至少误会都解除了。”

“误会？”我问。

“关于那个女孩被杀的事啊，”他疑惑地笑了，“丹尼尔告诉我全搞错了，我半路就解散了搜索队，感觉自己像个傻瓜。当然也没什么坏处。”

丹尼尔？他怎么可能知道安娜还活着？

“当时搞错了，对吗？”迈克尔注意到了我的疑惑，就问了一句。

“是的，”我轻快地回答，“是……错得离谱。很抱歉给你添麻烦了。”

“别往心里去，”他半信半疑地说，“别想这件事了。”

说这话时他拖长了音，像是绷紧的橡皮圈。我能听出来，他不仅怀疑我讲述的经历，也怀疑眼前站的这个人。毕竟，我不是他之前熟悉的那个人，他也意识到我再也不愿意变回那个人。今天上午，我想尽一切办法来修补我们之间的裂痕，但是塞巴斯蒂安·贝尔是个毒贩，又是个懦夫，往往与蛇蝎为伴。迈克尔与那样的人为友，我又怎能把他当作朋友呢?

“好的，我该走了。”他清了清嗓子，“祝你好运，老兄。”

他用指关节敲了敲门框，转身走了，和其他客人一起去参加舞会了。

我目送他离开，咀嚼着他带来的消息。我几乎忘记了今早安娜在林中的逃亡，即将发生的在墓园里的会面，驱散了这段恐怖记忆。然而，即使丹尼尔一直在遮遮掩掩，显然还是发生了大事。我肯定自己目睹的一切，那枪声、恐惧都是真实的。安娜被一个黑衣人追赶，我现在觉得那人就是侍从。无论如何，安娜没有死，昨晚遇袭的我也幸存了下来。她想和我谈论这些吗？谈我们的共同敌人，谈他杀我们的缘由？可能他是来要毒品的，显然那是很值钱的。也许安娜是我的搭档，是她从箱子里取走了毒品，以防落入敌手。这至少解释了为什么会留下枚棋子。难不成是暗号?

我从衣柜里取出大衣，裹上长围巾，戴上厚厚的手套，揣着裁纸刀和棋子出了门。夜晚寒冷而清冽，等适应了黑暗，我深吸一口新鲜空气，空气里还带着暴雨的湿意。踏上碎石路，我绕着宅子走向墓园。

我收紧了双肩，胃里有些翻江倒海。

我害怕这个林子，更害怕这次会面。

刚刚醒来的时候，我最想搞清自己的身份，但是昨天晚上的遭遇，现在看来焉知非福。伤害给了我重新开始的机会，但是如果与安娜的相会唤醒了所有的记忆该怎么办？我这一天修补好的混乱人格，能否渡过这场劫难？会不会被彻底冲垮？我自己又会不会被彻底冲走？

这些想法差点让我掉头回去，然而要想与过去的我对抗，怎能逃离他所建立的生活？最好在这里奋勇抵抗，对我将要成为的人满怀信心。

我咬紧牙关，顺着小路穿过树林，来到一个园丁小屋前面，屋子里漆黑一片。伊芙琳正靠在墙上抽烟，脚下放着个提灯。她套着米黄色长款大衣，穿着长筒靴，与这一身格格不入的是，外套下面穿着蓝色晚礼服，头上顶着璀璨的钻石王冠。她其实很美，虽然穿得有些不搭调。

她察觉到我的注视。

“晚宴后没时间换衣服。”她辩解道，扔掉了烟头。

“你在这儿干吗，伊芙琳？”我问她，“你应该在舞会上啊。”

“我溜出来了。你不会认为我喜欢在那里待着吧？”她说着，用鞋跟去碾烟头。

“这很危险。”

“那你单枪匹马地去就是愚蠢，而且我还能助你一臂之力。”

她从手袋里掏出一把黑色左轮手枪。

“你的手枪到底在哪里找的？”我感到震惊，又有点内疚。我的麻烦使伊芙琳拿起武器，这一想法就像是对她的背叛。她应该在布莱克希思的大宅里面待着，暖和安心，而不是在外面担惊受怕。

“是我母亲的枪，所以要问得去问她。”

“伊芙琳，你不能……”

“塞巴斯蒂安，在这个可怕的地方，你是我唯一的朋友，我不能让你一个人走进墓园，你不知道那里等着你的是什么。已经有人想要杀你，我可不能让他们再次动手。”

我哽咽难言，无限感激。

“谢谢你。”

“别傻了，要不是来这里，我还得在众目睽睽之下待在舞厅里，”她说着，拿起提灯，“我应该感谢你。现在，我们走吧！一会儿如果我不能回去讲话，后果就严重了。”

墓园中夜色深凝，铁栅栏有些坍塌，树枝低垂到歪斜的墓石上，地上堆着厚厚的腐叶，坟墓开裂，石碑岩块剥落，死者的名字随之化为齑粉。“昨晚你收到的那张便条，我问过玛德琳，”伊芙琳说着，推开了吱嘎作响的墓园门，我俩走了进去，“我希望你不会介意。”

“当然不会，”我紧张地四处张望，“说实话，我都忘记了。她是怎么说的？”

“她只说那便条是厨娘德鲁奇太太给她的。我单独又问了德鲁奇太太，她说有人将那便条放在厨房里，她也不知道是谁留下的。厨房里总是人来人往。”

“玛德琳看了那便条吗？”我问。

“当然看了，”伊芙琳苦笑了一声，“她承认的时候都没脸红。字条上的留言很短，就是让你立即去老地方。”

“就这些？没有落款吗？”

“恐怕没有。抱歉，塞巴斯蒂安，我本来希望有更好的消息。”

我们走到墓园最深处的坟墓前，是一个巨型的大理石墓室，上方的守护天使已经碎裂。一只提灯挂在天使的手上，在黑暗中发出摇曳的光，这是唯一的光源。墓园里空无一人。

“可能安娜耽搁了。”伊芙琳说。

“那是谁点的提灯呢？”我问。

我的心跳加速，因为一路在齐踝深的落叶中跋涉，潮气浸湿了裤子。伊芙琳的手表显示时间已到，但是安娜依然无影无踪。这里只有那个该死的提灯在风中摇摆，发出吱吱嘎嘎的声音。整整一刻钟或者更久，我们就直愣愣地站在那里，任头顶提灯的光洒在肩头。我们的目光四处搜寻安娜，发现她似乎无处不在：在游移的暗影里，在颤动的叶子里，在微风拂动的低垂树枝里。一次次，我们俩拍拍对方的肩膀，让彼此注意某个突然的响声，或是从灌木丛里冲出来的受惊动物。

时间越来越晚，让人很难不疑神疑鬼。迪基医生认为我胳膊上的伤口是防御所致，好像是持刀袭击。安娜会不会并非盟友，而是敌人？也许那能解释为什么我牢牢记着她的名字。从现有信息推测，也许是她写了那张我晚宴时收到的便条，现在就是她引诱我来这里，好把昨天晚上的事干完。

这些想法如裂纹一样，在我已然脆弱的神经上蔓延，恐惧涌入我的心中。幸好伊芙琳在场，还能让我坚持住，她的勇气使我立在那里一动不动。

“我觉得她不会来了。”伊芙琳说。

“是的，我也觉得她不会来了，”我言辞平静，不愿意让人知道我已解脱，“也许我们该回去了。”

“我同意，”她说，“很抱歉，亲爱的。”

我颤抖着从天使手臂上摘下提灯，跟着伊芙琳往门外走。刚走了几步，伊芙琳就抓住我的胳膊，用她的提灯照地面。光洒到树叶上，照出上面有泼溅的血滴。我跪下来，用拇指和食指去捻那黏糊糊的东西。

“这里。”伊芙琳静静地说。

她一路跟着那些血迹来到附近的墓碑处，树叶下面有个东西在闪闪发光。我拨开树叶一看，原来是今早带我走出树林的指南针。

指南针上染了血迹，表盘已经碎了，然而指针还是坚定地指着北方。

“这就是凶手给你的那个指南针吗？”伊芙琳压低声音问。

“是的，”我边说边在手里掂量着它，“丹尼尔·柯勒律治今天早上从我这里把它拿走了。”

“似乎又有人从他那里取走了这个指南针。”

无论安娜想要警告我什么，看上去都要先找到她，这事还和丹尼尔·柯勒律治有关系。

伊芙琳把手搭在我肩头，警惕地眯眼看着提灯光线照不到的黑暗区域。

“我想最好把你弄出布莱克希思庄园，”伊芙琳说，“回你的房间，我去找辆马车送你走。”

“我得找到丹尼尔，”我无力地反驳道，“还有安娜。”

“这里发生了可怕的事情，”她倒吸一口冷气，“你胳膊上的刀伤、毒品、安娜，再加上这个指南针，这些都是象棋中的棋子，我们俩都不知道如何下这盘棋。你必须离开，为了我，塞巴斯蒂安。让警察来处理这些事情吧。”

我点点头，没有抗争下去的意志了。我留在这里只是为了安娜，残留的勇气让我相信，遵守秘密传达的请求只是道义。如今没了这个义务，我便可以与这个地方一刀两断。

我们沉默着返回布莱克希思大宅，伊芙琳在前面带路，用枪指着暗处。我在她身后悄悄跟着，像只小狗。然后我浑浑噩噩地和朋友告别，开门进了自己的房间。

房间里变了样。

床上放着一个盒子，系着一条红丝带，轻轻一拉就开了。我打开盒盖，胃里立即翻江倒海，一股苦水涌上喉咙。那里面是只死兔子，身上插着一把切肉刀。盒底的血已经凝固，血污遍布兔子的皮毛和耳朵上夹的字条。

来自你的朋友。

侍从

我眼前一黑，一下子昏了过去。

九

第二天

震耳欲聋的叮当声把我吵醒，我坐起来，用手捂住耳朵。我皱皱眉，四处张望找寻声音的来源，然后发现我夜里被搬到了另一个房间。不再是那个空气流通的卧室，浴缸不见了，也没有了舒适的炉火。此刻我待的屋子狭小逼仄，石灰水刷的惨白四壁，一张铁制单人床，一扇小窗透进昏暗的光线。对面有一张五斗橱，旁边门钉上挂着一件破破烂烂的棕色睡袍。

我下了床，脚触到冰冷的石头地面，顿时感到脊背发凉、浑身颤抖。我马上想到那个侍从，他弄死兔子后，肯定会继续作恶，但这响个不停的噪声让我没法思考。

我穿上睡袍，袍子上廉价的古龙香水呛得要命。我往走廊里探探头，走廊的地砖已经开裂，白墙因为潮湿而鼓起包来。一扇窗户也没有，只有走廊的灯给所有陈设抹上了一层脏兮兮的黄光，那光在摇曳，一切都显得躁动不安。到了走廊，那叮叮当当的铃声就更响了，我捂着耳朵，循着声音来到一个开裂的木头楼梯旁，这楼梯通往上面的房子。楼梯旁边的墙上有块木板，上面安了十几个大锡铃铛，每个铃铛下面挂着一个小牌子，上面写着这铃铛通向大宅的哪个房间。现在正在剧烈颤动的是前门的铃铛，我担心它会从底板上晃下来。

我用手捂着耳朵，盯着这铃铛，又不能把它从墙上拽下来，显然要想让铃铛停下来不再响，除了开门别无他法。我紧了紧睡袍带子，冲上楼梯，上到门厅后面。这里安静多了，仆人们安静地走动，他们怀里抱着花束和其他装饰品。我想他们正忙着清理昨夜舞会留下来的垃圾，所以都没有听见门铃声。

我恼怒地摇摇头，开了门，迎面看见塞巴斯蒂安·贝尔医生。

他眼神狂乱，浑身湿透了，冻得发抖。

"您快帮帮我。"他的言语中透出恐慌。

我的世界霎时一片空白。

"您家里有电话吗？"他接着说，眼神中透出绝望，"我们得报警。"

这不可能。

"你这个家伙，别光在那里杵着！"他抓着我的肩膀，大喊大叫，透过睡袍我可以感觉到他的手指传来的寒意。

不等我回答，他推开我冲进了大厅，寻求帮助。

我努力去理解眼前的景象。

这个人是我啊！

这个人是昨天的我啊！

有人在和我说话，拽我的袖口，但是我的眼睛里只有这个冒名顶替我的人，水顺着他的身体往地上滴。

丹尼尔·柯勒律治出现在楼梯顶部。

"是塞巴斯蒂安吗？"他说着，一只手扶着栏杆下了楼梯。

我看着他在耍什么花招，是在排演吗？还是在开玩笑？但是他走下楼梯的样子和昨天一模一样，步履轻松，自信满满，潇洒从容。

又有人拽了我的胳膊一下，一个女仆转到我面前。她关切地看着我，嘴唇在动。

我眨了眨眼睛，拂去自己的困惑，聚焦到她身上，终于听见了她说的话。

“……柯林斯先生，您还好吧？柯林斯先生？”

她的面孔好熟悉，可我想不起她是谁。

我越过她的头看向楼梯，丹尼尔已经带贝尔上楼去他的房间了，一切和昨天一模一样。

我挣脱开女仆，冲到墙上的一面镜子前，简直不忍目睹。我的脸烧得面目全非，各处肤色深浅不一、粗糙无比，摸上去像是烈日下炙烤过久的果实。我认识这个人，不知为何，我醒来就成了这个管家。

我的心咚咚直跳，又转身朝向女仆。

“我到底是怎么啦？”我结结巴巴，扼住了自己的喉咙，惊讶的是，我的声音变成了嘶哑的北方口音。

“先生？”

“我是怎么……”

可我问错了人。答案凝固在那人留下的泥迹里，随着那泥迹一直延伸到楼上丹尼尔的房间里。

我拎起睡袍的边缘，跟着这树叶混杂雨水留下的痕迹，匆忙追赶他们。女仆在叫我的名字，她冲过来的时候，我几乎已经跑上了楼梯，她挡在前面，双手抵住我的胸口。

“您不能上去，柯林斯先生，”她说，“如果海伦娜夫人看见您衣冠不整地到处跑，就麻烦大了。”

我想要绕开她，可她又往旁边跨了一步，重新挡住我的路。

“让我过去，丫头！”我命令她，话一出口就后悔了。这语气生硬刻薄，根本不像是我在说话。

“您又发作了，柯林斯先生，没有别的，”她说，“来厨房吧，我来沏壶茶咱们一起喝。”

她蓝蓝的眼睛，显得认真恳切。那眼神拂过我肩头时变得不自然，我扭头一看，发现其他仆人正聚在楼梯口。他们怀抱鲜花望着我们。

“发作？”疑问张开了大嘴，仿佛要将我吞没。

“因为烧伤，柯林斯先生，”她平静地说，“有时候您会说一些奇怪的话，或者出现幻觉。喝杯茶就好了，几分钟后您又可以恢复正常了。”

她的好心让我觉得压抑，温暖但沉重，让我想起昨天丹尼尔的恳求和他说话时小心翼翼的神情，仿佛稍一用力便会让我骨折。他觉得我疯了，这个女仆也觉得我疯了。看到我身上发生的一切，以及我认为自己经历的一切，我不能确定他们是真的错了。

我无助地望了望她，她挽起我的胳膊，带我下了楼梯，人群闪开一条路让我们过去。

“喝杯茶，柯林斯先生，”她安慰我，“您就需要喝杯茶。”

她领着我就像领着个迷路的孩子，这双生了茧子的手，传递过来的温柔，如同她的声音一样使人平静下来。我们一起离开了门厅，下了仆人的楼梯，穿过昏暗的走廊来到厨房。

我的眉头上已经渗出汗珠，烤箱和炉子散发着热度，锅里的东西在火上沸腾着。我闻到了肉汁、烤肉、烤蛋糕、糖和汗水的味道。客人太多，能用的烤箱又太少，这是问题所在。他们必须现在就开始准备晚宴，才能保证后面的一切按时进行。

我对厨房的了解使自己感到困惑。

没错，我对这些了如指掌，除非真的是管家，要不我又如何知道这么多细节呢？

女仆们用银质餐盘端着早餐冲了出去，上面堆满了炒鸡蛋和熏鲑鱼。一个臀部丰满、脸色红润的老妇人正站在烤箱旁边发号施令，她的围裙上沾满了面粉。任何一个将军的勋章都没有这围裙更能显示其主人的身份。不知怎的，她在一片混乱中看见了我们俩，那强悍的目光先是落在女仆身上，然后移到了我身上。

她用围裙擦擦手，大步朝我们走过来。

“我肯定你去偷懒了，是不是，露西？”老妇人说话时严厉地瞪了她一眼。

女仆犹豫了一下，琢磨着该怎样反驳。

“是的，德鲁奇太太。”

她放开了我，让我觉得胳膊有点空落落的。她无奈地朝我笑笑，然后走开了，消失在嘈杂之中。

“坐下吧，罗杰。”德鲁奇太太的声音变得温柔起来。她的嘴唇破了，四周有些瘀青，肯定有人打她了，她说话时蹙着眉头。

厨房中间有张木头桌子，放着好几碟堆得满满的牛舌、烤鸡和火腿，还有炖汤、杂烩、装盘用的水灵灵的蔬菜。疲倦的厨师们源源不断地搬来更多的食材，他们看上去都好像是在烤箱里待了个把钟头。

我拉出一把椅子，坐了下来。

德鲁奇太太从烤箱里抽出一屉司康饼[1]，拿了一个摆到盘子里，里面夹好了奶油。她把盘子拿过来，放到我面前，碰了碰我的手，她的皮肤

1　司康饼（scone）是典型的英式下午茶中的点心，是一种比薄麦饼要厚的烤饼，由小麦、大麦或麦片制成，通常用烘焙粉做发酵剂。

就像老皮革一样硬。

她的目光在我身上停留了片刻，严厉中包裹着善意，然后转身走开，大喊大叫着回到了仆人们中间。

司康饼非常好吃，融化的奶油滴到了饼边上。我刚咬一口，就又看见露西了，终于想起来为什么她这么眼熟。她将要在午餐时出现在客厅里，遭受泰德·斯坦文的辱骂，之后又被丹尼尔·柯勒律治救下。这女孩比我回忆中的样子还要漂亮，蓝色的大眼睛，脸上有雀斑，红头发从帽子里钻了出来。她正试着打开果酱，脸因为使劲都变形了。

她的围裙上都是果酱渍。

事情仿佛以慢动作发生，果酱瓶从她手中滑脱，掉到了地板上，玻璃碎片满地都是，她的围裙溅上了果酱。

“噢，见鬼，露西·哈珀。”有人沮丧地喊着。

我从厨房里冲出去，椅子应声倒地。我跑下走廊，跑上楼梯。我拐弯跑到了客人走廊，跑得这样快，撞到了一个瘦高结实的年轻人。他卷曲的黑发遮住了眉头，白衬衫上蹭了好多炭笔灰。我一边道歉，一边抬头看见了格里高利·戈尔德的面孔。他暴怒起来，眼神里的理智尽失。那张脸气得发青，怒不可遏，我想起来后面的事情，想起了这个怪物发飙之后管家的惨状。可是一切都太迟了。

我试图后退，但他长长的手指抓住了我的睡袍。

“你不需要……”

我被扔到了墙上，接着摔倒在地板上，血从头顶流下，视线模糊起来，周围的一切变成了一团五颜六色的污迹，疼痛阵阵袭来。他手拿着一支火钳，向我逼近。

“求求你。”我试着往后滑动，离他远点，“我不是……”

他踢中我的侧腰，我喘不过气来。

我伸出一只手，想要说话、乞求，但这好像更激怒了他。他踢得更凶了，我无计可施，只好蜷缩起来，他将怒火全部发泄在我的身上。

我不能呼吸，什么也看不见。我在啜泣，被痛苦淹没。

不幸之中的万幸，我昏过去了。

十

第三天

天已经黑了，没有月亮，窗户上的纱网微微颤动。被子软软的，床很舒服，上面还有床篷。

抓着鸭绒被，我笑了。

那不过是一场噩梦，就是这样。

慢慢地，一下一下，我的心平静下来，血的味道随着梦渐渐淡去。过了几秒钟，我才意识到自己身在何处。又过了片刻，我才看到房间角落里的模糊轮廓，一个高个子站在那里。

我的心提到了嗓子眼儿。

我的手越过被面伸向床头柜去够火柴，却觉得火柴越滑越远。

“你是谁？”我向黑暗处发问，声音颤抖。

“一个朋友。”

是个男人，声音低沉。

“朋友不会躲在暗处。”我说。

“我又没说是你的朋友，戴维斯先生。”

我在黑暗中摸索，差点把床头柜上的油灯打翻。我去扶油灯的时候，手指触到了躲在灯座下面的火柴。

“不用急着点灯，”黑暗中传来声音，“没什么用。”

我的手颤抖着划火柴点油灯。玻璃罩后火舌蹿起，黑暗退缩到墙角，我的客人被照亮。原来是早先遇到的瘟疫医生，在阴暗的书房中没有看清的细节，而在亮光下一目了然。他的外套边缘已有些磨损、破旧，脑袋上顶着高帽子，瓷质鸟嘴面具完全罩住了脸，只露出眼睛。他戴着手套，拄着黑木杖，木杖一侧有银色铭文在闪光，但那字太小了，从这边看不清楚。

“善于观察，很好。”瘟疫医生说。宅子里有脚步声响起，我想，自己的想象力没有这么丰富吧，怎么可能在奇幻梦境中构筑出如此真实的细节？

“你到底在我房间里干吗？”我质问他，这一爆发把我自己都吓了一跳。

瘟疫医生不再四处张望，又把目光落在我身上。

“我们有任务，”他说，“我有个谜题需要你解答。”

“我想你认错人了，”我气鼓鼓地说，“我是个医生。”

“你过去是位医生，”他说，“昨天成了管家，今天是花花公子，明天又会成为银行家。这些人都不是你自己，也没有你真正的个性。踏入布莱克希思庄园的那一刻，你丢掉了自己的面孔和个性，直到离开这里，它们才会回到你身上。”

他把手伸进口袋，掏出一面小镜子，扔到了床上。

“照照自己吧。”

我手中的镜子在颤动，镜中的年轻人有双动人的蓝眼睛，却不是很聪明的样子。这张面孔既不是塞巴斯蒂安·贝尔的，也不是被烧伤的管家的。

“他的名字是唐纳德·戴维斯，”瘟疫医生说，“他有个妹妹叫格蕾丝，有个好朋友叫吉姆，而且他不爱吃花生。戴维斯会是你今天的宿主，明天你醒来时，又会换一位宿主。规则就是这样。”

这压根不是梦，是真实发生的事情。我在两个人的身体里，将同一天活了两遍。我透过别人的眼睛自言自语，斥责自己，审视自己。

“我疯了，是吗？”我从镜中抬起头来，望着他。

我能听见这声音里的疯狂。

“当然没疯，”瘟疫医生说，“疯狂将会是解脱，只有一种办法能逃出布莱克希思庄园。那就是我在这里的原因，我要给你个建议。”

“你为什么要这样对我？”我问他。

“太抬举我了，我可没有这个本事置你于这样的困局，也没有能力处置布莱克希思庄园中的任何一个人。”

“那又是谁干的？”

“你不一定愿意，也不需要见到这个人。”他挥挥手，不再讨论这个问题，“我来说说我的建议……”

“我必须和他们谈谈。”我说。

“和谁谈谈？”

“带我到这里的人，或是能给我自由的人。”我咬紧牙关，努力控制自己的情绪。

“哦，带你来的人早走了，能给你自由的人就在你面前。”他双手拍拍自己的胸膛。可能是因为这身装束，他的动作有些戏剧性，像是在演戏。我忽然感觉自己像是加入了这场演出，每个人都熟知自己的台词，唯有我被蒙在鼓里。

“只有我知道逃离布莱克希思的方法。”他说。

“就是听从你的建议解开谜题吗？”我满心狐疑地问。

“正是。谜题可能离真相很近，”他拿出怀表来看时间，“在今夜的舞会上，有人将会死掉。这次死亡表面上看并不像谋杀，所以凶手会逃之夭夭。如果能阻止这不义之举，我就告诉你得救之道。”

我僵住了，手紧紧抓住被子。

“如果你有能力救我，为何不直接救我？见鬼去吧你！”我说，“为什么要做这些游戏？”

“因为永恒太乏味，”他说，“或许做游戏才是重要环节。我会让你考虑一下，就是别拖太久，戴维斯先生。这一天会被重复八次，你会从八个不同宿主的视角来度过同一天。贝尔是你的第一个宿主，管家是第二个，戴维斯是第三个，这就意味着你只剩下五个宿主来发现谜底。如果我是你，我会快点行动。你拿到答案，就带着证据在夜里十一点之前来湖边。我会在那里等你。”

“我不会为了供你消遣就玩这些游戏。”我冲他咆哮。

“那么就故意输掉吧，但是记住，如果你的最后一位宿主在午夜之前还没解决这个谜题的话，我们就会抹去你的所有记忆，将你打回贝尔医生的躯体里，这一切又将重新开始。”

他看完时间，气哼哼地把表扔回口袋里：“时间在悄悄溜走。好好配合我，下次我们再见面时，我会多解答你几个问题。”

窗口吹来一阵风，熄灭了火光，我俩被笼罩在黑暗中。等我找到火柴点好灯后，瘟疫医生不见了。

我既困惑又害怕。虽然感到痛苦，我还是跳下床，打开门，一脚跨到寒冷中。走廊漆黑一片，他也许只站在五步开外，只是我看不见他。

关上门，我扑向衣柜，拿到什么就穿什么。这副皮囊又瘦又矮，还喜欢花里胡哨的衣服。装扮完毕，我看到了自己的一身行头——紫色裤子、橘红色衬衫和黄色马甲。柜橱后面有大衣和围巾，我穿戴好就出门了。早晨发生了谋杀事件，晚上又要穿上戏装参加舞会，再加上神秘的字条和被烧伤的管家，无论发生了什么，我都不愿意像个牵线木偶似的被人耍来耍去。

我必须逃离这个庄园。

二楼楼梯口的老爷钟的指针正疲惫地指向凌晨三点十七分，发泄着对我的轻率的不满。虽然我讨厌在不方便的时间叫醒马厩主管，但要想逃离这场疯狂的游戏，我别无选择。于是我三步并作两步跑下楼梯，这只孔雀[1]可笑的小爪子差点让我绊个跟头。

我在贝尔或管家的身体里时，从来没有这样的感觉。我好像被挤压在躯壳之中，一切都紧绷绷的，行动笨拙，好似醉了一般。

我打开前门，树叶吹进来聚成堆。外面刮着大风，雨水横冲直撞，撼动了整个林子，噼啪作响。深夜黑黢黢的，仿佛空气中扬起了煤灰。我需要提灯才能看见路，才不会跌跌撞撞，才不会摔断脖子。

我退到大宅里面，走下门厅后面的仆人楼梯。扶栏的木头摸上去很粗糙，楼梯板晃晃悠悠。走廊里的油灯虽然火不旺，但好在摇曳的火苗仍然发出脏兮兮的光。走廊比我印象中的要长，石灰水刷的白墙上凝结着水珠，涂料散发出泥土的味道，一切都是潮湿、腐朽的。布莱克希思庄园的肮脏角落我看过不少，但没想到还有这样的地方。我很惊讶这里还能住仆人，可见主人对他们多么不重视。

到了厨房，我穿梭在满满当当的架子之间，终于找到了一盏防风灯和火柴。我划了两根火柴才点亮防风灯。我提着灯迅速跑上楼梯，出了前门，冲进暴雨中。

防风灯在黑暗中挣扎，雨水刺痛了我的双眼。

1　孔雀常用来形容虚荣之人，这里指宿主戴维斯。

沿着车道，我走在通往马厩的鹅卵石路上，周围的树木在风雨中晃动摇摆。路上不平整的鹅卵石让我滑倒了，我远眺马厩主管的屋舍，但是这油灯的光太亮了，将本该显露的东西隐藏了起来。我不知不觉来到了拱门处，踩到了一堆马粪。像往常一样，院子里停满了马车，雨水从车顶的帆布篷上汇聚流下。与早些时候不同的是，马都在马厩里睡觉，打着呼噜。

我把鞋底上的马粪抖掉，把全部希望都寄托在这个小屋里，赶忙跑去敲门。几分钟以后，屋里的灯亮起来，小屋门开了一道缝，一个老人穿着秋裤，睡眼惺忪地出现在我面前。

“我需要离开这里。”我说。

“这个时候吗？”他语气中满是怀疑，揉着眼睛望着漆黑的天空，“您会丢掉性命啊。”

“事发紧急。”

他叹了口气，看了看外面的雨势，把门全打开，示意我进去。他穿上裤子，把吊裤带提到肩上，脸上还挂着从梦中被莫名其妙叫醒时的懒散与茫然的表情。他从门钉上取下夹克，不情不愿地出了门，示意我在原地等他回来。

不得不承认，我很乐意待在这里。小屋里洋溢着温暖与朴素的气息，有种皮革和肥皂的味道，让人感到可靠和欣慰。我忍不住想去查门旁边的值班表，想看看安娜的留言是否已经写在那里。但我刚伸出手，就听见一阵可怕的骚动，窗外射来刺眼的光。我步入雨中，发现马厩主管坐在一辆绿车上，整辆车都在轰鸣颤抖，好像得了什么可怕的病。

“来吧，先生，”他说着，从车里下来，“我给您启动好了。”

“但是……”

我看着眼前的奇妙机器吃了一惊，一时词穷。

“没有四轮马车吗？”我问。

“有啊，可马匹听到雷鸣会受惊，先生，”他说着，手伸进衬衣挠挠胳肢窝，“恕我冒昧，您恐怕驾驭不了马车。”

“我开不了这车。”我说着，盯着这个可怕的机械怪兽，恐惧令我失声。雨水哗哗地滴到金属壳上，在挡风玻璃那里聚成了水洼。

“就像呼吸一样简单，”他说，“抓住方向盘，想往哪里去就朝哪个方向开，把油门踩到底。您一会儿就能搞明白啦。”

他的自信像只坚定的手，把我推进了驾驶室，车门叮的一声关上了。

“沿着这条鹅卵石小路一直开，在尽头左拐到土路上，”他指向黑暗中，“那条路会把您带到镇上。那条路又长又直，只是有些不平坦。开四十分钟至一个小时，就能到镇上，就看您开得有多快了。您不会走错的，先生。不介意的话，您把车停在一个显眼的地方，明天一早我会让小子去开回来。”

说完这些话，他就走了，钻回小屋不见踪影，门在他身后关上了。

我紧紧地抓住方向盘，盯着这些操纵杆和指针，试着去理解控制按钮的作用。我试探着踩油门，这个可怕的装置跌跌撞撞地向前冲去。我又用力踩了下油门，车穿过拱门，在鹅卵石路上颠簸而行，最后到达马厩主管提到的左拐弯处。

挡风玻璃上像挂了一层雨帘，我只好把头伸出车窗来观察前方的路。车灯照着的是一条土路，上面四散着树叶和落下的枝条，雨水在路面形成了一条条小河。尽管危险，我还是将油门踩到底，不安的情绪不见了，欣喜涌上心头。发生了这么多事，我终于逃出了布莱克希思，这颠簸的路每多走一步，我就离这个疯狂的地方更远一步。

天即将破晓，天空不像往常那样一点点亮起来，而像是染上了一团脏兮兮的暗光，但无论如何，雨停了。如管事所说，路笔直向前，树林无边无际。在林子深处，一个女孩被谋杀，苏醒的贝尔发现了这一切。凶手饶他一命，给了他一个银指南针，指向一个莫名其妙的大宅，而他竟然像个傻瓜似的以为自己获救了。我出现在那个林子里，后来成了管家，再后来又开车回到了这个林子，到底是怎么回事？我的双手紧紧握着方向盘。如果我在塞巴斯蒂安体内时，就能和管家谈一谈，或者想象一下，明天我将要变成的人现在已经在大宅里活动。我可能遇见过他，而且不只是明天的那个人，还可能遇见后天或者大后天我将要变成的人。如果真是如此，我会变成什么样？他们又能变成什么样？我们会不会是同一个灵魂的碎片，要为彼此的罪行负责？或者是完全不同的人，是久已被遗忘的原作的苍白翻版？

油箱的指针最终颤抖着指向了红字，这时林间漫出雾气，蓄积在地面上。起初的胜利感消失了，我本该早就到达镇上，但是远方看不到炊烟，树林也一望无垠。

最后，汽车抖了一下就不动了，机器组件发出了尖锐刺耳的摩擦声。瘟疫医生出现在几英尺以外，他的黑色大衣与大雾形成了鲜明对比。我双腿僵硬，后背疼得很，但是愤怒让我跳出了汽车。

“你怎么还这样愚蠢？”瘟疫医生将双手都放在木杖上，“你本来可以利用这个宿主做很多事情，相反，你在这条路上浪费了这个躯壳，一无所得。布莱克希思不会放过你，当你拖拖拉拉的时候，你的对手正在争分夺秒地进行调查。”

“我现在还有对手了！”我轻蔑地说，“你的花招层出不穷，不是吗？刚开始你说我陷入了这个困境，现在我还得和别人竞争才能逃出去。”

我朝他大步走过去，一心打算从他那里突围出去，找到一条出路。

“你难道还不明白吗？”我说，“我不关心你的规则，因为我不打算玩下去。你赶紧放我走，否则我会让你后悔的。”

当他用木杖指向我的时候，我距他两步之远。虽然木杖离我的胸口还有一英寸，但似乎比炮弹还要危险。木杖一侧的银色字母震动着，木头上闪着幽幽的光，驱散了雾气。我隔着衣服都能感觉到这木杖的热度。如果他想的话，这根看似无害的木杖肯定能在我身体里穿个洞。

“在你的宿主里，唐纳德·戴维斯最幼稚，”我紧张地后退了一步，他不耐烦地说，“但是你没有时间纵容他。这个宅子里还困着另外两个人，也像你一样，寄居在客人或是仆人的身体里。你们仨只有一个人可以离开，谁先给我谜底，谁就能成为唯一的自由人。现在，你明白了吧？这条土路的尽头没有解脱之法，只有我能救你们。所以尽可能往远处跑，跑到你累趴下为止。当你一次次地在布莱克希思醒来时，跑起来吧！你知道这里没有随心所欲，任何事情尽在我的掌握之中。你必须待在这里，直到我改变主意。”

他放下木杖，用力拽出怀表。

“等你平静一些，我们再谈。”他说着又把怀表收了起来，“从现在开始明智地利用你的宿主吧。你的对手可比你想象的狡猾多了，他们肯定不会这样挥霍时间。”

我想冲过去揍他一顿，但是立刻那种冲动就消失了，因为这个想法太荒谬。即使拿走他的行头，他也是高大结实的，我没法威胁到他。瘟疫医生动身返回布莱克希思，我反而绕过他，冲进了前方的大雾中。这条路好像没有尽头，也没有任何村庄，但是我不撞南墙不回头。

我不会逆来顺受地回到一个疯子的游戏里。

十一

第四天

我一醒来就气喘吁吁，新宿主的大肚子把我压得动弹不得，好像一个巨型的纪念碑。关于先前的事，我只记得在路上走了好几个小时，一直看不到村庄，我绝望地大喊，最终疲惫地瘫倒在路上。瘟疫医生说的没错，我不可能逃出布莱克希思。

床边的一个旅行钟[1]显示是上午十点半。我正要起床，这时一个高个子男人从外间走了进来，他把端着的银托盘放在餐边柜上。我猜他三十五六岁的样子，深色头发，胡须刮得很干净。这人有着温和的魅力，却并不特别令人难忘，小巧的鼻梁上架着一副小眼镜，有些往下溜。他朝窗户走过去，目不斜视，一言不发地拉开窗帘，推开窗户，外面的花园和一片林木尽收眼底。

我着迷地看着他。

此人身上有一种奇怪的分寸感。他动作细微敏捷，不拖泥带水，仿佛要省下力气完成接下来的重要事情。

1　这种旅行钟从19世纪初开始流行，表放在长方形盒子里，盒子顶部有把手。

一分钟左右，他站在窗前背对着我，房间里进了些冷空气。我感觉他好像在等我做些什么，而这个停顿是给我留的时间，但我怎么也猜不到该干些什么。显然他察觉到了我的犹豫，就不再观望，把手放在我的腋下，拉我坐起来。

他的帮助令我赧颜。

我的真丝睡衣汗津津的，刺鼻的体味熏得自己哗哗流泪。同伴没有理会我的尴尬处境，从餐边柜端起银餐盘放在我的大腿上，然后掀起了餐盖。盘子里高高地堆着鸡蛋和培根，旁边还有猪排、一壶茶和一大杯牛奶。这样的早饭令人生畏，我却大快朵颐起来，像动物一样撕扯着食物。高个子男人——我想应该是我的贴身男仆，走到一个东方式屏风后面，放水的声音传了出来。

我停下来喘息，借机看看周围的环境。不像贝尔的卧室那样俭朴舒适，这个房间真是豪华奢侈。窗前垂着红色的天鹅绒帷幕，堆叠在蓝色的厚地毯上。墙上点缀着艺术品，上漆的红木家具打磨得光可鉴人。无论这位宿主是谁，他肯定备受哈德卡斯尔家的尊崇。

男仆回来，看到我正用餐巾抹去唇边的油脂，吃饭已让我气喘吁吁，他肯定对我厌恶至极。连我都觉得自己恶心，像头猪似的大吃大喝。即便如此，他依然面无表情地撤走了餐盘，又把我架下床。天知道他经历了多少次这个仪式，也不知道付他多少钱做这个工作，但对我来说一次足够了。像对待一个受伤的士兵，他半走半拖着我来到屏风后面，那里已经准备好热气腾腾的洗澡水。

这时他开始给我脱衣服。

无疑每一天我的宿主都是这样度过的，而我实在难以忍受这种耻辱。虽然这不是我的身体，可我依然觉得羞愧万分，而这宿主走路的样子更令我惊骇，两条腿蹭着向前挪动，肥肉一下一下地拍打着臀部。

我想把男仆支走，但是毫无可能。

“勋爵大人，您不能……”他停下来，斟酌用语，“您没法一个人入浴和出浴。”

我想告诉他到一边去，让我清静会儿，可是显然他说得没错。

我紧闭双眼，点头同意。

他动作娴熟地解开我的睡衣扣子，从下面脱下来。我一次迈出一只脚来，这样才不会被衣服绊住。几秒钟后我便一丝不挂，同伴站到礼貌距离之外，以示恭敬。

我睁开双眼，看到墙上镜子里自己的全身。那简直就是一副滑稽讽刺的人体漫画，皮肤蜡黄肿胀，一堆蓬乱的阴毛下面露出了软塌塌的阴茎。

我难以忍受这种厌恶和羞辱，呜咽了一声。

男仆脸上露出惊讶的神情，然后是一丝转瞬即逝的愉悦。这是种陌生的情感，来去无踪。

他赶忙过来把我扶进浴缸。

我记得在贝尔身体里时爬进热水中的幸福感，那种快乐此刻却荡然无存。我的身躯如此庞大，意味着进入热乎乎的浴缸中享受的快乐，会因为爬出浴缸时忍受的羞辱而大打折扣。

“您需要听一下今天上午的日程吗，雷文古勋爵？”男仆问我。

我直愣愣地坐在浴缸里摇摇头，希望他可以离开房间。

“庄园已经准备了好几项活动：打猎、林中散步，他们问……”

我盯着水再次摇摇头。还要忍受多久？

“好的，那就只有会客。”

“取消会客，”我平静地说，“全部取消。”

“大人，甚至包括与哈德卡斯尔勋爵夫人的会面吗？”

我第一次发现他的眼睛是绿色的。瘟疫医生说我必须解开谋杀谜团才能离开这里，谁能比庄园女主人更能帮我解开秘密呢？

“不，不要取消那个会面，”我说，“我们约在哪里见面？”

“大人，在您的会客厅里。您想让我换个地点吗？”

“不用，会客厅可以。”

“大人，好的。”

一切办妥后，他点头告退，留下我一个人沉溺在安宁中，独自忍受着苦楚。

我闭上眼睛，头靠在浴缸边上，想要弄清自己的处境。对于某些人来说，灵魂出窍意味着死亡，可我深知这里并不是来世。地狱里的仆人可没那么多，装饰也会好些，它剥夺了人的罪过，却留他无助地被人随意评判。

不，我还活着，虽然不知道身在何处。这是濒临死亡的状态，更加曲折，而我并不是独自一人，瘟疫医生说有三个人要竞争逃出布莱克希思。那个给我留下死兔子的侍从，也像我一样被禁锢此地吗？这倒能解释他为什么要吓唬我。毕竟，人若是害怕终点，就没法赢得赛跑。也许瘟疫医生正以此取乐，他让我们彼此搏斗，就像把饥饿的狗扔到同一个坑里。

也许你应该信任他。

“太多伤害了，”我冲着这个声音低声道，“我本来以为‘你’会留在贝尔体内。”

我知道这是自欺欺人。我和这个声音密不可分，而瘟疫医生与侍从也同样和我如影随形。我进入不同的身体，即使无法铭记所有记忆，但可以感受到往事的重量。发生过的事情就像拼图，我努力将它们拼凑在一起。纵然不知道这声音的主人本性如何，也不知道它是敌是友，可它总不至于让我误入歧途。

即便如此，去信任抓我的人，未免太幼稚了。只要解开一个谋杀之谜便可结束这一切，这个主意实在太荒谬了。无论瘟疫医生意欲何为，他也只是躲在面具后面，于午夜出动。他担心被别人看到，这就表明有办法摘掉他的面具。

我瞅了一眼表，掂量着心里的计划。

瘟疫医生就要到书房去和塞巴斯蒂安·贝尔（曾经的我）谈话，我还是搞不懂这是怎么办到的。看起来，打猎队伍出发后，就是拦截瘟疫医生的最佳时机。如果他想要让我解开谋杀之谜，我会去做，但这不会是我今天唯一的任务。要想重获自由，就需要知道是谁夺走了我的自由。因此，我需要一些帮助。

据瘟疫医生所言，我已经浪费了在庄园八天中的三天，这三天分别属于塞巴斯蒂安、管家和唐纳德·戴维斯。包括现在的勋爵，我还有五位宿主，如果贝尔遇见管家只是一切的开始，那其他人也会像我一样，在布莱克希思四处活动着。

那是个蓄势待发的队伍。

我只需要弄清他们在谁的躯壳之内。

十二

洗澡水早已经凉了，我在浴缸里发抖，十分沮丧。也许是虚荣心作祟，可我忍受不了像袋湿漉漉的土豆一样，被男仆从水里捞出来。

这时卧室门外传来礼貌的敲门声，我不用费劲决定了。

“雷文古勋爵，一切都好吗？”他一边打着招呼，一边走进卧室。

“非常好。”我强撑着，双手已经麻木。

他从屏风那边探出头来，往我这边看了看。没等我招呼，他就走了过来，撸起袖子把我从水里拽起来，没想到他瘦削的身体中竟有那么大的力气。

这次我没有反对。我已经没有多少尊严可以挽救。

当他帮我从浴缸里出来的时候，我发现他衬衫下面露出了文身。那文身一团绿色，看不清细节。注意到我的眼神，他慌忙把袖子放下。

“年轻时的荒唐，大人。”他说。

我在原地站了十分钟，静静地受着羞辱，等他用毛巾擦干我的身体，再给我穿上衣服。一条腿，另一条腿；一只胳膊，另一只胳膊。这衣服是丝质的，剪裁讲究，穿上却像是被一屋子老太太揉搓过。衣服的尺码也太小了，他倒是希望自己能瘦一圈。穿好衣服后，男仆又给我梳头发，在胖脸上抹好椰子油，最后递过镜子让我看看效果。镜中人已经年近花甲，头发也许是染黑的，有着浅棕色的眼睛。我想在这张面孔上找到自己的痕迹，却一无所获，可毕竟是我在暗中操纵雷文古的木偶线。我第一次开始想知道自己来布莱克希思之前的身份，不知是什么将我引入了这个圈套。

如果这些只是无关紧要的解谜游戏，会很有意思，然而事实并非如此。

我看到镜中的雷文古竟觉得浑身发麻，在贝尔体内也是这样。心里的某一部分还记得自己真实的面孔，当被镜中的陌生人注视时，我困惑万分。

我把镜子还给男仆。

“我要去趟藏书室。”我吩咐道。

“我知道藏书室在哪儿，大人，”他说，“我去给您拿本书吗？”

“我和你一起去。”

男仆皱着眉，吞吞吐吐、字斟句酌，像是在蹑手蹑脚地探路。

“大人，那要走好长一段路呢。我担心您可能会觉得……疲倦。”

“我会加把劲，况且我也需要锻炼。”

他欲言又止，最后取来我的拐杖和公文包，把我领到一个漆黑的走廊里，油灯在墙上洒下温暖的光。

我们慢慢走着，男仆和我汇报着新见闻，而我的全副心思都在感知这具拖沓前行的笨重身躯。似乎有个魔鬼一夜之间翻修了房子，房间拉长了，空气变混浊了。好不容易挪到楼梯口，门厅的明亮光线突然射过来，我惊讶地发现楼梯竟显得那样陡。我是唐纳德·戴维斯时，可以迅速跑上这楼梯，可换了今天早上这个胖子，恐怕得要借助攀爬设备才能上楼。难怪哈德卡斯尔勋爵和夫人要把雷文古安排在一层，否则得要一个滑轮、两个壮汉和一天的工夫才能把我抬上贝尔的房间。

我走几步就要停下歇歇，这样才有余力观察在房子里活动的客人。显而易见，这并不是令人愉悦的聚会。角落和门缝里飘出来低声的争论，有的人一路高声吵嚷，匆匆跑上楼，喊叫声被关门声截断。丈夫和妻子责备着彼此，他们手里紧紧握着酒杯，因为险些失控而把脸涨得通红。唇枪舌剑之间，空气中满是一触即发的危险气息。也许是神经紧张，也许是先入为主的偏见，但我真的感觉布莱克希思庄园正酝酿着悲剧。

走到藏书室时，我双腿打战，而且因为挺直腰板而背疼。不幸的是，这么遭罪过来，也没什么收获。藏书室里尘土遍布，靠墙的书架已经不堪重负，红色地毯散发出一股霉味。壁炉里的火奄奄一息，壁炉对面是张小小的书桌，旁边配着一把不舒服的木椅。

我的同伴唏嘘一声，表达了对这里的不满。

“大人，等一下，我给您从客厅搬把舒服的椅子过来。”他说。

我还真需要把椅子，左手手心拄拐的地方已经磨出了水疱，下面两腿直晃。衬衫已被汗水浸透，整个身子都痒痒的。单单横穿这个房子已让我变成了废物，而如果今晚还要在对手前面赶到湖边，恐怕我得要一个新宿主，最好是个能爬楼梯的人。

雷文古的男仆搬来一把沙发扶手椅，放在我面前的地板上。他扶着我，帮我坐在绿色的沙发垫上。

“大人，请问我们在这里干吗？”

“如果幸运的话，我们可以在这里遇到朋友。”我回答着，用手绢抹了把脸，“你手边有没有纸？”

“当然有。”

他从公文包里取出一大张纸和一支钢笔，站在那里准备记录我的话。我本来想说自己写，可瞟了一眼自己汗津津的手和手上的水疱，就打消了这个念头。这种情形下，骄傲就像个可有可无的穷亲戚。

我组织了一下语言，就大声说了出来。

“我有十足的理由相信，在这里，你们不少人比我待得久，对这个庄园、对我们聚集此处的目的、对抓我们的人（瘟疫医生），肯定比我了解得多。”

我停下来，听着钢笔在纸上书写的沙沙声。

“我想你们没有找我，或许各有缘由，但我请求你们在午餐时来藏书室见我，帮我分析一下抓我们的人。你们不能来的话，我也请求你们在这张纸上写下你们获得的信息。无论你们知道什么，无论有多么琐碎，或许都可以帮我们更快地逃离这里。人们都说三个臭皮匠赛过诸葛亮，我相信在这件事上我们齐心协力就一定能成功。”

我等着沙沙的书写声结束，又抬头看了看同伴的脸。他满脸疑惑，但也有不小的兴趣。这会儿他显出一些好奇心，不像之前表现得那样中规中矩。

“我应该把这张纸张贴起来吗？”他问。

“不需要，”我指了指书架，“就把这张纸夹在《大英百科全书》第一卷里吧，他们知道怎么找到它。”

他看看我，又看看字条，还没等往书里夹，这张纸自己就溜到书页里去了，好像那是它的家似的。

“大人，我们什么时候能得到回复呢？”

“几分钟，也可能几个小时，我不能肯定。我们必须不时过来查查。”

“查到什么时候？”他用小方巾擦了擦手上的灰尘。

“和仆人聊聊，我需要知道哪个客人的衣橱里有中世纪瘟疫医生的戏服。”

“大人？”

“瓷质面具、黑色外套，诸如此类，”我说，“同时，我想打个盹。”

“大人，在这里吗？”

“没错。”

他看着我，皱了皱眉，想把事情理个清楚。

“我是不是该生个火？”他问。

“不用了，我这样就很舒服。”我说。

“好。”他说着，还在这里转悠。

我不确认他在这里等什么，但是谁也没来，他看了看我就满腹狐疑地离开了。

我把手放在肚子上，闭上了眼睛。每次一睡着，我醒来后都会跑到另一个身体里。这样看来，睡觉有些冒险，可能又要失去一个宿主，我实在想不出来在雷文古这架躯壳里还能有什么收获。我心存侥幸，希望醒来后，我的其他宿主可以通过翻看百科全书而和我联系，我便可以和他们并肩战斗。

十三

第二天（继续）

疼。

我尖叫着，嘴里有血腥味。

“我知道，我知道，很抱歉。”一个女人的声音。

有人捏了我一下，一根针扎进我的脖颈。暖流融化了痛苦。

我呼吸困难，动弹不得，睁不开眼睛。有车轱辘在鹅卵石地上滚动的声音，就好像近在咫尺。

“我……”我开始咳嗽。

“嘘，别说话。你又回到了管家身体里，”女人急迫地低语，把手放在我的胳膊上，“这是戈尔德袭击你之后的一刻钟，马车正送你到门房去休养。”

“你是……”我用嘶哑的声音问。

“一个朋友，这无关紧要。现在听着，我知道你很困惑，也很疲倦，但这很重要。这一切都是有规则的。像你那样试图遗弃宿主没有什么用。你在每个宿主身上有一整天的时间，无论你是否愿意，就是从你醒来到午夜的这段时间。明白吗？”

我在打盹，挣扎着别睡着。

“这就是为什么你会回到这里。”她接着说，“如果你的一个宿主在午夜前睡着，你就会跳回到管家这里，然后继续过这一天。当管家睡着，你才会返回。如果宿主在午夜之后才入睡，或者他们死掉了，你就会跳到一个新的宿主那里。”

我听见另一个更粗鲁的声音，从马车前面传来。

“门房快到了。”

她碰了碰我的额头。

“祝你好运。”

我太疲倦了，坚持不住，又陷入了黑暗之中。

十四

第四天（继续）

一只手摇着我的肩膀。

我睁开眼，发现自己又回到了藏书室，回到了雷文古的身体里，我如释重负。原以为这个庞大的身躯是最坏的归宿，可我错了。更坏的是管家的身体，像是一袋碎了的玻璃。我宁愿像雷文古这样过一辈子，也不愿意再回到管家的身体里受罪。但如果马车里的女人说得没错，我肯定又会回到那里。

透过黄色的烟，丹尼尔·柯勒律治正俯视着我。他唇边叼根烟，手里端着杯酒。他穿着一件有些磨损的猎装，与塞巴斯蒂安·贝尔在书房谈话时也穿着这件。我瞟了一眼表，差二十分钟到午餐时间。他应该快去见贝尔了。

他把这杯酒递给我，然后倚靠在对面的桌子上，身旁摊放着那本百科全书。

“我觉得你找的人正是我。”丹尼尔说着，嘴角喷了口烟。

从雷文古的耳朵听来，丹尼尔的声音有些变了，轻柔得像蜕了一层皮。我还没回答，他就开始读百科全书里的字条。

“我有十足的理由相信，在这里，你们不少人比我待得久，对这个庄园、对我们聚集此处的目的、对抓我们的人（瘟疫医生），肯定比我了解得多。”他合上了书，说，“你的召唤，我回应了。”

我探查着这双注视我的狡猾的眼睛。

“我们俩很相像啊。”我说。

“四天后，你就变成了我，”他停下来等我消化这句话，“丹尼尔·柯勒律治是你最后一位宿主。我们的灵魂都在他的身体里，你能明白吧？不幸的是，这也是他的意识，”他用食指敲了敲自己的额头，“这意味着你我的想法会有不同。”

他举起了百科全书。

“就拿这件事举个例子，”他说着，把书扔到了桌子上，“柯勒律治从没想过写信给其他宿主来寻求帮助。这个主意很聪明，很合乎逻辑，非常符合雷文古的特点。”

他的烟在黑暗中闪了一下，照亮了他虚伪的笑容，这不是昨天的丹尼尔。他的眼神中有种更冷漠、更强悍的东西，好像要试图将我撬开以窥视我的心思。不知道为什么，我是贝尔时没发现这一点。泰德·斯坦文在回到客厅时就懂得这些，那个浑蛋比我想象的要聪明。

“所以你在我的身体里待过？我指的是雷文古，这个身体。”我说。

“还有那些后来者，”他说，“那些家伙可不怎么样，你要好好享受在雷文古身体里的时光。”

“这就是你的目的吗？到这里来告诉我其他宿主的情况。”

这个想法逗笑了丹尼尔，他唇边掠过一丝微笑，但这笑容很快就随烟飘走了。

“不，我来是因为我还记得，我也曾坐在你的位置上，听到了下面我将要说的话。”

“什么话？”

桌子那一端有个烟灰缸，他伸手把它拽过来。

“瘟疫医生让你解决一个谋杀谜题，但是没有提到受害者是谁。是伊芙琳·哈德卡斯尔，她将在今晚的舞会上被杀。”丹尼尔说着，把灰弹到烟灰缸里。

“伊芙琳？”我挣扎着坐直，忘了手里的酒，酒洒到了腿上。恐惧攫住了我，我害怕自己的朋友受到伤害，这个女孩的父母让这里变得残酷无比，而伊芙琳对我这样好，不辞辛苦地帮我。

“我们必须告诉她！”我喊出来。

“这有什么用？”丹尼尔的冷静让我不再惊慌，“如果没有人死，我们就没有谜题可解，如果找不到答案，我们就没法逃走。”

“那你就看着她死？”他的冷漠令我震惊。

“这一天我已经过了八次，无论我怎么做，她每天晚上都会死。”丹尼尔摸着桌边，说，“昨天晚上发生的，明天还会发生，后天也一样。我保证，任何法子我都试过了，都不管用。”

“丹尼尔，她是我的朋友。”我为自己如此动情而震惊。

“她也是我的朋友，”丹尼尔说着靠近我，“但是每一次我想改变今天的事情，最后总会适得其反，越想避免什么，越会造成不幸。相信我，试图去救伊芙琳只是浪费时间。无法操控的命运将我带到这里，很快，比你想的还要快，你会发现自己坐在我这个位置，像我现在这样给别人解释，那时你就会希望自己还有雷文古那么多的希望。未来不是警告，我的朋友，未来是承诺，这种承诺我们无法打破。这就是我们所处陷阱的实质。”

丹尼尔从桌边站起身来，使劲拧了拧生了锈的窗户把手，推开了窗户。他目视远方，盯着四天之后我无法理解的任务。他对我没有兴趣，不关心我的恐惧或是希望。我只是他过去生活的一个部分，是他早已说烦了的故事。

“这没有道理啊，”我希望让丹尼尔想起伊芙琳的优点，她值得我们去营救，“伊芙琳那么善良温柔，而且她过去十九年都不在这里，谁会想要伤害她呢？”

我说着这句话，忽然脑海中出现一个疑问。昨天在树林里，伊芙琳说她父母从未原谅她让托马斯一个人跑出来。她甚至为卡佛对托马斯的戕害而责备自己，糟糕的是，他们也这样责备她。他们如此怒不可遏，伊芙琳笃信他们会在舞会上策划骇人事件，真会这样吗？他们真会这样恨自己的女儿，甚至要杀死她吗？如果真是这样，那我与海伦娜·哈德卡斯尔的会面就很重要了。

“我不知道。”丹尼尔的脸上显出不快的神色，“这座宅子里有太多秘密，很难从中挑出想要的那一个。如果听我的意见，你就该立即去找安娜。八个宿主听上去不少，但是这个任务需要十几个人才能完成。能得到的所有帮助，你都需要。”

“安娜，”我惊呼，想起在马车里陪着管家的那个女人，“我认为贝尔认识她。”

丹尼尔猛地抽了口烟，眯缝着眼睛瞟了瞟我。我看他正在掂量着未来，在琢磨还应该告诉我什么。

“安娜也像我们一样，深陷这个困境，”他终于说，“她是个朋友，在这样的处境下尽可能地对我们友好。你必须赶在侍从之前，快些找到她。我们都是侍从的猎物。”

“他把一只死兔子放在我的房间，我指的是前些天晚上贝尔的房间。”

“那不过是个开始，”丹尼尔说，“侍从想要杀死我们，但在此之前，他要先玩个痛快。”

我的血液仿佛凝固，顿觉一阵恶心。虽然我怀疑过，但是这样明明白白地亲耳听到事实，又是另一回事了。我闭上眼睛，从鼻孔长长舒出一口气，释放了恐惧。这是雷文古的习惯，可以放空大脑，虽然我不知道为何我对此了如指掌。

当我睁开眼睛的时候，心静如水。

“那个侍从是谁？”我问道，声音里的威严让我印象深刻。

“我不知道。”丹尼尔说着，把烟吹到风里，“若是将这座怪屋看作地狱的话，我就喊他魔鬼。他会把我们一个接一个干掉，确保不会有人同他竞争，这样他就可以在今夜去瘟疫医生那里报告他的答案。”

“他会不会也像我们一样拥有其他的身体或其他的宿主？”

“奇怪就奇怪在这里了，”丹尼尔说，“我觉得他没有其他的宿主，而且看上去他也不需要其他宿主。他熟知我们每个宿主的面孔，当我们最薄弱的时候他就会出击。他在等我犯错误。”

“他会未卜先知，我们如何去阻止这样的人？”

“我要是知道的话，干吗还和你一起合计呢？”他有些生气地说，“小心为妙。在这个宅子里，他像个嗜血魔鬼一样阴魂不散。如果你独处时被他抓住……好了，你可别让他赶上你一个人的时候。”

丹尼尔声音阴郁，显出一副沉思的表情。无论这个侍从是谁，他已经抓住了未来的我，这比任何警告都令人不安。不难看出其中的门道，瘟疫医生给了我八天时间，我要借八个宿主来解开伊芙琳被杀谜案。因为塞巴斯蒂安在午夜之后入睡，所以我不可能再回到他的身体里。

这样就还剩下七天，七个宿主。

第二个宿主是管家，第三个是唐纳德·戴维斯。马车里的那个女人没有提到戴维斯，看上去像是个奇怪的疏漏，但我想适用于管家的规则也同样适用于戴维斯。他俩距离午夜还有大量时间，但是其中一个已经严重受伤，另一个在路上睡着了，距离布莱克希思还有几英里远，所以他们实际上都毫无用处。第二天、第三天就发生了这么多事情。

我已经到了第四天。雷文古带来的并非好处，而是负担。我不知道接下来的四个宿主如何，丹尼尔看上去倒十分能干，但感觉瘟疫医生给我安排的宿主不尽如人意。如果侍从真的了解我的每个弱点，那么上帝倒是帮了我，因为还有大量信息要挖掘。“关于伊芙琳的死，你还知道些什么，告诉我。”我和丹尼尔说，“如果我们联手，就能在侍从兴风作浪加害我们之前解开谜底。”

“我唯一能告诉你的是，伊芙琳每天晚上都会在十一点钟准时死去。”

“当然，除此之外，你一定还知道些什么吧？”

“我还知道很多，但不能都告诉你，太冒险了。”丹尼尔边说边扫了我一眼，“我制订的所有计划都基于你要采取的行动。如果我告诉你让你不再如此行动，那些事可就不一定照常发生。你没准会半路杀过来搅黄了我的好事。又比如，本来我趁你拖住某人的工夫偷偷溜进那人的房间，可告诉了你之后，有可能你去了别处。说错一句话，都可能让我功亏一篑。这一天应该按它原有的样子进行，为了你好，也为了我好。”他摸摸自己的额头，所有的疲累似乎都藏在这个姿势里了，“对不起，雷文古，最安全的进程就是你继续自己的调查，不受我和其他人的干扰。”

“很好。”我不想让他看见我的失望，当然这个想法有些愚蠢。他就是我，他记得自己感受到的这种失望。“但是你问我如何解决谋杀谜题，说明你信任瘟疫医生，”我问丹尼尔，“你揭开他的真实身份了吗？”

“还没有，”丹尼尔说，“而且‘信任’是个太沉重的词。我肯定，在这个宅子里，他有自己的目的，但是除了按他要求的去做，我暂时还看不到任何出路。”

“那他告诉你为何这种事会发生在我们身上了吗？”我问他。

我们的谈话被门外的动静打断，我们扭头看见雷文古的男仆，他正在脱外套，试着解开紫色的长围巾。他风尘仆仆归来，正在喘着粗气，脸颊冻得通红。

“我收到口信，说您要立即见我，大人。”男仆一边拽着围巾一边说。

“是我传的口信，亲爱的。”丹尼尔说着，又巧妙地恢复了以往的样子，“你这一天会很忙，坎宁安在这里也许能帮上忙。谈起忙碌，我也得走了。我中午要和塞巴斯蒂安·贝尔见面。”

“丹尼尔，我不会任伊芙琳受命运的摆布。”我对他说。

“我也不会，”丹尼尔说着，把烟蒂弹到外面，关上了窗户，“但是命运终究不会放过她。你自己也要准备好接受命运的安排。”

丹尼尔大步流星地往外走，当他拽开书房的门想走向客厅时，嘟嘟囔囔的说话声和清脆的餐具碰撞声灌到了藏书室里。客人们聚集起来吃午餐，不久斯坦文就要威胁女仆露西·哈珀，而塞巴斯蒂安·贝尔就在窗边旁观，责备自己懦弱。打猎队伍即将出发，伊芙琳将在许愿井收到一张字条，血会洒到墓园里，两个朋友会等待一个不会到来的女人。如果丹尼尔是对的，我无能为力，没法扰乱这一天的进程，却还要忍受这糟糕透顶的一切。我只能借解开瘟疫医生的谜题来逃离这里，但绝不会踩着伊芙琳的尸体逃走。我要救她，无论付出多大代价。

“大人，需要我做些什么？”

“能递给我纸、笔和墨水吗？我想写些东西。”

“当然。”他把东西从公文包里掏出来。

我有些笨拙，写不了那样流畅的句子，虽然有几处墨水抹花了，还弄上了丑陋的墨迹，但内容还是清晰可见的。

我看了一下表，十一点五十六分。时间快到了。

我扇动着纸，想让墨迹快点干，然后把字条整齐地叠起来，压平褶皱，交给坎宁安。

“拿着这个，”他伸手拿信时我注意到他手上有油腻的黑泥。皮肤虽然搓洗得发红，但是泥污蓄积在指肚的指纹里。察觉到我在注意他，他拿过信，把手放到身后去。“我要你直接去客厅，他们正在那里吃午餐，”我吩咐道，“待在那里，看看发生了什么事，看完这封信，再回来这里等我。”

坎宁安满脸疑惑：“大人？”

“坎宁安，这会是非常奇怪的一天，我需要你对我绝对信任。”

我摆摆手，不容他分说，示意他帮我离开座位。

“照我说的去做，”我咕哝一声站了起来，“然后回到这里等我。”

坎宁安往客厅走的工夫，我找到了自己的拐杖，走向阳光房，希望在那里找到伊芙琳。时间尚早，阳光房里只聚集了一些客人，女士们给自己倒了点酒，倚在椅子或长沙发上喝。她们干什么都无精打采，好像能量枯竭了，黯淡下来的青春激情成了一种负担。她们正在低声议论着伊芙琳，不怀好意的笑声不时传到角落的棋桌那边。伊芙琳就坐在棋桌后面，棋局已经摆好。她没有对手，正聚精会神地和自己下棋。无论她们怎样使她难堪，她都置若罔闻。

“伊芙琳，我们能谈一下吗？”我摇摇晃晃走到她面前。

她缓缓抬起头来，看了半天才认出我来。她的金发像昨天一样扎成了马尾，所有的特征都显现在严厉的表情后面。

“不，我不想，雷文古勋爵，”她话音未落，又把注意力转回棋盘，“我今天有太多讨厌的事情要做。”

秘而不宣的笑声凝固了我的血液，我感觉自己的内心在一块块崩塌。

“求你了，伊芙琳，这是……”

“请叫我哈德卡斯尔小姐，雷文古勋爵，”她十分尖锐地说，“人靠的是举止有度，而不是有钱就能恣意妄为。”

我胸中憋闷，仿佛跌进了奇耻大辱的深坑中，这是雷文古最坏的噩梦。我站在阳光房里，十几双眼睛盯着我，我就像个基督徒，正等着第一块石头扔向我。

伊芙琳审视着我——这个汗流浃背、颤抖不已的家伙。她的眼睛眯缝起来，闪闪发光。

“我告诉你，要想说话就先下棋，”她说着敲了敲棋盘，“你要是赢了，我们就聊聊；要是输了，接下来一天都不要烦我。怎么样？”

我知道这是个陷阱，但也无力反抗。我擦擦额头上的汗，将自己肥胖的身体塞到她对面那个小椅子里，这可惹笑了聚集过来的女士们。她要是逼着我上断头台，恐怕都比这舒服。我的肥肉溢出了座位，椅背太低没法给我太多支撑，我要努力地坐直身子，累得浑身打战。

伊芙琳丝毫不为我的痛苦所动，她的胳膊叠在桌子上，拱了一个“兵”过来。我动了一个“车”，棋局在我脑海中铺开。虽然我们势均力敌，但是因为身体不舒服，我的注意力大打折扣，棋艺也有失水准，实在赢不了伊芙琳。我只能努力拖延战局，经过半个小时的对抗和佯攻，我的耐心已然耗尽。

“你的生命危在旦夕。”我脱口而出。

伊芙琳的手指停在“兵”上，手上的一点点颤抖仿佛警铃大作。她的目光在我脸上扫过，又落在我身后的女士们身上，想看看有没有被人听到。她眼神狂乱，仿佛在努力抹掉这个时刻。

她已经知道了。

“我想我们有言在先，雷文古勋爵。”她打断了我的话，表情变得更加严肃。

“但是……”

“你想现在逼走我吗？”她的眼神让我不敢再开口。

一步又一步，她的反应令人迷惑，我不再顾及策略。伊芙琳似乎已经知道了今晚的事情，而且她好像害怕这事被人发现。我实在不知道为什么，也不明白她为何直接拒绝向雷文古敞开心扉。她对这个男人有露骨的蔑视，这就意味着我想救她的命，但要装作配合她的样子，或者不管不顾独自行事。事情到这个地步真让人气愤，我只好想尽办法重新组织语言，这时，塞巴斯蒂安·贝尔到了阳光房，引起了奇怪的骚动。我确实曾经在这个人的躯壳里，可是他像只猥琐的老鼠一样溜进房间，真难相信这就是我。他略微驼背，低着头，胳膊僵直地放在身体两侧，鬼鬼祟祟地盯着地板，似乎每一步都如履薄冰。

“我的祖母，希瑟·哈德卡斯尔，”我身后传来一位女士的声音，“这画倒是没有溜须拍马、夸大其词，但我祖母也不是个随便就能被糊弄的人。”

“对不起，”贝尔说，“我……”

他们的对话和昨天一模一样，她对这个软弱的家伙产生了兴趣，这让我好一阵嫉妒，虽然我并不重视这些。贝尔点滴不差地重复昨天的样子，而他也像昨天的我一样，以为这全是自由选择。那个时候，我盲目地按照丹尼尔策划的路径行进，他把我当成什么了？回声筒？一个工具？还是随波逐流的浮木？

打翻棋盘，改变这一刻，证明你独一无二。

我伸出手来，但一想到伊芙琳的反应，她的轻蔑表情，聚过来的女士们的笑声，我就难以将这想法付诸现实。羞辱击垮了我，我又缩回了手。机会还会有的，我需要冷眼旁观事态的发展。

我士气大减，失败不可逆转，我匆匆收尾，让“国王”扑倒认输，输得十分仓促。然后，我蹒跚着走出了阳光室，塞巴斯蒂安的声音渐渐消失。

十五

坎宁安按照吩咐，在藏书室里等我。他正坐在椅子上，颤抖的手上摊着我写的信。我进来时他站了起来，可我急于将阳光房的一切抛在身后，因此走得太快了。我能听见自己急促的呼吸，肺负担太重喘不过气来。

他没有过来扶我。

"您怎么能预知客厅里要发生什么？"他问我。

我想回答，可是既说不了话，也喘不过气来。我只好先调整呼吸，眼睛盯着书房。我大口吸气的样子，就像雷文古在狼吞虎咽地享用美食。我希望能看见瘟疫医生，他此刻应该正和贝尔谈话。但是我用了太长时间去提醒伊芙琳，而且这次劝诫也不怎么成功。

可能我不应该这么惊讶。

我在去镇子的路上也看到了，瘟疫医生似乎知道我要去哪里、什么时候去，他完全可以算计自己出现的时机，我根本没办法伏击他。

"事情完全按照您的描述发生了，"坎宁安满腹狐疑地盯着那张纸，接着说，"泰德·斯坦文侮辱了女仆，丹尼尔·柯勒律治插手。他们说的话和您写的一模一样，只字不差。”

我能解释，但坎宁安还没有讲到烦心的部分。我步履蹒跚地挪到椅子那里，费了好大劲才坐进垫子里。可怜的双腿终于得到休息。

“这是个把戏吧？”他问我。

“不算把戏。”我说。

“这里……最后一行，您说……”

“没错。”

“……您说您不是真正的雷文古勋爵？”

“我不是雷文古。”我说。

“您不是吗？”

“我不是。倒杯酒喝吧，你看上去脸色发白。”

他按我说的去做了，顺从似乎是唯一没有丢弃的东西。他倒了杯酒，坐下来品着，眼睛一直盯在我身上。他弓着背，双腿交叠在一起。

我将所有事情和盘托出，从林中谋杀和第一天成为贝尔开始，一直讲到那条没有尽头的路以及我和丹尼尔刚才的谈话。他脸上闪烁着怀疑，每出现一个证据，他都要看一眼手中的信，我甚至觉得有些对不起他了。

“你需要再来一杯吗？”我问他，看着他半空的酒杯。

“如果您不是雷文古勋爵，那他在哪里？”

“我不知道。”

“他还活着吗？”

他几乎不敢直视我的眼睛。

“你是不是宁愿他死掉？”我问他。

“雷文古勋爵一直对我很好。”坎宁安说，脸上掠过愤怒的表情。

可那并没有说到点上。

我又看看坎宁安，他垂下的双眼和脏兮兮的手，还有那被抹掉的文身显示着他不堪的过去。有那么一瞬间，凭着直觉，我意识到他很害怕，但并非害怕我讲的一切。他担心的是已然目睹这一天的人可能将要知道的事情，我肯定他在隐瞒着什么。

“坎宁安，我需要你帮我，”我说，“我被禁锢于雷文古的身体里，但还有很多事要做，可我的腿脚实在是寸步难行。”

坎宁安一饮而尽，站起身来。这酒使他的双颊染上两大团红晕，他说话的时候，带着一股酒劲。

“那我现在告辞了，明天再回来工作，那时雷文古勋爵才会……”他停顿了一下，在考虑一个合适的字眼，“回来。”

坎宁安僵直地鞠了个躬，然后往门口走去。

“你觉得他知道你的秘密后还会让你回来吗？”我的这句话很突然，这想法像石头投入水塘一样跳到了我的脑海里。坎宁安应该是在隐瞒着什么，或许能可耻地利用他的秘密达成我的目标。

他突然在我的椅子旁边停下，双手紧紧握拳。

“这是什么意思？”他说着，双眼紧盯前方。

“看看你的椅垫下面。”我说着，努力让声音听上去不那么紧张。虽然这种努力不错，可效果不一定到位。

坎宁安扫了眼椅子，又向我这边走回来。他一言不发地照我说的去做，在那里找到了一个小白信封。他撕开信封时，双肩耷拉下来，胜利使我唇边带笑。

“你是怎么知道的？”他声音嘶哑地问我。

“我什么都不知道，可当我在下个宿主身体里醒来时，就开始挖掘你的秘密。于是我返回这个房间，将这个秘密藏在信封里好让你找到。如果我们的谈话不让我满意的话，我就会将信封放在其他客人也能找到的地方。”

他对我的话嗤之以鼻，那轻蔑的神情像是扇了我一个耳光。

“你可能不是雷文古，但你说话的语气和他一模一样。”

这个想法如此惊人，竟让我一时哑口无言。直到现在我还认为自己的个性（无论什么样的个性），在代入新的宿主身上时，会充溢于他们的身体里，就像硬币充实了口袋，但如果我错了呢？

我之前的宿主从来没有想过要勒索坎宁安，更甭提决心来威胁他。实际上，回头看塞巴斯蒂安·贝尔、罗杰·柯林斯、唐纳德·戴维斯，还有如今的雷文古，没有什么共同的个性在支配他们的行为。会不会是我屈从了他们的意志，而不是我的意志驾驭了他们？如果是这样，我必须谨慎。被囚禁于这些人的身体里是一回事，放弃自我而趋从于他们的欲望就是另一回事了。

我的思路被坎宁安打断，他正用自己口袋里的打火机点燃这封信的一角。

“你想让我做些什么？”他的声音冷漠、平淡，说着他把烧着的纸丢进了壁炉。

“先做四件事情。”我用自己的胖手指数着，“第一，在通往镇上大路的路边有一口老井，找到那口井，井沿石缝里塞着张字条。读完后把字条放回去，告诉我上面的话。快点去，这字条一小时之内就会消失。第二，你要找到我早先问起的那件瘟疫医生的戏服。第三，我要你天女散花一般在布莱克希思散布‘安娜’这个名字，让大家知道是雷文古勋爵正在找她。最后，我需要你将自己介绍给塞巴斯蒂安·贝尔。”

“塞巴斯蒂安·贝尔，那个医生？”

“是那个家伙。”

“为什么找他？”

“因为我记得做过塞巴斯蒂安·贝尔，却不记得遇见过你。”我说，“如果我们能改变这件事，就证明还能改变今天其他的事情。”

“比如伊芙琳·哈德卡斯尔的死吗？”

“正是。”

坎宁安长长舒了一口气，转过来面对我。他整个人好像缩小了一圈，仿佛这不是场谈话，而是在沙漠中跋涉了一周。

“如果我完成了这些任务，这封信的内容便只有你知我知？”他的表情更多的是希望，而非期待。

“是的，我向你保证。”

我向坎宁安伸过去一只汗津津的手。

“看来我别无选择。”他坚定地和我握握手，只是脸上掠过了一丝厌恶。

坎宁安匆忙离去，怕是担心多留一分钟就会多一些任务。他离开之后，潮湿的空气包裹住我，透过衣服渗透到骨头里。我渐渐觉得藏书室太阴暗，不宜久留，就挣扎着从椅子里起来，拄着拐杖站起身来。

我穿过书房，想回到雷文古的会客厅，我要准备好迎接与海伦娜·哈德卡斯尔的会面。如果是她谋划今晚杀死伊芙琳，那么上天啊，我就要让她放弃这个阴谋。

房子里一片静谧，男人们都出去打猎了，女士们在阳光房里喝酒。仆人们也都不见了，可能在楼梯后面准备舞会吧。周围鸦雀无声，我唯一的伙伴就是敲打窗棂的雨滴，仿佛在乞求放它们进来。贝尔没有听到这个声音，但是雷文古对别人的恶意异常敏感，他觉得这片静谧令人耳目一新，像是给发霉的房间通了风。

沉重的步伐打扰了我的沉思，每一步都审慎缓慢，仿佛在拉扯我的注意力。我终于到达了餐厅，这里有张长橡木餐桌，长桌上方的墙上悬挂着一只兽首，那应该是早前猎获的战利品，兽首的皮毛已经褪色，落满了灰尘。餐厅空荡荡的，脚步声在四周回响，像是有人在模仿我蹒跚的步态。

我僵立不动，停住了脚步，眉头渗出了汗水。

回荡的脚步声也停了下来。

我擦擦额头，四下里紧张地望了望，希望贝尔那把裁纸刀在我手里。陷于雷文古疲懒的肥肉中，我感觉自己像是拖着铁锚在走。既跑不了，也搏斗不了，就算是动武，我的拳头恐怕也打不中目标。我此刻孤身一人。

踌躇了一会儿，我又开始迈开步伐，那些鬼魅般的脚步跟随着我。我突然停下来，这些脚步也停下来。四壁传来诡异的嘲笑声。我的心怦怦直跳，胳膊上汗毛直竖，恐惧驱使我摇摇晃晃地前进，到门厅就安全了，到那里就不会只有我一个人。现在，那些脚步声不再模仿我、烦扰我，而是翩翩起舞，笑声也像是从四面八方飘来。

我大声喘着气，这时总算到了门口，汗水哗哗直流，糊住了眼睛，几次差点被拐杖绊倒。穿过门厅的时候，笑声戛然而止，接踵而至的是一声低语。

“我们一会儿再见，小兔子。”

十六

十分钟后，低语声早已消失，而它引发的恐惧仍在回荡。这句话中没有任何威胁的字眼，甚至还带着欢快的语气。这声警告预示着将要到来的鲜血与痛苦，连傻瓜都能看到这句话后面侍从的身影若隐若现。

我把手举起来，想看看它们抖得有多厉害，镇定了一些后，才继续朝自己的房间走。我刚走了一两步，就注意到门厅后面阴暗的门口传来啜泣声。我在外面徘徊了整整一分钟，凝视着那片黑暗，担心是个陷阱。当然侍从不会这么快就行动，不可能这么快就派人来这里伤心痛苦地啜泣吧?

同情心使我试着向前迈了一步，发现自己进了狭窄的家族画廊，两壁挂的都是哈德卡斯尔家族成员的画像。画像按在世时间依次排开，庄园现有成员的画像挂在离门口最近的地方。海伦娜·哈德卡斯尔勋爵夫人正端坐在丈夫身边，夫妇二人都是黑色头发、黑色眼睛，姿态优雅，神情倨傲。夫妇俩旁边的是子女的画像。伊芙琳靠在窗边，微微撩起窗帘，仿佛在观望着某人的到来。迈克尔坐在椅子里，一只腿架在把手上，地板上丢着一本书，他看上去有些无聊，眼神中闪烁着躁动的能量。每个画像的角落都有洋洋洒洒的签名，如果没有看错的话，画家就是格里高利・戈尔德。艺术家痛揍管家的记忆犹在眼前，想起这件事，我握紧了自己的拐杖，嘴里又一次泛起血腥味。伊芙琳告诉我，戈尔德被送到布莱克希思庄园来整理画像，现在我明白了，这个人也许疯狂，但确实才华横溢。

房间的角落里又传来一声啜泣。

画廊里没有窗户，只点着油灯，非常幽暗，我得眯缝着眼才能找到蜷缩在黑影里的女仆，她正用浸湿了泪水的手绢掩面哭泣。如要得体，就应该悄悄地走过去，但是雷文古偏偏没法鬼鬼祟祟。我用拐杖敲了敲地板，人未到，我喘息的粗气便先飘进了画廊。女仆看见我，马上站起身来，她的帽子掉到了地上，红色的鬈发跳了出来。

我马上认出她来，就是泰德・斯坦文在午餐时责骂的那个女仆——露西・哈珀，当我在管家身体里醒来之后，是她扶着我走下厨房的。我心心念念她的善良，胸中涌出的暖意和怜惜不禁让我开口。

“对不起，露西，我没想吓你。”我说。

“不，先生，不是……我不应该……”她四处张望了一下想逃走，却囿于礼节没有动。

“我听见你在哭。”我试着在脸上挤出一丝同情的微笑。用别人的嘴巴做这样的表情很困难，尤其要牵动他嘴边那么多肥肉。

“哦，先生，您不用……这都是我的错。我午餐时犯了错误。”她说着，把眼泪擦干净。

“泰德・斯坦文对你太凶了。”话毕，我看到她脸上的惊慌而大为惊讶。

“不，先生，您别这么说，”她的声音高了整整八度，“泰德，我是说斯坦文先生，一直对我们这些下人很好。他总是待我们不错。他只是……现在他是位绅士，不能再被别人看作……”

她的泪水又要夺眶而出。

“我明白，”我赶忙说，“他不想别的客人把他当仆人对待。”

她脸上露出了微笑。

“是的，先生，就是这样。要不是泰德，他们根本抓不到查理·卡佛。但其他绅士还是把他看成我们这样的下人。虽然哈德卡斯尔爵士不是这样，他都喊他斯坦文先生。”

“好的，你没事就行。”我说道，对她语气中的骄傲甚为吃惊。

“我没事，先生，我真的没事。”她认真地说，胆子也大了一些，把地板上的帽子捡了起来，“我该回去了，他们该纳闷我去哪儿了。”

露西朝门口走了一步，但是走得太慢，才让我有时间问她这个问题。

“露西，你认不认识一个叫安娜的人？”我问她，“我想她可能是个仆人。”

“安娜？”她停顿了一下，努力回想着，“不，先生，我不认识她。”

“有没有哪个女仆最近有些奇怪呢？”

“先生，您也许不信，您已经是今天第三个这么问我的人了。”她说话的时候，用手指绕着自己的头发。

“第三个？”

“是的，先生。一个小时前德比夫人跑到厨房里问了这件事。把我们吓住了，高贵的夫人就那样跑到楼下，真没听过这种事。”

我拄着拐杖的手收紧了。无论这位德比夫人是谁，这行为都够怪异的，竟然和我问的一样。她没准就是一个竞争对手。

或者是另一个宿主。

这个想法让我脸红，雷文古对女人的认识，只停留在还知道世界上有女人这个物种。成为女人的想法太不可理喻，比在水中呼吸还不可思议。

“你能跟我说说德比夫人吗？”我问她。

“说不了多少，先生。”露西说，“这位夫人已经上了些年纪，声音很尖，我很喜欢她。还有一件事不知道有没有用，一位侍从也来过。德比夫人走后几分钟他就来了，问了同样的问题：有没有哪个仆人举止奇怪？”

我的手握得更紧了，咬住舌头才没有骂出声来。

“一个侍从？”我问，“长什么样子？”

“金色头发，很高，但是……”她有些精神恍惚，似乎被什么困扰，“我不知道，志得意满的样子，可能是服侍某位绅士的。先生，侍从们总是那个样子，装腔作势，故作优雅。他的鼻子被人打断了，青一块紫一块，好像是刚刚被打的，我想有人在和他作对。”

“你告诉他什么了吗？”

“我没有，先生，但是厨娘德鲁奇太太和他说了。她把对德比夫人说的话又和侍从说了一遍：仆人们都很好，只是客人们疯……”露西的脸红了，“哦，对不起，先生，我的意思不是……”

“别担心，露西，我和你一样，觉得这房子里大多数人都奇奇怪怪的，不知道他们在干些什么。”

她咧嘴一笑，眼睛内疚地朝门口望了过去。她再开口说话时，声音很低，低得好像要被淹没在地板的吱嘎声里。

“那个，今天早上哈德卡斯尔小姐去林子里了，和她的贴身女仆一起去的。她的女仆是个法国人，您总能听到她说话，东一句法语，西一句法语。有人在查理·卡佛的老屋旁边袭击了她们，显然是一个客人干的，但她们不愿意说是谁。”

“受到了袭击，你肯定吗？”我回想起在贝尔身体里的那个早上，想起在林子里奔逃的女子。我一直以为那就是安娜，要是错了呢？这不是我在布莱克希思第一次搞错了。

“她们说是受到袭击了，先生。”我表现得如此急切，让她一下害羞了。

“我想问问，这个法国女仆叫什么名字？”

“玛德琳·奥伯特，先生，请您不要告诉她是我说的。她们不愿意让别人知道。”

玛德琳·奥伯特，昨晚就是这个女仆在宴会上给了贝尔那张便条。这么多的事情纵横交错，我差点忘了贝尔的胳膊还受了伤。

“我的嘴很严，露西，谢谢你。”我说着，做出闭嘴的手势，“无论如何，我要和她谈谈，你能告诉她我在找她吗？不用告诉她为什么，如果让她来我的会客厅，你们俩都有赏。”

她看上去疑惑不解，但是欣然应允，我还没来得及许给她更多好处，她就溜走了。

如果雷文古不是那么笨重的话，我肯定会一蹦一跳地离开画廊。无论伊芙琳多么讨厌雷文古，她也还是我的朋友，我还是一心想要救她。如果今天早上有人在树林里威胁过她，不难想象，这个人今天晚上也可能会谋害她。我必须尽力拦住他们，希望这个玛德琳·奥伯特能帮上忙。谁知道呢，没准明天这个时候，我就找到凶手了。如果瘟疫医生信守承诺，我就可以逃离这个庄园，再也不用扮演宿主了。

臆想的欢乐只维持到走廊，我离开光线很好的门厅，边走边吹口哨，声音断断续续。侍从的阴影笼罩着布莱克希思，每个跳跃的阴影里，每个阴暗的角落里，都是想象中的杀人现场，而他则轻而易举地以各种花样置人于死地。我那本就负担过重的心脏，因为每个细微声音而跳动过速。等我终于走到雷文古的会客厅时，浑身已经被汗浸透，胸口好像堵着东西。

我关上身后的门，颤抖着长舒了口气。目前，不需要侍从杀死我，我自己的健康状况会先要了我的命。

这个会客厅很漂亮，有个沙发和一把扶手椅，头顶的枝状吊灯映衬着熊熊炉火的火光。餐边柜里有烈性酒、搅拌器、切好的水果片、苦味剂和一桶半融化的冰。旁边是一堆摇摇欲坠的烤牛肉三明治，边缘流着芥末酱。食欲想把我拖拽到食物那里，身体却瘫倒下来。

我需要休息。

扶手椅怨怒地承载着我的重量，椅子腿几乎被压弯。雨水砸在窗户上，天空已漫上黑色和紫色的云。这些雨滴和昨天落下的一样吗？乌云一样吗？兔子在养兔场的同一块地里挖坑吗？惊扰的是同样的虫子吗？那只小鸟会不会按一样的路线飞过来，撞到同一块玻璃上？如果是陷阱，那么猎物到底是什么？

“我喝杯酒就好了。”我嘟囔着，揉了揉咚咚跳的太阳穴。

“给你。”身后传来一个女声，一杯酒越过肩膀送到我眼前，拿酒的是一双小手，手指瘦弱，长了老茧。

我想要回头，可这对雷文古来说太难了，座位太小了。

女人不耐烦地摇摇杯子，里面的冰晃着。

“这酒应该在冰融化前就喝掉。”她说。

“对不起，好像倒酒的这位女士我并不认识。”我说。

她的嘴唇凑到我耳边，温热的呼吸飘到了我的脖颈。

“可是你认识我，”她低语着，“我就是在马车里陪着管家的人，我叫安娜。”

“安娜！”我脱口而出，试着从椅子里站起来。

她的手像铁砧一样按在我肩头，把我推回到椅子里。

“别动，你一起身我就走了。”她说，“我们很快就要见面，但是你别再找我。”

“不能再找你，为什么？”

“因为不是只有你在找我，”她说着，往后退了一步，“侍从也在抓我，他知道我们是一伙的。如果你总在找我，就会把他引来。只要我好好藏着，我们俩就都安全，所以快撤回找我的手下吧。”

我感觉她在后退，往门那边移动。

“等一下，”我喊道，“你知道我是谁吗？为什么我们会在这里？求求你，你肯定能告诉我些什么。”

她停住，思忖了一会儿。

“我醒后只记得一个名字，”她说，“我想是你的名字。”

我的手抓紧了椅子扶手。

“是什么？”我问。

“艾登·毕肖普，”她说，“现在，我按你说的做了，所以，你也按我说的做吧。别再找我了。”

十七

"艾登·毕肖普，"我咀嚼着这个名字，"艾登……毕肖普。艾登，艾登，艾登……"

在过去的半个钟头，我一直在尝试各种组合、各种声调、各种发音，希望可以从毫无印象的脑子里找到点滴记忆，可最后只落得口干舌燥。拿这个打发时间十分无聊，但是我别无选择。一点半过去了，海伦娜·哈德卡斯尔并没有来，她也没有为自己的爽约捎来只言片语。我叫一个女仆去请她，但被告知从早上起就没有人见过女主人，这个可恶的女人消失了。

更糟糕的是，坎宁安和玛德琳·奥伯特都没有来找我。我没怎么指望伊芙琳的女仆能被叫来，但是坎宁安已经走了好几个小时。我想不出来他能被什么耽搁，也越来越不耐烦。我们要做的事这么多，时间却所剩无几。

"你好，塞西尔，"传来一个嘶哑的声音，"海伦娜还在这里吗？我听说你正在和她会面。"

站在门口的是一位老太太，身上裹着一件宽大的红色大衣，戴着帽子，齐膝长靴上溅满了泥点。她的脸颊冻得通红，怒容满面。

“我还没有见到她，”我说，“我还在等她。”

“你也在等她？哼！这个臭女人约好今天上午在花园和我见面的，我在长凳上等了一个小时，冻得哆哆嗦嗦。”她说着，在火前面跺跺脚。她穿了太多层衣服，像个爆竹，一个小火星就能送她上天。

“真纳闷，她去哪儿了？”她说着摘下手套，扔到我旁边的座位上，“在布莱克希思好无聊。想喝杯酒吗？”

“我这杯还没喝完。”我冲她晃晃酒杯。

“你待在屋里就对了。我脑子抽风出去散步，回来时找不到人开前门。我咣咣敲了半个小时的门，看不见一个仆人，简直是美国人的做派。”

酒器被倒了个一干二净，咣当一声放在木头桌子上。满满的一杯酒，冰块叮当叮当地撞到杯壁上。酒发出了嗞嗞声，老妇人满足地大口喝着，然后一饮而尽，愉悦地长叹了一声。

“这酒不错。”她说着，又是一轮叮叮当当的杯子碰撞声，表明刚才那杯只是热身，“我和海伦娜说过，舞会这个主意太糟糕，可她就是听不进去，现在看看吧：皮特藏在门房里，迈克尔在勉力维持，伊芙琳在玩变装游戏。整件事将成为一场灾难，记住我说的话。”

老妇人手里拿着酒，回到壁炉前面。她脱掉了几层衣服，人小了几圈，露出了粉扑扑的脸颊和粉红的小手，还有一团乱糟糟的灰色头发。

“这是什么？”她说着，从壁炉架上拿起一张白色卡片，“塞西尔，你准备给我写信吗？”

“你说什么？”

她递给我这张卡片，上面就写着一句简单的话：

去见米莉森特·德比。

A.

绝对是安娜干的。

先是提到烤焦的手套，现在又给我牵线。真奇怪，好像有人在这一天到处散播线索，我很高兴知道我在这里还有个朋友，即使这证明了我的想法：德比夫人不是我的对手，也不是我的宿主。这个老太太的风格太强烈，别人不太可能进入她的身体里。

那她为什么要到厨房中打探女仆的事呢？

“我让坎宁安去请你来喝一杯，”我平静地说，抿了一口威士忌，“他写卡片时可能有些心不在焉。”

“你把重要的任务交给下人去做，就会这样。”米莉森特喷了口鼻息，一屁股坐在旁边的椅子里，“听我的话，塞西尔，总有一天，你会发现他花光了你的钱，还和你的女仆私奔了。看看那个该死的泰德·斯坦文。以前他不过是个田庄看管，跟阵风似的在这里游荡，现在你看看他，倒像是成了这里的主人。真让人发疯。”

“说斯坦文烦人，我同意，可对那些仆人，我还是很容易心软的，”我说，“他们把我服侍得不错。另外，听说你早些时候去厨房了，你也不觉得他们都讨厌吧。”

听完这句话，她冲我晃晃杯子，威士忌洒出了一些。

“哦，那个，是的……”她拉长了声音，啜饮两口酒来拖延时间，“我感觉有女仆从我房里偷了东西，就这些。就像我说的，你从来不知道下人是怎么折腾的。还记得我丈夫吗？”

“记不太清楚了。”我真佩服她转移话题的优雅手段。无论她去厨房问了什么，恐怕都和小偷小摸没有关系。

"如出一辙，"米莉森特喷了口鼻息，"可怕的下等人出身，虽然拥有四十多个棉纺厂，但还是一个十足的浑蛋。婚后五十年，我一天都没有笑过，直到他葬礼那一天才笑了，从此以后我就笑个不停。"

她的话被走廊里的吱吱嘎嘎声打断，接着传来门合页转动的声音。

"可能是海伦娜，"米莉森特从椅子上弹了起来，"她的房间就在隔壁。"

"我还以为哈德卡斯尔一家待在门房里？"

"皮特待在门房，"她抬了抬眉毛，"海伦娜待在这里，无论如何都要待在这里。他们的婚姻名存实亡。我告诉你，塞西尔，光是为了看丑闻就值得来这里。"

老妇人把头探到走廊，喊海伦娜的名字，外面忽然安静了。"到底怎么……"她喃喃自语，又把头伸回到会客厅，"起来，塞西尔，"她紧张地说，"发生了奇怪的事情。"

我焦虑地站起身来，走到楼道里，海伦娜卧室的门在风里吱嘎吱嘎地开关着。门锁被砸坏了，碎木头掉在脚下。

"有人闯进去了。"我身后的米莉森特发出了啧啧声。

我用拐杖慢慢推开了门，好看看屋里。

房间内空无一人，从屋里的摆设看已经空了一段时间。窗帘还没有拉开，房间里没有开灯，光线全是从走廊里透进来的。四柱床上铺得整整齐齐，梳妆台摆满了面霜、脂粉和各种化妆品。

确定是安全的，米莉森特才从我后面走进来。她冷冷地瞅了我一眼，又尖锐又歉疚。她围着床走了一圈，拉开厚重的窗帘，让亮光照进房间里来。

唯一被翻动的是一个顶部可以翻转的栗色柜子，柜子的抽屉还拉开着。抽屉里散乱地放着墨水瓶、信封和丝带，里面还有个大漆盒，盒里的垫子中间有两个为左轮手枪留出的空位，手枪不翼而飞。我怀疑伊芙琳将其中的一把拿到了墓园，她确实说过那枪是她妈妈的。

“好，至少我们知道了他们想要什么。”米莉森特边说边敲着这盒子，“可说不通啊，如果有人想要枪，轻而易举地就可以从马厩里偷一把。那里有十几把枪，偷了也没人会在意。”

米莉森特把盒子推到一边，翻出一个斜纹棉布封面的日程本。她翻着页，手指逐一滑过约会和事项栏，也看了夹在里面的提示和笔记。日程繁多单调，想来主人的生活也是如此，特别的是，最后一页被撕掉了。

“很奇怪，今天的行程安排被撕掉了，”她念叨着，怒气变为怀疑，“为什么海伦娜要把这个撕掉呢？”

“你认为这是她自己干的？”我问。

“别人要这个有什么用？”米莉森特说，“依我看，海伦娜准是想做什么傻事，可又不想让人发现。塞西尔，如果你不介意，我想先告辞，必须找她聊聊，像平时一样，劝她别做傻事。”

她把日程本扔到床上，大步出了卧室，跨进走廊。我几乎没注意到她已经离开，我更关心的是纸页上模糊的黑色指纹。我的男仆来过这里，显然他也在找海伦娜·哈德卡斯尔。

十八

窗外的世界在雨中瑟缩，天穹越来越黑，天边遍布乌云。打猎的客人们开始从林子里撤出来，他们穿过草坪走回宅邸，像是笨重的鸟儿在踱步。我在会客厅里等坎宁安回来，耐心耗尽，只好去藏书室查看那本百科全书。

可很快我就后悔这个决定了。

这一天的行走已经让我体力耗尽，笨重的身躯逐秒在加重。更糟糕的是，大宅里面又恢复了生机，女仆们开始打扫坐垫、摆放鲜花，来来回回跑着，如一条条活蹦乱跳的小鱼。她们的活力让我尴尬无比，她们的优雅身姿又让我自卑不已。

我刚走到门厅，就发现这里挤满了打猎归来的客人，他们抖掉帽子上的雨滴，脚下汪着一个个小水洼。这些客人浑身湿透，冻得面色苍白、死气沉沉。显然，他们挨过了一个糟糕的下午。

我紧张地走过，不敢抬眼睛，琢磨着那个侍从是否混在这些闷闷不乐的面孔里。露西·哈珀告诉我，侍从去厨房时，鼻子被打断了。这给了我一些希望，我的宿主们正在反击，这样再把揪他出来就容易多了。

看起来没什么危险，我笨拙的步伐中便添了自信，猎手们让出路来，我慢腾腾地挪到了藏书室。这里，厚重的窗帘已经拉上，壁炉里生了火，空气中有淡淡的香水味。盘子里点上了粗粗的蜡烛，暖暖的烛光在阴影处洒下点点光斑，亮处有三位女士正蜷在椅子里，全神贯注地读着自己腿上摊开的书。

我走向放百科全书的书架，在黑暗中摸索，结果发现那地方空了。我从临近的桌上拿了根蜡烛，让烛光掠过书架，希望那本书只是被移动了位置，却发现书不翼而飞了。我长长吐出一口气，像是某种可怕设备的风箱泄了气。直到现在，我才意识到自己在那本书上寄托了多大的希望，有多渴望能见到未来的宿主。我不仅想要他们的信息，还想有机会来研究他们，就像研究自己在镜廊中的扭曲镜像。在观察中，我当然看到了一些一再出现的特征，真实自我的碎片进入宿主，并不为宿主本人的性格污染。没有了这个机会，我就无法构建真实的自我，也不能辨别我和宿主的不同。依我所知，我和侍从的唯一区别，就是我和宿主的意识是混合的。

一天的疲惫和失望全压在肩膀上，我不得不坐在壁炉前的椅子上。炉子里成堆的木头在噼啪作响，空气中升腾飘散着热气。

忽然，我的呼吸停滞。

那本百科全书就在熊熊炉火之中，几乎燃烧殆尽，但还维持着书的形状，一阵风吹过便会烟消云散。

绝对是侍从干的。

此举的意图昭然若揭，而我就是瓮中之鳖，我不管做什么，他都能先行一步。可是胜过我还不够，他还要让我知道，还要让我害怕。出于某种原因，他要让我痛苦。

这赤裸裸的挑衅和轻蔑让我眩晕，我望着火焰出神，只想把所有的疑虑都扔进火里，烧得干干净净。这时，坎宁安在门口喊我。

“雷文古勋爵？”

“你到底去哪儿了？”我厉声质问，暴怒异常。

坎宁安慢慢走到我旁边，站在火前搓手取暖。他看上去似乎是遇到了暴风雨，虽然已经换了衣服，但头发还是湿的，刚用毛巾擦完，乱糟糟的。

“真高兴看到雷文古的坏脾气回来了，”他平静地说，“如果不像以前那样每天受责骂，我还真有点不知所措。”

“别跟我装可怜，”我冲他摇了摇指头，“你都出去好几个小时了。”

“心急吃不了热豆腐。”他说着，把一个东西扔到我怀里。

我把它举到灯光底下，看到是一个瓷质鸟嘴面具，上面两个洞是留给眼睛的，我的怒火立即烟消云散。坎宁安压低了声音，瞥了瞥那边，一个女人正好奇地望着我们。

“这个面具的主人是菲利普·萨克利夫，”坎宁安说，“一个仆人从他的衣橱里发现的，所以他出去打猎的时候，我就偷偷潜入了他的房间。高帽子和大衣也在那里，还有一张字条说要和哈德卡斯尔勋爵在舞会上见面。我想我们可以拦住他。”

我用手拍拍膝盖，冲着他笑得像个疯子：“干得漂亮，坎宁安，真是干得漂亮。”

“我想您会高兴的，”他说，“但不幸的是，只有这一个好消息。那张在井边等着哈德卡斯尔小姐的字条，怎么说……非常的……古怪。”

“古怪，有何古怪？”我说着，将鸟嘴面具罩在了自己的脸上。瓷质面具冷冷地贴上我的肌肤，竟然大小刚好合适。

“雨水打湿了字条，字迹模糊了，但我可以勉强看出来上面写着‘离米莉森特·德比远点’，下面还画着一个城堡的简笔画，其他就什么也没有了。”

“这个警告够奇怪的。”我说。

“警告？我怎么觉得是个威胁？！”坎宁安说。

“你觉得米莉森特·德比会用她的织毛衣针去害伊芙琳吗？”我抬了抬眉毛。

“别因为她老，就把她排除在外，”他说着用火钳拨了下火，渐熄的火又燃得更旺了，“有一段时间，这宅子里一半的人都受米莉森特·德比的摆布。没有一个肮脏的秘密能躲过她的眼睛，她的手段也够龌龊。相比之下，泰德·斯坦文就太业余了。”

“你和她有过接触？”

“雷文古有过，他不信任米莉森特。”他说，“雷文古是个浑蛋，但一点也不傻。”

“我很高兴知道这些，”我说，“你见到塞巴斯蒂安·贝尔了吗？”

“还没有，我今天晚上就去找他。我也没打听到这个神秘的安娜。”

“哦，不用了，她刚才来见我了。”我说着，揪起椅子扶手上一块松了的皮革。

“真的吗，她想要什么？”

“她没说。”

“好，可她是怎么认出你的？”

“我们还没来得及说到那里。”

“她是个朋友吗？”

“也许是。”

“那还是有好处的吧？”他狡黠地说，把火钳放在架子上，“对了，我们得给你洗个澡。晚宴八点钟开始，你身上都有味道了。虽然人们不太喜欢你，但也别给他们更多讨厌你的理由了。”

他过来想搀我起来，可我摆摆手拒绝了他。

“不，在剩下的时间里，我要你跟着伊芙琳保护她。”我挣扎着从椅子里起来，地球引力总是想和我作对。

“跟到什么时候？”他冲我皱着眉。

“有人计划要杀她。”我说。

“没错，有可能那个要杀她的人是我，你要知道。”他温和地说，像是说哪个音乐厅好那样轻描淡写。

我深受打击，一下又瘫倒在差点挣脱开的椅子里，座椅的木头吱呀作响。雷文古完全信任坎宁安，尽管知道他可怕的秘密，我也像雷文古一样从来没有质疑过他。事实上，他和其他人一样可疑。

坎宁安敲了敲自己的鼻子。

“你想想，”他说着把我的手架在肩膀上，“我帮你进浴缸之后，可以去找贝尔，但是依我看，最好是你洗完澡后自己去跟踪保护伊芙琳。同时，我跟在你左右，这样就可以排除掉我的嫌疑。我的生活已经够复杂了，不想再让八个你在房子里到处追我，指责我杀了人。”

“你看上去很擅长处理这类事情啊。”我用余光观察他的反应。

“嗯，我也不是一直当男仆。”他说。

“那你还做过什么？”

“我没有必要告诉你这些。”他说罢就皱眉使劲扶我起来。

“那你为什么要隐瞒在海伦娜·哈德卡斯尔的卧室干的事情？”我提示他，“你翻她的日程本时沾了墨，我今天早上注意到你手上的墨渍了。”

他惊讶地吸了口气。

“你可真忙。”他的声音变得冷漠起来，“真奇怪，你竟然没听说过我和哈德卡斯尔家的丑闻。噢，我本来不想剧透的。到处打听一下，这也不是秘密，我想会有人迫不及待地要告诉你。”

“坎宁安，是你闯进她房间的吗？”我逼问他，“两把左轮手枪被拿走了，她的日程本也被撕走了一页。”

“我不需要闯入，我是被请进去的，”他说，“我不知道左轮手枪的去向，但是我离开时日程本是完整的，我亲眼所见。我可以解释我在那里做了什么，还有为什么我不是你的人。你若还有理智，不相信我的话，一个字也不信，最好自己去弄明白真相，那样你才能确定什么是真相。”

扶我起身的时候，我们俩都满头大汗，坎宁安轻轻擦掉我额头的汗水，然后递给我拐杖。

“告诉我，坎宁安，”我说，“为什么你这样的人要做这样一份工作？”

这问住他了，那张波澜不惊的脸上阴云密布。

“生活并不总是给你选择，”他严肃地说，“现在快点走吧，我们还得去阻止一场谋杀呢。”

十九

巨大的枝状烛台从顶上泻下烛光，照亮了下面的晚宴餐桌，这是一个鸡骨、鱼刺、龙虾壳和猪肉膘的墓场。尽管夜幕已经降临，但是窗帘还没有放下来，可以看到外面暴雨肆虐的树林。

我听见自己大快朵颐的声音，咀嚼、咂嘴、压碎和吞咽。我的下巴淌下肉汁，嘴唇糊上了油脂，闪着恶心的油光。我的胃口大得惊人，一刻不停地往嘴里塞食物，餐巾则成了食物残骸的战场。其他就餐者一边用余光瞥着这场可憎的表演，一边勉强交谈，尽管我早已将礼节大口嚼碎了。一个人怎会如此饥饿？这到底是个怎样的无底洞？

迈克尔·哈德卡斯尔就坐在我左侧的座位上，我落座后，我们没说过几句话。他大多数时间都在和伊芙琳窃窃私语，姐弟两个头挨着头，亲密无间。身为女性，伊芙琳明知自己身处险境，却如此镇定从容，实在是令人惊叹。

也许她相信自己被保护得很好。

“雷文古勋爵，您去过东方吗？”

如果我右边的客人忘记了我的存在该多好！那是克利福德·赫林

顿长官，原先是海军军官，有些秃头，军装上挂满了闪光的英勇勋章。我和他聊了大约一个小时，很难将累累军功与这样一个人联系起来。可能因为他的下巴太短，不敢直视别人，一副唯唯诺诺、总忙着道歉的样子，更可能是因为他眼里闪烁的醉鬼气质。

整个晚上，赫林顿都在讲些枯燥乏味的经历，还不是出于避免冷场的礼节。此时我们的谈资已尽，话题搁置在亚洲海滩。我抿了口酒来掩盖自己的心烦意乱，但是发现这酒特别辛辣。看到我龇牙咧嘴的样子，赫林顿亲昵地靠了过来。

"我也觉得这酒太辣。"他说话时，那热烘烘、酒气十足的呼吸扑面而来，"我刚问了一个仆人这酒的酿造期，可问他还不如问我这个酒杯呢。"

枝状烛台在赫林顿的面孔洒下令人毛骨悚然的黄光，他的眼睛里有令人厌恶的醉醺醺的神色。我把酒杯放下，打算干点别的事情来避开他。餐桌边大约有十五个人，法语、西班牙语和德语混杂一处，如非如此，那些无趣的谈话很难进行下去。昂贵的珠宝在觥筹交错间碰到玻璃杯；侍者收走盘子时，刀叉也发出碰触的声音。餐厅里气氛阴郁，人们时而缄默、时而迫切地交谈，还有十几个座位空着。这真是怪异，但每个人似乎都在顾左右而言他。我不知道这是出于良好的教养，还是不知情的缘故。

我想找些熟人了解情况，可是坎宁安去找贝尔了，米莉森特·德比、迪基医生，甚至讨厌的泰德·斯坦文也不见踪影。除了伊芙琳和迈克尔，我唯一认识的人就是丹尼尔·柯勒律治，他正坐在长桌的另一端，身旁是个瘦瘦的家伙，他们捧着半满的酒杯，审视着其他客人。有人似乎反感丹尼尔那张英俊的脸，把他揍得嘴唇破裂、眼睛肿胀，明天（如果真有明天的话）这脸会更破相。这伤似乎没让他太烦恼，却令我十分不安。直到此刻，我一直以为丹尼尔置身于这场阴谋诡计之外，因为他知晓未来，所以可以轻易地规避不幸。看他的遭遇，就像看到魔术师不小心从袖子里露出了底牌。

丹尼尔说了个笑话，他的邻座高兴地大拍桌子，也把我吸引了过去。我似乎认识这个家伙，但一时想不起来他是谁。

也许他是我未来的宿主。

我当然不希望他是。这个人脏兮兮的，头发油腻腻的，面孔苍白瘦削，举止仪态傲慢，仿佛整个房间里的东西都配不上他。我在他身上看到了狡猾和残酷的气息，这种莫名的感觉不知从何而来。

“他们的疗法真够奇特。”为了吸引我的注意力，克利福德·赫林顿稍稍提高嗓门。

我困惑地冲他眨了眨眼。

“雷文古勋爵，那些东方人啊。”他和颜悦色地笑着。

“可不是，”我说，“不，我恐怕没去过那里。”

“神奇的地方，令人难以置信。他们的那些医院啊……”

我扬手招呼仆人。如果我躲不开非得和他聊天，那至少得喝两杯。有失必有得。

“昨天晚上，我和贝尔医生聊了聊他的那些鸦片。”他接着说。

快闭嘴吧……

“雷文古勋爵，食物还合您的胃口吗？”迈克尔·哈德卡斯尔灵巧地插入我们的谈话。

我望向他，感激之情溢于言表。

他略微举起那杯红酒，绿色的眼睛里闪过一丝狡黠的光。他的目光和伊芙琳截然不同，伊芙琳的目光会把我撕成碎片。她身着蓝色晚礼服，戴着王冠头饰，金色鬈发高高地盘在头顶，露出了脖颈上一条璀璨生光的钻石项链。今天晚上陪着塞巴斯蒂安·贝尔潜入墓园时她就穿着这身礼服，只不过现在她还没穿外套和齐膝长靴。

我擦了擦嘴，低头示意。

“太丰盛了，略有遗憾的是没能和更多的人一同享用，”我边说边指着餐桌四周散布的空座，“我尤其盼望能见到萨克利夫先生。”

和他的瘟疫医生戏服，我心想。

“哦，您真幸运，”克利福德·赫林顿插了一句，“老萨克利夫是我的好朋友，也许我能给您引荐。”

“即便介绍了也没用，”迈克尔说，“他和我父亲估计已经溜到了酒柜后面。我们说话这会儿，母亲还得去叫醒他们。”

“哈德卡斯尔勋爵夫人今晚会出席舞会吗？”我问他，“听说今天一天她都没有现身。”

“回到布莱克希思对她来说真的很难，”迈克尔压低嗓子，仿佛在和我分享秘密，“在舞会开始之前，她肯定是一整天都在驱魔。放心吧，她会到场的。”

我们的谈话被一个仆人打断，他俯身与迈克尔低语了几句。年轻人的表情忽然阴沉下来，仆人离开后，他又把消息告诉他姐姐，她的面容也阴沉了下来。他们对视了片刻，握了握手，迈克尔用叉子碰碰他的酒杯，站起身来。他站起来的时候好像完全舒展开了，显得特别高，头正好伸到了枝状烛台照不到的幽暗处，他只能在阴影中发言。

房间一片静默，所有人都齐刷刷地望向他。

“我倒希望我父母可以出席，这样就不必让我来祝酒了，”迈克尔说，“显然他们正在准备舞会的盛大开幕式，到时肯定会非常华丽。”

人们默默地笑着，迈克尔羞涩一笑。

我扫视着在场的客人，正好看到丹尼尔饶有兴味的目光。他用餐巾擦擦嘴，将目光转向迈克尔，示意我听迈克尔下面的话。

他知道会发生什么。

“我父亲非常感谢诸位参加今晚的舞会，他随后会进一步致以谢意。”迈克尔说。

他的声音微微颤抖，显现出些许不安：“我代表我的父亲，向在座的诸位致以我个人的谢意，感谢诸位莅临。同时，也欢迎我的姐姐伊芙琳旅居多年后从巴黎归来。”

伊芙琳回应了弟弟的爱意，两人相视一笑、亲密无间，没给别人留下插脚的余地。即便这样，人们依然举起酒杯，感谢与祝贺的声音在桌面上涌动着。

平静下来后，迈克尔继续说：“不久我姐姐将开始全新的旅程，因为……”他停顿了一下，盯着桌面，“因为她将与塞西尔·雷文古勋爵完婚。”

沉默吞没了我们，所有的目光都投向我。惊愕变成了困惑，接着是厌恶。他们的面孔也极好地反映了我的感受。雷文古比伊芙琳年长不止三十岁，他吃的盐比伊芙琳吃的米饭还要多，我终于明白今天上午她对我的敌意从何而来。如果哈德卡斯尔勋爵和夫人真的埋怨女儿害死了托马斯，他们对她的惩罚可真是绝妙。托马斯失去了成长的机会，他们就要夺走伊芙琳的青春岁月。

我朝伊芙琳望去，她正咬着嘴唇摆弄餐巾，轻松的心情荡然无存。一滴汗珠从迈克尔的额头滚下，杯中的酒在微微晃动。他甚至没有看他姐姐，她也目不斜视。我现在正盯着桌布，没有人会比现在的我对桌布更着迷。

“雷文古勋爵是我们家族的老朋友，”迈克尔冷冰冰地说，不管不顾地打破沉默，“我想没有人会比勋爵大人能更好地照顾我姐姐。”

最后，他看向伊芙琳，四目相对。

“伊芙琳，我看你也想要说几句吧。”

她点点头，紧紧地绞着餐巾。

所有人都盯着她，一动不动地保持静默。连仆人们都停在墙边盯着她看，他们手里还端着脏盘子和刚添的酒。终于，伊芙琳抬起头来，看着眼前这些期待的人。她的眼神因受惊而慌乱，像落入陷阱的动物。无论之前准备了什么样的发言词，此刻早已消失得干干净净，她继而痛苦地哭出声，冲出了房间，迈克尔尾随而去。

人们窸窸窣窣地转过身子，都看向我，我则在找寻丹尼尔。他之前那种饶有兴味的表情不见了，目光落在窗户上。我在想，有多少次他看到红晕浮上我的双颊，他是否记得这种羞辱的滋味？是不是因为这些他现在都不看我了？当我成为丹尼尔的时候，我会不会比他做得好些？

我仿佛被孤零零地遗弃在晚宴上，本能地只想像迈克尔与伊芙琳一样逃离，可与其这么想，倒不如希望神仙下凡将我从椅子里解救出去。沉默在餐厅里盘旋，直到克利福德·赫林顿站了起来，烛光在他的海军勋章上折射出光芒，他举起了酒杯。

“祝百年好合。”他的祝福里似乎没有讽刺。

一个接着一个，人们举起了酒杯，祝福声在餐厅里一遍遍响起。

丹尼尔在餐桌那一边冲我眨了眨眼。

二十

客人们已经离开餐厅好久了，仆人们也清走了最后的餐盘，坎宁安才扶我起来。他一直在外面站着，站了一个多小时，但是每一次他想进来，我都摆手阻止他。晚餐时已然受尽侮辱，要是再被人看见是男仆扶我从椅子里起来，这屈辱可就太大了。坎宁安还是进了餐厅，脸上挂着假笑。这风言风语肯定传遍了整个宅子：胖老头雷文古和他落跑的新娘。

“你为什么不告诉我雷文古要和伊芙琳结婚？”我拦住他问道。

“就是为了羞辱你。”他说。

我愣住了，四目相对之时，我的脸颊滚烫。

他的眼睛是绿色的，瞳孔边缘不太齐整，像泼溅的墨水。这目光中蕴含的坚定信念，足以攻城略地甚至改宗换代。如果这个年轻人不再做雷文古的侍从，那可要谢天谢地了。

“雷文古虚荣心很强，容易困窘，”坎宁安平静地说，“我看你倒是继承了这个特点，就跟你开个玩笑。”

“为什么？”我惊讶于他的诚实。

“你可敲诈过我，”他耸了耸肩，“你以为我会逆来顺受，是吗？”

我惊愕地看着他，几秒钟后放声大笑。真的是开怀大笑，笑得我身上的肥肉都在抖动，好像在欣赏他的胆大妄为。我羞辱了他，他用耐心便能反戈一击，让我遭受同样的耻辱。这样的手段怎不让人着迷?

坎宁安冲我皱了皱眉，眉毛拧到了一起。

“你不生气吗？”他问我。

“依我看，你才不会顾及我生不生气呢。”我擦去笑出来的眼泪，“无论如何，是我先挑起的，你若要以牙还牙，我可没法抱怨。”

我和这位伙伴会心一笑。

“看来你和雷文古勋爵还是很不一样的。”他字斟句酌地说道。

“至少名字不一样，”我说着，伸出了手，“我叫艾登·毕肖普。”

他牢牢地握着我的手，笑意渐浓。

“很高兴认识你，艾登，我叫查尔斯。”

“好，我并没打算把你的秘密告诉别人，查尔斯，很抱歉我威胁了你。我只是希望救伊芙琳·哈德卡斯尔的命，然后逃离布莱克希思庄园。但要完成这两件事，我的时间不多，需要一个朋友。”

“也许一个朋友不够。”他边说边用袖子擦眼镜，“说实话，这件事太诡异了，我现在即使想走，也说不好到底能不能走。”

“我们走吧，”我说，“据丹尼尔估计，晚上十一点钟，伊芙琳将在舞会上被杀。如果我们要救她，就得到那边去。”

舞厅在门厅另一端。坎宁安搀着我走过去。马车不断从镇上赶来，在外面的车道上排成一队。马匹在嘶叫，侍从打开车门，穿着各种戏服的客人从马车里出来，像是从笼子里翩翩飞出的金丝雀。

“为什么伊芙琳要被迫嫁给雷文古？”我轻声问坎宁安。

“为了钱。”他说，“哈德卡斯尔勋爵投资失败，又没有足够的智慧吸取教训。传言他使整个家族濒临破产，如果伊芙琳嫁人，哈德卡斯尔勋爵和夫人就会得到一笔相当丰厚的聘礼，而且雷文古承诺，几年之后就会一举买下布莱克希思。”

“原来如此，”我说，“哈德卡斯尔家出现经济危机，就把女儿当旧珠宝典当。”

我想起今天上午我们下棋时的情景，我退出阳光房时，伊芙琳脸上还挂着微笑。雷文古买的不是新娘，而是无穷无尽的怨念。这个老傻瓜到底知不知道，他得到的会是什么？

“塞巴斯蒂安·贝尔呢？”我想起交给坎宁安的任务，便问他，“你和他说话了吗？”

“没能说上话。我到他房间时，这个可怜的家伙在地板上晕过去了。”他言语间露出了真诚的遗憾，“我看到了死兔子，你说的那个侍从似乎有种变态的幽默感。我请了大夫，把贝尔交给他照顾，你的实验要再等一天了。”

我的失望淹没在舞厅大门后传出的音乐节拍中。一个仆人帮我们打开大门，声音涌了出来。舞厅里至少有五十个人，在枝状吊灯洒下的柔和烛光中旋转。远远的舞台上，乐队正卖力而做作地演奏。舞厅里大部分空间都成了舞池，身着全套戏服的丑角，正向埃及王后和笑面鬼献殷勤。弄臣们用长棒撑起敷粉假发和金面具，蹦跳、模仿着逗乐。裙子、披风和斗篷在地板上飞舞、挪移，摩肩接踵的人群，不辨南北地狂欢。唯有迈克尔·哈德卡斯尔周围有些空间，因为他戴着耀眼的太阳面具，向外延伸着一圈尖尖的太阳光线，所以要想靠近他会有些危险。

我们在夹楼上俯视着舞池里的一切，这上面有个小楼梯可以通到舞池里。我用手指敲击栏杆，和着音乐节拍。我身体里某个还属于雷文古的部分，对这首歌十分熟悉，也十分享受，他甚至想拿件乐器演奏。

“雷文古是个音乐家吗？”我问坎宁安。

“他年轻时是个才华横溢的小提琴家，大家都这么说。他骑马时摔断了胳膊，再也不能拉小提琴了。我觉得他还想要拉琴。”

“没错。”我惊讶地发现雷文古的这一渴望如此强烈。

把这个发现搁置在一边，我又转向手头的事情，但是我不知如何在人群中找到萨克利夫。

或者那个侍从。

我的心一沉。我失算了，在噪声和身体的碰触间，一个刀片就可以杀掉一个人，神不知鬼不觉。

如果换了贝尔，一想到这儿他就会跑回房间，但是雷文古更为坚毅。伊芙琳在哪里遇害，我就偏要去哪里，让该来的到来吧。查尔斯扶着我的手臂，我们一起往楼下走着，始终待在舞厅外围的阴影里。

小丑拍着我的后背，女士们在我面前旋转，手中拿着蝴蝶面具。我对这些全然没有在意，挤过翩翩起舞的人群，来到落地玻璃门旁边的沙发上，我想坐在上面好好歇会儿脚，已经站累了。

直到现在，之前总是抱团的客人，终于分散到房子里各处。身处他们之间，人群越密集，我陷得越深，似乎也能更明显地感觉到他们身上的恶意。大多数绅士整个下午都在一杯杯灌酒，现在跳不出什么像样的舞步，不过是瞎转、鬼叫、目光游离，行为粗野无礼。年轻女士们笑得前仰后合，她们频繁地换着舞伴，妆花了，发髻也松散了。聚在一起的妻子们，不由得小心避开这些娇喘连连、玩兴正高的女子。

没有什么比面具更能暴露出一个人的本来面目。

我身旁的查尔斯越来越紧张，我们每走一步，他扶着我前臂的手指就越来越紧，这不对劲。这场庆祝充满了绝望的气息，这是蛾摩拉城[1]覆

1　《圣经》中因居民罪孽深重而和索多玛城被同时毁灭的古城。

灭之前最后的狂欢。

我们走到沙发前，查尔斯扶我坐在垫子上。女仆用托盘端着酒在人群中穿梭，可我们俩在人群外围，从这里示意她们过来不太可能。现场太吵闹，根本没法说话。查尔斯指指那张放香槟酒的桌子，客人们正相互搀扶，从桌边踉踉跄跄地走开。我点点头，擦了擦额头渗出的汗。也许喝杯酒能让我镇定下来。他走开去取香槟的时候，我感到风吹过肌肤，这才注意到有人打开了玻璃门，可能想放进些新鲜空气吧。外面一片漆黑，但是火盆已经被点燃，摇曳的火苗一路蜿蜒到达一个波光粼粼的水池，四周树木环绕。

黑暗旋转着进入室内，慢慢聚拢成型，烛光洒到一张苍白的面孔上。

那不是脸，是面具——一副白色的瓷质鸟嘴面具。

我四下寻找查尔斯，希望他可以抓住那个家伙，但是人群将他冲得不知去处。我回头看向玻璃门，只见瘟疫医生正与狂欢者们擦肩而过。

我抓紧拐杖，站起身来。将沉船残骸从海底打捞出来，都比让我起来更轻松。但我还是蹒跚着走向那些装扮各异的人，他们将我的猎物团团围住。我追随着那面具的闪光、旋转的斗篷，但他如林中的雾气，无法被抓住。

最后他的身影消失在舞厅的一角。

我盯着他消失的地方，极目眺望，但是有人过来和我攀谈。我暴怒地咆哮，却发现面前这人戴着一副瓷质鸟嘴面具，一双棕色的眼睛正偷觑着我。我的心跳到了嗓子眼，身躯猛地一震，那面具迅速摘下，露出一张稚气的小脸。

“天啊，抱歉，”他说，“我没有……”

“罗切斯特，罗切斯特，在这里！”有人喊他。

我们同时看向声音来处，又一个穿着瘟疫医生的戏服的家伙向我们走来。他后面还有一个人也是同样装扮，人群中还有三个瘟疫医生。我的猎物越来越多，却没有一个是我真正想找的人。他们不是太胖太矮，就是太高太瘦。不过是那位瘟疫医生的拙劣翻版。他们都想包庇真凶，但我抓住了离我最近的胳膊，随便哪一只，这些胳膊都一模一样。

“你们从哪里找来的衣服？”我问他。

那家伙一脸怒容，灰色的眼睛中布满血丝，既无光泽，又很呆滞，就像空空如也的门廊，什么都没有。他挣脱我的手，一拳捣在我胸口上。

“客气点。”他醉醺醺地念叨着，想要找打。于是，我抡起拐杖痛揍了他。重重的木拐杖打到他腿上，打得他单膝跪倒在地，他嘴里还蹦出不干不净的话。这人用手掌平撑着舞池地面，想要站起身来。我用拐杖头按着他的手，把他压在地上。

“那些戏服，”我大喊，“你们是从哪里拿的？”

“阁楼，”此刻他的面色如刚丢弃的面具一般苍白，“那里的架子上挂着十几个这样的面具。”

他尽力想要挣脱出来，可我在拐杖头上压着，又加了点劲，他的脸痛到扭曲。

“你怎么知道那里有面具？”我收了点力气。

“昨天晚上一个仆人找到我们，”他说，眼睛里溢出泪水，“他戴着一副那样的面具，还有帽子，整套的装束。我们没有戏服，他就把我们领到阁楼里去找。他帮每个人找面具，我发誓，当时有二十多个人聚集在阁楼里。”

看来瘟疫医生不想被找到。

他不时扭动着，看到他痛苦的表情，我知道他所言非虚。我抬起拐杖，他捂着疼痛的手，跌跌撞撞地走开了。他还没走出我的视线，迈克尔就从人群中钻出来，他老远就看见我了，径直朝我冲过来。他慌张不安，脸颊绯红。我看见他的双唇疯狂地一张一合，可音乐和欢笑声太吵了，我听不清他在说些什么。

我用手势表示听不明白，他靠近了我。

“你看见我姐姐了吗？”他大喊着。

我摇摇头，心中顿时充满恐惧。从他眼睛里可以看出有事发生了，但还没等问他，他就又挤回旋转舞蹈的人群中。一种不祥的念头压在心头，我觉得燥热无比，又有些眩晕，挣扎着回到自己的座位上，扯掉领结，解开了衣领。戴着面具的客人在我面前转来转去，他们赤裸的胳膊上汗水涔涔，闪着微光。

我有些恶心，觉得眼前的一切都索然无趣。我正想着去找伊芙琳，这时坎宁安回来了，手里拿着一个塞满了冰的银色桶，里面冰镇着一瓶香槟，胳膊下面还夹着两只高脚杯。桶壁挂满了水珠，坎宁安也满头大汗。他离开了太久，我都忘记派他去干什么了。我冲他大声喊：“你去哪儿了？”

“本来想……看见了萨克利夫……”他也冲我喊着，有一半的话被乐声淹没了，“戏服……”

显然，坎宁安也和我一样遇到了好几个瘟疫医生。

我点点头，表示听明白了。我们一起坐下来，喝着闷酒，睁大眼睛在人群中搜索着伊芙琳的身影，我越来越沮丧。我真应该站起身来，到宅子各处去找她，去询问客人们，可是雷文古做不到。舞厅里拥挤不堪，他的身体太疲倦了。他深思熟虑、善于观察，却不是个行动派。我要想帮到伊芙琳，就得能动起来。明天我可以行动，可今天只能静观其变。我要将这舞厅内发生的一切看在眼里，不放过任何一个细节，这样才能抢占先机，来阻止今晚的悲剧。

香槟让我平静，可我放下了酒杯，担心自己喝酒过多会变得迟钝。

这时我看见了迈克尔，他正往夹楼上面爬，想要俯瞰舞厅。

乐队停止了演奏，笑声和说话声渐渐消失，所有客人都转向了他们的主人。

“很抱歉搅了大家的雅兴，”迈克尔说话时，紧紧地抓住栏杆，“虽然有些蠢，但我还是想问问，哪位知道我姐姐的去向？”

人群中涌起了一波谈话声，人们面面相觑，很快就发现伊芙琳根本没在舞厅里。

是坎宁安先发现了伊芙琳。

他碰了碰我的胳膊，指向伊芙琳，她正醉醺醺地沿着一排火盆走向水池。她离我们有段距离，在亮光与阴影处游荡着，手里的银色手枪闪闪发光。

“快去叫迈克尔。”我大喊道。

坎宁安从人群中挤过去，我挣扎着起身，摇摇晃晃地向窗户那边走去。没有人看见她，人群又活跃起来，迈克尔讲话造成的波动几乎要过去了。小提琴师试了音，钟表指向十一点钟。

我走到玻璃门前，伊芙琳正好走到了池边。

她摇摇晃晃，颤抖不已。

瘟疫医生就站在离她一英尺远的树下，静静地看着这一切，盆里的火光映在了他的面具上。

伊芙琳举枪对准了自己的肚子，银色手枪闪着光，枪声打断了人们的谈话声和乐声。

然而，那一刻，一切似乎还是原样。

伊芙琳还站在池边，仿佛在欣赏自己的倩影。接着她的腿瘫软下去，一头栽进水池，手里的枪掉落下来。瘟疫医生低头消失在暗黑的林荫深处。

我这才听到尖叫声，后面的人群涌上来，跑到草地上，焰火如期在空中跃起，将整个水池笼罩在五颜六色的光里。我看见迈克尔冲到了姐姐那里，却已回天乏术。他跳入水中，费力地抱起姐姐的尸体，尖声呼唤着她的名字，声音淹没在焰火的爆裂声里。几次滑脱，几次绊倒，他终于将姐姐的尸身拽出泳池，瘫倒在池边，伊芙琳躺在他的怀里。迈克尔吻着她的面庞，求她睁开眼睛，但那不过是痴心妄想。死神已经掷下了骰子，伊芙琳香消玉殒，宝贵的生命已然被收回。

迈克尔把脸埋在伊芙琳湿湿的头发里啜泣着。

他没有理会围上来的人群，几只壮硕的臂膀把他拉起来，将姐姐瘫软无力的尸体放在草地上，迪基医生跪下来检查她。他也回天乏术，伊芙琳肚子上的洞和草地上的银色手枪将发生的一切昭告天下。尽管如此，医生仍然靠近她，按了按她的脉搏，然后温柔地拂去她面庞上的水渍。

迪基医生依旧跪着，示意迈克尔靠近。年轻人还在痛哭，医生握着他的手，低头和他耳语着什么，似乎在为伊芙琳祈祷。

他对死者的尊敬令人感激。

几位女士伏在旁人的肩膀哭泣，她们的行为带着几分虚情假意，仿佛舞会并没有真正结束，她们还在跳舞，只不过变换了步法。伊芙琳不应该供她鄙夷之人消遣，医生仿佛看透了这一点，他的动作，无论多么细微，都在捍卫着伊芙琳的些许尊严。

祈祷只需片刻，之后，医生用自己的夹克盖住伊芙琳的脸，仿佛她瞪着的双目，比衣服上的血迹更难令人忍受。

医生站起身来，脸颊上还挂着眼泪。他一只胳膊搂着迈克尔，将他领走。他们像年迈的老人，佝偻前行，步态缓慢，满是不堪忍受的悲伤和沉重感。

他们刚走进房子，人群中便谣言四起。有人说警察正在赶来，有人说找到了自杀遗言，还有人说查理·卡佛的魂灵又招走了一位哈德卡斯尔家的孩子。这些谣言不断扩散，到我这里，已被添油加醋地注入了大量细节，它们言之凿凿，足以当成事实散播到庄园之外。

我到处找不到坎宁安。真想象不出来他在做什么。坎宁安不像我，他目光敏锐，又很勤快，肯定能发现事件中的缘由。这枪声几乎让我崩溃。

我走回到舞厅，这里已空无一人。我坐到先前的沙发里，浑身颤抖，大脑飞速运转。

我知道伊芙琳明天还会复活，但是发生过的事情不会改变，而目睹这场悲剧所受的创伤也无法抹灭。

伊芙琳自杀了，我是有责任的。与雷文古成婚，对她不啻一种惩罚，也是一种羞辱，最终将她推下了悬崖。无论是否知情，我都无法脱离干系。就是我这张她憎恨的面孔，我的存在，化作了她手中的枪，将她推下水池。

那个瘟疫医生呢？他会给我自由，只要我能解开她的谋杀之谜，而这场谋杀根本就不像是谋杀。我可是眼睁睁地看着伊芙琳绝望地逃离晚宴，饮弹自尽。她的行为及动机并无疑问，这倒让我怀疑起抓我之人的动机。瘟疫医生的条件，或许是另一种折磨，引诱我们陷入疯狂的追逐？

墓园是怎么回事？那把枪呢？

如果伊芙琳真是那么消沉，为何晚宴后两个小时里，她陪贝尔去墓园时，却依然兴致勃勃？她拿的那把枪又是怎么回事？那是把黑色的大左轮手枪，她的手包根本装不下。自杀用的是银色手枪，为什么要换枪呢？

我不知道自己坐在那里想了多久，周围是假惺惺的哀悼者，警察却一直没有来。

人群渐渐散开，蜡烛渐渐熄灭了，聚会慢慢散场。

我在沙发上不知不觉睡着了。

二十一

第二天（继续）

疼痛让我醒来，每一口呼吸都令我痛苦不已。我眨眨眼，赶走断断续续的睡意，眼前是一堵白墙和白色的床单，枕头上有陈旧的血渍。我的脸颊正靠在手上，口水使上唇粘到了指关节上。

似曾相识，我透过贝尔的眼睛见过这一幕。

我又回到了管家的身体里，此时他刚被挪到门房来。

有人在床边踱来踱去，从那身黑衣服和白围裙来看应该是个女仆。她胳膊上摊着一个大本子，正在哗哗地翻页。我昏昏沉沉，根本看不清她的上身，只好呻吟一声喊她过来。

“啊，天哪，你醒了。”她说，停下了脚步，“什么时候雷文古身边没有人？你没有写下这些，那个傻瓜总让他的男仆在厨房里探听消息……”

“是谁……”我的喉咙里全是血和痰。

边柜上有壶水，女仆赶忙过去给我倒了杯水，她把本子放在床头柜上，把水杯凑到我的嘴边。我扭了扭头，想看看她的脸，但是立即又眩晕起来。

“你就不该说话。”她说着，用围裙擦掉我下巴上的水珠。

她停下来。

“我的意思是你可以说话，但要身体好了才行。”

她又停下了。

“事实上，我必须问你几个关于雷文古的问题，他快要给我招来杀身之祸了。”

“你是谁？”我哑着嗓子说。

“那个傻瓜把你揍得太狠了……等等……”她低下头凑近我，棕色的眼睛在搜索着什么。她圆鼓鼓的脸庞有些苍白，帽子里钻出了几缕卷曲的金发。我一惊，意识到她就是贝尔和伊芙琳当时看到的那个在照料管家的女仆。

“你有几个宿主？”她问。

“我不……”

“几个宿主？”她急切地问道，一下坐在床边上，“你在几个人的身体里待过？”

“你是安娜。”我说着转过头想好好看看她，疼痛让我的骨头里火辣辣地烧着。她轻轻地把我按回到垫子上。

“是的，我就是安娜，”她耐心地说，“多少个宿主？”

欢乐的泪水刺痛了我的眼睛，暖流漫过了心房。即使不认得这个女人，我却对她一见如故，油然而生毋庸置疑的信任，重逢这单纯的快乐笼罩着我。多奇怪啊，我虽然记不起这个人，却意识到自己是多么思念她。

安娜以泪水回应着我的感动，她俯下身来，温柔地拥抱着我。

“我也很想你。”她道出了我的心声。

我们静静地拥抱着，她清了清嗓子，拭去了泪水。

“好了，够了，”她吸了吸鼻子，“抱头痛哭于事无益。我需要你给我讲讲你的宿主，我们以后有的是时间哭泣。”

“我……我……”我试着讲话，嗓子眼里好像堵着一块异物，“我醒来时是贝尔，后来又成了管家，接下来是唐纳德·戴维斯，接着又成了管家，成了雷文古，然后就到了现在……”

“又成了管家，”她若有所思地说，“第三次回到同一个宿主的身体里，真是个魔咒，是吧？”

她靠近了一些，轻轻抚平我额头乱糟糟的发卷。

“我想我们俩还没有正式互相介绍过，至少我还不认识你。”她说，“我叫安娜，你是艾登·毕肖普，我们这就算是认识了？你出现的方式很古怪，我不知道我们在干什么。”

“你遇到过我其他的宿主吗？”

“他们不时地出现，又离去，”她说，房子里什么地方有人在说话，她瞅了瞅门，“通常是找我干活的。”

“你的宿主呢，她们……”

“我没有别的宿主，只有这一个，”她说，“瘟疫医生没有找过我，我对那些日子也没有记忆。明天我就记不起今天发生了什么，照今天发生的这些事情看，这似乎还算是幸运的。”

“可你知道发生了什么吧？你知道伊芙琳自杀了吗？”

“是谋杀，我醒来就知道了。”她说着，抻平了我的床单，“我记不得自己叫什么，却知道你的名字。我知道要想逃出去的话，我们就必须在晚上十一点之前找出杀手，还要找到他们的罪证。我想这就是规则吧。这些话刻进了我的脑海中，怎么都忘不掉。”

“我醒来后什么也记不得了，”我回答，想不明白我们的痛苦为何不同，“除了你的名字，瘟疫医生把所有事情都告诉我了。”

“他当然要说了，他对你特殊对待。”她边说边调整了我的枕头，

“他丝毫没有关心我在干什么，我一整天都没听到他的动静。他不会放过你的一举一动，就差趴在你的床底下窥视了。”

“他说，我们两个人中只能逃走一人。”我说。

“没错，显然他希望逃走的人是你。”她说得很快，话里话外都是愤怒，她摇摇头，“很抱歉，我不应该把气撒到你身上，可我总忍不住会想他在搞些什么，我不喜欢这样。”

“我明白你的意思，”我说，“但既然我们俩只有一个人才能逃……”

“为什么我们不帮着彼此呢？”她打断了我的话，“因为你想到了把我们两个人都救出去的方案。”

“我想到了吗？”

“哦，你说你想到了。”

第一次，她失去了那种自信，焦虑地皱起了眉头，但还没等我再说起这事，走廊的木板开始吱嘎作响，楼梯上传出重重的脚步声，似乎整个房子都不堪重负地在摇晃。

“等一下。”她说着，从床头柜上拿起那个本子。这时我才发现那是个画家的速写本，棕色的皮质封皮，里面夹满了活页，用绳子随意捆扎起来。她把速写本藏在床下面，拿起枪站了起来。她把枪托抵住肩膀，悄悄走到门口，打开一道缝，好听清楚外面到底是什么动静。

“哦，见鬼。”安娜说着，用脚把门踢上。

“是医生给你拿镇静剂来了。快说，雷文古什么时候一个人待着？我需要告诉他别再找我。”

“为什么，谁在……”

“艾登，我们没有时间了，”她说着，把手枪又藏到床下面，“下次你再醒来时，我还会在这里，我保证，那时我们可以好好谈一谈。但是现在快和我说说雷文古的情况，告诉我你知道的一切。”

她靠近我，抓住我的手，眼中满是乞求的目光。

“下午一点十五分，他会在自己的会客厅里。”我说，“你递给他一瓶威士忌，谈了一会儿，接着米莉森特·德比就到了。你给他留了张便条，让他去找她。”

她紧闭双眼，一遍遍地念叨着这个时间和名字，将其刻入脑海中。直到现在，她的脸才因专注而变得平静，我这才意识到她是多么年轻，还未满十九岁吧，虽然艰辛的劳作让她显得老成。

“还有一件事，”她轻轻说道，捧起我的脸颊，凑近我，棕色的眼睛中闪烁着琥珀光点，“如果你在外面看见我，要装作不认识，尽可能不要靠近我。那里有个侍从……我晚点会给你讲讲他。重点是，让别人看见我俩在一起，我们都会陷入危险。说不如做，我这就去办。”

她迅速地吻了吻我的额头，最后又看了眼房间，确保没有异样。

听脚步声，他们已经来到了厅里，两种声音混杂着，在头顶响起。我听出了迪基的声音，但不知另一人是谁。那声音深沉、急促，我听不太清他在说些什么。

“和迪基在一起的是谁？”我问。

“很像是哈德卡斯尔勋爵，”她说，“整个上午，他来看过你好几次。”

这合乎常理。伊芙琳告诉我管家是哈德卡斯尔勋爵在战时的护卫，他们俩的关系非常亲密，那就解释了为什么格里高利·戈尔德还被五花大绑地关在对面的房间里。

“总是这样吗？”我问道，“还没等问问题，你就已经知道了答案？”

“我不知道。”她站起身来抚平自己的围裙，“两个小时了，我一直待在这里，我接到的只有命令。”

迪基医生打开门，他的胡子还和与我初见时一样可笑。他先是看看安娜，又看看我，然后又看看安娜，像是想从我们支支吾吾的谈话中窥探出点秘密。一无所获后，他把黑色医疗袋放在了边柜上，然后站在我身边俯视着我。

“我看你已经醒了。”他说话的时候，以脚后跟为轴前后晃动着，手指插到马甲胸前的表袋里。

“交给我吧，姑娘。”他对安娜说，安娜行个礼退出了房间，离开时又瞄了我一眼。

“你现在感觉如何啊？”医生问，“我希望不会因为坐马车而恶化。”

“还不错……”医生掀开被单，抬起我的胳膊查脉搏。即使是这样一个微小的动作，也足以让我疼到痉挛。我刚开口，就痛得龇牙咧嘴，回答得断断续续。

“还有些酸痛，嗯。”他说着放下了我的胳膊，“真奇怪你怎么被打得这样狠。你知道这个叫格里高利·戈尔德的家伙为什么这么干吗？”

“我不知道。他肯定是认错人了，先生。”

这声“先生”不像是我喊的，应该是这个管家的习惯，我只是惊讶自己为何能如此顺畅地喊出口。

医生精明地听着我的回答，目光里充满怀疑。他投来短暂的一抹严肃的微笑，仿佛与我共谋，既让人心安，又有点威胁的味道。关于走廊里发生的一切，这位看上去和蔼可亲的迪基医生，仿佛知道了太多不该知道的事情。

他啪的一声打开了医疗袋，掏出一个棕色瓶子和一个皮下注射器。他盯着我，将针刺入棕瓶的蜡封，注射器里吸满了透明的液体。

我的双手紧紧抓住床单。

“我很好，医生，真的。”我说。

“嗯，这正是我担心的。”他说着就把针头扎进了我的脖颈，我还没来得及争辩。

一股暖流涌入我的静脉，吞没我的思绪。医生消失了，我眼前绽放出五颜六色的花朵，最后一齐没入了黑暗。

“睡吧，罗杰，”他说，“我会去对付戈尔德先生。”

二十二

第五天

我被肺里的烟味呛醒，一双新的眼睛睁开，我发现自己穿着衣服坐在木地板上，一只手以胜利者的姿态搭在一张没有人睡过的床上。我的裤子褪到了脚踝处，怀里有瓶白兰地。显然昨晚我的这位新宿主试着脱衣服，但是脱不下来，他的呼吸臭得像是陈年的啤酒杯垫。

我呻吟着，用手扒着床边起来，却撞了头，疼得差点又让我摔回到地板上。

我现在的卧室和贝尔的有些相似，壁炉里还闪着昨天晚上的炉火余烬。窗帘拉起来了，天空中露出晨曦。

伊芙琳在森林里，你要找到她。

我把裤子提到腰间，差点被镜子绊了个跟头，这才好好审视一下这个傻瓜宿主。

我一看，差点直直地撞上镜子。

在雷文古体内被束缚了太久，这个新皮囊轻得好像没有什么重量，仿佛是微风吹落的一片叶子。我在镜子里看到这个人时并没有太惊讶。他又矮又瘦小，不过二十八九岁的样子，棕色的长发，蓝色的眼睛里布满了血丝，胡子倒是精心修剪过。我试着笑一笑，发现他有一排白得不真实的牙。

这是一张卑鄙之徒的面孔。

我的物品都堆在床头柜上，最上面是一张写给乔纳森·德比的请柬。至少我现在知道了他就是这宿醉的始作俑者。我用指尖在那堆东西里翻找着，发现了一把小折刀、一只用了很久的随身酒壶、一只显示着早上八点四十三分的腕表，还有三个带着软木塞的棕色小瓶，瓶上没有标签。我猛地拽出一只瓶塞，闻了闻里面的液体，飘出的味道令人作呕。

这肯定是贝尔在卖的鸦片酒。

我明白这种东西为何这般流行。单单是闻上一闻，就让我的脑袋嗨到发光。

房间角落洗手池旁边有罐冷水，我脱光了衣服，冲洗掉昨晚的汗水和尘垢，挖出掩藏在酒精和污垢下面的人。剩下的水我都倒进了嘴里，直喝到肚子里咕咕作响。不幸的是，我原想用灌水来祛除宿醉，然而只能冲淡，不能根除，疼痛渗入了我的每根骨头和每块肌肉。

早上天气不好，所以我穿上了能找到的最厚的衣服：粗花呢猎装和厚重的黑色大衣。我离开卧室的时候，发现这大衣长到拖地。

尽管很早，仍有一对喝醉酒的夫妇在楼梯顶部的平台吵架。他们还穿着昨晚的礼服，手里拿着酒杯，责骂声一来一往，音调一声高过一声。我走过的时候，尽量远离他们挥舞的胳膊。他们的争吵声一路尾随我直到门厅，因为昨夜的狂欢胡闹，门厅里已经乱得底朝天。领结挂在枝形吊灯上，一只玻璃水瓶的碎片散落在大理石地板上。两个女仆正在打扫卫生，我则纳闷舞会开始前这里会是什么样子。

我试着问查理·卡佛的小屋在哪里，但她们守口如瓶，一个个低眉顺眼，摇摇脑袋，就算是对我的问题的回答。

她们的沉默真令人发疯。

如果露西·哈珀所听的传言靠谱的话，那伊芙琳受到攻击时，正和贴身女仆在卡佛的小屋附近。如果我能找到威胁她的人，也许就可以救她的命，同时又可以逃离这里。然而，我对如何解救安娜毫无头绪。安娜搁置自己的计划来帮助我，相信我有办法能把我们俩都救出去。此时此刻，在我看来，那不过是虚假的承诺。我和安娜在门房谈话时，从她忧虑而蹙起的眉头看，她也开始怀疑了。

我唯有希望未来的宿主比前几任宿主再聪明些。

我进一步追问女仆，她们更是三缄其口，我不得不四处寻求帮助。门厅两侧的房间死一般寂静，整幢房子还沉浸在昨夜的气氛中。我别无选择，只好挑没有玻璃碎片的地方走，一头扎进楼梯间下面的厨房里。

通往厨房的过道比我印象中还要污秽，碗碟的碰撞声和烤肉的味道令我作呕。仆人们经过的时候都看着我，可当我一开口打听事情，他们就把脸扭到一边。很明显，他们都认为我不该待在这里，更明显的是，他们不知道如何才能让我走。这里是他们的地盘，是一条潜流在这个大宅下，激荡着肆无忌惮的流言和咯咯笑谈声的暗河，我站在那里就是对它的玷污。

我心烦意乱，耳根处的血管怦怦直跳。我又累又冷，空气像粗粝的砂纸硌着我不舒服。

“您有什么吩咐？”我身后有人问道。

这句话似被人卷起，抛向我的后背。

我转身看到厨娘德鲁奇太太，她正盯着我，两只胖手叉在肥硕的臀部上。在我眼中，她像个小孩捏的泥人——奇形怪状的身体上安着一只小脑袋，五官也像是笨拙的大拇指按压出来的。她很严肃，丝毫不像几个小时后给管家热司康饼吃的那个厨娘。

“我在找伊芙琳·哈德卡斯尔，”我冲着她严厉的眼神说，“她和贴身女仆玛德琳·奥伯特去林子里散步了。”

“那和你有什么关系？”

她的语调非常生硬，让我差点畏缩。我紧握双拳，努力克制胸中升腾起来的怒火。仆人们匆忙跑过的时候，都会伸长脖子等着看好戏，但是又被剑拔弩张的气场震慑住了。

“有人要害她，”我咬牙切齿地说，“如果你能告诉我查理·卡佛那间老屋在哪里，我就去警告她。”

“这就是你昨天晚上和玛德琳做的事吗？去警告她吗？就是因为这个，她的衬衫被撕破了吗？她是因为这个哭的吗？”

她的头上暴起了青筋，每个词都充满了愤慨。她向前一步，说话时用手指戳了戳我的胸膛。

“我知道……”她说。

我怒不可遏，脑海中涌起灼热的白光，不假思索地扇了她一个耳光，把她往后面推去，恶魔般步步紧逼。

“告诉我她去了哪里！”我尖叫着，唾沫星子四溅。

德鲁奇太太紧闭着流血的双唇，怒目而视。

我的双手攥成了拳头。

走开。

现在走开。

我下定决心，转过身来，走向突然安静的过道。我穿过的时候，仆人们都跳到了一旁，怒气蒙蔽了我的双眼。

转过弯，我重重地靠在墙上，长舒了一口气。我的手还在颤抖，脑海中的那股气消散了。在那可怕的几秒钟里，德比完全不受控制。我口中吐出来的是他的怨毒，我血液里流淌的是他的愤怒，我还能感受到这些情绪。我的皮肤上浇着滚烫的油，骨头里有针刺痛我，我渴望去做可怕的事情。无论今天发生什么，我都要好好控制自己的脾气，否则这个家伙又会逃脱管束，天知道他还会做些什么。

而那才是最可怕的部分——我的宿主会反噬。

二十三

我慌忙冲进阴暗的林子，沾了一靴底的泥巴，但我顾不得许多。在厨房里一无所获，我只好跑进林子，希望能在那些带有标志的小路上撞见伊芙琳。既然那么算计都无所得，那就放手一搏吧。如果还是没有收获，我就得让德比躲开布莱克希思的种种诱惑。

没走多远，那些标志就把我带到了小河边，水从大石头周围涌出来。泥里插着个被打碎的酒瓶，旁边有件黑色厚大衣，大衣口袋里掉出贝尔的银指南针。我从泥里拿起它，放在手掌上端详，和第一天早上一样看着指南针。我的手指拂过盖子背面镌刻的字母“S.B.”，那是塞巴斯蒂安·贝尔名字的首字母缩写。丹尼尔告诉我这一点时，我感觉自己就像个傻瓜。地上扔着六七个烟头，看来贝尔在这里站了好一会儿，可能在等人。他在餐桌上接到便条后，肯定来了这里，但我实在想不明白是什么让他在寒冷雨夜跑过来。我又翻了翻他丢弃的大衣，还是没有发现什么线索，他口袋里只有一把孤零零的银钥匙，可能是开他行李箱的。

我担心在前任宿主身上耽误太多时间，便把钥匙和指南针装到口袋里，开始搜索下一个标志。我睁大眼睛向后张望以防侍从跟踪我，再没有比这里更适合袭击我的地方了。

天知道走了多久，我终于来到了一处荒弃的住所，那恐怕就是查理·卡佛的老屋了。这里有被火烧过的痕迹，大部分屋顶已被烧毁，只剩四堵被熏黑的墙。我走进去的时候，脚下的瓦砾嘎吱作响，几只兔子惊得逃到了林子里，皮毛上蹭的都是湿灰。屋子角落里有张旧床，只剩下床架，已经散开倒下了。地板上有条孤零零的桌子腿，还有一些零散的东西显示着这里的生活戛然而止。伊芙琳告诉我，在警察绞死卡佛的那天，这房子起了大火。

很有可能，哈德卡斯尔勋爵和夫人将他们的记忆置于献祭的火堆之上，亲手点燃了这把火。

谁又能责备他们呢？卡佛在湖边害死了他们的儿子，他们一把火清理掉卡佛的痕迹，这有何不可？

围起屋后小花园的木栅栏已经腐烂了，上面大多数板条因为年久失修已然掉落。大堆大堆紫色的、黄色的花向西面八方疯长着，蜿蜒爬上栅栏的花茎上缀着红色的浆果。

我蹲下来系鞋带时，一个女仆从树后面闪了出来。

我被吓了一大跳，真希望这种惊吓以后不要再有。

她的面孔毫无血色，篮子掉到了地上，蘑菇滚得到处都是。

“你是玛德琳吗？”我刚一开口，她就往后退去，四下里寻求帮助，“我来这里不是要伤害你的，我只是想……”

还没等我说完，她就跑掉了，冲进了树林。我赶忙去追她，却被野草绊倒，差点翻到栅栏那边去。

我爬起来，瞥见她在林间穿行的身影，她身穿黑色的裙子，飞跑的速度超过了我的想象。我大声喊她，这声音却成了抽打在她背上、驱赶她的鞭子。即便如此，我还是比她快、比她强壮。虽然我不想吓到这女孩，可我也不能让她跑出我的视野，因为我担心伊芙琳会遭遇不测。

“安娜！”贝尔从附近的某处大声呼喊。

“救命！”玛德琳尖叫着回应，哭泣中带着惊恐。

我离她越来越近，伸手想把她拽回来，但在将碰到她裙子的那一瞬间，我重心不稳，摔倒在地上。

她低头躲一根树枝，绊了一小下。我抓住她的裙子，她再次尖叫起来，这时一发子弹从我脸旁呼啸而过，射进我身后的树里。

我愕然地松开了玛德琳。伊芙琳从林中钻出来，女仆踉踉跄跄地跑向她。伊芙琳手里举着那把原本要拿到墓园去的黑色左轮手枪，她脸上的愤怒比这枪还要可怕。我敢说，她射偏一点就能送我上西天。

“不是那样的……我来解释。”我手扶在膝盖上，气喘吁吁。

“像你这样的家伙总有借口。”伊芙琳说着，用一只胳膊把吓坏了的女孩护在身后。

玛德琳啜泣着，整个身体在剧烈地颤抖。老天爷，可德比享受着这一切。痛苦让他兴奋，这种经历他并不陌生。

“所有这一切……对不起……不过是误会。”我气喘吁吁，恳求着向前迈了一步。

“退后，乔纳森，”伊芙琳恶狠狠地说，用双手紧紧握住这把左轮手枪，“离这姑娘远点，离其他姑娘都远远的。”

“我并不想……”

“你妈妈是我们家的朋友，就因为这个，我才饶你一命，”伊芙琳打断我的话，“可我要是看见或听见你接近任何一个女人，我发誓就会给你一枪。”

伊芙琳一边留意让枪口对准我，一边脱下大衣，披到玛德琳的肩上，女仆不断啜泣，胸口一起一伏。

“你今天就待在我身边，”她小声对吓得魂飞魄散的女仆说，“我保证不会再有人伤害你。”

她们跌跌撞撞地穿过林子，把我一个人留下。我仰望天空，深吸一口寒冽的空气，希望落在脸上的雨水能冷却我的挫败感。我来这里是为了不让人攻击伊芙琳，笃信自己能找到凶手。然而我要阻止的事情，是我一手造成的。我在追着自己的尾巴跑，还吓坏了一个无辜的女孩。也许丹尼尔是对的，或许我们无法逆转未来的命运。

“你又在浪费时间。”身后传来瘟疫医生的声音。

他远远地站在空地的那一边，像个影子。如往常一样，他似乎总能挑出最完美的位置。远到我不可能抓到他，又近到能听见彼此。

“我原以为能帮上忙。”我的语气中透着一丝苦涩，这一切刺痛了我。

“你还是能帮上忙的，”他说，“塞巴斯蒂安·贝尔在树林里迷路了。”

当然。我到这里不是来找伊芙琳的，而是来找贝尔的。我来这里是确保一切又开始循环。命运正牵着我的鼻子走。

我从口袋里掏出指南针，放在掌心，想起第一个清晨跟着它颤动的指针前进时的疑虑和犹豫。没有这指南针，贝尔绝对找不到出去的路。

我把这个指南针扔到瘟疫医生脚下的泥地上。

“我这样便能改变事态发展，”我说着走开了，“要给你自己给他。”

“你误解了我来这里的目的，”他那尖厉的声调让我愣住了，“如果你任由塞巴斯蒂安·贝尔在树林里游荡，他就永远遇不到伊芙琳·哈德卡斯尔，也就无法与她建立起那种你如此珍视的友谊。如果置他于不顾，你就甭想去救伊芙琳了。”

“你的意思是，我会忘了她吗？”我有些震惊地问他。

“我的意思是，你应该注意那些被忽视了的环节。”他说，“如果放弃了贝尔，你就是放弃了伊芙琳。那将残忍至极，就我对你的了解，你不是个残忍的人。”

也许是幻觉，可我竟然在他的声音里听到了一丝温存。这足以扰乱我的心智，我又一次扭头望向他。

“我需要改变这一天，”我的声音中透出了一股拼命劲，“我要看到变化。”

“我可以理解你的挫败感，可是如果你烧毁了整座房子，那么来重新布置家具又有何用？”

他弯腰从地上捡起了指南针，用手指拂去上面沾的泥。他出气的声音，他直起身时缓慢的四肢，让人觉察到那伪装之下是一位年长者。他很满意自己的作为，将指南针抛给我，那该死的东西那么湿滑，我差点没接住。

“拿着这东西，去解开伊芙琳的被杀之谜。”

“她是自杀的，我亲眼所见。”

“如果你觉得事情那么简单，你的进度可比我料想的还要慢。”

“你可比我料想的要残忍得多！”我咆哮着，“如果你知道发生了什么，那为什么不去阻止呢？为什么还要玩这些把戏？在凶手伤害伊芙琳之前就把他绞死吧。”

“这是个有趣的主意，只是我不知道谁是凶手。”

“怎么可能？”我不可置信地说，“我想做什么，你都能未卜先知。你怎会不知道宅子里这件最重要的事？”

“因为那不是我该管的，我监视你，你监视伊芙琳·哈德卡斯尔，我们俩都有各自的角色要扮演。”

“那么我能随便将任何人指认为凶手啦，”我双手一摊，喊着，

“是海伦娜·哈德卡斯尔干的。喏，你看！快放了我吧！”

“你忘了我需要证据，不是你的一面之词。”

“那如果我救了她，又当如何呢？”

“我觉得那不可能，是你在为自己的调查设障碍，我的条件还是那些。伊芙琳在第一个晚上会被杀掉，之前的每个晚上都会遭此厄运。即便你今天晚上能救她，仍然无法改变这些事实。告诉我是谁杀了伊芙琳，或是谁正在谋划杀她，我就放了你。”

在到达布莱克希思之后，我再一次拿起这个指南针，琢磨着这个我无法信任之人的指示。按瘟疫医生的话去做，无异于再经历一次伊芙琳被杀的厄运，但有什么办法既能改变事态，又不让事情恶化呢？或许他说的是实话，我要么去救第一个宿主，要么放弃伊芙琳。

“你怀疑我的意图？”我的犹豫不决让他有些恼怒。

“我当然怀疑你的意图，”我说，“你戴着面具，说话藏头露尾，我压根就不信你，说什么把我带到这儿就为了解开一个谜团。你到底在隐瞒什么？”

“你以为揭开我的面具就能真相大白吗？”他不无嘲讽地说，“脸不过是另一种面具罢了，这你比谁都明白。没错，我是有所隐瞒。如果能让你好受些，我可以和盘托出。要是能做到，你就揭去这张面具代替我，可你的任务还是一样。你自己决定，到底有没有必要这么做。说到为什么在布莱克希思，也许告诉你是谁把你带来的，会打消一些你的疑问。”

“谁？”

“艾登·毕肖普。”他说，“和其他对手不同，你来布莱克希思是出于自愿。今天的一切，都是你咎由自取。”

他的声音里有些哀叹的味道，但是那鸟嘴面具毫无波澜，让这番话更难以理解，如同对悲伤的戏仿。

“那不可能！”我固执地说，“我为什么要来这里？谁会这样对自己？”

“你来布莱克希思之前的生活，我并不关心，毕肖普先生。解开伊芙琳·哈德卡斯尔的谋杀之谜，一切疑问便迎刃而解。”他说，“同时，贝尔需要你帮帮他。”他指指我的身后，“他在那边。”

说完这句话，瘟疫医生就退入林中，彻底没入一片晦暗之中。无数的小问题涌入我的脑海，但在这片林子里，这些问题对我毫无用处，所以我推开它们，转去找贝尔。他正蹲伏在地上，耗尽力气，浑身颤抖。我一步步接近他，他听到我脚下的小树枝嘎吱作响，便僵住了，一动不动。

他的胆怯令我反感。

尽管玛德琳判断失误，但至少她还知道逃跑。

我围着这位前宿主打转，不让他看见我的脸。我想解释一二，但是那些吓傻了的人无法成为你的盟友，尤其当他已然认定你是凶手的时候。

我只要他活下去。

我又走了两步，绕到他身后，凑到足够近的位置，以便对他耳语。他哗哗地流着汗，闻着像块扔到我脸上的脏抹布。我只能按捺住作呕的冲动，把话说完。

“向东走。”我说着，把指南针扔到了他的口袋里。

我往后退，向树林里卡佛被烧掉的屋子走去。贝尔还会在这里转悠一个多钟头，我有足够的时间依照标识的路线找到大宅，而且不会再碰到他。

我已经做出了最大努力，可一切还是按照记忆中的样子丝毫不差地进行着。

二十四

在婆娑的树影间，布莱克希思的轮廓慢慢呈现出来。我绕到宅子后面，那里比前面还要破旧失修。窗户玻璃碎了好几扇，砖石也迸裂剥落。一块从房顶掉落的石头栏杆，就待在草地里，上面覆盖了厚厚的苔藓。显然，哈德卡斯尔家只是修缮了客人们能够看到的部位，考虑到他们在金钱上捉襟见肘，这倒不值得大惊小怪。

穿过花园时，我有种似曾相识的不祥之感，这情景和第一天早晨在林边逡巡时酷似。如果说我来这里完全出于自愿，那肯定有什么理由，可无论怎样绞尽脑汁，我也想不出个所以然来。

我想把自己看成一位来助人为乐的好人，可要是那样，我倒真把这里搞得一团糟。今天晚上，伊芙琳还会如之前的夜晚一样自杀。若说今早的事有何启示，那就是我越要远离这个悲剧，就越是更快地接近了它。就我所知，我想要解救伊芙琳的努力，实际上正导致了她持银色手枪殒命于那个水池。

我想得这样入神，都没注意到米莉森特，差点撞到她。老太太正瑟瑟发抖地坐在面向花园的铁质长椅上。她背对寒风搂着自己，身上裹着三件走形的大衣，围巾盖住了鼻子，只有眼睛露在外面。她的脸冻得发紫，帽子拉下来盖住了耳朵。听到脚步声，她便转向我，皱纹密布的脸上显出一副惊讶的表情。

“老天哪，你看上去糟透了。”她说着从嘴边拉下围巾。

“早上好，米莉森特。”她的出现在我心头激起一股暖流，这让我吃了一惊。

“米莉森特？”她噘起了嘴，“亲爱的，你可真够摩登的。我还是喜欢你叫我‘妈妈’，如果你同意的话。我可不想让大家觉得你是我从大街上捡来的，虽然有时候我觉得那样也不错。”

我张口结舌。我从没有将乔纳森·德比和米莉森特·德比联系起来，可能将他看成石头里蹦出的魔王更加容易吧。

“对不起，妈妈。”我说着，把手揣到口袋里，在她身旁坐了下来。

她冲我耸耸眉，两只机灵的灰眼睛里满是戏谑。

“中午不到就能起床，还会道歉，你没事吧？”她问道。

“可能是因为乡间的新鲜空气。”我说，“您怎么样，这么冷的早上怎么待在外面？”

她嘟囔着，把自己裹得更紧了：“我本来约了海伦娜一起散步，可这个女人，连个影子都没见到。她准又弄错时间了，总是这样。我知道她今天下午要和塞西尔·雷文古见面，她可能去他房间了。”

“雷文古还没起床呢。”我说。

米莉森特好奇地看向我。

“坎宁安和我说的，他是雷文古的男仆。”我编了个谎话。

“你认识他？”

“不怎么熟。”

“哦，要是我，就不会跟那个人来往。”她的语气中露出些轻蔑的意味，“我知道你有一群狐朋狗友，可从塞西尔的话里，我听出这个家伙不怎么靠谱，哪怕是从你的标准来看。”

这话可让我有些生气。我挺喜欢那个男仆，虽然当时是用秘密来要挟他才同意帮忙。我不知道他隐藏了什么，所以还不能完全信赖他，而米莉森特可能是找到了那个秘密的关键。

“何出此言？”我随口一问。

“哦，我也不知道。”她说着，冲我挥了下手，“你知道塞西尔那个人，他脸上的每一个褶子里都藏着秘密。听说，是海伦娜让塞西尔雇用坎宁安的。如今，他发现了这个年轻人不堪的一面，正打算解雇他呢。”

“不堪的一面？”我问她。

“嗯，是塞西尔说的，别的他也不肯多说。那个该死的家伙嘴巴很紧，可你知道他多讨厌丑闻。他准是担心，坎宁安生身父母的秘密会牵涉丑闻。真想知道那是个什么秘密。”

“坎宁安的生身父母？”我问，“我好像漏掉了什么重要信息。”

“这孩子是在布莱克希思长大的，”她说，“是厨娘的儿子，至少大家都是这么传的。”

“不是真的吗？”

老太太咯咯地笑着，狡黠地看着我。

“有人说尊贵的皮特·哈德卡斯尔勋爵，那时候会常常在伦敦出入欢场。后来，他的一个情人尾随他来到布莱克希思，她怀里抱个婴儿，说是勋爵的孩子。皮特本来想把这孩子送到教会，但是海伦娜把孩子截下了。”

“她为什么要这么做？”

“我了解海伦娜，她可能觉得这是对她的羞辱，”米莉森特吸了吸鼻子，把脸扭开，躲着寒风，“她不爱自己的丈夫，把丈夫的孽种留在宅子里会让她解气。可怜的皮特在过去的三十三年里，每天都悔恨得要命。不管怎样，他们把孩子交给厨娘德鲁奇太太抚养了，而海伦娜相信孩子生身父亲的身份无人不知。”

“坎宁安自己知道吗？”

“他不会不知道，秘密总会一传十，十传百。”老太太说着，从袖子里掏出手帕，擦了擦鼻涕，“你可以当面问问他，我看你们俩倒是亲密得很。咱们走走吧？没必要在这长椅上冻着，我等的那个女人不会来啦。”

我还没来得及回答，她就站了起来，跺跺脚，往手套里哈了哈气。这一天真是冷得可怕，雨滴从灰色的天空落下，天上正酝酿着暴风雨。

“你们为什么要在室外见面？”砾石小路在脚下嘎吱作响，我们围着大宅绕了一周，“难道不能在房子里面见哈德卡斯尔勋爵夫人吗？”

“有太多的人我不想碰见。”她说。

今天早上她为什么要去厨房？

“提到碰见人，我听说您今天早上还去厨房了。”我说。

“谁和你说的？”她停下来。

“哦……”

“我才不会去厨房，”她没有等我回答接着说，“肮脏的地方。那里的臭味几个星期都去不掉。”

看起来，她真的被这个问题冒犯了，也许她根本没去过厨房。过了一会儿，她又和蔼地用胳膊肘捅了捅我，声音忽然变得欢快起来：“你听说唐纳德·戴维斯的事了吗？他昨天晚上开车跑回伦敦去了。马厩主管看见他了，说他冲进了瓢泼大雨里，场面那叫一个热闹。”

她的话让我想了起来。按道理，现在我本该回到唐纳德·戴维斯的身体里。他是我的第三个宿主。安娜说过，无论我愿意与否，都必须在每个宿主体内待上一整天。戴维斯被抛在路上睡着时，不过刚过中午，可我怎么还没看见他呢？

你留他自己在那里，他毫无防备之力。

我有些内疚。我知道了，侍从已经找到了他。

“你在听我说话吗？”米莉森特有点生气，“我说唐纳德·戴维斯开车走了。他们一家人脑子都不正常，这可是医生说的。”

“你和迪基说过话。”我漫不经心地说，脑子里还想着戴维斯。

“是他和我说过话。”她不无嘲讽地说，“他和我说话的半个钟头，我一直忍着不盯着他的胡子。真奇怪，声音是怎么从那胡子里出来的？”

她的话把我逗乐了。

“妈妈，布莱克希思这里您看谁最顺眼？”

“还真没有我看着顺眼的，可有我嫉妒的人啊。亲爱的，社交就像是跳舞，我已经太老了，没力气参加了。提到跳舞，街头琴师来了。”

顺着她的目光，我看见丹尼尔正从对面赶过来。虽然天寒地冻，可他只穿了件板球毛衣和亚麻裤子，他第一次和贝尔在门厅见面时就穿着这身衣服。我看看表，他们俩一会儿就要见面了。

“柯勒律治先生。”米莉森特强颜欢笑地打招呼。

“德比夫人，”丹尼尔说着赶上了我们，“今天早上，您又让哪位男士伤心了？”

“柯勒律治先生，可惜的是，这年头男士们的心连颤抖都不会了。”米莉森特的语调中带着些小心翼翼，像走在摇摇欲坠的桥上，“什么不光彩的交易让你在这么冷的早上出动啦？”

“我需要您儿子帮个忙，而且我向您保证，所有事情都光明正大，上得了台面。”

“哦，那可令人有些失望。”

“对你我而言都是如此。”他这才把目光转向我，“德比，借一步说话。”

我们走到一边，米莉森特刻意装作漠不关心，却时不时透过围巾向我们这边探寻张望。

“怎么啦？”我问他。

“我想要抓那个侍从。”他那张帅气的脸上浮现出恐惧和激动的神色。

“怎么抓？”我马上被他的主意吸引了。

“我们知道一点钟左右，侍从将在餐厅里折磨雷文古，”他说，“我建议那时就在餐厅里捉住那个家伙。”

回想起那些鬼鬼祟祟的脚步和邪恶的笑声，我的后颈起了一片鸡皮疙瘩。想到终于能手擒那个魔鬼，我鲜血沸腾。这种强烈的情感，于我并不陌生，在树林里追那女仆的时候，德比也有过这种兴奋。我顿时心生警觉，可不能纵容这位宿主。

“你有什么计划？”我克制住自己的冲动，“我在那个房间单独待过，猜不出他藏在哪里。”

“我也猜不出，直到昨天晚上和一个哈德卡斯尔家的老朋友聊天时，才有了发现，”丹尼尔边说边拉着我稍稍远离米莉森特，她正悄悄凑近想要偷听，“那里有个密室，由地板下面的长隧道进去。侍从就藏在下面，我们就在密室里结果他的性命。”

“怎样做？”

“我的新朋友告诉我，藏书室、客厅和画廊各有一个隧道入口。我们每个人守一个入口，等他出来便可抓住他。”

“听上去很完美，”我尽力克制德比心中升腾起来的兴奋，“我会守住藏书室，你守住客厅，那谁负责画廊呢？”

“让安娜去吧，”他说，“但是我们谁都不够强壮，没法单独对付侍从。要不你们俩守住藏书室，我再召集其他宿主帮我守住客厅和画廊？”

“太棒了。”我露出了笑容。

要不是我在尽力控制德比的意志，他早就拿着提灯和菜刀冲进隧道了。

“很好，”他满含深情地冲我笑笑，很难想象我们俩还有过不快，“接近一点钟我们就位。幸运的话，晚餐前搞定一切。”

他转身要走，我抓住了他的胳膊。

“你能不能告诉安娜你找到了好办法？如果她能帮我们，我和她便都可以逃出去。”

他凝视着我，我很快就松开了他的胳膊。

“好的。”他答道。

“那是个谎言，是吗？”我说，“我们俩中间只有一个人能逃出布莱克希思。”

“现在可说不准那是不是谎言。我尚未放弃任何希望，我们最终会成功的。”

“你是我的最后一位宿主，你还剩多少希望？”

“并不是很多。”他的表情变得柔和，“我知道你喜欢她。相信我，我还没有忘记那种感觉，但是我们需要她站在我们这边。如果我们这一天犹豫不决，又去找侍从，又防着安娜，恐怕就逃不出这个大宅了。”

“我必须告诉安娜真相。”我惊讶于他的冷漠，他置我的朋友于不顾。

他变得冰冷。

“你那么做，只会把安娜变成敌人，”他轻声说着，四下里看看，确认没有人听到我们的话，“那样，真的就没有希望能帮到她了。”

他鼓起腮帮，头发乱糟糟的，虽然微笑着，却有些心烦气乱，像是气球被扎破泄了气。

“你觉得对就去做吧，”他说，“但至少等我们抓住侍从再说，”他看了看表，“还有三个小时，就这些。”

我们四目相对，我的眼中满是疑惑，他的眼中满是恳求。我承受不住，只好屈服了。

“好的。”我说。

“你不会后悔的。”他说。

他按了按我的肩膀，冲米莉森特欢快地招了招手，然后大步走回宅子。他这个人不达目的不罢休。

我扭头发现米莉森特正噘起嘴研究我。

“你有不少损友啊。”她开口。

“我自己就是这种损友。”我说着，迎上她的目光，她摇了摇头，继续往前走，放缓脚步好让我和她并肩同行。我们走到一间长玻璃暖房面前。暖房的玻璃窗大都碎了，房里的植物枝繁叶茂，葱郁的叶子抵住玻璃。米莉森特向里面张望，可目光被繁密的植被叶子遮住了。她示意我跟上，我们向暖房另一头走去，发现门已经锁住，上面挂着新的链条和挂锁。

“可惜，”她徒劳地晃着锁链，“我年轻时就爱来这里。”

“您以前来过布莱克希思？”

“我还是个小姑娘时就在这里避暑。我们都在这里：塞西尔·雷文古、柯蒂斯双胞胎、皮特·哈德卡斯尔和海伦娜，他们就是这样认识的。我结婚以后，还带你哥哥和妹妹来过这里。他们差不多是和伊芙琳、迈克尔和托马斯一起长大的。”

她挎着我的胳膊，继续散步。

“哦，我过去多么喜欢那些夏天啊，”她说，“海伦娜可嫉妒你妹妹了，因为伊芙琳长得不够漂亮。迈克尔的脸像压扁了似的，也没什么魅力。只有托马斯长得漂亮，可他最后又死在那个湖边。让我说啊，命运给了这个可怜的女人两次打击。他们没有一个人比得上你，我帅气的宝贝。”她说着，捧起了我的脸颊。

“伊芙琳长得不错，”我反驳道，“她光彩照人。”

“真的吗？”米莉森特不可置信地说，“那她是在巴黎变漂亮的，我可不知道。那女孩整个上午都躲着我。依我看，有其母必有其女。我明白为什么塞西尔会围着她转了，他真是我见过的最虚荣的家伙，虽然你父亲也够呛，我忍受了他五十年。”

“哈德卡斯尔家都恨她，您知道，我的意思是，他们都恨伊芙琳。”

“胡说八道，谁告诉你的？”米莉森特抓住我的胳膊，晃动着脚，像是想把靴底的泥巴甩下来，“迈克尔喜欢她，他几乎每个月都要去趟巴黎。依我看，自从伊芙琳回来后，他们俩一直亲密无间。皮特也不恨她，他只是冷漠。只有海伦娜，托马斯死后，她一直有些不正常。你知道的，他们还跑到这里来。每年在托马斯的忌日，海伦娜都会来湖边散步，有时候还会和托马斯说话，我自己就听到过。”

这条路引着我们来到水池边，今晚伊芙琳将在这里自杀。布莱克希思的任何东西都是如此，距离产生了美。从舞厅看过来时，这个水池漂亮得很，如同一面大镜子，倒映着宅子里人们的身影。然而此时此刻，这个池子却肮脏污秽，石头裂开了，上面覆盖着一层厚厚的苔藓，如地毯一般。

她为什么要在这里自杀？为什么不在自己的卧室里？又为什么不在门厅那里呢？

“亲爱的，你没事吧？”米莉森特问，“你看上去脸色不太好。”

“我在想，他们让这里就这样荒废，太遗憾了。”我脸上浮起了一丝微笑。

“哦，我知道，可他们又能怎样？”她调整了一下自己的围巾，“谋杀案发生之后，他们没法在布莱克希思住了。知道了这里发生的事情，也没人愿意买下这个庄园。要我说啊，就该让这宅子在树林里荒弃掉。”

这让乔纳森·德比有些伤感，可他不是个长情的人，很快我就被别的事情吸引过去。透过身旁的舞厅玻璃门，我看见人们正在准备今晚的聚会。仆人、工人用力擦洗着地板、粉刷着墙壁，女佣颤颤巍巍地站在梯子上，拿着长长的羽毛掸子扫灰。舞厅的另一端，百无聊赖的音乐家在锃亮的乐器上擦出十六分音符来，伊芙琳·哈德卡斯尔正站在舞厅中央指指点点，安排着各种事务。她在仆人中间穿梭，不时碰碰他们的胳膊，表现出善意。这让我心里隐隐作痛，想起贝尔和她度过的那个午后。

我四处找寻玛德琳·奥伯特，发现她正和露西·哈珀——就是那个受到斯坦文欺负又被雷文古善待的女孩——有说有笑，她们正在摆放舞台旁边的长椅。这两个被伤害的女孩彼此相依，让我有些许安慰，但依然无法缓解我对今早那事的内疚感。

“再和你说一遍，我再也不会给你收拾烂摊子了。”米莉森特厉声说道。

米莉森特看见我正盯着两个女仆愣神。她的眼神中爱恨交织，那氤氲雾气中浮现出德比的秘密。之前我隐约觉察到的秘密，此刻昭然若揭。德比是个强奸犯，而且不止一次侵犯过女孩。她们都在这里，每一个他侵犯过的女孩、每一段他毁掉的生活，都被老太太看在眼里。乔纳森·德比内心隐藏起来的黑暗，米莉森特都会塞好，就像夜晚给儿子掖被角一样。

"你总是选择那些弱小的，不是吗？"她说，"总是那些……"

她沉默了，嘴巴张开着，仿佛后面的单词在唇边蒸发掉了。

"我得走了。"她忽然按了按我的手，"我有种奇怪的想法。亲爱的，咱们晚餐见。"

米莉森特立刻转身折返，消失在房子的拐角处。我十分迷惑，回头望向舞厅，想看看米莉森特刚才看见了什么，那里除了乐队，所有人都变换了位置。这时，我看见窗台上有个国际象棋的棋子。如果没有搞错的话，我在贝尔的箱子里也看见了相同的手工棋子，眼睛部位漆有白点，它仿佛透过那双笨拙雕制的眼睛看着我。在棋子上方玻璃上覆盖的厚重尘土上，写着一行字：**在你后面**。

当然是她，安娜在林子边上冲我挥手，她瘦小的身体藏在灰色大衣下面。我把棋子装在口袋里，左右张望了一下，确信没人，就随她走入林子深处看不到大宅的地方。安娜似乎已经等了我好久，一直在跺脚取暖。可这没什么用，她的脸颊已冻得发紫，难怪要穿上这件大衣。安娜浑身上下的衣服都是灰色系的，大衣破旧不堪，线织帽子薄如蛛丝。这些衣服真是传了好几代人的样子，打了太多补丁，已然看不出原本衣料的质地。

"你能找个苹果或其他吃的吗？"她开门见山，"我饿死了。"

"我随身带着酒。"我说着，把酒壶递给她。

"也行啊。"安娜接过酒壶，拧开盖子。

"我觉得在门房外见面对我们来说太危险了。"

"谁说的？"她喝了口酒，皱着眉头。

"你啊。"我回答。

"这是我将要说的话。"

"什么？"

“我将要和你说，我们俩再见面不安全，可还没说呢。”安娜回答，“我当时也没法说啊，因为我刚醒过来几个小时，一直都在阻止侍从去刺杀你的未来宿主。因为这个，我连早餐都没吃。”

我冲她眨眨眼，试着厘清顺序完全被打乱的一天。这已经不是第一次了，我发现自己渴望能像雷文古那样聪明。被禁锢在乔纳森·德比这愚笨的大脑里，像是往浓汤里搅进了油炸面包丁。

看见我如此困惑，安娜皱了皱眉。

“你知道侍从干了什么吗？我不知道还会发生什么。”

我长话短说地告诉她贝尔发现了死兔子，描述了餐厅里尾随雷文古的那些鬼魅般的脚步。细节越多，她的脸色越阴沉。

听我说完，安娜随口骂了侍从一声“浑蛋”。她踱来踱去，双手握拳，向前撑起肩：“迟早要去收拾他。”言罢，她恶狠狠地瞅了一眼大宅。

“不久就有机会了，”我说，“丹尼尔认为他就藏在地道里。地道有几个出入口，我们得守住藏书室。丹尼尔想让我俩一点钟前守住那里的出入口。”

“这样做，我们很可能送命，这倒省得侍从亲自动手干掉我们了。”安娜的语调坦率冷漠，她仿佛把我看成了疯子。

“怎么回事？”

“侍从可不傻，”她说，“如果我们知道他的藏身之处，那是因为他想让我们知道。一开始，他就总能先我们一步行动。我看，他不过是在那里守株待兔，想让我们搬起石头砸自己的脚。”

“我们得做些什么！”我不太同意她的意见。

“我们会的，可原本能聪明行事，为什么要做傻事呢？”她耐心地劝说我，“听我说，艾登，我知道你很绝望，但是我们说好了，你和我在一起。我会保护你，这样你就能找到杀死伊芙琳的凶手，我们俩就都可以逃出去。我去完成我的任务，你现在要保证，不去追捕侍从。”

她的话有道理，但是比起我的恐惧又那么微不足道。如果能在那个疯子找到我之前就结果他的性命，我还是会抓住这个机会，无论风险有多大。我宁愿站着死，也不愿意躲在角落里瑟缩发抖。

“我保证。”在那堆谎言上，我又加了一个新谎言。

谢天谢地，安娜太冷了，没有注意到我声音里的玄机。她虽然喝了些酒，可还是冻得发抖，脸色惨白。她没法抵住肆虐的寒风，只好靠紧我。我可以闻到她皮肤上的肥皂香味，于是赶紧把目光转向别处，不想让安娜窥见德比的淫欲在我这里蠢蠢欲动。

她觉察到我的窘态，歪歪脑袋看了看我的脸，我的眼睛正向下看。

“我敢说，你的其他宿主可比德比强多了，”她接着说，“你要控制好自己，千万别向他屈服。”

“我不知道何时是自己，何时是宿主，怎么能控制好自己呢？”

“如果现在控制这个躯壳的不是艾登你的话，德比就会对我动手动脚，”她说，“那样就知道到底是谁了。不要只是想着这一点，你要行动起来，而且不能停下来。”

即便如此，她还是退回到风中，使我摆脱了那种窘迫感。

“这么冷的天，你不应该待在外面，”我把自己的围巾摘下来，裹到她脖子上，“你这是在找死。”

“你要是这样，人们就会对乔纳森·德比改观，就会把他当成个人看。”她说着，把围巾塞到大衣里面。

“告诉伊芙琳·哈德卡斯尔这些，”我说，“她今天早上差点一枪崩了我。”

“那你应该回敬她一枪，”安娜平静地说，“那样我们就能解开她的谋杀之谜了。”

“真搞不明白你是不是在开玩笑。”我说。

“当然是在开玩笑，”她说着，向自己皲裂的手上哈了哈气，“如果真那样简单，我们早就从这里逃出去了。听着，我真不敢肯定是否该救她一命。”

“你认为我应该看着她去死？”

“我觉得我们花费大量时间做的事情，偏离了正题。”

“要是搞不明白谁想要伊芙琳的命，就没法保护她，”我说，“保护伊芙琳就可以找到那个凶手。”

“希望你是对的。”她有些将信将疑。

我本来以为她会像预想的那样来鼓励我，但是她的怀疑好像蔓延到我的肌肤之下了，让我浑身发痒。我和她说救了伊芙琳就可以获知凶手的身份，这不过是遁词，其实没什么计划，我甚至都不知道自己能否救伊芙琳一命。盲目的情感支配着我，我现在做的事情，简直是在向侍从示弱。我为安娜感到不值，但是也不知道怎样做，才能既不背弃伊芙琳，又能向安娜和盘托出真相。不知为何，单单去想那些事情，都让我难以忍受。

小路上出现一阵骚动，树木间随风传来一些声音。安娜拉着我的胳膊，把我拽向林子深处。

“这听上去有些滑稽，但我是来找你帮忙的。”

“随时效劳，我能做些什么？”

“几点钟了？”安娜从口袋里抽出那个画家的速写本。我在门房里看见她拿着的就是这个本子，揉皱了的纸张，封套上打着孔。她举着本子，我看不见里面，但是她翻页时小心翼翼的动作，表明那里面的内容至关重要。

我看看表。“十点零八分。”我充满了好奇心，“本子里是什么？”

“笔记信息什么的，我设法获取的关于你那八个宿主的情况，还有他们都做了些什么。”她漫不经心地说着，手指在画页上游走，“你也别想看这个本子，不行的。你要是知道了后面的事，就会毁了这一天，我们可不能冒这个险。”

“我可没想看那个本子。”我分辩道，忙把眼神转向别处。

“好，十点零八分，完美。一会儿，我要在草地上放一块石头。当伊芙琳自杀时，我需要你站在石头旁边。艾登，你不能动，一丁点也不能动，明白吗？”

“安娜，干吗这么做？”

“就叫B计划吧。”她把速写本装进口袋里，轻吻了我的面颊，她冰冷的唇碰到了我冻僵的脸。

安娜刚走出一步，打了个响指，又回转过来，手中握着两个小白片。

“留下这个以后用，”她说，“迪基医生来看管家的时候，我从他的医疗袋里偷的。”

“什么东西？”

“头痛药，我用这药片来换那个棋子。”

“那个又丑又旧的东西吗？”我递给她那个手刻的“象”，“你为什么想要这个？”

安娜冲我笑笑，看着我用蓝色手帕包起小药片。

“因为那是你给我的，”她紧紧地把棋子握在手心，“那是你向我许下的第一个诺言。这个又丑又旧的东西让我不再惧怕这个地方，也让我不再怕你。”

“我？你为什么要怕我？”我们俩之间发生了什么事情吗？这想法让我觉得有些受伤。

“噢，艾登，”她说着，摇了摇头，“如果我们这件事做对了，房子里每个人都会害怕你。”

安娜说完就离开了，穿过林木，跑到了水池边的草坪上。从她身上，我看到了青春的活力、坚强的个性，还有些周遭的痛楚形成的奇妙魔力，却没有一丝一毫迟疑。无论有什么计划，总能在她身上看到出奇的自信。也许应该说是危险的自信。

我从林子这边看过去，安娜从花床里拾起一块白色石头，她走出去六步，把石头扔到草坪上。她平伸出一只胳膊，量出一条到舞厅玻璃门的路线。她看上去十分满意，便拂去了手上的泥土，把手揣进口袋里溜达着，慢慢地走开了。

不知为何，她的举动令我不安。

我来这里是出于自愿，可安娜是被迫来的。瘟疫医生带她来布莱克希思一定有目的，可不知道是什么。

无论安娜是什么人，我都会无理由地相信她。

二十五

卧室房门紧锁，里面一丝动静也没有。我希望能在海伦娜·哈德卡斯尔开始她一天的活动之前就找到她，但似乎这个宅子的女主人并非懒散之人。我扭动了一下门把手，将耳朵贴在木门上听着。过往的客人向我投来奇怪的眼神，我是白费力气，她没在里面。

我正要走开时想起一件事：那个人还没有破门而入。今天午后不久，雷文古会发现有人闯进来，而后几个小时内就会发生破门事件。

我很好奇，想看看到底是谁干的，也想知道他为什么急于闯进来。我原本怀疑是伊芙琳所为，因为她手里拿着的那把左轮手枪，就是从海伦娜的柜子里偷的。但今天早上她在林子里差点用枪打死我，如果那把枪已经在她手里，她就没必要再闯进来了。

除非她还想拿别的东西。

唯一有可能的是海伦娜的日程本上丢失的那页。米莉森特认为是海伦娜自己撕下来的，来遮掩什么不可告人的秘密，但是日程本的其他页上都有坎宁安的指纹。他拒绝解释，也不承认闯进了这个房间，可我要是能现场抓住他，他就只能坦白了。

我心意已决，大步迈向走廊远处的阴影处，开始在那里守着。

五分钟以后，德比就觉得厌烦得不行。

我坐立难安，走来走去，没法让德比平静下来。

茫然中，我闻到客厅那边飘来的早餐香味，我准备拿来一盘食物，并搬来一把椅子放到走廊这边。希望这能让我的宿主安静半小时，之后再去找别的消遣。

客厅里弥漫着令人昏昏欲睡的谈话声。大多数客人都是刚起床，还带着前一天晚上的臭味，皮肤上浸着汗水和烟味，呼吸里酒气冲天。他们正在安静地谈话、缓慢地移动，像是带有裂纹的瓷人。

我从餐边柜上拿了一个大盘子，上面堆了鸡蛋和动物内脏，我停下来吃了一根从碟子里拿到的香肠，用袖口抹去了嘴上的油脂。我吃得很专心，过了一会儿才意识到客厅里的人都沉默下来。

一个彪形大汉正站在门口，他的眼神从客人们身上一一扫过，被他忽略的人显出解脱的神色。这种紧张是可以理解的，这个家伙长相很凶，红色的头发，脸颊深陷，鼻子受过伤，像是被打在煎锅里的鸡蛋。破旧的大衣紧紧地绷在壮硕的身体上，肩上沾的雨珠闪闪发光，那肩膀宽得都可以在上面吃自助餐了。

他的目光落在我身上，就像是巨石砸在腿上。

“斯坦文先生想要见你。”他说。

他声音沙哑，口齿不清。

“有事吗？”我问。

“我想他会告诉你的。”

“哦，那替我向斯坦文先生说声对不起，我这会儿有点忙。”

“你自己要是不走，我就把你扛过去。”他声音低沉地说。

德比的暴脾气已经开始蹿火，可没必要在这里大吵大闹，也不能当众出丑。我打不过这个男人，只希望快点见完斯坦文，然后继续忙我自己的事。另外，我也很好奇斯坦文先生为什么要见我。

我把自己的那盘食物放在柜子上，起身和斯坦文派来的打手出了客厅。这个壮家伙让我走在前面，指引我上了楼梯，然后右拐，走向被封闭的走廊东翼。挡住走廊的那幅遮帘被拉到一边，潮湿的空气迎面而来，眼前出现了一条长长的走廊。两边房间的门合页松脱，门板快要掉下来了，原本华丽的房间里落了厚厚的一层土，四柱床都快要散架了似的。我一呼吸，嗓子就发痒。

“你在那边的房间好好等着，我去告诉斯坦文先生你到了。”这位押送者用下巴指指左边的一个房间。

我按他说的进了这个儿童房，原本明黄的壁纸已有部分从墙上剥离。棋子和木头玩具散落在地板上，门旁有个闲置的木马，已经褪色，没有人玩了。还有一副下了一半的儿童象棋，白方被黑方吃掉了好多棋子。

我刚走进房间，就听到伊芙琳在旁边房间里尖叫了一声。有史以来第一次，德比和我行动一致，我冲到拐角处发现门被那个红发恶棍堵住了。

“斯坦文先生还忙着，伙计。”他一边说，一边前后晃悠。

“我在找伊芙琳·哈德卡斯尔，我听见她在尖叫。”我上气不接下气地说。

“也许你听见了，可好像也无能为力，是不是？”

我越过他的肩膀往房间里看，希望能看到伊芙琳。那里似乎是接待区，空无一人。家具上盖着发黄的白布单，布边发了霉。窗户上蒙着旧报纸，墙壁上的木板似乎正在腐烂。对面的墙上还有一扇紧闭的门，他们肯定在那边。

我又把目光投到这个男人身上，他冲我笑笑，露出了一排歪歪扭扭的黄牙。

“还有事吗？”他问。

“我要确认她没事。”

我想挤过去，可这个主意太蠢了。他比我胖三倍，比我高一半，关键他还知道如何发力。他一掌打在我的肚子上，把我往后推，却连眼睛都不眨一下。

“别找麻烦，”他说，“有人付钱让我站在这里，盯住你们这些讲究的绅士，不让你们到这种不该来的地方瞎逛，否则你们和我都会倒霉。”

他的这些话像炉子里的煤，让我热血沸腾。我试着绕开他冲过去，甚至像傻瓜一样自以为可行，结果他把我举起来，抛到了走廊的地上。

我爬起来，怒吼着。

他一动没动，连气都不喘，压根没把我放在眼里。

“你的父母没教你要理智吗？”他的不动声色像桶冷水浇到我的头上，“斯坦文先生没有动她一根汗毛，你担心什么？等不了几分钟，她就出来了，你可以问问她怎么回事。”

彼此对视片刻后，我从走廊又回到儿童房。他说得没错，我没法从他那里过去，但又不能干等着伊芙琳出来。从今天早上开始，她不会告诉乔纳森·德比任何事情。那扇门后面发生的事，可能是就她今晚自杀的原因。

我匆匆扑到墙边，把耳朵贴在墙板上。如果没有听错的话，伊芙琳和斯坦文正在旁边的房间里谈话，我们之间只有几块烂木头挡着。我可以听到他们嗡嗡的谈话声，但听不清具体内容。我用口袋里的小刀划开了墙纸，将松了的木板撬出来一条。木板很湿，很容易取下来，这条木板在我手上都碎裂了。

“……告诉她最好别和我耍把戏，否则你们俩就都完蛋了。”斯坦文的声音穿透了隔离墙板。

“你自己告诉她，我又不是你的跑腿女仆。”伊芙琳冷冷地说。

“只要我出钱，我让你当什么，你就得当什么。”

“斯坦文先生，请你放尊重点。”伊芙琳说。

“我也不喜欢被当成傻瓜，哈德卡斯尔小姐。”他一个字一个字地吐出她的名字，“你忘了我在这里工作了快十五年，我对这里的每个角落、每个人都了如指掌，别把我当成你周围那些眼瞎的杂种。”

他的仇恨黏糊糊的，甚至能从空气中拧出来，装到瓶子里。

“那封信呢？”伊芙琳平静地说，压制着自己的愤怒。

“那个我先拿着，这样你就明白我们的安排了。”

“你是个卑鄙之徒，你自己知道吗？”

斯坦文捧腹大笑，不在意这些侮辱。

“至少我很诚实。”他说，“这个房子里还有几个人敢说自己诚实？你可以走了，别忘了给我传信。”

我听到斯坦文房间的门打开了，片刻之后，伊芙琳从儿童房外面一闪而过。我很想随她而去，但是我们俩要是冲突起来可没有什么好处。而且，伊芙琳提到的那封信，此刻就在斯坦文手里。她看上去极想拿到那封信，也就是说，我需要去找找那封信。谁知道呢，也许斯坦文和德比是朋友呢！

“乔纳森·德比正在儿童房里等您。”我听到那个壮汉对斯坦文说。

“好，”斯坦文说着，打开抽屉，“等我换上猎装，我们就去和那个小滑头聊聊。”

谁和谁聊还不一定呢。

二十六

我坐着，脚跷在桌子上，旁边是棋盘。我用手捧着下巴，盯着棋盘，想从中找出破解之道。这可难倒了德比，他太浮躁，没法静下心来研究。他的注意力不断被引向窗外，引向空气中的尘土，引向走廊里的声音。他一刻也安静不下来。

丹尼尔警告过我，说每个宿主的思考方式都不同，我现在才完全明白他话中的深意。贝尔是个懦夫，雷文古冷酷无情，但两个人都很专注。德比完全不同，他像是只绿豆蝇，横冲直撞，让人心烦意乱，从不安生。

门边传来声音，吸引了我的注意。泰德·斯坦文划着火柴，一边点烟斗，一边打量着我。他比我印象中的还要魁梧，宽阔的身板左右延展，像一块融化的奶油。

“乔纳森，没想到你还会下棋。”他说着，推起那个破旧的木马，木马前后晃动，不断撞到地板上发出声音。

“我在自学呢。”我说。

“那不错啊，人就该学着改进自己。”

他的目光先是停留在我身上，然后又转到窗户那里。虽然斯坦文没有口头威胁我，也没有攻击性的举动，可德比还是害怕他。我的脉搏怦怦直跳，像在敲击摩斯密码。

我瞄了一眼门，做好拔腿就跑的准备，但是那个彪形大汉抱着胳膊，倚在走廊的墙上。他冲我微微点头，友好得像同住一间牢房的狱友。

“你妈妈还钱的速度可有些慢啊，”斯坦文的额头顶着窗户说，“一切都还顺利吧？”

“还不错。”我说。

“我可不想看到什么意外。”

我转身去看他的眼睛。

“你在威胁我吗？斯坦文先生。”

他从窗户那边转身回来，冲走廊里的那个家伙笑笑，然后又冲我笑笑。

“当然不是啦，乔纳森。我是在威胁你妈妈。你该不会觉得我大老远跑来是为了你这个不值钱的小毛头吧？”

他抽了口烟，拾起一个娃娃，随意扔到棋盘上，棋子散落一地。愤怒使我一跃而起，我扑向他，可他抓住我在半空挥舞的拳头，拎着我转了几圈，最后用一只强壮的胳膊扼住了我的喉咙。

他的鼻息喷在我的脖子上，如陈肉一般腐臭。

“和你妈妈谈谈，乔纳森，”他哂笑着，紧紧地扼住我的喉管，我的眼角顿时出现无数游移的黑点，“否则，我只好亲自去拜访她了。”

等这些话安安稳稳进入我的脑海，他便放了我。

我扑通一声跪下，抓着自己的喉咙，大口大口地吸气。

“你这脾气迟早要栽跟头，”他说着，用烟斗向我指了指，“我要是你，就控制好自己的臭脾气。别担心，我这位朋友擅长帮人学习新本领。”

我从地板上怒视着他，可他已经往外走了。从走廊出去时，他冲他的同伴点点头，那家伙走进来，面无表情地瞅瞅我，脱下了夹克。

“站起来，孩子，”他说，“我们早点开始，早点结束。”

不知为何，他看上去比在门口那里时还要高大。他的胸口像是块盾牌，胳膊一伸，白衬衣被撑得紧紧的，缝线处都绷起来了。他走近时，恐惧占据了我的全身。我胡乱摸索着武器，发现了桌上那个厚重的棋盘。

我想都没想，就把棋盘抛向了他。

时光仿佛静止了，棋盘在空中转动了一下，这最不可能飞在空中的东西，寄托着我的未来和求生的希望。显然，命运眷顾我，这棋盘砸中了他的脸，发出惊人的嘎吱声，他向后晕倒靠在墙上，发出闷闷的呻吟声。

血从他的指缝里流出来，我站起身来，跑下走廊，听到斯坦文愤怒地在我身后大喊大叫。我迅速向后面瞥了一眼，斯坦文正从接待室里走出来，脸因为怒气而涨得通红。我跑下楼梯，循着人声溜进客厅，那里已经坐满了客人，他们的眼睛红红的，正在扒拉自己的早餐。和迪基医生在一起又说又笑的有迈克尔·哈德卡斯尔、克利福德·赫林顿。坎宁安正往银餐盘上盛食物，他要去伺候快要起床的雷文古。

人们的说笑声戛然而止，我知道斯坦文正在走来，就溜进了书房，躲在门后面。我近乎歇斯底里，心跳得那样快，快要把肋骨震碎了。我想要狂笑大喊，拾起武器，尖叫着向斯坦文扑过去。我使出全身力气逼迫自己一动不动地站着。否则，我便会失去这位宿主，失掉宝贵的一天。

我从门框缝隙偷望过去，斯坦文正一个一个地扭转客人的肩膀，看看是不是我。男人们给他让路，即便是有权有势的人在斯坦文靠近时也喃喃道歉。不知道斯坦文怎么控制了这些人，但没人对他的粗鲁无礼显露不快。就算斯坦文在客厅中央把我打个半死，这群客人也不敢说半个字。我在这里孤立无援。

我的手指碰到一个凉凉的东西，低头一看，原来正抓着架子上一个重重的烟盒。

德比正在武装自己。

我对他万分不屑，放开烟盒，又将注意力转回到客厅，却几乎惊恐地叫出声来。

斯坦文就在几步开外，他正径直向书房走来。

我四下寻找藏身之处，却找不到。藏书室也没有办法去，因为去那里必须经过那扇门，就会被走过来的斯坦文看到。我进退维谷。

拾起烟盒，我深呼一口气，准备在他进书房时向他猛扑过去。

没人进来。

我退回到门缝，偷偷地看向客厅，却找不到他的身影。

我浑身颤抖，迟疑不决。德比可不是个优柔寡断的人，他没有耐心。还没等我反应过来，德比就已经为了看得更清楚而缓缓地移向门口。

斯坦文立即进入了我的视野。

他背对着我，正和迪基医生说话。我离得太远，听不见他们在说什么，但八九不离十是医生被请出客厅，去照顾斯坦文那个受伤的保镖。

迪基医生有镇静剂。

一个周全的计谋跳进了我的脑海。

我需要悄悄地离开这里。

桌子旁边有人叫斯坦文先生，他刚出了我的视野，我就扔下烟盒，逃到画廊里去，打算从那里绕一圈到门厅，神不知鬼不觉。

我远远地看到了迪基医生，他手里拎着医药袋。他看见我笑了笑，可笑的胡子在脸上跳动。

“啊，乔纳森少爷，”我走到他身边，他欢快地打招呼，“一切都还好吗？你看上去有些气喘吁吁。”

“我很好。”我说着，赶上他匆匆的步伐，“哦，其实并不好，我需要您帮个忙。”

他眯起眼来，声音里那股欢快劲消失了：“你这次又闯了什么祸？”

“您这次要去诊治的人，我需要您给他注射镇静剂。”

“注射镇静剂？为什么要给他注射镇静剂？”

“因为他要伤害我妈妈。”

“米莉森特？”他忽然停住了，一把抓住我的胳膊，“乔纳森，到底是怎么回事？”

“她欠斯坦文一些钱。”

医生的脸色黯淡下来，松开了我。没了那股欢快劲，他看上去像个疲惫的老人，脸上的皱纹深了些，忧伤也更加明显。有那么一刻，我感到些许内疚，但是一想起他给管家注射镇静剂时的眼神，我的疑虑便烟消云散。

“就是说，他控制了亲爱的米莉森特，是吗？”他叹了口气，“我想这也不值得大惊小怪，这个魔鬼握着我们很多人的把柄，我想……”

他继续走着，只是放慢了脚步。我们走到楼梯上面，下面对着门，一股凉气冲了进来。前门大敞四开，一群客人有说有笑地走出去。

斯坦文消失得无影无踪。

“这么说，这家伙威胁了你妈妈，你就袭击了他，是吗？”迪基说，显然心中有数。他冲我笑笑，拍拍我的后背，“你身上还是有些你父亲的影子。但是给这个浑蛋注射镇静剂有什么用呢？”

“我得在他找到我妈妈之前，有机会和她谈谈。”

不管德比有多鲁莽，他说谎的技巧却堪称精湛，可谓巧舌如簧，欺瞒之语信手拈来。迪基医生一言不发，在脑子里像和面似的揉搓着这套说辞，刚走进荒弃的东翼走廊，故事就揉好成形了。

“我正好有镇静剂，就让这个浑蛋昏睡整个下午吧。”他说着打了个响指，“你在这里等着，我好了就示意你。”

他提提肩膀，长舒了口气，大步走向斯坦文的卧室，这位老战士踏上了最后一役的征程。

在走廊待着太容易暴露了，迪基一离开，我就闪进最近的一扇门，身体映入旁边一面有裂纹的镜子。昨天，我觉得最坏的事情莫过于陷入雷文古的身体，可今天到德比的身体里又是另外一番折磨——这个焦躁不安又有些恶毒的坏小孩，制造了一个又一个麻烦，而他只会溜之大吉。我迫不及待地想摆脱他。

十分钟后，外面的地板嘎吱作响。

“乔纳森，”迪基医生低声问，“乔纳森，你在哪里？”

“在这里。”我探头出去。

他已经走过了这个房间，听到我的声音吓了一跳。

“小声点，年轻人，你知道的，老年人的心脏可不好。”他说着，拍了拍胸口，“守门狗[1]已经睡着了，一整天恐怕都醒不过来。现在我要去和斯坦文先生汇报。我建议你趁机藏起来，别让他找到你，否则你也许只能逃去阿根廷了。祝你好运！”

他立正，给我敬了个礼，我也回敬了他一个。他拍了拍我的肩膀，慢慢踱向走廊的另一头，还吹着不成调的口哨。

真搞不懂是不是我让他这样开心，但我可不打算东躲西藏。迪基可以引开斯坦文几分钟，这样我就有机会搜查斯坦文的房间，去找伊芙琳

1　原文为“刻耳柏洛斯”，是希腊神话中冥府的守门狗，蛇尾三头，长年不眠。此处用这只怪兽的名字指斯坦文的保镖，暗合其“守门狗”的身份；而且他因为被注射了镇静剂而昏睡不醒，恰与不眠的刻耳柏洛斯相反，有讽刺之意。

的信。

我走进斯坦文的保镖之前守住的那个接待室，打开门进了里间卧室。那房间似乎没人住的样子，地板上只盖了一块破旧不堪的小地毯，墙边放着张单人铁床，已经生锈，开裂的片片白漆还顽强地挂在上面。房间里稍微怡人的，只有快要熄灭的火苗噼啪爆出的火花，以及小床头桌上摆着的两本卷角的书。正如医生答应的那样，斯坦文的保镖正在床上熟睡，他就像个畸形的牵线木偶，只不过线都被剪断了。他脸上缠满绷带，鼾声如雷，手指抽搐着。我想他正在梦里掐我的脖子。

我一边留心听着斯坦文有没有回来，一边迅速打开衣柜，翻他的夹克和裤子的口袋，但只找到些棉绒和樟脑丸。箱子里也没什么私人物品，这个男人看起来早已没了七情六欲。

我有些许挫败感，随手看了看表。

我在这里待了太久，越来越不安全，可是德比不那么容易被吓住，我的这个宿主深谙欺骗与诡计。他了解斯坦文这种人，知道他们秘密很多。如果愿意，这个敲诈者能住这房子里最豪华的套间，他却选择在这个破旧的房间里离群索居。斯坦文虽然偏执多疑，却聪明机灵。那些秘密，他可不会随身带着，要是遇到敌人就麻烦了。

那些秘密就在这里，藏得好好的，而且有人守护。

我盯着壁炉，盯着那苍白的火焰。好奇怪，卧室里还是这样冷。我跪下来，把手放在火焰上面，四下里摸索着，发现有个小架子，碰到了一本书。抽出这本书，我发现那是个黑色的小记事本，封皮上满是长年累月翻阅留下的皱痕。斯坦文不让火烧旺，是怕烤坏他的宝贝。

我翻开破烂的本子，原来是个账本，里面有各种各样的日期，可以追溯到十九年前，日期旁边是一些奇怪符号写成的条目。

这肯定是某种暗号。

伊芙琳的信就夹在最后两页中间。

最亲爱的伊芙琳：

斯坦文先生告诉了我你的处境，我也理解你的担忧。你妈妈的行为确实令人惊慌，你那样防着她酝酿的诡计也没有错，我时刻准备着为你遮挡风雨。可我担心斯坦文先生并没有将所有情况和盘托出。我需要你的信物，证明他所说属实。在报纸的社交版面，我总能看见你戴着一枚图章戒指，上面刻着小城堡的图案。把这枚戒指给我，我就知道你是认真的。

最温暖的祝福

费利西蒂·马多克

似乎聪明的、亲爱的伊芙琳并不像我刚开始相信的那样，轻易地就接受了命运的安排。她找到一个叫费利西蒂·马多克的帮手，井边字条上画的，似乎就是那个小城堡图案。这可以作为一种签名，表明那个“离米莉森特·德比远点”的消息实际上是费利西蒂所写。

保镖打了个呼噜。

我从这封信里再也榨不出什么信息，只好把信夹到账本里，把账本放入口袋。

“谢天谢地，她还挺聪明。”我嘟囔着，从门口出去。

“说得没错。”我身后传来一句话。

有人砸了我的脑袋，我摔到了地板上。

二十七

第二天（继续）

我在咯血，红色血点溅到枕头上。我又回到了管家体内，头只要向上一动，身上就疼得厉害。瘟疫医生坐在安娜的椅子上，两腿交叠，高帽子放在腿上。他敲着帽子，直到发现我动了，才停下来。

“欢迎回来，毕肖普先生。”面具后面传来低沉的声音。

我茫然地盯着他，等咳嗽慢慢平息下来，才连缀起来这一天的事件。我第一次发现自己到了这个身躯里面是在早上，接着我给贝尔开了门，然后在跑上楼梯寻找答案时被戈尔德袭击。第二次回到管家的身体不过一刻钟之后，马车将我运到门房，安娜在车上陪我，等我醒来和安娜正式认识后就到了中午。从窗外的光线判断，现在差不多是午后。这样非常合理。安娜告诉我，我在每个宿主体内都要待上一整天，但我从来没有想到，这一天会被切割得支离破碎。

真像是个恶作剧。

我被赐予八位宿主来解决这个谜题，看看给我安排的这些宿主吧。贝尔是个懦夫，管家被打了个半死，唐纳德·戴维斯溜了，雷文古胖得动不了，而德比没有脑子。

简直牛头不对马嘴。

瘟疫医生挪了挪身体，向我靠过来。他的衣服有些霉味，只有被遗忘在通风不好的破旧阁楼里才会有这种味道。

“我们上次的对话太仓促，”他说，“我想你可能要汇报一下进展。你有没有发现——”

“为什么非要待在这个身体里？”我打断他，一股热辣辣的疼痛从肋骨袭来，“为什么要把我囚在这些躯壳里？雷文古走不了两步就筋疲力尽，管家压根动不了，德比是个恶魔。如果你真想让我逃出布莱克希思，为什么要这样牵制我？肯定有更好的宿主可以选择。”

“也许还有更聪明能干的，但你的几个宿主都与伊芙琳的死存在某种关联，”他说，“将他们安排在最佳位置，便可以助你解开谜题。”

“他们都是杀人嫌疑犯吗？”

“应该称他们为目击证人。”

一个哈欠就让我颤抖，我的能量几乎耗尽。迪基医生肯定是又给我打了针镇静剂。我觉得自己三魂不见了七魄，马上就要一命呜呼了。

“是谁决定这个顺序的？”我说，“为什么我刚醒来时是贝尔，今天又成了德比？有没有什么方法让我预知下一个宿主是谁？”

他往后一靠，摇了摇手指，抬起头来。然后是长久的沉默，他在重新评估我，重新调整策略。我也说不准，这些问题是让他高兴还是恼火。

“你为什么要问这些？”他最后还是开了口。

“好奇心，”他没有应声，我接着说，“我希望在答案里找到对我有利的东西。”

他小声咕哝了一句，表示赞同。

“不错，你终于认真对待这件事了。”他说，“很好，通常情况下，你会依照这些宿主醒来的顺序进入他们的身体。幸运的是，我进行了一些干涉。”

“干涉？”

“我们俩——你和我之前已经合作多次，我甚至都记不清一共几次了。一轮又一轮，我给你布置任务——解开伊芙琳·哈德卡斯尔的谋杀之谜，可每次都以失败告终。起初我觉得是你的责任，慢慢才意识到每个宿主的出场都起了作用。例如，唐纳德·戴维斯凌晨三点十九分醒来，他本应该是你的第一个宿主。但不行，因为他的生活太过丰富，这个家里有他的好朋友。那样你就不会想要逃离，而是一次次折返。因此，我把你的第一位宿主换成无依无靠的塞巴斯蒂安·贝尔。”他说着，抻起裤腿来挠挠脚踝，“而雷文古勋爵不到上午十点半不会起床，那意味着你要等很久才能进入他的身体，那时候，时间胜过一切，聪不聪明，你压根就来不及考虑。”

瘟疫医生的话里话外都透着自豪，一副王婆卖瓜，自卖自夸的样子。“每一个轮回都是我的实验，我要为你的每个宿主做决定，最后才是你现在经历的这个顺序。”他说着，宽宏大量地摊开了手，“依我所见，这个顺序最有利于你解开谜团。”

“可我怎么还没回到唐纳德·戴维斯的身体里，却一而再，再而三地回到管家这里？”

“因为你让戴维斯在去小镇的路上走了将近八个小时，他走啊走啊走不到头，精疲力竭。”瘟疫医生的语调里透出一丝责备，“他现在睡得很香，醒过来时恐怕……”他看了看表，“要到晚上九点三十八分。在那之前，你会在管家和其他宿主之间切换。”

走廊的木地板嘎吱作响，我想要叫安娜来，这渴望显露在脸上，瘟疫医生打趣我。

"怎么，你觉得我碍手碍脚吗？"他说，"安娜刚离开去见雷文古爵士。相信我，我知道这个房子的布局，就像导演熟悉剧中的每个演员。如果担心有人来的话，我就不会出现在这里。"

我感觉自己成了他的累赘，像是屡屡犯错而被叫到校长办公室的小孩，连一句责备都不值得。

我又打了个长长的哈欠，喉咙里咕噜咕噜地出着声音。大脑又迷糊了。

"你睡着之前，我们还能谈几分钟，"瘟疫医生说，戴着皮手套的双手握在一起，皮革挤压得吱吱叫，"你要是还有什么问题想问，现在时机刚好。"

"安娜为什么在布莱克希思？"我加快了语速，"你说过我是自愿而来，可我的对手们不是。那就意味着安娜是被迫的。你为什么要这样待她？"

"任何问题都行，这个不行。"他说，"自愿进入布莱克希思有好有坏，有些事情你的对手们一早就知道，你却不知道。我在这里就是要填补这些空白，没有其他作用。现在告诉我，关于伊芙琳·哈德卡斯尔的谋杀，调查进展得如何？"

"她不过是个姑娘，"我疲倦地说，努力撑着眼皮，药物正用柔软的手拖拽着我进入梦乡，"她的死为何让我们大动干戈？"

"这也是我问你的问题。"他说，"你千辛万苦来救哈德卡斯尔小姐的性命，即便一切都表明这是不可能的，可你为何还要坚持？"

"我不能袖手旁观，眼睁睁地看着她死去。"我说。

"你值得尊敬，"他说着仰起了头，"那我也回报你一些善意吧。哈德卡斯尔小姐的谋杀之谜不会被解开，我深信这不可能。这让你满意吗？"

“每天都有人被杀害，”我说，“能拯救一个人，却没法挽救所有的不幸。”

“说得好，”他鼓掌表示欣赏，“但是谁又能说不会有成百上千像你这样的人，为那些不幸的灵魂谋求正义呢？”

“有吗？”

“我也怀疑，但这是个很棒的想法，不是吗？”

我还在努力听，然而眼皮越来越沉，房间慢慢地模糊起来。

“恐怕我们没有多少时间了，”瘟疫医生说，“我应该……”

“等一下……我要……”我口齿不清起来，嘴里的话变得像是淤泥，“你问过我……你问过……我的记忆……”

瘟疫医生站起身来，一阵窸窣作响。他从边柜上拿起一杯水，泼在我脸上。那水彻骨地冰冷，我像被抽了一鞭子般颤抖着，又清醒了过来。

“对不住，我通常不这样。”他说着，盯着手里的空杯子，显然也惊讶于自己的冒失，“通常我会让你在这时睡过去，但是……好吧，我特别想知道，”他缓缓放下杯子，“你想问我什么？请字斟句酌，这些话很重要。”

水刺痛了我的眼睛，顺着嘴唇淌了下来，我的棉布睡衣上湿了一大片。

“我们初次相遇，你问我在贝尔的身体里醒来时有什么记忆，”我说，“记得那些很重要吗？”

“每次你失败后，我都会夺走你的记忆，然后重新开始轮回，但是你总有办法记住一些重要的东西，可以说是些线索，”他说着，用手绢擦去我额头的水滴，“这一次是安娜的名字。”

“你告诉我那是个遗憾。”我说。

“是啊。”

“为什么呢？”

“不仅是你的宿主的出场顺序，你选择记住的事情通常也会对这个轮回的结果产生重要影响。”他说，“如果记得的是侍从，新轮回一开始你就会去追捕他，至少那样才会有用。相反，你却执着地去寻找安娜——你的一个对手。”

“她是我的朋友。”我说。

“在布莱克希思，没人有朋友，毕肖普先生。如果你还没意识到这一点，恐怕获胜的希望渺茫。”

“是……”镇静剂又开始将我拽向梦乡，“否我们俩都能逃出去？”

“不可能。”他叠起那条湿手绢，放到自己的口袋里，“一个谜底换得一人逃脱，规则就是这样。晚上十一点钟，你们俩中的一个来到湖边给我答案，告诉我凶手的名字，那么这个人就可以离开。你要选择到底谁离开。”

他从胸前的口袋里掏出金表来看时间。

“时间飞逝，我还有别的事情。”他从门边拿起手杖，“一般我在这些事情上保持中立，但是，你在因品格高尚而栽跟头之前，必须明白一些事情。安娜隐瞒了她从上个轮回中记得的事情。”

他用戴手套的手抬起我的下巴，他离我的脸这样近，我都能听到他面具后面的呼吸声。他的眼睛是蓝色的，苍老而悲伤的蓝色眼睛。

“她会背叛你的。”

我张嘴想要抗议，但是舌头已经变得沉重，动弹不得。最后我只看见瘟疫医生在门口消失，一个驼背的巨大阴影将整个世界裹挟而去。

二十八

第五天（继续）

我的眼皮在跳动。

我眨眨眼，一次、两次，可一睁开眼睛就很疼，我的头像被打破的鸡蛋。嗓子里发出的声音，说不清是呻吟还是呜咽，又像是陷阱中困兽的低声哀鸣。我试着撑起身来，可疼痛像是海浪，一波一波地拍打着我的头骨，我根本没有力气起来。

时间一点点流逝，我不知道过了多久，恍如隔世。我看着自己的肚子一起一伏，当察觉到自己能起身时，我努力坐起来，靠在掉渣的墙上。我很沮丧，因为又回到了乔纳森·德比的体内，他正躺在儿童房的地板上。到处都散落着花瓶的碎片，我的头皮上还插着几片。在我离开斯坦文的卧室时，肯定有人从后面砸晕了我，然后把我拖到这个僻静处。

那封信，你这个傻瓜。

我赶紧把手伸到口袋里，去摸费利西蒂的信和我从斯坦文那里偷来的账本，两样东西都不翼而飞，连贝尔行李箱的钥匙也不见了。口袋里只剩下安娜给我的两片头痛药，还包在那个蓝色手帕里。

她将要背叛你。

这会是她干的吗？瘟疫医生的警告异常清晰地回响在耳边，可是安娜要是敌人的话，又怎能在我心中激起温暖的情愫，唤醒亲人般的情感？也许安娜隐瞒了上个轮回中获取的信息，可如果那些信息注定使我们反目，我又为何在变换宿主时念念不忘她的名字，仿佛小狗在追逐一根烧火棒？不，如果真有背叛的话，也是我那些虚假承诺造成的，而这还没到覆水难收的地步。我需要一个合适的途径来告知安娜真相。

我硬吞下那两片头痛药，扒拉着墙站起身来，踉踉跄跄地返回斯坦文的卧室。

那个保镖还在床上昏迷不醒，窗外的日光已然暗淡下去。我一看表发现已经下午六点钟了，想必外出打猎的客人们，包括斯坦文，都在回家的路上。根据我掌握的信息，他们正横穿草坪，或者已经往楼上走来。

我得在敲诈者回来之前离开这里。

即使服了头痛药，我还是头昏眼花。我深一脚、浅一脚，摇摇晃晃地穿过东翼走廊，拉开遮帘，回到二楼楼梯的中间。每一步于我都像是一场战斗，最后我跌跌撞撞地进了迪基医生的房间，几乎吐在地板上。他的卧室和这条走廊上其他的房间一模一样，有一张靠墙的四柱床，对面的屏风后面有一个浴缸和洗手池。和贝尔不同的是，迪基把这里当成了自己家。房间四处都是他孙子的相框，一面墙上还挂着十字架。他甚至还铺了一小块地毯，可能是怕清晨踩到冰冷的木头地板着凉吧。

对我来说，如此亲近自身着实是种奇迹。我不由自主地注视着迪基的东西，暂时忘掉了自己的伤口。拿起他孙子的相框，我第一次想到，庄园外面是否也有个家庭在等着我，也有父母、子女或是朋友在想念着我？

走廊里经过的脚步声吓了我一跳，相框掉到了床头柜上，玻璃摔碎了。脚步声过去了，声息全无，可我清醒地意识到这里的危险，立即迅速行动起来。

迪基的医疗袋就在床下面，我把袋子里的东西倒在床上，瓶瓶罐罐、剪刀、注射器和绷带什么的，全都散落在被子上。最后倒出来的是一本詹姆斯国王钦定本《圣经》，它掉到了地板上，书页打开了。这本《圣经》和塞巴斯蒂安·贝尔卧室里的那本一样，某些单词和段落都用红墨水画线标记了。

那是种暗号。

德比的脸上掠过一丝狡猾的笑容，他找到了另一条狐狸。我猜，迪基应该是与贝尔同流合污，他们一起悄悄地兜售毒品。难怪他这么关注贝尔的状况，他担心贝尔会把他们的事情抖搂出去。

我轻蔑地哼了一声。这个房子里的秘密已经够多了，不怕再多一个，可我今天要找的可不是这个秘密。

我把床上的绷带和碘酒归拢到一堆，拿到洗手池那里，开始处理自己的伤口。

这手术做得可不怎么样。

每当我夹出一块碎片，鲜血就在指间涌出，顺着脸淌下，沿着下巴流到洗手盆里。我疼得流出眼泪，模糊了视线。整整半个小时，我眼前的世界模糊一片，又阵阵刺痛，因为我要将头顶的瓷片一一取出。唯一的安慰是，乔纳森·德比和我一起受着苦。

确认每个瓷片都被取出后，我开始用绷带将头包扎起来，最后用安全别针将绷带固定，之后我对着镜子检查自己的作品。

绷带看上去不错，可我的样子糟透了。

我面色苍白，眼神空洞。衣服上全是血渍，我不得不把它脱下来，只剩下汗衫。我被毁掉了，分崩离析，感到自己快散架了。

“见鬼了！”迪基医生在门口喊道。

他刚打猎回来，浑身湿透，瑟瑟发抖，面如死灰，连胡子都耷拉了。

我随着他不可置信的目光环视四周，房间里一片狼藉，他孙子的相框玻璃被摔碎了，上面血迹斑斑，《圣经》被扔到了一边，医疗袋也丢在地板上，袋里的东西摊了一床。洗手盆里盛满了血水，浴缸上搭着我的衬衣。他就算做完截肢手术，现场也不会比这里脏乱。

他看见我只穿着汗衫，额头上松松垮垮地缠着绷带，脸上的惊讶变为愤怒。

“乔纳森，你干了什么？”他的声音里满是怒气。

“对不起，我无处可去，”我惊慌失措，“你走后，我想要帮我妈妈，就去搜查了斯坦文的卧室，找到了一个账本。”

“一个账本？”他声嘶力竭地说，“你从他那里拿了东西？你得放回去。马上，乔纳森！”

“放不回去了，我被袭击了。有人用花瓶砸了我的头，把那本账本偷走了。我流血不止，那个保镖也快醒了，所以我就来了这里。”

我说完，房间里出现一片可怕的寂静，迪基医生将他孙子的相框立好，慢慢将东西收回到医疗袋中，把医疗袋放到床下面。

他步履沉重，仿佛拖着我的秘密。

“都是我的错，”他低语着，“我知道不能相信你，可我对你妈妈的感情……”

他摇摇头，把我推到一边，从浴缸里拿起我的衬衫。他动作里那种听之任之的感觉令我害怕。

“我本来没有打算……”我开口。

“你利用我从泰德·斯坦文那里偷东西，”他抓着浴缸边平静地说，“这个男人动动手指就可以毁掉我。”

“对不起。”我说。

他突然转身，怒不可遏。

“你的‘对不起’太不值钱了，乔纳森！我们在恩德莱茵家掩盖完那件事，你说过对不起，在小汉普顿家又是这样。还记得吗？现在你又让我接受这空洞的道歉。”

他把衬衫掷回我的怀里，脸颊通红、热泪盈眶地说：“糟蹋过多少个姑娘，你还记得吗？有多少次你在妈妈怀里哭泣，求她给你善后，发誓以后不再犯错，但其实你心知肚明还有下次吧？现在你又来了，还是这样对我。见鬼，愚蠢的迪基医生！哦，我完蛋了，我再也无法忍受。你真是个毒瘤，我为何要将你带到这个世界来？”

我慢慢地向他走近，恳求他，可是他从口袋里掏出一把银色手枪，拎在手里。他连看都没看我一眼。

“乔纳森，滚出去！哦，上帝啊，我怕自己会杀了你。”

我盯着这支枪，退出了房间，关上门，来到走廊。

我的心怦怦直跳。

迪基医生的枪，就是伊芙琳今晚用来自杀的那把。他拿的正是杀人武器。

二十九

我站在卧室镜子面前，对着镜中的乔纳森·德比不知盯了多久。我在寻觅躯壳里的人，想看看我真实的面孔。

我想让德比看看终结他性命的这个人。

威士忌从喉咙里火辣辣地灌下去，这瓶酒是从客厅抢来的，只剩下半瓶了。我在扎领结，可是手一直在颤抖，得喝点酒平静一下。迪基医生的话，证实了我已经知道的那些不堪的事实。德比是个怪物，他妈妈用钱掩盖他的罪责。然而没有正义来审判这个男人，也没有法庭裁决来惩罚他。如果他想要偿清罪责，我会亲手将他送上绞刑架，我正打算这样做。

可是首先我要救伊芙琳·哈德卡斯尔。

我的目光落在迪基医生的银色手枪上，那枪正躺在扶手椅上，像从空中击落的苍蝇一样，毫无威胁。把枪偷来轻而易举，只需要派个仆人，编个紧急情况，就能把医生骗离他的房间，然后我悄悄溜进去，从床头柜拿到枪。一整天，我一直这样被动，不能再这样了。如果有人想用这把手枪杀死伊芙琳，他们得先取得我的同意。见鬼去吧，瘟疫医生的谜题。我不信任他，不能目睹可怕的事情发生却袖手旁观。是时候让乔纳森·德比在这世上做点好事了。

我把枪塞到夹克口袋里，最后灌了一大口酒。我来到走廊，和其他客人一起下楼去吃晚餐。他们举止欠佳，品位却无可挑剔。露背晚礼服下苍白的肌肤衬以璀璨的珠宝，他们一扫早些时候的疲态，显得魅力四射。夜晚一来召唤，一个个又活了过来。

如往常一样，我在过往的人群中留意着侍从的蛛丝马迹。他已经好长时间没有现身，这一天越是拖到后面，我越是预感要发生什么可怕的事，至少会有一场大战。德比这个人，优点可圈可点，暴脾气又常让他惹祸上身。我勉勉强强才能控制住他，真难想象，他会带着浓烈的仇恨怎样扑向人群。

迈克尔·哈德卡斯尔站在门厅，脸上凝固着笑容，迎接着从楼上下来的客人，仿佛真心期待看到他们尽情狂欢。我本来想向他打听一下神秘的费利西蒂·马多克，还有井边留的字条，但是时机不对，一堵人形墙将我们俩阻隔开来。

听着钢琴的乐声，我穿过人群，来到长长的画廊。仆人们正在旁边的餐厅准备晚宴，客人们就在画廊里喝着酒。仆人端着酒托盘经过时，我从上面取了一杯威士忌，一边留意寻找米莉森特。我想和她告个别，可哪里也找不到她。实际上，我只能认出塞巴斯蒂安·贝尔，他正穿过门厅，走向自己的房间。

我拦住一个女仆，问她知不知道海伦娜·哈德卡斯尔在哪里，心想这家女主人应该在附近，但她还是没有来，一整天都踪迹全无。之前只是找不到她，现在干脆就在客人面前消失了。她女儿即将遇害，她却消失不见，这不可能只是巧合，我说不准她到底是嫌疑犯还是受害者。无论是什么，我都要找出来。

我的酒杯空了，头也越来越晕。周围的人在呼朋唤友、谈笑风生，还有恋人在卿卿我我，这些欢声笑语让德比感到苦涩。我可以感觉出他厌恶这一切。他恨这些人，他恨这个世界，他恨他自己。

仆人们端着银色托盘与我擦肩而过，伊芙琳最后的晚餐正被传送着。

她怎么不害怕呢？

从这里我就能听到她的笑声。她和客人们欢聚在一处，仿佛岁月静好，可是今天早上雷文古引出危险话题时，她显然已经知道出了岔子。

我撂下酒杯，穿过门厅，进入走廊去了伊芙琳的卧室。如果谜题有答案，也许就在她的卧室里。

走廊的油灯被调暗，只有微弱的火苗。四周十分安静、压抑，仿佛这是个被世界遗忘的角落。我在走廊上刚走到一半的位置，就发现前面阴影处浮现出一抹红色。

侍从的制服。

他挡住了走廊。

我一动不敢动。我往身后扫了一眼，想看看能不能在他扑向我之前跑到门厅那里。希望渺茫，我甚至说不准是否能让自己的腿听使唤。

“对不起，先生。”一个欢快的声音响起。侍从向前一步，原来这是个又矮又瘦的男孩子，不到十三岁的样子，脸上都是粉刺，他紧张地笑着。“对不起。”他又重复了一遍。我这才意识到挡了他的路。我喃喃地道歉，让他过去，这才长长地舒了一口气。

我这么害怕侍从，单是他出现的可能性就让德比裹足不前，德比可是个天不怕地不怕的人啊。这就是侍从的目的吧？他没有杀掉贝尔和雷文古，就是为了嘲弄他们吧？如果放任不管，他就能不费吹灰之力地挨个收拾我的宿主。

他给我起的外号“兔子”不就成真了吗？

我小心翼翼地前行，来到伊芙琳的卧室前面，发现门锁着。我敲敲门，无人应声。我不甘就此罢休，退后了一步，想要用肩撞开门。恰在此时我注意到，海伦娜卧室的门和雷文古卧室的门的位置一模一样。我把头探到两人的房间里，发现房内布局也是一模一样，这就意味着伊芙琳的卧室原本是个会客厅。要真是那样的话，她们母女俩的房间会有一扇门相通。这样倒好办了，因为在今天早上，海伦娜的卧室门锁已经被人砸坏了。

我的猜测是对的：两个房间相通的门就藏在墙壁装饰帷幔的后面。谢天谢地，这扇门没有锁，我能借此溜进伊芙琳的房间。

伊芙琳和父母关系不好，所以我以为她的房间会简陋得如清洁间，可实际上她的卧室虽谈不上豪华，却也十分舒适。中间有个四柱床，帘子后面有浴缸和洗手池。显然女仆好长时间没有来打扫卫生了，浴缸里是脏兮兮的冷水，浸湿的脏毛巾堆在地板上，梳妆台上随意地扔着一条项链，旁边是一堆纸巾团，上面沾了化妆品的污渍。窗帘拉起来了，壁炉里的火很旺，木柴堆得高高的。房间四角都有油灯，摇曳的光驱散了四周的黑暗。

我欢乐地颤抖，闯入闺房令德比异常兴奋，我的体内涌起一股热血。我能感到自己的意识正努力与宿主分离，这是我唯一能控制德比身体的方式。我翻找着伊芙琳的物品，想看看到底是什么令她今晚在水池旁殒命。她的东西真是乱糟糟的，衣服扔得七零八落，服饰、珠宝在抽屉里堆着，和旧围巾、披肩缠绕在一起。每一处痕迹都表明，伊芙琳不会让任何女仆靠近自己的东西。不论她有什么秘密，这秘密不光是躲着我，连女仆也甭想窥见。

我发现自己正用手抚摩着一件丝绸衬衣，这让我甚感不悦。这才意识到其实不是我，而是他做了这个动作，是他——德比。

我暗叫一声抽回手，关上衣橱的门。

我能感受到他的渴望。他想让我匍匐下来，摸索伊芙琳的物品，呼吸她的芬芳。德比真是个禽兽，有这么一瞬间他支配了我的意识。

我拂去额头上欲望的汗珠，深吸了口气，平复一下情绪，又开始搜寻。

我集中自己的精力，控制自己的思想，不给德比留任何机会。即便如此，这次搜查依然无功而返。唯一有些意思的东西是一本旧的剪贴簿，里面都是伊芙琳的旧物——她和迈克尔的信、她童年的照片、她少女时代的诗歌和文思碎片，这一切无不透露出伊芙琳背后的孤独，以及她对弟弟的眷恋和刻骨思念。

我合上剪贴簿，又放回床下原来的位置，悄悄离开了房间，而身体里的德比还在挣扎着。

三十

我坐在门厅阴暗角落的扶手椅里，这样能清楚地观察伊芙琳的房门。客人们正在用晚宴，而伊芙琳三个小时之内就会遇害，我想跟踪她，一直到水池的悲剧发生那一刻。

通常，我的宿主没有这种耐心，可我发现他喜欢抽烟，这倒是好事，因为吸烟让我更加清醒，正好可以减弱德比在我脑海中留下的毒素。他传给我的这个习惯，居然还有这般好处。

“他们已经准备好，随时等待您的调遣。”我吞云吐雾的时候，坎宁安蹲在椅子旁边说。他脸上有种讨好的笑，对此我毫无头绪。

“谁准备好了？”我望向他。

笑容消失了，露出一脸的尴尬，他晃晃悠悠地站起身来。

“对不起，德比先生，我认错人了。”他赶快说。

“坎宁安，我在别人体内。是我，艾登。我还是不知道你在说些什么。”

“你让我集合一些人。”他说。

“没有，我没有说过。”

我们面面相觑，坎宁安皱着眉，我也是困惑不解。

“对不起，他说你会明白的。”坎宁安说。

“谁说的？”

一个声音又把我的注意力引到门厅，我转过头去，看见伊芙琳迅速跑过大理石地面，双手捂脸啜泣。

“拿着这个，我得走了。”坎宁安说着，把一张纸塞到我手里，上面写着“他们都是”。

“等等！我不明白这是什么意思。”我在身后喊他，可为时已晚，他已经走开。

我本来想跟上去，但是迈克尔正追着伊芙琳来到门厅，这是我待在这里的原因。我在贝尔体内遇到的伊芙琳勇敢善良，然而在这缺失的几个小时里，她竟然走向了毁灭，在水池边结束了自己的生命。

“伊芙琳，伊芙琳，别走，告诉我怎么做。”迈克尔抓住了伊芙琳的手臂。

她摇摇头，烛光下泪光闪闪，与她头发里的钻石交相辉映。

“我就是……”她哽咽了，“我需要……”

她摇摇头，甩掉迈克尔的手，迅速从我身边跑过，冲向自己的卧室。她摸出钥匙开了锁，摔门而入。迈克尔消沉地看着她跑走，恰好玛德琳在往餐厅送酒，他就从托盘上面抓起一杯波特酒。

他将酒一口咽下，脸颊绯红。

他从女仆手里接过托盘，示意她去伊芙琳的卧室瞧瞧。

“别管这个了，去照顾你的女主人吧。”他差遣玛德琳。

他这样做很潇洒，接下来可犯了愁，该怎么处理这个放着三十杯雪利酒、波特酒和白兰地的托盘呢？

从我的座位上，可以看见玛德琳在敲伊芙琳的房门，可是小姐始终不应门，女仆越来越不安，最后只好返回门厅。迈克尔还在到处找能放托盘的地方。

“恐怕小姐她……”玛德琳做了个绝望的手势。

“没关系，玛德琳，”迈克尔不无疲倦地说，“这一天谁都不好过。你何不让她先一个人待会儿呢？我想她需要你时，会再来叫你。”

玛德琳踌躇着，她回头望望伊芙琳的卧室，但是短暂犹豫后，就按迈克尔说的去做了，顺着仆人的楼梯下到厨房去。

他摇摇摆摆地端着托盘想找个地方放下，这时看见我正在注视他。

“我看上去绝对像个傻瓜。”他说着，脸红了。

“更像个不太能干的仆人。”我坦率地说，“是晚宴出了什么岔子吗？”

“是和雷文古的事。”他把托盘搁在旁边椅子的把手上歇一歇，“你还有烟吗？”

我在一片烟雾缭绕中递给他一支，点好。“她真的非要嫁给雷文古吗？”我问。

“我们快破产了，老兄。”他叹了口气，又猛吸了一口烟，“爸爸买下的矿都是空的，他买的种植园也都完蛋了。不出一两年，我们便会家财散尽。”

“我觉得伊芙琳和你爸妈关系不怎么样啊，她为什么同意这个婚约？”

“为了我，”他说着，摇摇头，“我父母威胁她，如果她不同意，就和我断绝关系。整件事情我内疚得不行。”

“应该还有别的办法。”

“只有几个银行还认爸爸的贵族头衔，可是也已经借不出来什么了。如果我们拿不到这笔钱，那么……说实话，后果不堪设想，一定会贫困潦倒，我真的害怕那一天的到来。”

“大多数人都会怕。”我说。

“好吧，至少他们还有工作。”他说着往大理石地面上弹了下烟灰，“你脑袋上怎么缠着绷带？”

我下意识去摸，忘了那里还有伤。

“我惹怒了斯坦文，”我说，“我听见他和伊芙琳吵架，提到一个叫费利西蒂·马多克的人，我想去帮帮伊芙琳。”

“费利西蒂？”从他的表情看，他认识这个人。

“你认识这人？”

他停了一下，猛吸了一口烟，最后缓缓吐出。

“我姐姐的老朋友，”他说，“不明白为什么他们的争吵会牵扯到她，伊芙琳有好多年没和她见面了。”

“她就在布莱克希思，”我说，“她给伊芙琳在井边留了张字条。”

“你确定吗？”他半信半疑，“客人名单里没有她啊，伊芙琳没有和我提起她。”

门口的声音打断了我们的谈话，迪基医生匆匆向我跑来。他把一只手搭在我的肩膀上，凑近我耳边。

“你妈妈的事，”他低声说，“你需要跟我来。”

无论发生了什么，他都难以掩饰对我的憎恶。

我和迈克尔打了招呼，跟在医生后面一路小跑，我越来越害怕，最后他把我带进了米莉森特的卧室。

窗户开着，阵阵冷风抽打着照亮房间的蜡烛。过了好几秒，我才适应这种昏暗，看见了她。米莉森特侧卧在床上，双眼紧闭，胸口已不再起伏，仿佛只是钻进被子里歇息片刻。她已经穿上晚宴的礼服，灰色头发已经梳直扎好，不像往常那样乱糟糟地散在脸庞两边。

“很抱歉，乔纳森，我知道你们感情有多好。”他说。

悲痛挤压着我，无论如何告诉自己这个女人不是我母亲，但我还是没法摆脱这种悲伤。

眼泪无声地涌出来。我浑身颤抖地坐在她床边的木头椅子上。我握住她的手，上面仍余留着体温。

“是心脏病，”迪基医生痛苦地说，“这种病随时可能发作。”

他站在床的另一侧，脸上的悲痛和我一样真切。他拭去眼泪，关上窗户，把冷风关在外面。蜡烛的火苗直立起来，房间里的光又变成了温暖金黄的一片。

“我能事先提醒她吗？”我想着明天可以做出调整。

他一时有些困惑，显然把这话当成我悲伤时的呓语。他温柔地回答我：“不，你没法事先提醒她。”

“可如果……”

“乔纳森，这是她的宿命。”他轻声说。

我点点头，只能接受。他又待了一会儿，所说的话我根本没有听进去，我麻木到仿佛失去了知觉。那悲痛像是无底的深井，我只能跳进去，一直落到井底。可我越往下坠落，越意识到我并非单单在为米莉森特·德比哭泣。那下面还有些情绪，比宿主的悲伤更为深沉，那是属于艾登·毕肖普的情感。悲伤和愤怒撞击着我的心房。德比的悲痛触发了艾登的深沉情感，然而我难以将这情感拽出黑暗。

就将它葬于此处。

“是什么？”

是你的一部分，让它安息吧。

敲门声打断了我的思绪，我看看表，才发现已经过了一个小时。医生已不知去向。他肯定悄悄离开了，我都没有注意到。

伊芙琳探头进来。她的脸色苍白，双颊因为寒冷而冻得通红。她还穿着蓝色的舞会长裙，上次看到她时，裙子上还没有那么多褶皱。她的小王冠就塞在大衣的口袋里，隐约可见露出的部分，靴子在地板上留下了泥土和树叶的痕迹。她应该刚和贝尔从墓园回来。

“伊芙琳……”

我试着说些什么，却因为悲痛而哽咽。

伊芙琳推断了一下前后发生的事情，然后进了房间，冲我咂了咂嘴，径直去取边柜上的威士忌。我刚把酒杯举到唇边，她用手一推，让我将酒一口饮尽。

我把酒杯推开，干呕了几声，威士忌顺着下巴淌下。

“你干吗呀……”

“哦，你现在这个样子可帮不了我。”她说。

“帮你？”

她打量着我，思前想后。

她递给我一条手帕。

“擦擦下巴，你看上去糟透了，”她说，“我觉得悲伤不太配你那张自大的脸。”

“你怎么……”

“说来话长，”她说，“恐怕我们的时间不多了。”

我木然地坐着，努力想要搞明白这一切，真希望可以有个雷文古那样聪明的脑袋。发生了这么多事情，可我压根连不起来，根本就是雾里看花。此刻伊芙琳出现在这里，她拉过被单盖住了米莉森特的脸，老人的面庞如夏日般宁静，我悲伤得难以自抑。

显然，伊芙琳在晚餐时因为婚约而发火，只不过是做戏给别人看，此时她脸上已然窥不见丝毫的伤感。她眼神清澈，语调理智。

“这样看，我不是今晚唯一一个死掉的人。”她抚摩着老太太的头发，“可怜的人。”

我大惊失色，酒杯从手中掉落。

“你知道……”

“那个水池，是的。奇怪的事情，不是吗？”

她有些恍惚，仿佛在描述那些听到过却记不清楚的事。要不是语调有些生硬，我怀疑她早已有所准备。

“看上去，你对这些消息并不感到意外。”我小心翼翼地说。

“你应该见识一下我今天早上的样子，我太生气了，把墙踢出了好多洞来。”

伊芙琳用手抚摩着梳妆台的边缘，她打开了米莉森特的珠宝盒，摸着一支发梳，发梳手柄上装饰着珍珠。幸好她的动作不失敬重，要不我会觉得她在觊觎这些珠宝。

“谁想要你死，伊芙琳？”我问道，她的把玩动作让我有些不安。

“我不知道，”她说，“我醒来时，发现有人从门缝里塞进来一封信，里面详细地告诉我接下来怎么做。”

“但你不知道是谁发出的信？”

“拉什顿警官好像知道，但是不肯说。”

“拉什顿？”

“不是你的朋友吗？他和我说你在帮助他调查。”她话里话外满是疑虑和憎恶，可我太想知道详情，就没有在意。难道这位拉什顿也是我的宿主吗？甚至也可能是他让坎宁安送来那张写着“他们都是”的字条，并让他把人召集起来。不管是哪种情况，他似乎都将我纳入他的部署了。到底该不该信任他，这另当别论。

“拉什顿是在哪里见到你的？”我问她。

“德比先生，”她坚定地说，“我也想坐下来，逐一回答你的问题，可我们真的没有时间了。十分钟后，我就得出现在水池旁，还不能迟到。实际上，我来这里，就是想要你从医生那里拿到银色手枪。”

“你不是真想用枪自杀吧？”我惊恐地从座位上跳了起来。

“我明白，你的朋友们快要找到杀死我的凶手了，他们只需要多些时间。如果我不去，凶手就会知道事情有变，我可不能那样冒险。”

我离她只有两步远，我的脉搏跳得很快。

“你是说他们找出了隐藏在后面的罪魁祸首？”我激动地说，“他们告诉你凶手是谁了吗？”

伊芙琳把项链上米莉森特·德比的画像拿到烛光下端详，那是蓝色蕾丝衬托的一张象牙白面庞。她的手在颤抖，我第一次看到伊芙琳害怕。

“他们没告诉我，但我希望他们很快就能找到。我相信你的朋友们可以救我，赶在我被迫做那件事之前……那件最后的事。”

“最后的事？”我问。

“字条上的指示很具体，我必须在晚上十一点之前在水池旁自杀，否则我深爱的一个人就会替我死去。”

“费利西蒂吗？”我问她，“我知道你在井边找到了一张她写的字条，你还求她帮你妈妈。迈克尔说她是个老朋友，她也处境危险吗？有人在胁迫她吗？”

这也解释了我为什么一直找不到她。

珠宝盒咔嗒一声合上了。伊芙琳扭过脸来看我，手还放在梳妆台上。

“我不想让你觉得我急不可耐，可你似乎要去守住什么地方吧？”她说，“他们要我提醒你留意那块石头。听得明白吗？”

我点点头，记起今天午后安娜拜托我的事情。在伊芙琳自杀的时候，我要站在那块石头旁边，不能动。她说，一寸也不能动。

“那样的话，我的任务就完成了。我得走了，”伊芙琳问，“那把银色手枪在哪里？”

即使是在伊芙琳的小手上，这枪看上去也没什么分量，装饰性大于杀伤力，用它自杀实在有些尴尬。我想，重点是不是就在于人们更在意她自杀的工具，而非自杀的方式？伊芙琳并不只是被杀害，而是置身于尴尬的境地，任人摆布。

她别无选择。

“这样的死法还算优雅。”伊芙琳盯着这支手枪，“请不要迟到，德比先生，我想我的生死就寄托在你的身上。”

她又瞥了一眼珠宝盒，然后扬长而去。

三十一

我在寒冷中抱紧自己，站在安娜精心放置的石头旁边，不敢动一步，左边很近的地方就是个火盆。我不知道为什么要这么做，可如果能帮助解救伊芙琳，哪怕冻成冰块，我也愿意站在这里。

我往树林那边瞄了一眼，看见瘟疫医生就站在他原来的位置，在阴影中若隐若现。透过雷文古的视角观察这个时刻时，我以为瘟疫医生在看向水池，其实并非如此，他看向了右边。他脑袋的位置表明他正同某人讲话，尽管我离得太远看不见是谁。无论如何，这也令人振奋。伊芙琳说在我的几个宿主中找到了盟友，肯定有人正潜伏在那灌木丛里，想要助她一臂之力。

晚上十一点整，伊芙琳来到水池边，手无力地拿着银色手枪。她从阴影中走向火光照到的地方，顺着火盆走来，蓝色的舞会长裙在草地上拖曳着。我想要从她手里将枪夺走，但是在我看不见的某处，一只看不见的手正操纵着这一切，我完全摸不着头绪的一切。我敢肯定随时都会有人大喊出来，我未来的某位宿主将会冲过去，告诉伊芙琳一切结束了，凶手已经落网。她会扔下枪，哭着感谢他，丹尼尔会说出他的计划，我和安娜都可以逃脱。

这一切开始以来，我第一次感觉自己被纳入一个宏伟的计划。

在这想法的激励下，我一动不动地守着这块石头。

伊芙琳在水边停下了，向树林里张望。有那么一刻，我以为她会发现瘟疫医生，但她很快就收回了眼神，没有看见瘟疫医生。伊芙琳摇摇晃晃的，仿佛是随着音乐在微微摆动，那音乐只有她一个人能听见。火盆中的火苗映在她的钻石项链上，仿佛胸前倾泻而下液态的岩浆。她在颤抖，脸上写满了绝望。

有点不对劲。

我回头望向舞厅，看到雷文古站在玻璃门前，正满怀希望地盯着他的朋友。话在他的唇边没来得及出口，但是一切太晚了，已经于事无补。

“上帝救救我。”伊芙琳向着长夜低语着。

泪水顺着脸颊淌下，她用枪指着肚子，扣动了扳机。

枪声很大，打碎了整个世界，也淹没了我痛苦的尖叫声。

舞厅里，人们都屏住了呼吸。

惊讶的面孔转向了水池，人们的眼睛都在搜索伊芙琳。她手捂着肚子，血从指缝间渗出。她看上去非常困惑，好像有人递给了她不该拥有的东西，还没等弄明白，她就浑身瘫软，倒向池中。

夜空中绽放着焰火，客人们从舞厅玻璃门蜂拥而出，乱成一团。有人正跑向我，他们的脚步重重地落在地上。我扭头时，他们正好扑过来，我被扑倒后趴在地上。

他们争先恐后地爬起来，有人用手指划伤了我的脸，还有人用膝盖撞了我的肚子。德比张牙舞爪地想要挣脱出来，最终战胜了我的理智。我愤怒地咆哮，开始猛击黑暗中的人们，甚至在他们想要挣扎逃跑之时仍扯着他们的衣服。

我失意地号叫，被人拉开。我的对手也被架走，我们俩都被仆人紧紧地抓住了。灯光洒在我们身上，原来是愤怒的迈克尔·哈德卡斯尔，他正绝望地要挣脱出去，坎宁安用强壮的胳膊按住了他，不让他扑向伊芙琳的遗体。

我惊讶地盯着他。

一切都变了。

这个念头让我不再挣扎，我盯着水池，瘫软的身体倒在仆人的臂膀里。

接着我目睹了和雷文古看到的不同的场景，迈克尔紧紧地抓着自己的姐姐，却没法把她拽上来。一个穿着深色大衣的高个子把伊芙琳拖出水面，并用迪基医生的夹克盖在她被鲜血染红的身体上。

仆人放开我，我跪了下去，恰好看见啜泣的迈克尔·哈德卡斯尔被坎宁安带走了。我决心将这奇特的场景记在心里，就四处查看。水池旁，迪基医生跪在伊芙琳的遗体旁边，和一些管事的人商量着什么。雷文古撤回到舞厅里，将手杖扔在一旁，瘫坐到沙发里，陷入沉思中。一些喝醉的客人正在责骂乐队的乐师，这些客人不知道外面发生了这么可怕的事情，还想让乐队继续演奏。仆人们则站在一旁，纷纷凑过来看夹克下面盖着的尸体。

天知道我在黑暗中坐了多久，就只看着这一切进行着。我又待了很久很久，直到穿深色大衣的男人引导着人们回到房子里面，又看到伊芙琳的尸身被运走。最后我的身体慢慢变冷，直至快要冻僵。

我待了这么久，为的是让侍从找到我。

他从房子那边拐过来，腰上系着一个口袋，手上滴着血。他掏出刀，在火盆边上前后移动刀子。我不知道他是在磨刀，还是将刀烤热，可我觉得这无关紧要。他想让我看见这个场景，想用金属摩擦的声音令我不安。

他看着我，等着我的反应。而我看着他，纳闷人们怎么会把他当作仆人。他虽然穿着侍从的红白制服，却没有仆人特有的卑躬屈膝的样子。他又高又瘦，行动有些迟缓，暗黄色的头发，泪滴状的脸，黑色眼睛中有一丝假笑，虽有几分魅力，却不乏空洞虚伪。哦，还有那个被打断的鼻子。

那鼻子发紫肿胀，使他五官变形。在火光下，他好似扮作人形的兽类，扔掉了人的面具。

侍从拿起刀来验收自己的成果，很满意，他用刀把腰间系的口袋割下来，扔到我的脚下。

这口袋砸到地上发出砰的一声，袋口用细绳扎着，鲜血浸透了袋子。他想让我打开袋子，可我没打算如他的愿。

我站起身来，脱掉夹克，松开领结。

在脑海里，我能听到安娜冲我大喊，让我逃走。她是对的，我应该害怕，如果在其他宿主体内，我一定会害怕。显然这是个陷阱，但我已经厌倦了惧怕这个人。

该到决战之时了，多希望我相信自己能赢。

我们注视彼此良久，风卷雨落。意料之外的是，挑衅的侍从转过身，飞奔进阴暗的树林。

我像个疯子似的大喊大叫，追赶着他。

我在林中穿过的时候，看到周围的树木挤在一起，枝条扫过我的脸，树叶越来越繁茂。

我的腿很累，可仍然马不停蹄地奔跑，直到感觉他声息全无。

我刹住脚，站在那里一阵眩晕，喘着粗气。

很快，他抓住我，堵住我的嘴，让我喊不出来。他用刀捅进我的肋骨，撕裂了我的胸腔，血涌向我的喉咙。我的膝盖瘫软，但是他强壮的胳膊箍住我，不让我倒下。他的呼吸很浅，但很急促。这不是疲惫的声音，而是兴奋和期待的声音。

一根火柴划亮，我面前跳动着一点光亮。

他在我正前面跪下，用冷酷的黑眼睛看着我。

“勇敢的兔子。”他说着，划开了我的喉咙。

三十二

第六天

“醒醒！醒醒！艾登！”

有人在敲门。

“你得起来，艾登。艾登！”

我从疲倦中挣扎起来，眨眼看看周围的环境。我坐在椅子上，黏糊糊的一身汗，衣服紧紧地贴在身上。现在是夜里，旁边桌子上的蜡烛已经熄灭。我的腿上盖着方格呢毯子，一本破旧卷角的书上搁着一双老人的手。褶皱的皮肤上青筋暴起，上面纵横交错着干墨水渍和老人斑，苍老的手指已经僵硬弯曲。

“艾登，快点！”走廊里传来声音。

我从椅子上起来，走到门口，苍老令我浑身疼痛，好像成群的黄蜂被惊扰飞起。门的合页松了，打开时门底边角摩擦着地板。门外站着格里高利·戈尔德，他正倚靠在门框上，和他攻击管家时一个样子。只是现在他的外套被撕破了，上面结了一块块泥巴，他呼吸急促。

戈尔德手里抓着我给安娜的那个棋子，又在喊我的真名，这足以让我相信他是我的另一个宿主。通常我盼望与宿主见面，可他现在的情况如此可怕，焦虑不安，头发凌乱，简直像从地狱走过一遭一样。

一看到我，戈尔德就抓住我的肩膀，深色的眼睛里布满血丝，惊恐地东张西望。

“别从马车里出来，”他说，唇边都是唾沫，“无论你去哪里，都别从车里出来。”

他的恐惧像传染病，蔓延到了我身上。

“你怎么了？”我声音颤抖着问他。

“他……他一直不停……”

“不停干吗？”我问他。

戈尔德摇摇头，捣着自己的太阳穴。泪水从他脸颊上淌下来，我不知道如何来安慰他。

“戈尔德，不停干吗？”我又问了一遍。

“用刀伤人。”他拉起袖子给我看下面的刀伤。这看上去像是第一天早上贝尔醒来时身上的伤痕。

“你不愿意，你不会，可你得放弃她，你要告诉——告诉他们一切，但你不愿意，可你得说……”他喋喋不休，“她们有两个，两个。她们看上去一模一样，但是有两个。”

我现在明白了，他疯了，这个人已然没有残留一丝理智。我伸出一只手，想把他拽进房间，但是他惊慌失措，向后退去，撞到后面的墙上，还在喃喃自语。

“别从马车里出来。”他发出嘘声，然后跑到了走廊深处。

我跟着他追出门外，但是走廊里太黑了，我什么也看不到。等我回屋取蜡烛再出来时，走廊里已经空无一人。

三十三

第二天（继续）

我又回到了管家的体内，还很疼，昏昏沉沉，镇静药效还没有退去。

好像回家的感觉，我将醒未醒，又陷入了梦乡。

天已经黑了。一个男人在狭小的房间里走来走去，手里拿着一把枪。

这不是瘟疫医生，也不是戈尔德。

他听见我的动静就转过身来。他在阴影里，我看不清他是谁。

我张开嘴，却说不出一句话。

我闭上眼，又睡了过去。

三十四

第六天（继续）

“父亲。”

我惊讶地发现眼前出现了一个年轻人，他的脸上长着雀斑，红色的头发，蓝色的眼睛。我又回到了老人的身体里，坐在椅子上，腿上盖着一块方格呢毯子。这个男孩子正弯腰前倾，手背在后面，仿佛这双手不受他待见。

看到我阴沉着脸，他向后退了一步。

“您让我九点一刻喊您。”他略带歉意地说。

他身上有股苏格兰威士忌酒味，有些烟味，还夹杂着恐惧感。这些在他身体里泛起，使他的眼白有些发黄。那双眼睛机警谨慎，他像只被猎捕后等待宰割的动物。

窗外有亮光，房间里的蜡烛早就熄灭了，炉火也已经灭掉。我还隐约记得回到了管家的身体里，这说明戈尔德来访后我又睡着了。看到戈尔德忍受着痛苦，我十分惧怕，更害怕它会在不久后降临到自己身上，这样的恐惧使我想起了早些时候。

别从马车里出来。

这是警告，也是请求。他想让我改变那一天，那既令人兴奋，又令人不安。我知道那是可以做到的，我见识过。可是如果我够聪明能逆转发生的事，那侍从也能。就我所知，我们正在原地打转，互相破坏彼此的计谋。这已不再是能不能找到正确答案的问题，而是能否坚持住，好把这答案交给瘟疫医生。

我必须尽早和那位画家谈一谈。

我在椅子上动了动，将呢毯子拽到一边，那孩子略微退缩。他身子一僵，偷偷看着我，观察我有没有注意到。可怜的孩子，他身上已经没有半分胆气，活像个懦夫。我也实在没法认同这位宿主，他厌恶自己的儿子。这孩子的温顺令他怒不可遏，沉默被他当作一种冒犯。这孩子是个废物，一个不可饶恕的废物。

我唯一的儿子啊！

我摇摇头，努力让自己从老人的遗憾中摆脱出来。贝尔、雷文古和德比的记忆变得模糊不清，我现在的生活又杂乱无章，一地碎片，让我走得磕磕绊绊。

盖着的毯子暗示这是个虚弱的身体，可我还是站了起来，体面地站直，只不过身体有些僵硬罢了。儿子退到房间一角，隐没到黑暗中。尽管前面要走的路没多远，可对这个宿主来说还是非常困难，一半的距离他都觉得太远。我去找眼镜，知道那也没什么用。上了年纪除了让身体变得衰弱，意志也随之衰弱。没有眼镜，没有拐杖，没有任何辅助。无论上苍给了我什么样的负累，都要自己去承受，独自一人去面对。

我能感到儿子在揣摩我的心情，观察我的表情，像是在根据云层观测是否有暴风雨。

“赶紧说。”我粗声粗气地说，他的沉默寡言让我焦躁不安。

“今天下午的打猎，我不想去了。”他说。

这话抛在我跟前，像两只死兔子扔到饿狼面前。

即使这么简单的要求，也让我恼火。什么样的年轻人不想去打猎？什么样的年轻人会在世界的边缘爬行、匍匐、蹑手蹑脚？他不应该站在世界之巅将一切踩在脚下吗？我本想要拒绝他，想让他为自己的冒失吃点苦头，但还是克制住了。不在一起相处，我们会更快乐。

“好吧。”我摆摆手，让他退下。

“父亲，谢谢您。”他急忙退下，生怕我改了主意。他走后，我的呼吸更加顺畅了，也不再紧握双拳。愤怒不再箍住我的胸口，我便能自在地研究一下这个房间，了解了解这位宿主。

床头柜上放了三摞书，书里密密麻麻地写满了法律条文。邀请我来参加舞会的请柬被用作书签，请柬抬头是爱德华·丹斯和丽贝卡·丹斯夫妇，单是这名字就让我崩溃。我记得丽贝卡的脸庞、她的气味，还有在她身边的感觉。我的手指摩挲着脖颈上的盒式吊坠，那里面装的就是她的画像。丹斯的悲伤是平静的痛楚，是细水长流的心伤。这是他给自己留下的奢侈记忆，是他唯一的情感寄托。

我拂去悲伤，用手指敲击着请柬。

“丹斯。”我低语着。

对这样一个无趣的人而言，这实在是个特别的名字。

敲门声打破了平静，门把手转动，几秒钟后门开了。一个高大的家伙蹒跚地走进来，他抓了抓头上的银色白发，头皮屑落得四处都是。他红色的眼睛里布满血丝，胡须全白，身上是件皱皱巴巴的蓝色西装。他不过是为了舒服而不拘小节，要不是考虑到这一点，他的样子还真有些吓人呢。

他抓头发的手停了下来，迷惑不解地望着我。

“爱德华，这是你的房间吗？”陌生人问。

“哦，我醒来就在这里。”我谨慎地说。

“啊，我记不得他们把我架到哪里去了。”

“你昨晚在哪里睡的？”

“阳光房。”他说着，挠了挠腋下，“赫林顿和我打赌，说我一刻钟之内喝不完一瓶波特酒。昨晚后面的事情我就记不得了，今天早上那个浑蛋戈尔德把我叫醒，他在那里胡言乱语、吵吵嚷嚷，就像个疯子。”

戈尔德这个名字，让我想起昨晚他那些不着边际的警告，还有他胳膊上的那些伤口。“别从马车里出来。”他说。这是说我要离开这里吗？或者说要去旅行吗？我已经知道没法到镇上去，所以那似乎是不可能的。

“戈尔德说了些什么？”我问他，“你知道他去哪儿了吗？或者你知道他有什么计划吗？”

“丹斯，我没停下来和他喝酒。”他轻描淡写地说，“我打量了一下他，让他明白我肯定会留意他的。”他环视四周，“我有没有在这里落下一瓶酒？我需要喝点什么，压一下这讨厌的头疼。”

我还没来得及回答，他就开始翻抽屉，还没关上抽屉，就又去衣柜里翻找。他拍完里面衣服的口袋，就转过身来环视房间，仿佛听到了树丛里的狮吼。

又有人敲门，又是一张新面孔。原来是克利福德·赫林顿中校，晚餐时坐在雷文古旁边的那个乏味的前海军军官。

“你们俩，快来，”他说着，看看表，“老哈德卡斯尔在等我们。”

幸好没喝烈性酒，他现在后背挺直，一副很权威的样子。

“他找我们去干吗？”我问。

“不知道，到那里后，我想他会告诉我们的。”他轻快地说。

“我需要随身带点苏格兰威士忌。”我的同伴说。

“萨克利夫，门房那里肯定有存货。”赫林顿毫不掩饰他的不耐烦，“而且，你知道哈德卡斯尔那个人，最近他可是很严肃，我们和他在一起时最好别醉醺醺的。”

单提到哈德卡斯尔勋爵的名字，我和丹斯就够恼火的，在这一点上我们俩很像。这位宿主来布莱克希思不过是尽义务，短短住上几晚，了结与这家人的生意罢了。我反倒是急于问问这位勋爵大人，女主人怎么总是不见踪影。我本人很想去见面，丹斯却十分不安，像是砂纸磨在皮肤上一样抵触。

无论如何，我有点生自己的气。

心急的海军中校又催促了一次，踉踉跄跄的萨克利夫伸出一只手，请求再宽限一分钟，然后他又去架子上疯狂翻找。他在空气中闻了闻，摇摇晃晃地走到床头，抬起床垫，将一瓶苏格兰威士忌拿了出来。

“前面走，赫林顿，老伙计。”他大模大样地说着，拧开瓶盖，猛灌了一口。

赫林顿摇摇头，示意我们到走廊去，萨克利夫开始扯着嗓子讲一个无聊的笑话。他的朋友想让他安静下来，但无济于事。两个人都爱插科打诨，爱讲粗俗的笑话，他们一路兴高采烈、沾沾自喜，这真让我恨得牙根痒痒。我的这位宿主没有时间吃喝玩乐，所以乐于大步走在前面，但又不愿意独自穿过这走廊。折中考虑后，我落后两步跟着，远到不必加入他们的谈话，又近到能震慑住潜伏在附近的侍从。

我们在楼梯下面遇到了克里斯托弗·佩蒂格鲁先生，就是晚宴上和丹尼尔一直说话的那个圆滑的人。他很瘦，总是皮笑肉不笑，深色的头发梳到了一侧。和我印象中一样，佩蒂格鲁有点弯腰驼背，有点狡猾，眼神会先扫过我的口袋再聚焦到脸上。两宿之前，我还在想他会不会是我未来的宿主，要真是那样的话，我倒愿意接受这个邪恶的皮囊，反正他嗜酒，乐于和朋友推杯换盏。我自己倒没这个爱好，也不必拒绝。显然，爱德华·丹斯与这群乌合之众格格不入，这让我很庆幸。这群稀奇古怪的人，当然可以交朋友，但也仅限于被困在这个孤岛上，没有其他更好的选择。谢天谢地，我们离大宅越来越远，他们的亢奋也随之渐渐消失，狂暴的风雨让他们没法大笑，手冷得很，他们只好把酒瓶放到了温暖的口袋里。

“今天早上有人冲雷文古那只狮子狗大喊大叫了？”油头粉面的佩蒂格鲁说，他裹着围巾，只露出一双狡诈的眼睛，“他叫什么名字？”

他试着在记忆里搜索。

“查尔斯·坎宁安。”我冷淡地说，心不在焉地听着。我们在路上继续往前走，我绝对看到有人躲在林中暗处。只是一晃而过，但足够了，他们应该是穿了侍从的制服。我用手摸着自己的脖子，有那么一瞬间，我感受到了他手里的刀刃。

我颤抖着瞥了眼树林，想让丹斯那双可怕的眼睛再捕捉些有用信息。然而即使真是侍从这个敌人，他也已踪影全无。

“就是那个人，可恶的查尔斯·坎宁安。”佩蒂格鲁说。

“坎宁安是不是在打听托马斯·哈德卡斯尔的谋杀案？”赫林顿说，他的脸坚定地向着风，无疑这是海军生活留下的一个习惯，“我听说他今天早上一直在斯坦文那里，先给他这条狗套上了项圈。”

“这家伙太猖狂了。”佩蒂格鲁说，“你呢，丹斯，他有没有来你这里打探过？”

“没到过我这里。”我的眼睛还盯着树林。我们离我发现侍从的地方很近了，现在看到的是钉在树上的红色标记。我在脑海中勾勒出那个林中怪兽的样子。

“坎宁安想要什么？”我说完，将注意力勉强收回到同伴这里。

“不是他，”佩蒂格鲁说，“他只是代表雷文古来问讯，似乎那个又肥又老的银行家对托马斯·哈德卡斯尔的谋杀案产生了兴趣。”

这让我惊住了。当我在雷文古体内时，并没有让坎宁安去打听托马斯·哈德卡斯尔的谋杀案。无论坎宁安在干什么，他都是打着雷文古的旗号去谋私利。也许这就是他极力阻止我披露的秘密——藏书室椅垫下面信封里的秘密。

“什么样的问题？”我第一次对他们的话产生了兴趣。

“总在问我第二个凶手的事，斯坦文说那个凶手逃跑之前，他截下了凶手的枪，”赫林顿把随身酒壶放到唇边，“他想知道有没有传言提到他们的身份，或是长相。”

“有吗？”我问。

“什么也没听到过，”赫林顿说，“就算听到过也不会告诉他，我刻薄地说了几句，把他气走了。”

“我不觉得奇怪，肯定是塞西尔让坎宁安来查的，”萨克利夫抓抓胡子，补充道，“他和那些女佣、花匠蛇鼠一窝，在布莱克希思顺走了不少东西，他们可比我们了解这个地方。”

“怎么回事？”我问。

“谋杀案发生时，坎宁安就住在这里，”萨克利夫扭头看向我，“那时他不过是个小男孩，当然比伊芙琳大一点，这我记得。有传言说他是皮特的私生子，海伦娜把这个孩子交给厨娘养大，大体是这样的。一直不明白她在惩罚谁。”

他深思熟虑地说着，这么个邋遢的糙汉子嘴里蹦出这样的话来着实奇怪。“那个厨娘也是个可怜人，她丈夫在打仗时死掉了。”他想了想说，“哈德卡斯尔家支付了这个男孩的学费，在成年后给他谋了份差事，让他侍奉雷文古。”

“雷文古干吗要去查一桩十九年前的谋杀案？”佩蒂格鲁问。

“背景调查罢了，”赫林顿脱口而出，他绕过一堆马粪，“雷文古买了哈德卡斯尔小姐，他得确认她的底细。”

他们很快关注起鸡毛蒜皮的小事，可我还想着坎宁安。昨天，他把一张写着“他们都是”的字条塞到德比手里，告诉我他代表我未来的宿主将客人们集结起来。这意味着我可以信任他，而他在布莱克希思显然有别的计划。我知道他是皮特·哈德卡斯尔的私生子，而他去问的也是他同父异母兄弟的事情。这两个事实之间就是他极力要掩盖的秘密，他甚至愿意为此受到勒索。

我紧咬牙关。居然能在这个地方找到一个表里如一的人，实在让人耳目一新。

我们顺着鹅卵石小路走向马厩，这条朝南的路好像没有尽头，据说是通往镇上。我们最后来到门房，陆续走进狭窄的走廊。我们一边抱怨外面的鬼天气，一边把大衣挂起来，抖掉衣服上的雨水。

“老伙计们，来这里。”我们右边的门里传来招呼声。

循着声音我们来到一个起居室，这里十分昏暗，只有炉火发出的光。皮特·哈德卡斯尔勋爵正坐在窗户旁边的扶手椅上。他跷着二郎腿，腿上摊着一本书。他比画像上看着要老一些，可还是胸膛宽阔、健康矍铄，浓重的眉毛呈“V”字形，下面是长长的鼻子，嘴角向下，有些闷闷不乐的样子。他身上隐隐显出当年的潇洒英姿，可往日的辉煌如今几乎消失殆尽。

“我们干吗要大老远跑到这里见面？”佩蒂格鲁有些暴躁地问，他一屁股坐到椅子里，“你有个那么好的——”他冲布莱克希思的方向挥挥手，“哦，你在路那头有个那么好的大宅子。”

“当我还是个小孩时，那个该死的宅子就给这个家族带来了诅咒。”皮特·哈德卡斯尔说着倒了五杯酒，“不到万不得已，我都不愿意进去。”

“也许你早该想到这个，就不该举办这么一个超级没劲的舞会。”佩蒂格鲁说，“你真的想在你儿子的忌日宣布伊芙琳订婚吗？”

“你觉得这会是我的主意吗？”哈德卡斯尔问，他把瓶子重重地放下，对佩蒂格鲁怒目而视，“你以为我愿意来这里？”

“别急，皮特，”萨克利夫蹒跚着走过来，安抚着皮特，笨拙地拍拍这位老朋友的肩膀，“克里斯托弗脾气不好，因为他是克里斯托弗嘛。”

“当然，”哈德卡斯尔脸颊绯红，表示理解，“只是——海伦娜举止古怪，现在又要开舞会。真让人受不了。”

他又转过去倒酒，接下来是一阵尴尬的沉默，只听到雨点砸在窗户上的声音。

就我个人而言，我喜欢这种安静，也觉得在椅子上待着很好。

我的同伴们走过来时健步如飞，又累人，又无聊。我早已经上气不接下气，但出于骄傲还得掩饰，不能让别人注意到。我不想开口，暗暗打量着这个房间，发现这里没什么值得探查的。房间又长又窄，家具都靠墙堆着，好像河边的残骸。地毯磨损得厉害，墙纸花里胡哨。空气中弥漫着一种岁月的气息，仿佛最后一位主人就是坐在这里化为历史的尘埃的。这里虽然比斯坦文隐居的大宅东翼要舒服，但是在这里看到宅邸的勋爵大人还是略感怪异。

哈德卡斯尔勋爵在女儿的谋杀案里扮演了什么角色，这我无从问起；但选择住在这里，说明他想远离人们的视线。问题是他悄无声息地在做什么呢？

酒就放在我们前面，哈德卡斯尔又坐回之前的椅子里。他的两只手掌搓着玻璃杯，整理着自己的思绪。他的举止中有种窘迫却很亲切的感觉，立即让我想起迈克尔来。

我左边的萨克利夫已经喝了不少的威士忌和苏打水，他从口袋里掏出一份文件递给我，示意我传给哈德卡斯尔。那是一份丹斯、佩蒂格鲁和萨克利夫联合律所起草的一份结婚合同。很明显，我自己、做作的菲利普·萨克利夫和油滑的克里斯托弗是商业合伙人。即便如此，我也肯定哈德卡斯尔让我们来这里不是谈伊芙琳的婚礼。他坐立不安、心神不宁，没法谈这事。再说了，如果只是需要律师，为什么要叫来赫林顿。

我的猜想得到了证实，哈德卡斯尔从我手里接过了合同，只是扫了一眼就扔在桌子上。

“丹斯和我亲自办好的，”萨克利夫说道，站起身来又取来一杯酒，“雷文古和伊芙琳只要在合同底下签了字，你就又是有钱人了。签字后，雷文古会付一大笔，婚礼之后还会有一笔。几年之后，他还会从你手上接管布莱克希思。要让我说，这真是场不错的交易。”

“老雷文古在哪里？”佩蒂格鲁朝门口瞟了一眼问道，“他不该来这里签字吗？”

“海伦娜会照顾好他。”哈德卡斯尔边说边从壁炉上方的架子上取下一个木盒，盒子一打开便引来众人幼稚的欢呼声，那里面是几排粗雪茄。我谢绝了，看着哈德卡斯尔一一向大家让烟。他的微笑下面是种令人不快的渴望，这种渴望显示他肯定有求于人。

他是有所求的。

“海伦娜状态如何？”我问他，抿了口饮品，那是水，丹斯甚至不能放纵自己享受酒精的快感，“这一切她肯定难以承受。”

“我倒是希望她没事，是她非要回来的。”哈德卡斯尔哼了一声，自己拿了根雪茄，盖上了盒子，“你知道的，我只想尽力而为支持她，但是见鬼，我们来这里之后，我就没看见她几眼，她什么也不肯说。如果我信神的话，就会觉得她被鬼怪附体了。”

几个老朋友传着火柴，每个人都享受着点燃雪茄的仪式。佩蒂格鲁前后摇摆了几下，赫林顿手法轻柔，萨克利夫加上了转圈的戏剧效果，而哈德卡斯尔只是单纯地点上雪茄，他气哼哼地瞥了我一眼。

我心头闪过几丝情谊，那曾经的强烈感情如今已经成为灰烬。

哈德卡斯尔吐出长长的一口黄烟，坐回到自己的椅子里。

“先生们，今天我请你们来，是因为我们同病相怜，”他说话的语气有些生硬，明显是准备好的，“都受到了泰德·斯坦文的讹诈，但我有办法让大家解脱，如果你们愿意听的话。”

他一一注视每个人，希望得到我们的回馈。

佩蒂格鲁和赫林顿一言不发，而愚蠢的萨克利夫匆匆吞下一大口酒，开始有些语无伦次。

“接着说，皮特。”佩蒂格鲁说。

“我抓住了斯坦文的把柄，我们可以换取自由。”

房间安静极了。佩蒂格鲁坐在椅子边上，差点忘了手里的雪茄。

“那你怎么不赶紧用上呢？”他问道。

“因为事关我们大家。”哈德卡斯尔说。

“因为这计划风险太大吧。”已经面红耳赤的萨克利夫插嘴道，“要是我们当中任何一个和他对着干，你知道会发生什么吗？他会把‘撒手锏’拿出来，我们就都完蛋了，就像可怜的迈尔森那样惨。”

“他会吸干我们的血。”哈德卡斯尔情绪激昂地说。

“他会吸干你的血，皮特。”萨克利夫用粗壮的手指砸着桌子，“你快要从雷文古那里发财了，你不想让斯坦文沾一点光。”

“二十年来，那个魔鬼一直在从我的口袋往外掏钱，”哈德卡斯尔大声说，脸都红了，“我还得忍受他多久呢？”

他把目光转向佩蒂格鲁。

“来吧，克里斯托弗，你肯定愿意听我说。要不是因为斯坦文……”他灰色的脸上布满了窘迫感，“哦，可能伊丽莎白也不会走，如果……”

佩蒂格鲁嘬了口酒，未置可否。我看见他的脖子慢慢染上了红色，他的手指紧紧抓住杯子，指甲下面都抓白了。

哈德卡斯尔很快就把注意力转向我。

“我们可以扯开斯坦文扼住我们咽喉的手，但我们要一起来对抗他。”他说着，一手握拳捣向另一只手掌，“只要表现出我们已经做好准备的样子，齐心协力对抗他，他就会听命于我们。”

萨克利夫喷了一口气：“那是……”

“安静，菲利普。”赫林顿打断了他，这位海军中校一直目不转睛地望着哈德卡斯尔，“你抓住了他的什么把柄？”

哈德卡斯尔冲门口迟疑地瞥了一眼，才压低声音说道：“他在某地藏着一个孩子。”

“他一直把她藏得好好的，担心会被利用而对他不利，但是丹尼尔·柯勒律治说已经知道了她的名字。”

“那个赌徒？”佩蒂格鲁说，“他怎么搅和到这件事里了？”

“老伙伴，这么问可不够谨慎，”哈德卡斯尔晃了晃他手里的酒，“有些人专门在黑道行走，我们没有那个门道。”

“有人说，丹尼尔买通了伦敦一半的仆人，专门搜集他们主人的信息。”赫林顿说罢，撇了撇嘴，“我一点也不奇怪，他会这么对付布莱克希思。斯坦文在这里工作了这么长时间，不可能没有什么秘密。这里面肯定有猫腻，你知道的。”

听他们这么议论丹尼尔，我倒有些兴奋。我早已经知道他会是我最后一位宿主，可他在未来做的一切离得那样遥远，我还不能真切感受到和他的关联。看到我们的调查有了这样的交集，就像看到苦苦追寻的东西出现在地平线上。于是，我们俩之间便有了联结。

哈德卡斯尔站了起来，用炉火烤手。在火光的照耀下可以看出，岁月给予他的馈赠远远不及对他的劫掠。世事无常，好似在他身体上劈了一道裂缝，使他不再坚强稳固，而变得脆弱不堪。这个人被劈成了两半，再拼回去的时候，那两半的接缝已经弯曲。我猜，孩子在中间留下了空洞。

“柯勒律治想从我们这里得到什么好处？”我问。

哈德卡斯尔看我的眼神冷淡而茫然。

“你说什么？”他问。

“你说丹尼尔·柯勒律治手里抓着斯坦文的把柄，那就意味着他对我们有所求，好换取那个把柄。我想这就是你把我们都叫过来的原因吧。”

“没错，是这样，”哈德卡斯尔用手摸着夹克上一颗没系的扣子，“他想让我们帮他个忙。”

“就一个忙吗？”佩蒂格鲁问。

“每人帮他一个忙，只要承诺在他需要的时候，我们还他的人情就行，无论是什么需要。”

大伙交换了一下眼神，每个人都露出了怀疑的神色。我感觉自己像是在敌营里的叛徒。我不能确定丹尼尔在干什么，但显然想让这场谈话对他有利，因为这样就意味着对我有利。无论他想让我们帮什么忙，都有望帮我们以及安娜获救，离开这个鬼地方。

“我入伙，”我大义凛然地说，“斯坦文早该得到报应了。”

“我同意。”佩蒂格鲁用手赶了赶雪茄的烟，“他已经钳制了我太长时间。克利福德，你呢？”

“我同意。”海军中校说。

所有人都一同望向萨克利夫，他正在房间里四处扫视。

“我们在和魔鬼打交道。”这个邋遢的律师终于开了口。

“也许吧。”哈德卡斯尔说，“菲利普，我早已下过地狱，不是所有的地狱都只能逆来顺受。你到底同意不？”

萨克利夫勉强地点点头，眼睛看向自己的酒杯。

“好，”哈德卡斯尔说，“我会和柯勒律治见一面，晚饭前我们去和斯坦文交涉。一切顺利的话，在宣布婚讯时，我们就能搞定这些事。”

“那样也不过是从一个圈套逃出来，又掉入另一个圈套，”佩蒂格鲁将酒一饮而尽，“还是做个绅士好啊！”

三十五

我们谈完事，萨克利夫、佩蒂格鲁和赫林顿在烟雾缭绕中走出了起居室。皮特·哈德卡斯尔踱到边柜旁边，那上面摆着留声机。他用棉手绢拭去唱片上的尘土，放下唱针，拨开留声机开关，勃拉姆斯[1]的曲子从铜管扬声器里飘了出来。

我在门口摆手让他们先走，然后关上了对着走道的门。皮特坐到火炉旁的椅子里陷入沉思。他没注意到我没走，我们两人之间虽几步之遥，却仿佛隔了深深的沟壑。

丹斯的缄默处事让人崩溃。他不喜欢别人打断他，也会小心翼翼地不去打扰别人。可我还有些私人问题必须提出来，这倒让事情复杂化了。我陷入宿主的礼数中，这在两天之前根本不算什么障碍，虽然以前每个宿主都比丹斯强悍，但与丹斯对抗却如同顶风冒雨般艰难。

我轻咳一下，这是符合礼数的。哈德卡斯尔在椅子里转过身来，发现我还站在门边。

---

1 勃拉姆斯（1833—1897），德国作曲家。

"哦，丹斯，老伙计，"他说，"你落下东西了吗？"

"我想和你私底下谈谈。"

"合同有问题吗？"他警觉起来，"我必须承认，我担心萨克利夫的酗酒可能会……"

"不是萨克利夫，是伊芙琳。"我说。

"伊芙琳？"皮特卸下警觉，疲惫之色漫上面容，"哦，当然可以。来，坐到炉火这边来，这可恶的房子冷得要命，四处漏风。"

我坐好后，皮特拉了拉裤腿，在炉火前跷起一只脚来。无论有什么缺点，他总是保持无可指摘的仪态。

"所以，"他等了一会儿，确信已充分遵守严格的礼节，这才开口，"要谈伊芙琳什么事情？我想她不愿意举行这场婚礼吧？"

我也不知道如何将此事简而述之，就干脆和盘托出。

"恐怕比婚礼那件事要严重得多，"我说，"有人想谋杀你女儿。"

"谋杀？"

皮特皱皱眉，微微一笑，似乎在等着我说完这个玩笑。看到我这么诚恳，他又往前靠了靠身子，脸上写满了困惑。

"你是认真的吗？"他紧握着双手。

"是认真的。"

"谁要杀她？为什么杀她？"

"我只知道她是如何被杀的。有人强迫她自杀，如果她拒绝的话，她深爱之人便会被杀掉。有人传信告诉了她这一点。"

"信？"皮特不禁哂笑，"听上去相当可疑啊，也许是个游戏。你知道这些女孩喜欢鼓捣这套。"

"皮特，这不是游戏。"我表情严肃，驱散了他脸上的疑问。

"能不能问一下，你是怎么得到这个消息的？"

“所有消息我都是这么得到的，亲耳听到。”

皮特叹了口气，捏了捏鼻子，掂量着这些事实，也打量着我这个送信人。

“有人想要破坏我们和雷文古的交易，你信吗？”他问。

“这我倒没想过。”皮特的反应让我惊愕。本以为他会关心自己女儿的幸福，也许会被激起保护女儿的冲动。但在他心里，伊芙琳不过是附属品。他唯一担心的是财产的损失。

“你想想，伊芙琳的死能让谁获利？”我尽力克制心里涌起的厌恶之情。

“谁没有敌人？那些古老家族乐于看到我们遭殃，可绝不会亲自动手。他们只不过说些闲话罢了，聚会上传些风言风语，或是在《时代》上说些恶毒的话，你知道的。”

皮特敲着椅子扶手，有些挫败的样子

“该死，丹斯，这消息你确定吗？听上去太奇怪了。”

“我确定，而且说句实话，我怀疑凶手可能就在这宅子里。”我说。

“会是个仆人吗？”皮特压低了声音问，眼神飘到了门口。

“海伦娜。”我说。

他妻子的名字像是击中了他。

“海伦娜，你肯定是……我的意思是……亲爱的伙计……”

他的脸慢慢变红，话从嘴边不停地涌出来。我也感到自己面颊发烫。提出这种质疑对于丹斯来说是种折磨。

“伊芙琳说她们母女俩的关系破裂了。”我说得很快，像是给沼泽地铺上石头般砸下词语。

皮特踱到窗边，站在那里背对着我。礼节显然不允许他和我发生冲突，我能看见他气得浑身发抖，双手在身后紧握。

"海伦娜不太喜欢伊芙琳，我不打算否认这点，但这次要不是靠伊芙琳，我们几年内就会破产，"他尽力克制自己的愤怒，小心翼翼地说，"伊芙琳不会袖手旁观我们走到那一步。"

他没说，她不会这么做。

"但是……"

"该死，丹斯，你这样中伤她，对你有什么好处？"他冲着我在玻璃上的映影大喊大叫，这样倒不必面对面质问我了。

就是这样。丹斯太了解皮特·哈德卡斯尔了，知道他已经失去了耐心。我的下一个回答可能有两个后果：让他敞开心扉，或者让他将我扫地出门。我需要字斟句酌，尽快说出他最关心的事情。要么告诉他我正在努力挽救他女儿的性命，要么是……

"对不起，皮特，"我的声音像是在安抚他，"如果有人在费力破坏你与雷文古的这次交易，我必须阻止他，不管是作为你的朋友还是法律顾问。"

皮特怒气渐消。

"当然，你必须这么做。"他边说边扭头望着我，"抱歉，老伙计，就是……这些关于谋杀的话……哦，这些话让我想起了一些以前的事情……你理解的。当然，如果你觉得伊芙琳处于险境，我会竭尽所能来化解。可如果你觉得海伦娜会加害伊芙琳，你可就大错特错了。她俩的关系虽然紧张，却母女情深，这点我敢打包票。"

我稍稍松了一口气。和丹斯对抗有些让人筋疲力尽，可终于谜底即将浮出水面。

"你女儿和一个叫费利西蒂·马多克的人联系，说她很担心海伦娜的行为。"我继续说，希望哈德卡斯尔勋爵自己捋清前因后果，"客人名单上没有费利西蒂这个名字，但我确信她来这里寻求帮助，很可能她就是人质，如果伊芙琳不自杀的话，她就有危险了。迈克尔告诉我，费利西蒂是你女儿小时候的玩伴，你却不记得她。你还记得费利西蒂吗？也许你在宅子附近见过她？我有理由相信，今天早晨她还能够自由活动。”

皮特·哈德卡斯尔一脸迷惑。

“我不认识她，我承认伊芙琳从巴黎回来之后，我们俩也没说多少话。她回来时的周遭境遇、这场婚姻……我们父女俩之间有了隔膜。很奇怪，迈克尔本该和你多说些她的情况。伊芙琳回来以后，姐弟俩形影不离，我知道她在巴黎的那段日子里，迈克尔经常跑去看她，两人总是书信往来。如果有人知道这位费利西蒂，我觉得非他莫属。”

“我会再和他谈一次，但那封信是真的，对不对？海伦娜最近是不是行为举止有些异常？”

留声机上的唱片卡住了，高亢的小提琴独奏声一遍遍地被扯回来，像是一个好胜的小孩在不停地拽着风筝线。

皮特皱着眉，瞥了瞥唱片，希望单凭不满就能让机器恢复正常。唱片还在原地打转儿，皮特移步到留声机旁边，撩起唱针，吹掉唱片上的灰尘，将其举到亮处端详。

“上面有划痕。”他摇了摇头。

他换了另一张唱片，新的乐曲飘了出来。

“跟我讲讲海伦娜吧。”我步步为营，“在托马斯忌辰宣布婚讯，并在布莱克希思开舞会，是她的主意对吗？”

“海伦娜从来没有原谅伊芙琳那天早上抛下了托马斯，”皮特盯着唱片指针坦承，“我以为岁月可以抹去她的伤痛，可是……”他展开双臂，“这一切，太……”他深吸一口气，让自己平静下来，“我承认，海伦娜想让伊芙琳难堪。她称这场婚姻是个惩罚，但你要是仔细看的话，这场婚姻也并非一无是处。雷文古亲口对我说，他绝不会碰伊芙琳。

‘我太老了，不会有那些心思了’，这是他的原话。伊芙琳到时候就能管他的家，还能得到丰厚的年金，她可以随心所欲，只要不公开给他难堪。作为回报，他就可以让……哦，你知道关于他仆人的传言吧，他家里总是进进出出些帅气的小伙子。那不过是谣言罢了，而一场婚姻可以让这一切传闻烟消云散。”他停了停，眼神中有几分轻蔑，“丹斯，你明白了吗？如果海伦娜想杀死伊芙琳，那她为什么要安排这一切呢？她不会杀女儿，她也杀不了。从根本上来说，她爱着伊芙琳。我承认，虽然她们母女感情没有那么深厚，但依然爱之切切。海伦娜需要感到伊芙琳已受够惩罚，这样便能与女儿和解。你看着吧，海伦娜会回心转意，伊芙琳也会意识到这场婚姻是因祸得福。相信我，你找错了敌人。”

“我还是需要和你妻子谈谈，皮特。”

“我的记事本就在抽屉里，里面记着她的约会日程。”他的脸上挂着惨淡的笑，“如今我们的婚姻沦为一个又一个的责任，而你从本子里就能知道去哪里找她。”

我向抽屉那边冲过去，难以抑制自己的兴奋。

宅子里的人——可能是海伦娜自己——撕掉了她的日程表，为的是不让人知道她的行踪。这么做的人忘了，或者压根不知道她丈夫还有一份约会记录，现在这份记录落入我手。此时此地，我终于能让千辛万苦寻觅的目标大白于天下。

抽屉合得紧紧的，因为潮气而有些膨胀变形。我好不容易拉开抽屉，露出了一本用绳缚着的斜纹棉布记事本。我迅速翻页，很快找到了海伦娜的约会记录，登时就泄气了。大多数记录我都已经知道。海伦娜和坎宁安早上七点半见面，没有写缘由。之后，她八点十五分和伊芙琳见面，九点和米莉森特·德比见面，可是这两个约会她都爽约了。十一点半她要见一下马厩主管，还有一个小时就要到时间了。接下来的午后时分，雷文古将在他的会客厅里和她见面。

海伦娜是不会赴约的。

我的手指在日程表上游走，看看有没有可疑的事情。伊芙琳、雷文古，还有她的老朋友米莉森特，这几个人想和她见面很好理解，可为什么一大早她先着急见丈夫的私生子呢？

即使我问皮特，他也不会说，可今天只有他见过海伦娜，这意味着我可不能任他闪烁其词。

我非得从他嘴里套出实情不可。

在那之前，我需要先去趟马厩。

第一次，我知道了这位捉摸不定的女主人要往哪里去。

“你知道为什么海伦娜一大早就要见坎宁安吗？”我一边把记事本放回到抽屉里，一边问皮特。

“好像海伦娜想去和他打个招呼，”他给自己倒了杯酒，“她一直都和那个男孩很亲近。”

“斯坦文是不是就因为查尔斯·坎宁安勒索你？”我问他，“斯坦文知道他是你儿子？”

“丹斯，你说什么呢！”他对我怒目而视。

我迎向他的目光，我的宿主也看着他。丹斯正将道歉的话放到我舌尖，催我赶紧逃走。真讨厌，每次一开口说话，我就得先清理宿主的尴尬。

“你知道，皮特，你知道我问这件事也是身不由己啊，”我说，“总要有人来处理这些讨厌的事吧。”

他想了想，拿着酒回到窗边。外面没什么景色，树木离这房子太近了，树枝紧紧贴着玻璃。看皮特现在的样子，他恨不得把这些树枝都邀请进来。

“我被勒索，并不是因为我是查尔斯·坎宁安的父亲，”他说，“那点丑闻一时间闹得沸沸扬扬，海伦娜早就知情。这件丑闻没什么油水可捞。”

“那斯坦文知道些什么？”

“我需要你保证，千万不要告诉别人。”他说。

“当然不会。”我的脉搏开始加快跳动。

“好。”他喝了口酒，好打起精神，“托马斯被杀之前，海伦娜和查理·卡佛就私通了。”

“那个杀了托马斯的人？”我嚷着，在椅子上坐直了。

“人们把这种事叫作给丈夫戴绿帽子，鸠占鹊巢，不是吗？”他在窗户旁边笔直地站着，“从我的角度看，真是再好不过的隐喻。他从我这里夺走了我的儿子，却在我的巢里留下了他自己的孩子。”

“他自己的孩子。”

“坎宁安不是我的私生子，丹斯。他是我妻子的私生子，查理·卡佛是他的父亲。”

“那个恶棍！”我尖声叫着，暂时没有控制好丹斯，他的愤怒表现出我的惊恐，“这到底是怎么回事？”

“卡佛和海伦娜彼此相爱，”他可怜巴巴地说，“我们的婚姻从来没有……我只是她名义上的丈夫，海伦娜家里有的是钱。这不过是权宜婚姻，有人也许说这是必要联姻，但我们之间毫无感情。卡佛和海伦娜一起长大，是青梅竹马，他爸爸是她家的猎场看守。她跟我隐藏了他们俩的关系，还在婚后把卡佛带到了布莱克希思。很抱歉我把一切荒唐归因于她，我们的婚姻摇摇欲坠，一年多之后，她上了卡佛的床，不久就怀孕了。”

“但你的确将坎宁安视如己出吗？”

“不，她怀孕时让我相信这是我的孩子，而她自己也不能确认谁才是孩子的生身父亲，我继续……哦，男人的需要……你懂的？”

“我觉得我能理解。”我冷淡地说，我的宿主丹斯的婚姻中始终洋溢着爱与尊重。

“坎宁安生下来的时候，我正外出打猎，所以海伦娜让接生婆把小孩带到宅子外面，在乡下抚养。等我回来之后，她告诉我孩子在生产过程中死掉了。可六个月之后，海伦娜确信这孩子长得不怎么像卡佛，于是让一个姑娘抱着这孩子跑到我家。不幸的是，我曾和这姑娘在伦敦度过一夜，这姑娘拿了我妻子的钱，假装这孩子是我的。这下海伦娜又扮作受害者，坚持我们应该收留这男孩，羞耻的是，我竟也同意了。我们把这孩子给厨娘德鲁奇太太抚养，她对他视如己出。信不信由你，接下来几年的时间，我们和平共处。伊芙琳、托马斯和迈克尔相继出生，我们一度成为一个欢乐的大家庭。”

皮特说话的时候，我看着他，他面无表情，像是在冷淡地陈述事实。我再一次被这个男人的天真打动。一个小时前，我原以为托马斯的死使他心灰意懒，而现在我觉得他的情感世界并非始终荒芜一片，也有过情感的波澜起伏，只是如今这个男人的心中只剩下贪婪。

“你是怎么发现真相的呢？”我问他。

“纯属巧合。”他把手搁在窗户两侧的墙壁上，“我去散步，正好碰到卡佛和海伦娜在争吵，他们吵的就是那个男孩的未来。她说出了一切。”

“可你为什么不和她离婚？”我又问他。

“然后让所有人都知道我的耻辱吗？”他惊骇地说，“这个时代，私生子到处都是，但是想想人们的闲言碎语吧，当他们发现给皮特·哈德卡斯尔勋爵戴绿帽子的只是个小小的园丁……不，丹斯，那绝对不行。”

“你发现这件事之后，又发生了什么？”

“我让卡佛滚，给他一天的时间离开我们的庄园。”

“是不是就在那天，他杀死了托马斯？”

“没错，我们的冲突让他怒不可遏，于是他……他……”

他双目惺忪，因喝酒而发红。整个早上，他一直在不停地倒酒，几次一饮而尽。

“斯坦文几个月之后就出手了，他去找海伦娜。你看，丹斯，他直接勒索的不是我，而是海伦娜，他要挟的是她，还有我的名声，只不过付钱的是我罢了。”

“那迈克尔、伊芙琳和坎宁安呢？”我问，“他们知道这件事吗？”

“据我所知，他们不知道。秘密要是到了孩子们嘴里，就很难不泄露出去。”

“那斯坦文又是怎么知道的呢？”

“十九年以来，我一直在问自己这个问题，可现在还没有找到答案。可能他和卡佛是朋友，仆人们会谈起这事吧。其他的原因，我实在不知晓。我只知道，一旦这秘密透露出去，我就完蛋了。雷文古对丑闻可是很敏感的，我们家要是因为丑闻上了报纸头条，他可不会答应这门婚事的。”

他压低了声音，醉醺醺的，一副刻薄的样子，然后用手指着我。

“让伊芙琳活着，你问什么，我都告诉你，你听见我的话没有？我可不许那个女人使我到手的财产泡汤，丹斯。我不许她那么做。”

三十六

皮特·哈德卡斯尔已经昏醉，醉得有些像在生闷气，他紧抓着酒杯，好像怕人抢走似的。想着他最后还会帮得上忙，我从果盆里抓起一个苹果，和他告辞，溜出了房间。我把起居室的门轻轻带上，悄悄地上了楼梯。我要去和戈尔德谈一谈，不想去之前受到皮特的盘问。

楼梯上面有风，风从破碎的窗户和门缝底下挤进来，在空中盘旋打转，搅起了地上散落的树叶。我记得在塞巴斯蒂安·贝尔体内时，到过这个走廊，是和伊芙琳一起来找管家。在这里想起他们感觉怪怪的，与贝尔一体的记忆更让我觉得奇怪。他的懦弱让我羞愧，现在我和贝尔之间已有足够的距离，使我俩得以分离。他像是我在聚会上听到的一个尴尬故事，像是另一个人的耻辱。

丹斯看不起贝尔这样的男人，但我不能随意评判他人。我不知道自己在布莱克希思庄园之外是什么身份，或者说，我也不知道自己脱离宿主的身体会是什么样子。假如，我和贝尔一样……那岂不是太糟糕了？让我觉得羡慕的是，贝尔那么有同情心，雷文古那么聪明睿智，而丹斯可以一眼看透事物的本质。我真心希望自己逃出布莱克希思之后还有这些优点。

确认只有自己在走廊之后，我进了关押格里高利·戈尔德的房间。他双手被缚，被吊在天花板上。他在低语着，痛苦地抽搐了几下，似乎想要摆脱一直纠缠他的梦魇。我对他的同情催促着我把他放下来，但是既然安娜任他这样被捆着，那肯定有她的理由。

即便如此，我还需要和他谈一谈，于是我轻轻地摇了摇他，又使劲推了推他。

戈尔德一动不动。

我扇扇他的脸，又把旁边壶里的水泼在他身上，可他还是纹丝不动，太可怕了。迪基医生的镇静剂药效很强，无论他如何扭动，也不可能挣脱出来。我胃里一阵阵恶心，顿觉冰冷彻骨。此前，我未来的恐惧只是模糊一片，像无形的暗黑，潜伏于浓雾之中。但现在我的宿命仿佛显露出来。我踮脚向上摸去，放下戈尔德的袖口，发现他胳膊上布满了刀伤，和他昨晚给我看的一样。

“别从马车里出来。”我低语着，想着他给我的警告。

“离他远点，”我后面传来安娜的声音，“然后乖乖地、慢慢地把身子转过来。我只说一遍。”

我依言行事。

她站在门厅里，用枪指着我。她帽子里露出了金发，脸上一副恶狠狠的表情。她稳稳地瞄准，手指就放在扳机上。我走错一步，她肯定会为了保护戈尔德而杀掉我。无论这对我多么不利，可想到有人如此关注他的命运，足以让丹斯冷漠的心里涌起阵阵暖流。

“是我，安娜，”我说，“是艾登。”

“艾登？”

她走近一步，枪也稍稍放低。她凑近我，仔细端详着我脸上新添的沟壑般的皱纹。

“本子里说你会变老，”她边说边单手持枪，“可没说最后你会变成风烛残年的样子。”

她冲戈尔德示意了一下。

“你在欣赏他的刀伤吗？”她问，“医生觉得是他自己干的。可怜的家伙把自己的胳膊划得支离破碎。”

“怎么会呢？”我大惊失色，琢磨着是什么能让他对自己下此毒手。

“你应该比我知道得更多，”她嗤之以鼻，“让我们到暖和的地方说吧。”

我跟着她进了走廊对面的房间，管家正在那里安静地睡着，身上盖着白色的床单。亮光从上面一个高高的窗户里照进来，壁炉里的火烧得噼啪作响。枕头上有干了的血迹，除此之外，这个场景如此静谧、亲切而又情意融融。

“他还没醒吗？”我冲管家示意了一下。

“在马车里醒了一小会儿。我们刚到这里。可怜的家伙差点喘不过气来。丹斯这个人怎么样？是个什么样的人？”安娜说着，把枪藏到了床下面。

“是个一本正经的人，他恨他儿子，恨铁不成钢。除了这些，还算是个不错的家伙，反正比乔纳森·德比好得多。”我说着，用旁边桌上的水壶给自己倒了杯水。

“我今天早上遇见德比了，”安娜冷淡地说，“想象不出来，那样一个脑袋里能有什么好事。”

没什么好事。

我把从起居室里拿的苹果扔给了她：“你跟他说你饿了，所以我给你带来了苹果。我不知道你有没有机会吃东西。”

"没有，"她说着，用围裙擦了擦苹果，"这苹果不错。"

我走到窗边，用袖子抹去玻璃上的一块尘垢。窗户冲着大路，我惊讶地看到瘟疫医生正指着门房。丹尼尔站在他身边，两个人正在交谈。

这个场景让我不安。直到此刻，在那里说话的瘟疫医生还在处心积虑地离间我们。他们之间的亲密像是合谋，尽管从某种程度上来说，我已向布莱克希思屈服，接受了伊芙琳的死，也明白如瘟疫医生所说，我和安娜中间只有一个人能逃走。真相大体如此，知道可以改变这一天，让我有了继续抗争的想法……可他们在楼下到底谈些什么呢?

"你看见什么了？"安娜问我。

"瘟疫医生正在和丹尼尔说话。"我答道。

"我还没见过他，"安娜咬了口苹果，"瘟疫医生到底是什么鬼东西？"

我惊讶地看着她："没按正常的顺序与你相遇，还真有些问题。"

"这里只有我一个人，"安娜说，"给我讲讲这个医生。"

我很快给她讲了和瘟疫医生之间的事，从我作为塞巴斯蒂安与他在书房门口相遇开始，到逃离的时候他如何截住了我的汽车，还有最近我在乔纳森·德比身体里追逐玛德琳·奥伯特时，他又是如何责备我的。这些恍如隔世。

"听上去，你好像交了个朋友。"她边说边大声咀嚼。

"丹尼尔在利用我，"我说，"可我不知道他目的何在。"

"丹尼尔或许是在利用你，他们看上去可是够亲密的。"她也站在我身边，往外面张望，"知道他们在说些什么吗？你是不是解开了伊芙琳的谋杀之谜，却忘了告诉我？"

"如果我们做得对，就用不着解开什么谋杀之谜。"我的注意力都集中在屋外的场景。

"所以你还是在努力救她，即使瘟疫医生说那几乎不可能？"

"一般说来，他告诉我的事情，我只会听一半。"我淡淡地说，"我不相信从面具后面说出来的话，这不是很正常吗？而且，我知道这一天可以被改变，我亲眼所见。"

"看在上帝的分儿上，艾登。"她生气地说。

"怎么啦？"我吃了一惊。

"这个，这所有的一切！"她生气地挥舞着胳膊，"我们俩说好了的，你和我。我就坐在这个小房间里，保证我们俩的安全，你用你的八条命来解决这个谋杀之谜。"

"我就是在做这些事啊。"我不明白她为什么这么生气。

"不，不是的，"她说，"你在到处奔波去救那个人，可只有她死掉我们才能逃命啊。"

"安娜，她是我的朋友。"

"她是贝尔的朋友。"安娜反唇相讥，"她羞辱了雷文古，又差点杀掉德比。依我看，那个女人冷漠至极，冷过漫长的寒冬。"

"她肯定有自己的理由。"

这种回答太无力了，只是一种逃避，哪里是解答啊？！安娜是对的，很长时间以来伊芙琳已经不再是我的朋友，虽然还记得她的些许善良，但并不足以驱使我去拯救她。推动我的是某种更深沉的、让我坐立难安的东西。只要一想到将她交予死神之手，我就无比难受。这与丹斯无关，也与我的其他宿主无关，感到难受的是艾登·毕肖普。

不幸的是，安娜正在气头上，没有给我机会来深思熟虑。

"我不关心她的理由，我关心你的理由。"她指向我，"也许你没有感觉，可我的感受刻骨铭心，我觉得已经在这里待了很久很久。度日如年啊，艾登，真的。我需要离开，我必须离开，这是我最好的机会。

你有八条命，你最后能离开这里。我只有这一次机会，然后只能忘记。没有你，我举步维艰。如果下一次你醒来后是贝尔，可怎么办呢？你连记都记不得我。”

“安娜，我不会把你留在这里的。”她声音里的绝望触动了我，我坚定地说。

“那就快去解开瘟疫医生让你调查的谋杀之谜吧，他说伊芙琳不能被救，相信他吧！”

“我信不过他。”我也生气了，转身背对着她。

“为什么不呢？他说过的话都应验了啊，他……”

“他说你会背叛我。”我喊道。

“什么？”

“他告诉我你会背叛我。”我重复了一遍，这样的坦白让我自己为之一震。在此之前，我都不曾真正说出这句话，我更愿意将它藏在脑海里。如今我大声喊出来，这就真的成为一种可能，让我担忧。安娜是对的，瘟疫医生所说的一切都应验了，尽管我与这个女人有着千丝万缕的联系，我还是不能百分之百肯定她不会背叛我。

她好像被击中一样，摇着头，站立不稳。

“我不会……艾登，我不会那样做，我发誓。”

“他说关于上一轮的记忆，你对我有所隐瞒，”我问她，“是真的吗？是不是有些事你没有告诉我？”

她在犹豫。

“安娜，是真的吗？”我质问她。

“不，”她语气坚定，“艾登，他在离间我们。我不知道为什么，可是你不能听他的。”

“我也这么认为。”我回答她，“关于伊芙琳，如果瘟疫医生所言不虚，那他说你的话也是真的。但我不相信，我们不知道他真正想要什么，他只是在利用我们找到那个东西。”

“既然如此，我不明白你为何还要执意去救伊芙琳。”安娜还在纠结我刚才的话。

“因为有人要杀她。”我踌躇道，“他们不会亲自动手，而是使她卷入困局，好让她自杀，而且他们还确保让每个人看到她自杀的那一幕。这太残酷了，他们却乐在其中，我不能……我们是否喜欢她并无关系，瘟疫医生所说的对与错也并无关系，只是你不能杀了人却还在那里扬扬自得地炫耀。她是无辜的，我们能够阻止这一切，我们也应该这样做。”

安娜的疑问勾起了我的回忆，我扒在记忆的边缘上，结结巴巴、气喘吁吁地说着。仿佛窗帘被拉起来，之前隐于帘后的我完全暴露了出来。我既内疚又悲伤，但我敢肯定，这些情绪就是解密的关键。刚开始，就是这种内疚和悲伤之情将我带到了布莱克希思。就是这些情绪驱使我来解救伊芙琳，但我来这里的真正目的并非如此。

“还有什么人，”我缓缓地说着，紧紧抓住记忆的边缘，“我想是个女人。我是因为她而来到这里，但我救不了她。”

“她叫什么名字？”安娜说着，抓住了我皱纹密布且苍老的手，迎向我的面孔。

“我记不得了。”因为聚精会神，我头上的血管怦怦直跳。

“是我吗？”

“我不知道。”我说。

这一点记忆也溜走了。我的面颊上留着泪痕，胸膛在隐隐作痛。我感觉似与某个人生离死别，却想不起来那个人是谁。我直视着安娜棕色的大眼睛。

“想不起来了。”我无力地说。

"艾登，很抱歉。"

"不用抱歉。"我感觉自己又恢复了气力，"我们要逃出布莱克希思，我保证，但是我要用自己的方式来做。我会成功的，安娜，你要做的就是信任我。"

我本来以为她会反驳，可她只是笑了笑，我反而迷惑不解。

"那我们现在做什么？"她问我。

"我准备去找海伦娜·哈德卡斯尔。"我用手帕擦擦脸，"你有关于侍从的线索吗？他昨天晚上杀死了德比，我怀疑丹斯的进度有些慢了。"

"确实是，我一直在琢磨一个方案。"

她往床下面张望，拿出那个画家速写本，打开后放到我腿上。她一整天都在跟着这个本子行动，我曾经以为本里所记之事有着千丝万缕的因果联系，而现在眼前却茫然一片。

在我看来，这本子里的内容无异于胡言乱语。

"我还以为你不会让我看这个本子呢！"我伸长脖子看着那上下颠倒的拙劣笔迹，"不胜荣幸。"

"那倒不必，我只是让你看需要看的部分。"她说。

潦草古怪的文字记录着日间大事的草图和警告，上面勾了圈，本子上还随意写下了一些谈话的内容，没有任何解释。我看出了几个瞬间，其中有管家被戈尔德殴打的情景，但大多数速写都没有什么意义。

我被这一切搞得晕头转向，才看出来安娜在努力整理这些杂乱无章的信息。在词条旁边，她用铅笔不厌其烦地记下只言片语。她还做了不少猜想，写下了一些时间，记录了我们的对话，与原有的对话遥相呼应，仿佛会引出隐藏的有用信息。

"我猜你也看不懂什么，"安娜看着我在那里推断、揣测，"这是你的一个宿主给我的，真不如给我本外语书。里面的内容让人费解，但我还是加上了一些注释，用来跟踪你的行程。我对你的了解都来自这个本子，我对你的每一个宿主以及他们所行之事的了解也都来自这个本子。这是我能跟上你的唯一办法，可这并不完备。这个本子有漏洞，也正是这个原因，我需要你告诉我接近贝尔的最好时机。”

“贝尔吗？为什么？”

“侍从正在找我，所以我们得告诉他我会出现在那里。”她在一张字条上写了些什么，“我们召集你的其他几位宿主，在那里等着他，等他掏出刀子来行凶。”

“那我们怎么让他上钩呢？”我问她。

“用这个，”她递给我一张字条，“如果你告诉我贝尔出现的时间，我就能把字条放在他能找到的地方。我只要在厨房提起这事，一个小时之内这个会面的消息便会传遍宅子。侍从肯定能知道。”

别离开布莱克希思，不光是你自己，很多人都等着你去拯救。晚上十点二十分来家族墓园的墓室旁边见我，我会向你解释一切。

爱你的安娜

我仿佛又回到了那个夜晚，伊芙琳和贝尔潜入阴湿的墓园，手里拿着枪，只看到团团的阴影，还有沾满了血迹、摔碎的指南针。

就像预兆的那样，这并未使人安心，但也并非定局。仿佛未来掉下来的一块碎片，我只有抵达未来，才会明白这块碎片的意义。

安娜等着我的回应，我惴惴不安，但这并不是我反对她的充分理由。

“你有没有看到这样做的结果，可行吗？”她问我，紧张地用手指摸着袖口。

“我不知道，但这是我们现在最好的方案。”我说。

“我们需要帮助，你的宿主不够用啊。”

“别着急，我能找到。”

我从口袋里找到一支钢笔，在字条上的信息下面画了一道线，好让可怜的贝尔更好理解，少些迟疑。

哦，别忘了你的手套，都烧着了。

三十七

我听到了马蹄声，几十匹马踏着鹅卵石在我前面的路上飞奔。然后扑面而来的是它们的气味——一种掺着臭马粪的霉味，这种厚重绵延的混合味道，连风都驱不散。关于马的强烈体验越来越真实，最后这些牲畜终于现身。大约三十匹马被人从马厩里牵出来，踏上通往镇子的大路，后面还拉着马车车厢。

驾马的手沉稳娴熟，车夫们一身制服，戴着小平帽，身着白衬衣和松松垮垮的灰裤子，我根本分辨不出谁是谁，他们驾驭的马也都十分相似。

我紧张地看着这些马蹄。一瞬间，我记起自己很小的时候曾从马背上被抛下来，马蹄踹在我的胸口上，骨头断裂了……

别让丹斯控制了你。

我挣脱了宿主的记忆，收回那只不由自主伸向胸口伤疤的手。

但更糟了。

贝尔的个性很少浮现出来，可是德比的欲望、丹斯的礼节与童年的创伤却一直在撕扯着我。

马群中有几匹马碰了旁边的马，它们棕色的肌体开始躁动。这使得我不明智地踏到了主路上，恰好踩到一团马粪。

我正试着甩掉脚上的马粪，这时一双握缰绳的手停了下来。

“丹斯先生，我能为您做些什么吗？”他边说边稍稍摘帽示意。

“你认识我？”我很惊讶有人认识我。

“对不起，先生，我叫奥斯瓦尔德。先生，您昨天骑的那匹马就是我装的马鞍。先生，看着您这样的绅士骑在马背上真是一种享受，现在没有多少人知道如何像您那样骑马了。”

他笑了，露出两排牙齿，牙缝很大，牙齿因为抽烟而发黄。

“那是当然，那是当然。”我说道，行进的马匹在后面推着他，“奥斯瓦尔德，实际上我正在找哈德卡斯尔夫人。她应该是去见马厩主管阿尔夫·米勒了。”

“我不敢肯定勋爵夫人在哪里，先生，但是您刚刚与阿尔夫擦肩而过。他和一个人走了。我只能猜到他们是朝着湖边走了，走的是小牧场旁边的那条路，就是您穿过拱门时右边的那条路。先生，如果您快一点，也许能赶上他们。”

“谢谢你，奥斯瓦尔德。”

“没什么，先生。”

他又微微摘帽示意，去赶上马群。

我继续沿着这条路向马厩走去，那些松掉了的鹅卵石让我慢了不少。在其他宿主体内的时候，如果脚下某块鹅卵石松动的话，我只要跳到一边就可以了。丹斯的老腿可没法这么敏捷，每次踩到这样晃动的鹅卵石，我都会扭伤脚踝、膝盖，差一点摔个跟头。

我气恼地穿过拱门，发现庭院里散落着燕麦、干草和摔碎的水果，一个小男孩正竭力将碎渣扫到角落里。他个头太小了，还不到扫把的一半那么高，所以干不好。我经过时，他害羞地偷偷瞧了我一眼，想脱帽致意，帽子却被风吹跑了。接着他就穿过庭院去追帽子了，仿佛他的全部梦想都在那个帽子里面，最后只留给我一个背影。

牧场旁边只有一条泥泞的小路，到处都是水洼，我只走了一半，裤子就已经污浊不堪了。细枝断裂下来，雨水从植物上滴落。我感觉有人在偷窥，虽然其实没什么东西，我不过是疑神疑鬼，但我还是感觉有人躲藏在林间，一双眼睛追随着我的脚步。我倒希望自己弄错了，因为如果侍从跳到了小路上，我手无缚鸡之力，既打不过他，也跑不快，休想逃掉。那我这一天还能剩下多久就取决于侍从会怎样杀死我了。

我既看不见马厩主管，也看不见哈德卡斯尔夫人，只能全然不顾自己的仪态，干脆慢跑起来，结果甩了一后背的泥点。

不久，这条小路就从牧场方向转到了林子里。我离马厩越远，越感觉被人窥视。穿林而过的时候，荆棘挂住了我的衣服，我听到低语声越来越近，还有水拍击湖岸的声音。我这才稍稍解脱，意识到自己屏住了呼吸。我与两个人迎面相遇。同马厩主管在一起的不是哈德卡斯尔夫人，而是雷文古的男仆坎宁安。他穿着厚厚的大衣，系着紫色的围巾，当他打断雷文古和丹尼尔的谈话时，拽开的正是这条围巾。

此时，银行家雷文古应该是在藏书室睡觉呢。他们撞见我时神色慌张，这说明他们在一起并不只是闲聊家常。

坎宁安先恢复了神色，他冲我和蔼地笑着。

“丹斯先生，真是个惊喜，”他说，“早上天气这样坏，您怎么还出来了？”

“我正在找海伦娜·哈德卡斯尔，”我说着，眼神从坎宁安身上飘到了马厩主管那里，“我还以为她会在这里和米勒先生散步呢。”

“并没有，先生。”米勒先生说着，用两只手揉搓着帽子，“我们应该会在我的小屋那里会面，先生。我现在正要回那里去。”

“那我们三个人可是殊途同归，”坎宁安说，“我也希望能找到夫人。也许我们仨可以同行。我的事情不会占用太多时间，实际上我也愿意先等您忙完再说。”

“你有什么事情啊？”我说，我们开始往回走向马厩，“据我了解，你和哈德卡斯尔夫人在早餐前就已经见过面了。”

这个直率的问题将他的好心情一扫而光，他脸上掠过愠怒之色。

“是为了哈德卡斯尔勋爵的事情。”他说，“您知道的，事情总是这样，一事未了，一事又起。”

“你今天已经见过女主人了？”我问。

“没错，一早先办的这事。”

“她看上去状态如何？”

他耸耸肩，冲我皱着眉：“我也说不准，我们只说了一会儿话。丹斯先生，我想问一下，您为何要问我这些啊？我感觉自己是在被您审问。”

“今天，没有别人见过哈德卡斯尔夫人。我觉得很奇怪。”

“也许她担心被人纠缠，被问来问去。”他莫名有些生气。

到马厩主管的小屋时，我们都有些不快，被米勒先生邀请进去时，都浑身不自在。这里还和我上次来时一样整洁有序，尽管对于三个各怀心事的男人来说，这空间有些局促。

我在桌子旁边的椅子上坐下来，坎宁安盯着书架看，马厩主管很是局促不安，尽力在打扫这个已经非常干净的小屋。

我们等了十分钟，但是哈德卡斯尔夫人没有来。

坎宁安打破了沉默。

“哦，看来夫人另有安排，”他看了看表，“我最好先离开，有人在藏书室等我。丹斯先生，米勒先生，再见。”他说着，点了点头，开门走了。

米勒先生紧张地抬头看着我。

“丹斯先生，您呢？”他问我，“您还要在这里再等会儿吗？”

我未置可否，和他一起站在炉子前面。

“你和坎宁安聊的是什么？”我问他。

他盯着窗户，仿佛正在等待信使送来答案。我在他面前打了个响指，他水汪汪的眼睛转向了我。

“米勒先生，这一刻，我只是好奇，”我低声说，声音里面隐隐透着不快，“再耽误一两分钟，我就生气了。告诉我你们在谈什么。”

“他想让人带他转转，”他说着，支出了下唇，露出了里面的粉肉，“他想去湖边看看。”

米勒先生最不擅长的就是撒谎。这张苍老的脸上堆满了皱纹，肥肉横生，倒是足以为他面部情感的表演提供舞台。每一次皱眉就是一场悲剧演出，每一丝微笑便是一出滑稽剧。而谎言，既不像哭，又不像笑，足以毁掉整场演出。

我把手搭在他肩头，低头凑近了他的脸，盯着他，他慌忙看向别处。

“查尔斯·坎宁安在这个宅子里长大，米勒先生，你肯定也知道，他不需要导游。快说，你们在说些什么？”

他摇摇头：“我发过誓……”

“我也可以发誓，米勒先生，可你不会喜欢我发誓。”

我的手指压向他的锁骨，渐渐收紧，足以让他面目扭曲。

“他在问那个被杀死的男孩。”他勉强挤出来几个字。

“托马斯·哈德卡斯尔吗？”

“不，先生，另一个。”

“另一个？”

“基斯·帕克，是个马童。”

“什么马童？老家伙，你在说什么呢？”

“先生，没有人记得他，他无足轻重。”他咬紧了牙关，“这孩子以前是我的手下，很讨人喜欢，大约十四岁。他失踪了大约一个星期，然后托马斯少爷就死了。两个警察来林子里查看，但是找不到他的尸体，就说他逃走了。我跟您说，先生，他绝不会逃走。他爱他妈妈，喜欢他的工作，他不会那样做的。我那时一直这样说，可没有人听我的。”

“他们找到他了吗？”

“没有，先生，一直没有找到。”

“你也是这么告诉坎宁安的吗？”

“是的，先生。”

“你和他说别的事情了吗？”

他的眼睛滴溜溜乱转。

“还有别的事，对不对？”我问他。

“没有了，先生。”

“米勒，别和我撒谎。”我冷冷地说，怒气上升。丹斯讨厌别人骗他，觉得那样暗示着他愚蠢好骗。那些想要撒谎的人，都觉得自己比被骗的人聪明，所以丹斯觉得这是对他的侮辱。

“我没有撒谎，先生。”这个可怜的马厩主管抗辩着，额头青筋暴起。

“你在撒谎！你知道什么快告诉我！”我命令他。

“我不能说。”

“你必须得说，米勒先生，否则我会毁了你。”我放任自己的宿主把情绪发泄出来，“我会夺走你的一切，你小心积攒起来的一针一线、一分一厘。”

丹斯的话从我口中源源不断地涌出，每句话都充满了怨毒。这位律师一向如此行事——威胁和恐吓对手。丹斯可以像德比一样邪恶，只是方式不同。

“我会挖出每一个……”

“整件事就是个谎言。”米勒脱口而出。

他面色发灰，心神不宁。

“什么意思？快说！”我催促他。

“他们说是查理·卡佛杀死了托马斯少爷，先生。”

“怎么回事？”

“哦，他不可能杀人，先生。查理和我是好哥们儿，他那天早上和哈德卡斯尔勋爵吵了一架，被解雇了，所以他决定拿点补偿走人。”

“补偿？”

“几瓶白兰地，先生，就是从哈德卡斯尔勋爵的书房里顺走的。他进了书房，拿了几瓶酒。”

“所以说他偷了几瓶白兰地，”我说，“那又怎么能证明他无辜？”

“我刚送伊芙琳小姐骑上小马，他就来找我，他说想和我这个朋友最后再喝一杯。我不能拒绝，对吧？我们俩，我和查理喝了那几瓶白兰地，大约在谋杀发生前半个小时，他说他得走了。”

“走？干吗去？”

“他说有人来看他。”

“谁？”

“我不知道，先生，他没有说，他只是……”

他支支吾吾，好像那答案是条大裂缝，他在边上摸索着，害怕掉进去。

“只是什么？”我追问道。

可怜的家伙两只手拧在一起，左脚在地毯上钻，弄皱了地毯。

“他说一切都安排好了，说他们帮他在别的地方找到了一份不错的工作。我想也许……”

“什么？”

“他那说话的方式，先生……我想……”

“看在上帝的分儿上，快说吧，米勒。”

“哈德卡斯尔夫人，先生，”他第一次直视我的眼睛，“我想他可能去见海伦娜·哈德卡斯尔夫人了。他们的关系一直非比寻常。”

我的手松开了他的肩膀。

“但是你没看见她来？”

“我……”

“你没走，对吧？”我捕捉到了他脸上泛起的内疚表情，“你想看看谁会来，所以藏在了一边。”

“只是一会儿，先生，就想看看，确保他没事。”

“你为什么没有告诉别人这件事？”我冲他皱了皱眉。

“先生，有人让我别说。”

“谁？”

他抬头看向我，沉默了片刻，眼中尽是绝望和乞求的目光。

“见鬼，谁啊？”我咄咄逼问。

“哦，哈德卡斯尔夫人，先生。这让我……唉，她不会让查理杀死她儿子的，对吧？如果真是他干的，她也不会让我守口如瓶。这不合常理，对吧？他肯定是无辜的。”

“这些年来，你一直守着这些秘密？”

“我很害怕，先生。害怕极了，先生。”

“害怕海伦娜·哈德卡斯尔？”

“害怕那把刀，先生。我害怕凶手用来杀托马斯的那把刀。他们在卡佛的小屋里找到了那把刀，就藏在地板下面。最后的结局就是那样，先生。”

“你为什么会害怕那把刀呢，米勒先生？”

“因为那是我的刀，先生。那是把马掌刀，在谋杀案发生几天前，刀从我的小屋里消失不见了。和刀一起丢的还有床上那条不错的毯子。我想这两样东西，哦，原谅我，先生，让我好像变成了卡佛的同伙，先生。”

接下来的几分钟不知道怎么就过去了，我的思绪飘到了远处。我只记得自己发誓为米勒保守秘密，然后离开了小屋。我朝大宅方向走去，雨水浸透了身体。

迈克尔·哈德卡斯尔和我说，托马斯死的那个早上有人和查理·卡佛在一起，他们在逃跑时，那人被斯坦文用手枪打伤。那个人会是哈德卡斯尔夫人吗？如果是的话，她的伤需要人悄悄地护理。

迪基医生？

在托马斯被杀的那个星期，哈德卡斯尔家举行了一场舞会。据伊芙琳所说，今年舞会邀请的客人和那年的是同一批。迪基今天在宅子里，所以有可能他十九年前也在这里。

他不会说的，他忠实得像条狗。

“他和贝尔一起贩卖毒品，”我想起自己还是德比时，在他房间看到了那本标注好的《圣经》，“用这件事情就能撬开他的嘴，不怕他不说实话。”

我越来越激动。如果迪基确认哈德卡斯尔夫人那时肩部受伤，那她就会成为托马斯案子的嫌疑犯。但是她到底为何要杀死自己的亲生儿子？又为何让卡佛代她受过呢？毕竟哈德卡斯尔勋爵说卡佛是她的情人。

这是丹斯离真相最近的一次，老律师一生都如猎犬一般，嗅着血的味道来追逐事实和真相。直到这一刻，远处的布莱克希思庄园仿佛从地平线上升腾起来，我如梦初醒。我目力不济，房子又在远处，整个大宅变得模糊了，墙上的裂缝也似乎不见了，宅子恢复了旧日的模样，那个时候，年轻的米莉森特·德比和雷文古，还有哈德卡斯尔夫妇在这里消夏。孩子们在林子里玩耍，丝毫没有恐惧，他们的父母尽情享受着舞会和乐曲，又笑又唱。

那时候的日子过得多么美好。

很好理解为什么海伦娜·哈德卡斯尔怀念那些日子，还想要举办舞会回到那些岁月。但如果真的以为这就是举办舞会的真正原因，那可就太傻了。

布莱克希思不可能回到往日。托马斯·哈德卡斯尔的被害永远掏空了这个庄园，这里只能是荒芜一片。尽管如此，十九年后的今天，她还是邀请同一批客人来到同样的舞会。过去被翻腾出来，盛装打扮，这又是为何？

如果米勒所言非虚，查理·卡佛没有杀死托马斯·哈德卡斯尔的话，那有没有可能是海伦娜·哈德卡斯尔编织了这样一张可怕的大网，将我们所有人都卷进去？我越来越觉得这个女人就在这张大网的中心。

另一种可能是，她计划今晚杀死伊芙琳，而我还是不知如何找到她，更别提如何来阻止她。

三十八

几位绅士正在宅子外面抽烟，聊着昨晚放纵的风流事。我走上台阶时，他们和我欢快地打着招呼，但我一言不发地走过去了。腿很疼，后腰也不舒服，真想泡在浴缸里，可我没有时间了。半小时后就要去打猎，我不能不去。因为我满心的疑问，大多需要这些打猎的人解答。

我从客厅里拿了一瓶威士忌，到自己房间里休息片刻，喝几口酒来驱散腿痛和腰痛。我能感受到丹斯的抗拒，他讨厌承认自己身体不适，而努力缓解这种不适更让他嗤之以鼻。我的宿主蔑视一切身体变化，将苍老视作恶疾、痨病，甚至侵蚀。

我脱下溅满泥点的外衣，走到镜子前，这才想起自己从未见过丹斯长什么样子。每天换一个新的躯壳，我已经司空见惯。如今我逼着自己去看镜中的宿主，不过是希望能窥见艾登·毕肖普的真容。

丹斯已近古稀之年，形容枯槁，内心也是一片灰暗。他的头发所剩无几，脸上密布的皱纹从脑门铺展下来，仿佛奔涌的河流，中间被高高的鼻梁截住。上唇上留着一撮灰色的胡子，深色的眼睛死气沉沉，看上去波澜不惊，或许他心中本就了无生趣。丹斯喜欢泯然于众，他那质料上乘的衣服，总以深灰或浅灰色为主，身上唯一彩色的是手帕和领结，那也不过是深红或深蓝色，给人城府颇深的感觉。

他的猎装在肚子那里紧绷绷的，但还能撑下，我又喝了一杯威士忌，温了温喉咙。我穿过走廊，走到迪基医生的房间前面，敲了敲门。

门的那一侧脚步渐近，迪基医生一下拽开了门，他已经穿好猎装。

“我可不想再做什么手术了。”他嘟囔着，“我得告诉您，一早上我治了刀伤、安抚了失忆症，还处理了挨打后的重伤，所以无论您哪里不舒服，我都不会感兴趣，尤其是上半身的问题。”

“你通过塞巴斯蒂安·贝尔来兜售毒品，”我开门见山，他脸上的笑容渐渐淡去，“你提供毒品，他来卖。”

他的脸如纸般煞白，靠住门框勉强支撑着。

我看到他的弱点，便乘胜追击：“泰德·斯坦文愿意花大价钱买这条消息，但我不需要斯坦文。我想知道一件事，在托马斯·哈德卡斯尔遇害那天，你是否给海伦娜·哈德卡斯尔或者别的什么人治过枪伤？”

“当时警察问过我这个问题，我已如实回答，”他粗声粗气地说，松了松领口，“没有，那天我没治过枪伤。”

我生气地瞪了他一眼，扭身要走：“我准备去找斯坦文。”

“见鬼，我说的是实话。”他边说边抓住我的胳膊。

我们四目相对。他的眼睛苍老而混浊，燃烧着恐惧。他在我的眼睛里察觉到了什么，立即松开了我。

“海伦娜·哈德卡斯尔爱她的孩子胜过自己，托马斯是她的最爱，”他语气坚决，“她绝不会伤害他，她也没法伤害他。我向您发誓，以一个绅士的名义，那一天没有伤者来找我，我真不知道斯坦文打伤了谁。”

我盯着他乞求的眼睛，寻找欺骗的痕迹。我敢肯定，他说的都是真话。

我垂头丧气地放走医生，回到门厅。绅士们都聚在这里，抽烟聊天，急切盼望着打猎开始。我肯定迪基可以确认海伦娜与此事有关，只有这样，我才算找到起点来探寻伊芙琳的死亡之谜。

我需要更好地了解托马斯身上发生的事情，我知道该去问谁。

我走进客厅，想找到斯坦文，碰巧看到菲利普·萨克利夫身着绿色格呢猎装，正煞有介事、兴致勃勃地敲击着钢琴键盘。他的演奏技巧乏善可陈，蹩脚的乐声让我想起来到庄园的第一个早上。当时我在塞巴斯蒂安·贝尔的体内，他一个人局促地站在客厅那边的角落里，手里端着一杯叫不上名字的酒。我对他的怜悯很快被丹斯的恼怒淹没，这位老律师对无知可没有什么耐心。有了这个机会，他会不顾一切地告诉贝尔所有事情，而我必须承认这个想法非常诱人。

为什么贝尔不能知道这些？他今早在林中看到的女仆是玛德琳·奥伯特，不是安娜；她俩都没有死，这样他便不必那样内疚。我可以向他解释这些轮回，可以告诉他伊芙琳的死是我们逃离的关键，这样能阻止他那些无意义的举动，别像唐纳德·戴维斯那样逃跑，纯粹浪费时间。我还要说，坎宁安是查理·卡佛的儿子，他好像在努力证明卡佛没有杀托马斯·哈德卡斯尔。时机成熟的话，贝尔就可以拿这个来敲诈坎宁安，因为雷文古憎恶丑闻，如果他发现了这些，一定会赶走这个男仆。我还要告诉他找到那个神秘的费利西蒂·马多克，而且最重要的是，找到海伦娜·哈德卡斯尔，因为每一条路都会引向这位失踪的女主人。

这一切不可能发生。

“我知道。”我沮丧地嘟囔着。

贝尔的第一反应肯定会把我当成疯子。只有当他最终相信这一切的时候，他的调查才能完全改变这一天。尽管我如此想要帮他，可我已经接近谜底，实在不想冒险去揭开秘密。

贝尔必须自己去了解这一切。

有人挎住了我的胳膊，原来是克里斯托弗·佩蒂格鲁，他端着一个碟子站在我身边。我以前从来没有和他这么近过，幸好丹斯的礼节无可指摘，否则我脸上肯定会露出对他的嫌恶。离得这么近，他看上去好像新近出土的古董。

“很快就摆脱他了。”佩蒂格鲁看着我身后的泰德·斯坦文，冲我示意。斯坦文一边在餐桌上夹冷切，一边乜斜着眼睛观察其他客人。他一脸的厌憎。

在此之前，我一直以为斯坦文不过是个欺软怕硬的家伙，现在来看，远非如此。他靠敲诈勒索赚钱，那就意味着他知道每个秘密，知道隐藏的耻辱，知道各种各样的丑闻和邪恶。更糟糕的是，他知道是谁逃脱了惩罚。他看不起布莱克希思的每一个人，包括他自己。斯坦文守护着他们的秘密，所以每一天他都在寻衅打架，好让自己心里舒服些。

有人从我旁边挤过，是满面疑惑的查尔斯·坎宁安，他手持雷文古的信，刚从藏书室里出来。此时，女仆露西·哈珀正在清理碟子，不知道自己周围酝酿着的一切。我心中一痛，发现她长得有点像我的亡妻丽贝卡，当然是年轻时的丽贝卡。她们的动作，那温柔的举止，颇为相似，仿佛……

丽贝卡不是你的妻子。

“该死的，丹斯。”我试着要挣脱他的影响。

“对不起，老伙计，在嘟囔什么？”佩蒂格鲁冲我皱了皱眉。

我脸红了，有些尴尬，张嘴正要回答，却被周围的事情分了神。可怜的露西·哈珀试着挤过斯坦文去取一个空盘子。她比我记忆中还要美丽，脸上雀斑点点，蓝色的眼睛，桀骜的红色头发被塞到了帽子里面。

“劳驾让一下，泰德。”她说。

“泰德？”他生气地说，使劲钳住了露西的手腕，她花容失色，“露西，你觉得自己到底在和谁讲话？你得喊斯坦文先生，我再也不是待在下面，和你们这些贱仆为伍的人了！”

露西又震惊又害怕，她冲我们看过来，满是求助的眼神。

和塞巴斯蒂安不同的是，丹斯深谙人性。他冷眼旁观面前的这出戏，我觉得有些诧异。当我第一次看到这个场景时，只注意到露西的恐惧，她担心被粗暴对待，但没有注意到她的恐惧里还有惊讶，甚至不安。更为奇怪的是，斯坦文也是如此。

“放开她，泰德。”丹尼尔·柯勒律治的声音从门边飘来。

接下来的事和我记忆中的一模一样，斯坦文撤退，丹尼尔拉走了贝尔，把他带进书房去见迈克尔，他还微微冲我点头示意。

“我们走吗？”佩蒂格鲁叫我，“恐怕好戏快收场了。”

我想要去找斯坦文，但不想爬楼梯，也不想进入那个东翼走廊。他肯定会去打猎，我决定在这里等他。

我们挤过人群，穿过门厅，出门来到车道上，发现萨克利夫和赫林顿已经等候在那里，他们身边的几个人我并不认识。天上的乌云重重叠叠，一场风暴正在酝酿。布莱克希思肆虐的风暴，我已见过多次。大风像是千万只贼手，冲猎人们伸过来，挤作一团的绅士们捂紧了自己的帽子和外套。只有猎犬们迫不及待地想要出发，它们扯着狗绳，向迷蒙的远方狂吠。下午的天气会很糟糕，更糟糕的是，我知道自己会大踏步进入这坏天气里。

“怎么回事？”萨克利夫看着我们走近后问道，他夹克的肩上落了一层头皮屑。

赫林顿冲我们点头示意，他正从鞋底往下刮着泥巴。“你们看到丹尼尔·柯勒律治与斯坦文对决了吗？”他问，“我觉得我们押对了宝。”

“走着瞧吧。”萨克利夫阴沉着脸说，“嘿，丹尼尔去哪儿了？”

我四下张望，却没看见丹尼尔的影子，只能耸耸肩作为回复。

猎场看守正在给那些没有佩枪的客人分发猎枪，我也没带。他们发给我的枪已经擦亮，上过了油，枪管已经掰开，为的是让人看到枪膛里已经塞好了两枚红色弹壳。其他人看上去都有持枪的经验，很快就对着空中的假想目标来调整准星。但是丹斯一向对打猎没兴趣，我拿着猎枪便有些茫然无措。猎场看守瞧着有些不耐烦，就教我怎么把枪架在前臂上，还递给我一盒子弹，接下来又去帮下一位客人。

我得承认，枪让我感觉好多了。一整天我总觉得有人在偷窥我，所以进林子时有件武器还是蛮高兴的。无疑侍从正等着我落单的时候抓我，他要是找到机会的话，我就死定了。

迈克尔·哈德卡斯尔不知从哪里冒了出来，他站在我身边，哈着气暖手。

“先生们，抱歉，耽搁了一会儿。”他说，“我父亲让我转达歉意，出了些事情，他得去处理。他让我们先走。”

“我们要是看到了贝尔说的女人尸体，可怎么办？”佩蒂格鲁的话里全是讽刺。

迈克尔冲他沉下脸：“发发慈悲吧，基督徒的慈悲，”他接着说，“贝尔大夫遭遇了不少事情。”

“贝尔至少喝了五瓶酒吧。”萨克利夫的话引得众人哄笑，只有迈克尔没笑。萨克利夫看到这个年轻人萎靡不振，只好双手一扬，说：“哦，迈克尔，少来了，你也看见了他昨天晚上的那个样子。你不会真的以为我们这趟能有啥收获吧？没人失踪，贝尔疯了。”

“这事不可能是贝尔编出来的，”迈克尔说，“我看见他胳膊上有伤，应该是被人划伤的。”

“兴许他跌倒在自己摔碎的酒瓶上。”佩蒂格鲁轻蔑地哼了一声，搓搓手取暖。

猎场看守打断了我们的对话，他递给迈克尔一把黑色左轮手枪。枪管下方有一道长长的划痕，这和伊芙琳今晚带到墓园里的枪几乎一模一样，应该是一对，就是海伦娜·哈德卡斯尔卧室里的那对。

“先生，已经给您上过油了。”猎场看守脱下帽子向他致意。

迈克尔将手枪放进腰间枪套里，和我们继续说话，没有注意到我盯着这把枪看。

“我不明白人们为何对此事怨声载道，”他接着说，“这次打猎，我们几天前就安排好了，只不过改了一下出行的方向。如果我们能发现什么，那当然好。如果不能，也没什么损失，至少能让贝尔大夫心安。”

人们都将期待的目光投向我，这种事情通常都是丹斯拿主意。这一次倒是用不着我发表意见，因为恰好此时旁边的狗狂吠起来，猎场看守拽着它们，狗拉着我们走过草坪，向林子里进发了。

我回头望着布莱克希思大宅，想看看贝尔在哪里。他正站在书房的窗户旁边，身体半掩在天鹅绒窗帘后面。在这样的光线下，这么远望过去，他仿佛鬼魅一般，我倒觉得是整个房子阴魂不散地纠缠着他。

猎人们已经走进树林，我最终赶上他们的时候，发现整个队伍已经分成了几组前行。我需要和斯坦文谈谈海伦娜的事情，可他行动迅速，已经和我们拉开了距离。我连他的影子都没见着，更甭提和他说话了，最后只好放弃，我决定停下休息时再去堵他。

因为担心遭遇侍从，我跟萨克利夫和佩蒂格鲁走在一起，他们还在琢磨丹尼尔与哈德卡斯尔勋爵的交易。他们的好心情没有维持多久。林子里的气氛异常压抑，一个小时后，人们都不敢大声说话，只是低语；

二十分钟后，所有的人都陷入了沉默。连狗都停止了吠叫，只在地上嗅来嗅去，把我们慢慢拽向黑暗。我胳膊上架着猎枪，这沉甸甸的感觉倒让人安心。我狠命地抓着枪，很快就累了，但不敢让自己落到队伍后面。

“老伙计，好好玩。”丹尼尔·柯勒律治在我后面大声喊。

“抱歉，你说什么？”我从沉思中慢吞吞地回过神来。

“在这些宿主里，丹斯算是不错的，”丹尼尔说着，靠近我，“脑子好使，遇事冷静，身体也还算结实。”

“这样的身板还算结实啊，怎么累得好像是经过了长途跋涉，不说走了一万英里，也得有一千英里了。”我的声音听起来很疲惫。

“迈克尔已经安排好了，让打猎队伍分开，”他说，“上了些年纪的绅士们会休息一会儿，年轻人继续前进。别着急，你待会儿就有机会歇脚。”

我们俩之间隔有茂密的灌木丛，说话时看不见彼此，像是两个玩迷宫游戏的恋人。

“总是这么疲惫，实在太烦了，”我透过枝叶瞥见了他的身影，“我盼望着到柯勒律治年轻的身体里。”

“别让他这张帅气的脸给骗了，”他略加思索，“柯勒律治的心黑得要命。驾驭他真让人精疲力竭。记住我的话，等你到了他的身体里，你会无限怀念和丹斯在一起的日子，所以趁现在尽情享受在他身体里的时光吧。”

走过灌木丛，丹尼尔和我并肩而行。他的眼睛黑黑的，走路一拐一拐的，每走一步，就会痛苦地皱皱眉。我记得吃饭时看见他受了伤，但在烛光下看起来没有这么厉害。我脸上浮现出惊诧之色，他微微一笑。

“没有看上去那么糟。”他说。

“怎么回事？”

“我到地下通道里去追侍从了。”他答道。

“你没等我就行动了？”我惊讶于他竟如此鲁莽。我们计划去宅子下面围堵侍从，很明显需要六个人才能成功，三个出口分别需要两个人来把守。安娜拒绝参加，德比又被打晕，我以为丹尼尔会取消行动。显然，德比并不是最后一位任性而固执的宿主，丹尼尔有过之而无不及。

“老伙计，我别无选择。”他说，“原以为我能抓住他，结果证明我错了。幸运的是，我设法打倒了他，让他丢掉了刀。”

每个字里都酝酿着愤怒，不难想象这种心情，一心筹划未来，却未料祸起萧墙。

“你找到解救安娜的方法了吗？”我问他。

丹尼尔一边痛苦地呻吟着，一边把猎枪举起来。即使走得和我一样慢，他也很难笔直地站立。

“还没有想到，而且我也不打算去琢磨了。”他说，“很抱歉，尽管这话不中听，可我们两个人里只有一个人能逃走。越接近夜里十一点，安娜就越可能背叛我们。从此时起，我们只能信任彼此。”

她会背叛你。

瘟疫医生警告的是在这个时刻之前吧？如果双方都可以获益，那么他们的友谊就再简单不过，然而现在……安娜如果知道丹尼尔放弃了她会是什么反应？

你又会如何反应？

丹尼尔感觉到了我的犹豫，他将手搭在我的肩头来安慰我。我意识到丹斯欣赏眼前这个人，不由得心头一惊。他觉得丹尼尔那种誓不罢休的劲头令人兴奋，也尤为看重丹尼尔的专心一意，因为他觉得这与自己的个性相似。也许就是这个原因，丹尼尔选择告诉丹斯这件事，而非其他宿主。这两个人真像一个模子里刻出来的。

“你没有告诉她，是不是？”他焦虑不安，“没有告诉她我们的计划落空了？”

“我真是心烦意乱。”

“我知道这很难，可你绝对要守口如瓶，”丹尼尔跟我说话的样子，像是在对小孩子托付秘密，“如果我们想要智取侍从，就需要安娜的帮助。如果她知道了我们没法兑现诺言，就不会来帮我们。”

我听到身后响起了沉重的脚步声，扭头一看，原来是迈克尔跑过来了，他脸上已没了往常的笑容，而是怒容满面。

“天哪，”丹尼尔说，“你怎么了？像是有人惹恼了你。有什么事吗？”

“就怨这场可恶的搜索！”他气鼓鼓地说，“贝尔看到有人在这里杀了个女孩，可是，没有一个人拿这事当真。我的要求又不高，就是想让他们走路的时候左右瞅瞅，没准会踢到些什么。”

丹尼尔咳嗽了两声，尴尬地看了看迈克尔。

“哦，亲爱的，”迈克尔冲他皱皱眉，“是不是坏消息？”

“其实，是好消息，”丹尼尔慌忙说，“没有女孩被杀，那不过是场误会。”

“误会？”迈克尔缓缓地说，“怎么会是场误会呢？”

“德比当时在那里，”丹尼尔说，“他吓坏了一个女仆，事情有点失控，你姐姐冲他开了枪。这被贝尔当成了谋杀案。”

“可恶的德比！”迈克尔猛地转向大宅，“我可忍不了他，他愿意去谁家就去谁家，赶紧滚。”

“这不是他的错，”丹尼尔插嘴道，“至少这次不怪他。尽管很难相信，德比当时是在试着帮忙，但他就是完全搞错了。”

迈克尔停了下来，用怀疑的目光打量着丹尼尔。

“你肯定吗？”他问道。

“我肯定。”丹尼尔用一只胳膊搂住迈克尔的肩，这个年轻人肩上的肌肉紧绷着，“就是一场糟糕的误会，没人犯错。”

“德比头一次帮人。”

迈克尔沮丧地叹了口气，脸上的怒气随之消散。他就是这么情绪化，情绪来得快，去得也快，难怪他容易被激怒，也轻易被逗乐，还容易感到厌倦。有那么一瞬间，我想象着有这样的脑袋会怎样。丹斯虽然冷淡，但明显要胜过迈克尔的喜怒无常。

“一上午我都在跟他们讲这里有具尸体，还说他们醉酒享乐真是可耻，”迈克尔脸上露出羞赧之色，“仿佛还嫌这个周末不够糟糕。”

“你在帮一个朋友，”丹尼尔冲他慈爱地笑了笑，“你也用不着觉得羞愧。”

丹尼尔的善良让我有些惊讶，更让我高兴起来。我钦佩他为逃出布莱克希思所做的努力，可他那股拼命劲又让我忐忑不安。我先是疑虑重重，接着又被恐惧紧紧攫住，这样很容易草木皆兵。看到丹尼尔不是敌人，我这才振作起来。

丹尼尔和迈克尔并肩而行，我抓住时机问那个年轻人：“我注意到你的左轮手枪，”我指着他的枪套，“那是你妈妈的枪吧？”

“是吗？”他看上去真的有些惊讶，“我不知道妈妈还有枪。这是伊芙琳早上给我的。”

“她为什么要给你枪呢？”我问他。

迈克尔脸红了，有点尴尬。

“因为我讨厌打猎，”他说着，踢开脚边的一些落叶，“鲜血、枪击让人觉得怪异。我本来不该来林子里，可父亲没法来，搜索又得进行，我别无选择，只能参加。我对打猎充满了恐惧，伊芙琳这个机灵的家伙，给了我这个……”他碰了碰手枪，“说这枪什么也打不中，但我拿它摆摆样子还是蛮酷的。”

丹尼尔忍住了笑，迈克尔也善意地与他相视一笑。

“迈克尔，你父母在哪里？”我不再理会这些调侃，转移了话题，“本来是他们要办聚会，怎么全成了你的事？”

他挠挠后颈，神色阴郁。

“爱德华叔叔，父亲把自己关在门房里，像往常一样在那里想事。”

叔叔？

丹斯的记忆碎片浮出水面，我与皮特·哈德卡斯尔有一辈子的交情，都快成了他家的名誉成员。我早已忘了我们在一起做过什么，但我对这个男孩子还是喜爱有加，这倒真让我惊讶。我几乎看着他长大，为他自豪，我都没有为自己的儿子这样自豪过。

“我母亲，”迈克尔没有注意到我脸上闪过的片刻迷惘，接着说，“实话和您说，自从我们到了这宅子，她就神神道道的。我真希望您能私底下和她谈谈，我觉得她一直在回避我。”

“她也在回避我啊，”我答道，“我一整天都没找到她。”

迈克尔停顿了一下，像是在犹豫着什么。他压低了声音，神秘兮兮地和我说：“我担心她去了‘林深处’。”

“林深处？”

“她好像完全变了个人，”迈克尔有些忧心忡忡，“时而兴高采烈，时而大发雷霆。我根本不知道她在想些什么，而且她看我们的样子，就跟不认识我们似的。”

她是另一个对手吗？

瘟疫医生说的竞争对手，只有我们三个人——侍从、安娜和我。我觉得他没理由在这件事上撒谎。我偷偷瞟了一眼丹尼尔，思量着他是否知情，可他的注意力全在迈克尔身上。

“她这个样子是从什么时候开始的？”我随口一问。

“我也说不准，好像很长时间了。”

“那你是什么时候开始注意到的？”

他咬咬嘴唇，搜索着记忆。

“那些衣服！”他突然喊道，“肯定是那些衣服。我没跟您说过那些衣服吗？”他望向丹尼尔，丹尼尔茫然地摇摇头，“是这样，我怎么记得和您说过呢？大约一年前说的？”

丹尼尔还是摇了摇头。

“那一次，我母亲又来到布莱克希思参加一年一度病态的朝圣之旅。可她一回到伦敦，就跑到我在梅菲尔区的住处大吵大嚷，说是找到了什么衣服。”迈克尔讲着这段往事，好像期待着丹尼尔会随时插嘴，“她也没说别的，只说找到了衣服，我一头雾水。”

“那是谁的衣服？”我顺着他的话问道。

海伦娜性格大变这个话题引起了我的兴趣。可如果是一年前变的，那她就不可能是另一个竞争对手。可她身上绝对有怪异之处，我搞不懂衣服如何能帮我破解谜底。

“我可真搞不懂，”他双手向上一扬，“从母亲口中我问不出来什么合乎常理的话。最后我只能安抚她冷静下来，可她还一个劲地嚷嚷那些衣服的事，一直在说人们都会知道。”

“知道什么？”我问他。

“她没说，不久就走了，但她就是死活不说。”

我们周围的人越来越少，猎犬把人们拽往不同的方向，赫林顿、萨克利夫和佩蒂格鲁就在前面等着我们。很显然，他们踌躇着不知道去往何处。于是，迈克尔暂别我们俩，跑上前去给他们指路。

“你明白是怎么回事吗？”我问丹尼尔。

“不明白。”他含糊地说。

他心事重重，眼神还在迈克尔身上。我们沉默着一路向前，来到了悬崖底下一个废弃的小村子。八个石头小房子围成一圈，中间的土路是个交叉路口。那些房子的茅草屋顶都烂掉了，原来支撑屋顶的木头柱子也倒了。可这里依然残留着过去生活的踪迹。碎石堆里有个水桶，路边有个翻了的铁砧。有人可能觉得这些东西别有风味，可在我看来，这些不过是艰难岁月的写照，没什么好留恋的。

“时间刚刚好。”丹尼尔盯着小村子低语着。

他脸上露出奇怪的表情，声音中又带着些许的烦躁、激动和一点点害怕。我看不懂他，只觉得头皮发麻。我预感会有什么大事发生，却无论如何也说不清到底是什么事。迈克尔带着萨克利夫和佩蒂格鲁去看其中的一座老石房子，斯坦文则倚着树站立出神。

“做好准备。”丹尼尔神秘地说了一句，就钻进林子里了，我都没来得及问他怎么回事。要是换作其他宿主，肯定会跟上前去，可我实在是累得不行，我需要找个地方歇歇脚。

别人说话的时候，我坐到一面摇摇欲坠的矮墙上歇息，闭目养神。苍老像毒蛇一样缠住我，尖牙刺入了脖颈，在我最需要力量时吸取着我的气力。这种感觉不怎么舒服，连雷文古的庞大身躯所带来的重负都比这个好。至少当时在雷文古身体里时，最早的惊诧退去后，我就习惯了他身体臃肿带来的不便。而到了丹斯这里，我有些适应不了。丹斯总觉得自己还是个精力充沛的小伙子，直到看见满是皱纹的双手，才意识到自己的苍老。每当我屈从于自己的疲倦，或是决定坐下来歇息时，都能感觉到丹斯不情不愿。

我掐了掐自己的胳膊，以保持清醒，又不禁为自己的精力不济而懊恼。

这让我忍不住思考，来布莱克希思庄园之前我是多大年纪呢？之前我从未想过这个问题，时间如此紧迫，这样的苦思冥想没有任何意义。但此时此刻，我祈祷可以青春永驻、强健有力、身体安康、聪敏睿智。为的是从这里逃出去，否则就会永远地陷在……

三十九

第二天（继续）

我突然间醒过来，惊动了身边的瘟疫医生，他正盯着金怀表，手上的烛光使其面具蒙上了一层病态的黄色。我又回到了管家的体内，身上裹着棉被单。

“很准时。”瘟疫医生说着，把怀表啪的一声合上了。

好像已近黄昏，房间里十分昏暗，只有蜡烛的微弱火苗散发着一点光亮。安娜的枪就搁在我枕头旁边。

“怎么回事？”我声音嘶哑。

“丹斯坐在墙头上打盹了。”瘟疫医生轻轻地笑着，把蜡烛放在地板上，在床边的小椅子上坐了下来。这椅子对他来说太小了，大衣完全把木椅子盖住了。

“不，我指的是那把枪。为什么要给我？”

“是你的一个宿主留给你的。别想着喊安娜，”他注意到我正瞟向门边，“她不在门房。我来这里是要警告你，你的对手快要解开谋杀之谜了，我今晚要和他在湖边见面。你从此刻起必须加快进度。”

我想要搞懂这一切，可是肋骨上的疼痛立即让我放弃了努力。

“你为什么对我这样感兴趣？”我问他，等着肋骨那里的疼痛慢慢消失。

“你在说什么？”

“你为什么总来和我说这些话？我知道你不会去找安娜，而且我敢打赌，你也不会去找侍从。”

“你叫什么名字？”

“你怎么……”

“回答我的问题。”他边说边用拐杖敲着地板。

“爱德华·丹……不，德比。我……”我说话有些颠三倒四，“艾登……好像是。”

“毕肖普先生，你的个性被你的宿主吞噬了。”他抱着胳膊，后背靠在椅子上，“这样的状态已经维持了一段时间。就因为这个，我只能给你八个宿主。宿主再多些，你自己的个性就会完全被淹没。”

瘟疫医生说得没错。我的宿主越来越强大，而我自己越来越弱小。这种倾向越发明显，而且贻害越来越深。就好像是在沙滩上睡着了，醒来却发现自己被卷到了海里。

“这可怎么办呢？”我顿觉惊慌失措。

“冷静下来，”他耸耸肩，“别无他法。你脑海里有个声音，现在肯定能听到吧？那是平静而缥缈的声音。你惊慌失措的时候，那个声音平静而沉着；你害怕恐惧的时候，那个声音英勇而无惧。”

“我听到了。”

“那就是艾登·毕肖普本人的声音，那个最先进入布莱克希思庄园的人。虽然不过只言片语，却烙刻着艾登本人的个性，是几次轮回都难以磨灭的印迹。你若是感到迷失的话，就留心那个声音吧。那是为你照明的灯塔，是你曾经的本体残留的印痕。”

瘟疫医生站起来，衣服窸窣作响。一阵风吹来，烛光摇曳。他弯腰从地板上拿起蜡烛，向门口走去。

“等一下。”我冲他说。

他停住脚步，背对着我。烛光在他的周身映上了一圈晕光。

“我们已经这样重复了多少次？”我问他。

“恐怕有成千上万次，难以计数。”

“那我为什么还是一错再错？”

他叹了口气，扭头看着我。他显出疲倦，仿佛每一次的轮回都沉积在身体里，给他加上层层重负。

“我也总在琢磨这个问题。”他说，熔化流下的蜡油弄脏了他的手套，“恐怕是命运的安排，明明你十拿九稳能化险为夷，可往往又出了岔子。我想多半是你的本性使然。”

“我的本性？”我问道，“你觉得我注定会失败吗？”

“注定？不，那只是个借口，布莱克希思庄园不接受借口，”他说，“这里发生的一切，表面看似乎难以避免，实际上却不尽然。日复一日，每天会上演同样的事情，因为你的客人们每天都会做出同样的决定。他们决定去打猎，决定背叛彼此；有人酗酒过度，连早餐都不吃，错过一场原本可以永远改变自己命运的约会。他们看不到别的可能，所以永远不会改变。毕肖普先生，你和他们不同。一轮又一轮，我一直冷眼旁观，看你如何应对那些善意或残酷，以及命运随机的安排。你会做出不同的决定，而在一些重要的关头，你又会犯同样的错误。仿佛你身体里的某种东西，总会将你拉向那个陷阱。”

“你是在说，要想逃离这里，我需要变身他人？”

“我是说，每个人都受其天性的束缚。”他接着说，“刚来到布莱克希思的艾登·毕肖普，”他叹了口气，仿佛被记忆中的往事折磨，

“他想要得到什么，就会为之奋斗……不屈不挠。那样的人原本无法逃离布莱克希思，而现在我眼前的这位艾登·毕肖普则截然不同。我觉得你离你本来的状态倒是近了些，我也这样想过，却发现被骗了。实际上是你还没有接受考验，而那考验即将到来，如果你改变了，真的改变了，谁知道呢，你便会有希望。”

他头一低，穿过门框，拿着蜡烛步入走廊。

“爱德华·丹斯之后，你还有四个宿主，包括管家和唐纳德·戴维斯剩下的时间。毕肖普先生，小心为妙。他们不死，那个侍从就不会消停。我不知道你是否还能承受失去他们当中的任何一个。”

话音未落，他关上了门。

四十

第六天（继续）

丹斯的苍老压在我的身上，像重重的负累。迈克尔和斯坦文在我身后聊着，萨克利夫和佩蒂格鲁手里拿着酒，放声大笑。

露西端着一个银色托盘走到我面前，上面还有最后一杯白兰地。

“丽贝卡。”我深情地说，差点伸手去触摸她的脸庞。

“不，先生，我是露西，先生，我是露西·哈珀。”女仆有些担心的样子，“很抱歉叫醒您，我担心您会从墙上跌下来。”

我眨眨眼睛，赶走丹斯亡妻的记忆，责备自己活像个傻瓜，差点犯了多么可笑的错误。被人撞见自己多愁善感的时刻，真让我气恼。幸好记起露西曾对管家那么友善，我心头的怒气才渐渐消散。

“先生，您要喝一杯吗？”她问道，“喝点什么暖暖身子？”

我向她身后望去，伊芙琳的使女玛德琳·奥伯特正用食篮收脏酒杯和半空的白兰地酒瓶。她俩肯定是在我睡着后到了这里，这些东西也应该是她们从布莱克希思庄园带来的。我似乎睡了好长时间，她们已经开始收拾东西准备离开了。

“不用了，我现在走路已经不够稳当了。”我说。

她的眼神投向我身后，泰德·斯坦文正用手抓着迈克尔·哈德卡斯尔的肩膀。她的脸上尽是迟疑和犹豫，这也难怪，午餐时斯坦文曾经那样粗鲁地对待她。

“别担心，露西，我会把这杯酒给他拿过去，”我说着，站起身来，拿起托盘上的那杯白兰地，“反正我也想和他聊聊。”

“先生，谢谢您。”她咧嘴一笑，迅速离开了，像是怕我改变主意。

当我走到他们面前时，斯坦文和迈克尔沉默下来，但我能听出那些没有说出口的话，也能感受到两人之间的不安与尴尬气氛。

“迈克尔，我能单独和斯坦文先生谈谈吗？”我问他。

“当然可以。”迈克尔点头示意后就走开了。

我把酒递给斯坦文，没理会他瞅着酒杯的疑虑神色。

“丹斯，少见啊，您还能屈尊过来和我聊天。”斯坦文上下打量着我，那架势仿佛是拳击手在拳台上审视着对手。

“我想我们俩可以互助互利。”我说。

“我一直都很想结交新朋友。”

“我想知道的是，你在托马斯·哈德卡斯尔被杀的那个早上都看见了什么。”

“那可是很久以前的事了。”他说着，用指尖触碰着杯沿。

“要是信息可靠，不妨说来听听。”我说。

他向我身后望去，玛德琳和露西正抬着食篮离开。我察觉出他在寻找什么来分散自己的注意力。丹斯身上的某种东西让他紧张不安。

“我想听听倒是无妨。”他嘟囔了一句，就将注意力转向我，“那个时候我还是布莱克希思庄园的猎场主管，我那天早上像往常一样在湖边巡逻，看见了卡佛和另一个背对着我的家伙，他们正在用刀捅那个孩子。我朝他开了一枪，可在我和卡佛搏斗的时候，那家伙跑进林子逃走了。”

“就是因为这些，哈德卡斯尔勋爵和夫人送给你一个种植园？”我问他。

“是的，这并不是我要来的。”他对此嗤之以鼻。

“据马厩主管阿尔夫·米勒说，在袭击开始前的几分钟里，海伦娜·哈德卡斯尔和卡佛待在一起。这你怎么解释？”

“他是个酒鬼，尽爱扯谎。”斯坦文的话里没有丝毫的不自然。

我从他的声音里没有发现一点颤抖或是不安的迹象，此人绝对是撒谎高手。此刻他已隐藏好自己的烦躁，他知道我想知道什么。我能感觉天平正向他那边倾斜，他的信心渐增。

我判断失误。

我原以为能像对待马厩主管和迪基那样来威吓他，但斯坦文显得紧张和不安，并非因为他害怕，而是因为他要在一堆答案里挑出一个来反问我。

“丹斯先生，告诉我，”他凑近我耳边低语道，“你儿子的母亲是谁？我知道并不是你那位亲爱的亡妻丽贝卡。别误会，我有好些想法，如果你能直接告诉我的话，就省得我去一一证实了。作为回报，我甚至可以给你之后每月的付款打个折扣。”

我瞬间血液凝固。这是丹斯最核心的秘密，是他莫大的耻辱、唯一的弱点。此时斯坦文正以此相要挟。

我想要回敬都无言以对。

斯坦文从我身边走开，一抖手腕，把一口都没动的白兰地倒在灌木丛里。

“下次来交易，要先确认手里有货……”

我身后响起了猎枪的爆裂声。

有东西喷到了我脸上，斯坦文的身体向后摇摇晃晃地倒下去，地上血肉模糊一片。我耳边的轰鸣声久久未散，我摸摸面颊，发现指尖全是血。

斯坦文的血。

有人尖叫起来，其他人在喘息、在呼喊。

大家先是呆立在那儿，然后都跑动起来。

迈克尔和克利福德·赫林顿朝尸体跑了过来，叫人去找迪基医生，但显然这个敲诈者已经死掉了。斯坦文的胸膛炸裂开来，胸中堆积的恶意也随着他的生命烟消云散。他的一只眼睛没有闭上，盯着我，像是在谴责我。我想要告诉他这不是我的错，不是我干的。突然，这似乎成了世上最重要的事情。

令人震惊。

灌木丛里窸窣作响，丹尼尔迈步出来，他的枪管上还冒着烟。他低头望了望尸体，面无表情，仿佛这事与他无关。

“柯勒律治，你做了什么？”迈克尔大喊着，他在查看斯坦文是否还有脉搏。

“我做了向你父亲承诺的事情，”他平静地说，“我确信泰德·斯坦文以后再也不会去勒索你们任何一个人了。”

“你杀了他！”

“没错，”丹尼尔迎着他惊讶的目光说，“我杀了他。”

丹尼尔从口袋里掏出了一条丝质手帕递给我：“老伙计，擦干净吧。”

我的大脑里一片空白，甚至还谢了谢他。我头昏目眩，困惑不解，一切如在梦中。我擦掉脸上的血，盯着手帕上的红色印迹，仿佛这血渍能够解释刚刚发生的一切。我刚才正和斯坦文说着话，然后他就死了，真不明白怎么回事。起码还应该有些别的吧？追逐、恐惧、警告什么的。怎么就这样轻易死掉了呢？真像个骗局。我给了他太多钱，被他索取了太多。

“我们完蛋了，”萨克利夫靠在树上哭号着，“斯坦文总说他要是有个三长两短，我们的秘密就会尽人皆知。”

“你就关心这些吗？”赫林顿冲他大喊着，“柯勒律治在我们面前杀了人！”

“杀了一个我们都恨之入骨的人，”萨克利夫反唇相讥，“别说你从来没想过杀死他。你们谁也别装作没有这样想过！斯坦文把我们的血都榨干了，他快要把我们全都逼死了。”

“不，他再也不能了。”丹尼尔把猎枪扛在肩上。

现场所有人都神色大变，只有丹尼尔一直那么冷静。这一切仿佛对他没有丝毫触动。

“他掌握的关于我们的一切秘密……”佩蒂格鲁开口。

“都写在一个本子里，那个本子现在就在我手上。”丹尼尔打断他的话，从他的银烟夹里抽出了一支香烟。

他的手一点都不抖，下一个轮回那可是我的手。布莱克希思庄园到底把我变成了什么鬼样子？

“我派人偷来了。”他随随便便地说着，点燃了香烟，“你们的秘密就是我的秘密，再也不会被别人知道。现在，我相信你们每个人都欠我一个承诺。是这样的：今天剩下的时间里，你们不能和任何人提起这件事，明白吗？如果有人问起，就说我们出发时斯坦文没有跟我们一起走。他没说原因，之后你们就再也没有见过他。”

每个人都面面相觑，惊愕难言。我不知道他们是被目睹的场景吓坏了，还是被突如其来的好运惊呆了。

我对此事的惊讶慢慢退去，对丹尼尔的行为却愈感恐惧。半个小时之前，他对迈克尔的些许善意还令我心生赞许。此刻，我身上却泼溅上另一个人的鲜血，这才深深感到丹尼尔的拼命劲不可小觑。

是我的拼命劲。我现在看到的正是自己的未来，真让人恶心。

“我需要听到你们的承诺，先生们，”丹尼尔嘴角喷出烟来，“告诉我你们明白这里发生的事情。”

大家纷纷表态，虽然话不多，却还算真诚。只有迈克尔看上去非常不安。

丹尼尔迎着他的目光，冷冷地说：“别忘了，我手里可掌握着你们的所有秘密。”他等了一下接着说，“现在，你们得往回走，要不该有人来找我们了。”

听了这个建议，人们纷纷低语应承，退到林中往回走。丹尼尔示意我先别走，等大家都走远听不到声音，他才开口说话。

“帮我翻翻他的口袋，”他说着卷起了袖子，“其他猎手不久就会回到这里来，我不想让他们看见我们待在尸体旁边。”

“丹尼尔，你都做了什么？”我发出嘘声。

“他明天就会活过来，”他轻蔑地摆摆手，“我不过打倒了一个稻草人。”

“我们本该解开一个谋杀之谜，不是弄出一起新的谋杀案来。”

“送给小男孩一套电动火车，他马上就会试着开动起来，没准会让它脱轨，”他说，“这并不能反映他的品行，我们也不能据此来评判他。”

“你把这当成了游戏？”我指着斯坦文的尸体厉声道。

“是拼图，每一块都可以移动。完成这个拼图，我们就能回家。”丹尼尔冲我皱皱眉，好像我是问路的陌生人，在问一个根本不存在的地方，“我不明白你在担心什么。”

“如果我们用你的方式解开了伊芙琳的谋杀之谜，我们就不配回家！你看不出来吗？我们戴的这些面具暴露了我们，它们显露出了我们的真正面目。”

“一派胡言。”丹尼尔边说边搜索着斯坦文的口袋。

“当我们没有受到别人监视时，才会表现真正的自己，你没有想到这点吗？关键不在于斯坦文明天会不会活过来，而在于你今天杀了他。你冷血地杀死一个人，余生你的灵魂都被玷污。丹尼尔，我不知道我们为什么要在这里，也不明白这些事为什么会发生在我们身上，但我们应该证明这并非正义，不能容忍自己成为不义之人。”

“你被误导了，”丹尼尔的声音里透出了一丝轻蔑，“我们没有亏待这些人，只不过是把他们的影子投在墙上。我不明白你想让我怎么办。”

“我们要遵从更高的道德标准，”我升高了音调，“要比我们的宿主高尚！杀死斯坦文是丹尼尔·柯勒律治的方案，不应该是你的方案。你是个好人，不要忘了这一点。”

“一个好人？”他哂笑一声，“回避这些不愉快的行为不会使人成为一个好人。看看我们待的这个地方，看看我们都遭遇了什么。想逃离就要采取必要的行动，即使天性强迫我们避免这些行为。我知道这让你恶心了，你忍受不了这一切，我也一样，可是我没时间跟着道德准则亦步亦趋。今晚我能结束这一切，我意欲如此，所以你衡量我的标准，不该看我能否坚持道德准则，而该看我是否会做出牺牲，以确保你能维系道德准则。如果我一败涂地，你也还有别的退路。”

“可是你要是做到了，该如何自处？”我追问。

“当我看到家人的面庞，便晓得，我逃离这里所得到的回报要多于失去的东西。”

“你不会真的这么想吧？”我说。

“我是这样想的，你在这个地方多待上几天，也会这样想。”他说，“现在，请在其他猎手赶来之前帮我搜搜斯坦文。我可不想浪费整个晚上的时间去回答警官的质询。”

和丹尼尔争论没有用处，他已经决定一意孤行。

我叹了一口气，接近尸体。

“要找什么？”我问他。

“答案，像往常一样，”他说着，解开这个敲诈者血淋淋的外套，“斯坦文搜集了布莱克希思的每一个谎言，包括我们拼图的最后一块——伊芙琳谋杀的谜底。他所掌握的信息都写在这个本子里，可是本上的文字都是密码，还需要参阅另一个密码本才能读懂。而那个密码本，斯坦文会随身携带。”

第一个本子就是德比从斯坦文卧室里偷的。

“第一个本子你是从德比那里拿来的吗？”我问他，“我刚拿到那个本子，就被人用花瓶打晕了。”

“当然不是，”他说，“我进入柯勒律治身体前，他就已经派人去找那个本子了。那个本子交给我时，我甚至都不知道他对斯坦文的敲诈生意这么感兴趣。我确实想过来提醒你，这话也许能让你觉得宽慰。”

“那你为什么没来提醒我呢？”

他耸耸肩：“德比是条疯狗，对于大家来说，他能睡几个小时也不错。现在快开始吧，我们没多少时间了。”

我浑身颤抖地蹲到尸体旁边。这实在是个不堪的死法，即便是对于斯坦文这样的人。他的胸口血肉模糊，鲜血已经浸透了衣服。我伸进他的裤子口袋，血涌到手指周围。

我慢慢地翻找着，不敢看他一眼。

丹尼尔没有这样的疑虑和不安，他把斯坦文的衬衣和夹克从上到下拍了一遍，似乎对衣服上沾的碎肉无动于衷。我们快搜完时，发现了香烟盒、小刀和打火机，没有找到密码本。

我们彼此对视着。

“我们得把他翻过身去。”丹尼尔说，我也这么想。

斯坦文是个大块头，我们俩费了半天劲才把他翻过去。确实值得费这么大劲，省得他一直盯着我看，让我搜身时不自在。

丹尼尔用手摸斯坦文的裤腿时，我撩起了他的夹克，发现衬里有一个鼓囊囊的地方，周围是敷衍的缝线。

我的胸中涌起一阵兴奋，真惭愧。我并不赞同丹尼尔的做法，但此时此刻，谜底即将揭晓，我不禁越发欢欣鼓舞。

我用斯坦文的小刀划开了那些缝线，密码本掉到了我手上。这东西刚掉出来，我就注意到那里还有别的东西。我把手伸进去，拽出一个小巧的装相片的银盒，连着项链。里面有张破旧的画像，明显画的是个小女孩，七八岁的样子，一头红发。

我把这画像拿给丹尼尔看，可他正忙着翻密码本，没有理会我。

“就是这个，”他兴奋地说，“这就是我们的出路。”

“希望真的如此，”我说，“为此我们付出了高昂的代价。”

他抬起头来看着我，与拿到本子之前判若两人。这既不是贝尔见到的丹尼尔，也不是雷文古见到的丹尼尔。甚至不是几分钟之前的丹尼尔，那时的他还在为自己行为的合理性进行辩护。这是一个胜利者，好像一只脚已经迈出了庄园大门。

“我所做的这一切，没有什么值得骄傲的，”他说，“但我们又别无选择，你必须相信这一点。”

他也许不会为之骄傲，可也不会为之感到羞耻。那太明显不过，让我想起瘟疫医生的警告。

刚来到布莱克希思的艾登·毕肖普……他想要得到什么，

就会为之奋斗，不屈不挠。那样的人原本无法逃离布莱克希思庄园。

丹尼尔孤注一掷，他犯了我经常犯的错误，就像瘟疫医生之前警告过我的那样。

无论发生了什么，我都不能让自己变成这个样子。

“我们走吧！”丹尼尔说。

“你知道回去的路吗？”我在林中搜索着，意识到自己竟然不知道来的路。

“在东面。”他说。

“那怎么走啊？”

他把手伸进口袋里，掏出贝尔的指南针。

“早上我向他借来的，”他把指南针平放在手掌上，“很可笑吧，事情这样周而复始地重复，不是吗？”

四十一

我们终于从树林中走出来，泥泞不堪的草坪对面就耸立着布莱克希思大宅，大宅里烛火通明，亮光从窗户里透出来。我必须承认，又看见这个宅子很高兴。尽管手里有枪，我回来的一路上还总是回头看有没有侍从。如果这个密码本如丹尼尔所言那样珍贵，我想我们的敌人也会来找它。

侍从很快就会找上门来。

透过窗子，可以看到大宅二层房间里，人影在穿梭晃动，猎人们正脚步沉重地走上台阶进入门厅，门厅里洒出金色的烛光。他们在门厅摘下帽子，脱下外套，扔得到处都是，在大理石地面上留下一汪汪脏水。一个女仆举着一托盘雪利酒在我们之间穿梭，丹尼尔拿起两杯，递给我一杯。

他和我碰了一下杯，一饮而尽，这时迈克尔到了我们俩身边。和我们大家一样，他看上去仿佛劫后余生，脸色苍白，面颊上贴着被雨水打湿的深色头发。我看看他的手表，发现已经晚上六点零七分了。

“我派了两个可靠的仆人去处理斯坦文的尸体。”迈克尔从托盘上拿了一杯雪利酒，冲我们低语，“我告诉他们，我打猎回来时遇到了他的尸体，指示他们把尸体埋在一个废弃的制陶棚子里。没人能找到他，我也不想现在召警察来，等到明天清早吧。很抱歉，我不能置之不理，让他的尸体在树林里烂掉。”

迈克尔手里的雪利酒已经喝掉了半杯，他面颊泛红，但好像还没喝够。

门厅此刻已经没有几个人了。两个女仆在一旁等候，脚边放着拖把，水桶里装着肥皂水，她们皱着眉头，仿佛想让我们自觉离开，那样她们才好做卫生。

迈克尔揉揉眼睛，第一次直视我。

“我会履行我父亲的承诺，”他说，“虽然我不太愿意那样做。”

“迈克尔……”丹尼尔伸出一只手来，可迈克尔移步走开。

“别这样，求你了，”他显露出不情愿，“我们以后再聊，现在就算了，今晚不行。”

迈克尔转身背对着我们，爬上楼梯，向自己的卧室走去。

“别理他，”丹尼尔说，“他觉得我这样做是因为自私，他不明白这有多重要。答案就在那个本里，我知道的！”

他很兴奋，像得到新弹弓的男孩。

“丹斯，我们离目标不远了，”他说，“我们快自由了。”

“接下来会发生什么事？”我问他，“你从这里走出去？我也走出去？我们俩不可能同时逃出去，我们是同一个人。”

“我不知道，”他说，“也许艾登·毕肖普会苏醒，还带着他的记忆。他最好不要保留关于我们两个人的记忆。我们俩都是噩梦，最好忘得一干二净。”他看看表，“我们现在先甭琢磨这些，安娜已经安排好今天晚上在墓园和贝尔见面。如果她判断正确，侍从已经听说了这些消息，他一定会露面。她需要我们帮忙抓住他。我们还有四个小时可以从这个本子里挖出些信息。你去换身衣服，然后到我的房间里来，我们一起研究研究。”

“我马上就来。”我回应道。

他很少如此飘飘然。今晚我们要一起对付侍从，然后将谜底给瘟疫医生送去。在这个大宅里，我的其他宿主肯定正在完善计划去救伊芙琳，这意味着我只需要想法救安娜便可。我不相信她一直在欺骗我，也不能想象自己会抛下她独自离开这里，她为了帮助我付出了这么多。

我回到自己的房间里，地板回荡着声音，归来的猎人们在大宅里活动着。每个人都在为出席晚宴做着准备。

真羡慕他们可以享受整个晚上，而我面前的目标更为阴暗。

阴暗得多，侍从不会束手就擒。

“你在吗？”我四下里环视，看看有没有人在偷听，“你真是艾登·毕肖普残存的自我吗？”

回答我的是一片静谧，我内心中可以感受到丹斯正在嘲笑我。可以想象这位古板的老律师会对一个自言自语的人说些什么。

房间里一片昏暗，只有壁炉里微弱的火光，我进屋之前仆人忘记点上蜡烛。我心头疑窦丛生，将猎枪扛在了肩上。我们进宅子的时候，一个猎场看守想要收走这把枪，但被我打发掉了，坚持说这是我自己带来的。

我点亮门旁边的灯，发现安娜站在墙角，胳膊垂在两边，面无表情。

“安娜，”我大惊失色，放下了猎枪，“到底怎么……”

我身后的木地板嘎吱一响，身体传来一阵疼痛。一只粗壮的手将我向后拖拽，捂住了我的嘴巴。我被扭转过去，正对着侍从的脸。他唇边掠过一丝得意的笑，眼睛扫过我的面庞，仿佛在发掘埋在底下的东西。

那双眼睛。

我想大声喊叫，但是下颌被紧紧锁住。

他举起刀子，刀尖缓缓地从我的胸口划下，捅进了我的肚子里，一下接一下，疼痛积聚着，直至痛得无可复加。

我从来没有觉得这样的寒冷，也从来没有感受过这样的宁静。

我的腿瘫软下去，他用胳膊拽着我，把我小心地放倒在地板上。他盯着我的眼睛，眼睁睁地看着我的生命活力一点点地从眼睛里消失。

我张嘴想要呼喊，但是没有发出一点声响。

“跑吧，兔子，”他的脸靠近我的脸，“跑吧。”

四十二

第二天（继续）

我尖叫着，从管家的床上挣扎着起来，却被侍从压了下去。

“这就是他？”他扭头看向安娜，她正站在窗边。

“没错。”她的声音颤抖着。

侍从靠近我，他声音嘶哑，热烘烘的酒气喷在了我的脸颊上。

“别跳得那么远，兔子。”他说。

刀刃划向了我的身体，鲜血从被子下面流了出来，我的生命之火熄灭了。

四十三

第七天

我后背抵住墙，抱着双腿坐在那里，下巴抵住膝盖，冲着令人窒息的黑暗大声尖叫。我本能地捂着管家被刺的部位，责备自己愚蠢。瘟疫医生说得没错，安娜背叛了我。

我泛着阵阵恶心，却还偏偏想找个合理的解释，可是我亲眼看到她背叛了我。她一直在对我撒谎。

撒谎的人又何止她一个。

“闭嘴。”我生气地冲自己说。

我的心怦怦直跳，呼吸浅促。我需要平静下来，要不什么事也办不了。我调整了片刻，尽量不去想安娜，太难了。我都没有意识到，自己安静时会不由自主地想起她。

安娜意味着安全和慰藉。

安娜是我的朋友。

我动了动，想搞明白自己醒来的地方在哪里，也想知道附近是否安全。乍一看，还真没有什么危险。我双肩都触到了墙，一束光线从右耳旁边的缝隙漏进来，正好扫到左侧的纸盒和脚边的瓶子上。

我把腕表往亮处凑了凑，发现是上午十点十三分。贝尔还没到房子里呢。

“还是上午，”我自言自语，略感安心，“我还有时间。”

我唇干舌裂，空气里有浓浓的霉味，像是喉咙里塞了一块脏抹布。要能喝点什么就好了，比如凉凉的带着冰的酒。仿佛我已经从棉被下面醒来多时，只消暖和地洗个澡，就能迎接一整天接踵而至的折磨。

我不知道什么时候才能好起来。

我的宿主肯定一整夜都是这样睡觉的，因为动起来相当痛苦。谢天谢地，右侧的板子松了，我没费什么力气就推开了，迎向房间里明亮刺眼的光线时，我的眼睛哗哗落泪。

我待的地方是横贯房子的一条长长的廊道，天花板上挂着蛛网。墙壁都是深色木头，地板上散放着破碎的老家具，蒙着厚厚的尘土，大都已被虫子蛀空。我轻轻挪动，站起身来，僵硬的四肢慢慢动着。原来我这位宿主过夜的地方是楼梯下面的橱柜，而这段楼梯通向一个舞台，一架落满灰尘的大提琴前摊开了一本发黄的乐谱。看着这一切，仿佛我睡了一觉，躲过了一场大灾难，末日审判降临，又匆匆离去，而我被塞到了橱柜里面。

我怎么会在那底下呢?

我浑身酸疼，摇摇晃晃地来到走廊那边的窗户旁边。窗户上一层厚厚的尘垢，我用袖子擦干净一块，才看到下面就是布莱克希思的花园。我待的正是房子的顶层。

出于习惯，我开始翻口袋找身份线索，但忽然意识到自己并不需要这些。我是吉姆·拉什顿，二十七岁，是个警察。我的父母是玛格丽特和亨利，跟人提起我的职业时，他们总是面带自豪的微笑。我有个姐姐，还有一条狗。我爱上了一个叫格蕾丝·戴维斯的女人，这就是我出现在这个聚会的原因。

我和我宿主之间的障碍几乎已经消失。我几乎看不出拉什顿和我之间的分别。不幸的是，拉什顿昨晚喝了整瓶的威士忌，实在记不清怎么跑到柜橱里面了。我只记得我们整晚都在聊陈年往事，开怀大笑，翩翩起舞，纵情享乐。

侍从在那里吗？他也在吃喝玩乐吗？

我努力地回想，但是酒醉的我对昨夜的记忆模糊一片。因为不安，我的手本能地伸向拉什顿口袋里的皮质烟盒，那里面只剩下一根烟，我忍不住想要点上烟稳稳神。在这种情况下，也许我更该发发脾气，尤其还想挣扎着逃离这里。从丹斯那里，侍从一直跟踪我找到了管家，所以我在拉什顿这里恐怕也不安全。

如今谨慎是我最可信赖的朋友。

我环视四周想找件武器，发现了一个阿特拉斯的铜像。我将它举过头顶，向前面蹭过去，这里挡着一排排衣橱，还有横七竖八的一片椅子，我在中间艰难地穿行，来到一块褪色的黑色窗帘前面，这窗帘从天花板垂到地板上。纸板做的树靠在墙上，旁边的服装架子上塞满了戏服，里面有六七套瘟疫医生的装束，帽子和面具就堆在地板上的盒子里。好像这家人过去常常在这里玩耍。

地板吱嘎响了一声，窗帘抖动起来，有人在那后面穿梭。

我浑身紧张起来，将阿特拉斯举过头顶，正要……

安娜冲了出来，脸颊绯红。

“哦，谢天谢地。”她看见我，不由得感叹。

安娜跑得上气不接下气，棕色的眼睛里布满血丝，还有两个黑眼圈。她金黄的头发蓬乱得很，帽子团在手里。记录我的每位宿主活动的那个速写本，就鼓鼓囊囊地塞在她的围裙里。

“你就是拉什顿，对吗？来，我们只有半个小时的时间去救人。”她说着冲过来抓住了我的手。

我向后一退，手里还举着那个铜像，然而让我惊讶的是，她说话时不仅气喘吁吁，而且话里话外没有丝毫的内疚。

“哪里我都不和你去。”我将铜像抓得更紧了。

她的脸上写满了困惑，接下来恍然大悟。

“是因为丹斯和管家身上发生的事情吗？”她问道，“对此我毫不知情，真的什么也不知道。我醒来时间还不长，只知道你会在八个不同的宿主的身体里，而一个侍从正一个个地杀死他们，我们需要去救那些还活着的宿主。”

“你要我信任你？”我大吃一惊，“侍从杀丹斯的时候，是你让丹斯分神；侍从杀管家的时候，你正站在现场。你一直在帮侍从，我都看见了！”

她摇摇头。

“别傻了，”她大喊着，“这些事我都还没做呢，即使到了那时，我那样做也绝不是在背叛你。如果我真想要你死的话，会在你的宿主醒来之前就结果他们的性命。你那时不会见到我，我也绝不会和那样一个人联手，完事之后，他绝对会立即扑上来杀死我。”

“那你在那里干什么呢？”我问她。

“我不知道啊，还没到那个时候。”她回答我，“你……我指的是，另一个你……在我醒来时，正等着我。他给了我这个本子，告诉我去林子里找德比，然后再来这里救你。这就是我的安排，我就知道这么多。”

“还不够多，”我直言不讳，“这些事我还都没有做呢，所以我不知道你说的是不是实话。”

我放下铜像，和她擦肩而过，走向她出来的那个黑窗帘。

“安娜，我没法信任你。”我和她说。

“为什么呢？”她抓住了我甩到后面的手，“我对你可一直都是信任的。”

“那不……”

“你还记得我们上个轮回里发生了什么吗？”

“只记得你的名字。”我低头看见安娜与我的手指交缠在一起，我的抗拒已然瓦解。我是那么渴望去信任她。

“你记不得他们是怎么被害的吗？”

“记不得了。”我不耐烦地说，“你为什么要问我这些？”

“因为我还记得，”安娜说，“我知道你的名字，是因为我记得在门房里喊过你。我们计划好在那里见面。你迟到了，这让我好担心。现在我又见到了你，真是高兴极了，可是看看你现在的表情吧。”

她迎上了我的目光，那深邃而又果敢的双眸，没有谎言的踪迹。当然，她不可能……

宅子里的每个人都戴着面具。

“你就在我站的地方杀死了我。”她触摸着我的脸颊，打量着我的面庞，而直到此时我都不知道拉什顿长什么样子，“你今天早上发现我时，我被吓坏了，差点跑开，但是你是那样伤心……那样害怕。那些破碎的生命就堆叠在你的身上，你没法将它们一一分开，你甚至不知道自己的身份。你把这个本子塞到我手里，说你很抱歉，你不停地这样说。你告诉我你不再是那个人了，你还说我们不能因为想要逃离这里，就一次一次地犯同样的错误。那是你说的最后一句话。”

我在记忆中慢慢翻找，一种遥远的感觉，我仿佛越过时间的河流，指尖俘获了一只蝴蝶。

她把“象”这枚棋子放在我的掌心，慢慢合拢我的手指攥住棋子。

“这个或许能让你想起什么，”她说，“我们在上一个轮回中，用这些棋子来标明自己的身份。艾登·毕肖普，你是主教，我是骑士。好比此刻，我就是你的护卫者。”

我记得这种内疚、这种悲伤，我记得这种遗憾。然后，我又对这些没有什么印象，甚至也没有记忆。但没有关系，我可以感受到她的话语中的真实，就好像第一次见面时，我便感受到我们之间友谊的分量，还有将我带到布莱克希思的那种悲伤与痛苦。她说得对，是我杀了她。

“你现在记起来了吗？”她说。

我点点头，羞愧难当，自厌自弃。我深知自己不想伤害她。我们一直像今天这样并肩作战，但是事情发生了变化……我越来越孤注一掷。我看到自己逃离的机会慢慢溜走，就惊慌失措。我向自己承诺，离开后会找到办法把她救出去。我用高贵包装自己的背叛，我的行为真是糟糕透顶。

我浑身颤抖，被自厌的洪流席卷。

“我不知道这记忆来自哪次轮回。”安娜说，“但我把这记忆当成对自己的警告，警告自己不要再信任你。”

“对不起，安娜，”我嗫嚅着，“我……我忘掉了自己的所作所为，可单单记住了你的名字。这是对我自己的承诺，而对你，我承诺下次会做得更好。”

“你现在不正在履行这承诺吗？”她安慰我说。

希望如此，但我知道这并非事实。我看到了自己的未来，我和他说过话，帮他实施过他的计策。丹尼尔犯的错误，与我在上一次轮回中犯的错误一模一样。绝望让他冷酷无情，我要是不阻拦他，他还会再次牺牲掉安娜。

“为什么第一次见面时你不告诉我真相呢？”我还是羞愧得抬不起

头来。

“因为你已经知道了。”她额头上出现几道皱纹，“从我的角度看，我们两个小时前刚刚认识，而你几乎获知了我所有的信息。”

“第一次见到你时，我是塞西尔·雷文古。”我回答。

“而我们又在中午见面了，我还不知道你是谁，”她说，“那也没什么关系。我不会告诉他，也不会告诉任何人，因为没有关系，那些宿主都不是我们自己。无论他们是谁，他们做出了不同的选择，犯了不同的错误。我只是选择信任你，艾登，而且我也需要你信任我，因为这地方……你也知道这个鬼地方。当侍从杀你的时候，你看到我在做什么，那并不是事情的全貌，并不是真相。”

她看上去还算自信，只是喉咙在紧张地颤动，一只脚在磨地板。我能感到她的手在我的脸颊边颤抖，她的声音也略显紧张。这些虚张声势掩盖不住她对我的恐惧，她害怕过去的我，也害怕我身体里隐藏的那股力量。真难以想象是什么样的勇气支撑她来到这里。

“安娜，我不知道我们俩该如何一起逃出这里。”

“我明白。”

“但我保证不会抛下你一个人离开。”

“我也明白这个。”

就在这时，她给了我一个耳光。

“这是为你杀了我而打的，”她说着，又踮脚在我挨打的面颊上温存地吻了一下，“现在我们快去阻止侍从，别让他再去杀死你的其他宿主了。”

四十四

地板嘎吱作响，我们顺着狭窄的螺旋楼梯往下走，越走越黑，直至最后陷入一片阴暗。

“你知道我为什么会在橱柜里吗？”我问安娜，她在我前面蹿得挺快，好像后面的天要塌下来似的。

“不知道啊，可就因为在那里你逃过了一劫，”她扭头看了我几眼，“素描本里说侍从大约会在此时去找拉什顿。如果昨晚他在自己卧室里过夜，侍从此时便会找到他。”

“也许我们该让他找到我。”我感觉亢奋起来，“来，我有个主意。”

我和她错身到了前面，三步并作两步跳下楼梯。

如果今天早上侍从要来找拉什顿，那他很可能会躲在走廊附近。他觉得这个时候人还待在床上，这就意味着我已经占了上风。如果幸运的话，我此时此刻便可以结束这一切。

楼梯走到头，被一堵石灰水墙挡住了去路，安娜还在半路上，她喊我慢点。我的这位宿主身手不凡，总是能发现隐藏的机关，拉什顿对此也毫不自谦。我用手指巧妙地触到一个隐藏挂钩，便滚落在外面暗黑的走廊里。壁灯后的烛光在闪烁，左侧是空无一人的阳光房。原来是直接到了一层，而刚才穿过的那个暗门在墙上几乎看不出来。

侍从就在不到二十码[1]远的地方。他跪在那里，正在撬门锁，我不用想就知道那肯定是我的卧室。

“你这个浑蛋，正在找我吧。”我啐了一口唾沫，猛扑向他，他还没来得及掏出刀来。

我没想到，他那么快就站了起来，向后跳开一步，又反冲回来抓住我的衣领，揍得我喘不过气来。我笨拙地摔在地上，捂住肋骨。但是他没有动，就站在那里等着，用手背擦掉嘴角流下的血水。

“兔子胆子够大啊，”他笑了，“我会慢慢地把你的肠子掏出来。”

我站起来，掸掸自己身上的土，像拳击手一样举起拳头，却突然感到双臂变得异常沉重。我在柜橱里蜷缩了一宿，状态十分糟糕，信心又像潮水般一点点退去。我慢慢地接近他，左右挥动拳头佯攻，像是在等待一个永远不会来临的机会。他一记猛拳正中我的下巴，震得我的头向后仰去。甚至还没等我看见，他的第二记拳头就打到了我的肚子上，第三记拳头把我撂倒在地板上。

我顿时晕头转向，头昏目眩，挣扎着大口呼吸。侍从步步紧逼，扯着我的头发把我拽起来，伸手去掏他的匕首。

“嘿！”安娜大喊一声。

喊声只是短短地吸引了侍从的注意力，但已经足够让我脱身。我趁侍从分心，挣脱了他的手，踢中他的膝盖，又用肩去撞他的脸，正砸中他的鼻子，鼻血溅了我一上衣。侍从踉跄了一下向后倒在走廊里，他抓住一个半身像，单手向我扔过来，我只好跳到一边，这时他绕过拐角逃走了。

1　约为十八米。——编者注

我想要追赶他，但已经精疲力竭。我顺着墙滑下来，坐到了地板上，捂着吃痛的肋骨。我浑身颤抖，惊魂未定。他太快了，又强壮如牛。如果我们俩之间的对抗再久一点，我绝对没有活路，我敢肯定。

“你这个白痴！”安娜大喊着，生气地望着我，“你差点丢了命。”

“他看见你了没有？”我吐了一口嘴里的血。

“应该没有，”她伸出一只手拉我起身，“我一直在阴影里，你打断了他的鼻梁，我觉得他应该什么都看不清了。”

“安娜，很抱歉，”我说，“我真的以为我们能抓住他。”

“你能抓住他才怪呢。”安娜给了我一个大大的拥抱，让我吃了一惊，她的身体还在颤抖，“艾登，你得小心。幸好那个浑蛋跑了，你的宿主所剩无几。你要是再犯错误，我们真的就跑不出去了。”

这话给了我重重一击。

“我只剩下三个宿主。”我重复这话，一时不知所措。

塞巴斯蒂安·贝尔看见盒里的兔子就晕了过去。管家、丹斯和德比都被杀死了，伊芙琳自杀后，雷文古就在舞厅睡着了。只剩下拉什顿、戴维斯和格里高利·戈尔德。我一直在这些支离破碎的时光里穿梭，跳来跳去，都有些迷糊了。

我早该恍然大悟。

丹尼尔说他是我的最后一位宿主，但这根本不可能。

耻辱像温暖的毯子将我的身体覆盖，我不敢相信竟然这样轻易地被他欺骗，而且这么心甘情愿地上当受骗。

这并不完全是你的错。

瘟疫医生警告过我，说安娜会背叛我。为什么他要这么做，是丹尼尔在向我撒谎啊？实际上有四个人要逃出这个房子，可瘟疫医生为什么告诉我只有三个人呢？他大动干戈地掩盖丹尼尔的骗局。

“我真是瞎了眼了。”我茫然地说。

“哪里不对劲？”安娜后退一步，用关切的眼神看着我。

我踌躇着，大脑运转起来，难堪的感觉消失了，我陷入了冷静的深思熟虑。丹尼尔的谎言十分精妙，可我还是不明白他为何要撒谎。如果丹尼尔想从我的调查中渔利，得试图先赢取我的信任，但事实并非如此。他从未赢取过我的信任。相反，是他告诉我伊芙琳将在舞会上被谋害，这才驱使我开始调查，关于侍从的消息也来自他的警告。

我无法再将丹尼尔视作朋友，但也说不准他是不是我的敌人。我需要知道他的立场，最好的办法是保持这种无知的假象，等他自己揭开真实意图。

我得从安娜开始。

如果她透露给德比或者丹斯一些消息，那倒是好事。他们对待问题的第一反应就是向前冲，哪怕周围荆棘密布。

安娜看着我，等着答案。

“我知道一些事情，”我迎上了她的眼睛，“这些事情对我们两个人都很重要，但是我还是必须向你隐瞒这些事情。”

“你是担心会改变这一天的进程吧，”她说话的语气，就好似这是显而易见的事实，“别担心，这个本子里记的事我几乎都不能告诉你。”她笑了笑，仿佛烦恼一扫而光，“艾登，我信任你。要是不信任，我就不会来这里。”

她伸出一只手，把我从地上拉起来。

“我们不能在走廊里待着。”她说，“我还活着是因为他还不知道我的身份。如果他看见我们在一起，我就活不长了，也没法再帮你。”她抚平了自己的围裙，又整理了一下帽子，收了收下巴显出几分羞怯，“我得干活去了。十分钟后，我们在贝尔卧室外见面，你保持警惕。侍从休整好，还会来找你。”

我同意，本来也没打算在这个四处漏风的走廊里待着。今天发生的每件事情，都有海伦娜·哈德卡斯尔的影子。我需要和她谈谈，这可能是我最后的机会了。

刚挨了揍，我的自尊心有些受挫，肋骨也在隐隐作痛。我在客厅里寻觅海伦娜的身影，只看到几个早起的客人在闲聊，他们提到德比被斯坦文的打手拖走了。肯定是这样的，德比拿的那一盘子鸡蛋和内脏还扔在桌子上，食物还有些温乎，他应该离开不久。我和他们点头示意，向海伦娜的卧室走去，但敲了几次门也没有人应声。因为没有时间了，我就把门踹开，弄坏了门锁。

谁闯进她房间这个谜算是解开了。

窗帘被拉起来了，四柱床上的被子乱糟糟的，从床垫上滑落到地板上。开门带进来的新鲜空气，一时没法驱走房间里的沉闷和污浊，能想象房间主人一宿辗转反侧的情景，她似乎受到噩梦惊扰，一次次汗津津地醒来。衣柜门大敞四开，梳妆台上都是锡盒里撒出来的敷粉，旁边尽是些拧开了盖的化妆品，看得出来，哈德卡斯尔夫人当时应该是在匆匆忙忙地梳妆。我用手摸了摸床，没有一丝暖意。估计她已经离开房间很久了。

记得我和米莉森特·德比来看这个房间时，那个翻盖书桌已经打开了，而海伦娜日程本里“今天”那页已经被撕去了，喷漆枪盒里的两支左轮手枪也不翼而飞。伊芙琳应该在今天早上很早的时候就把枪拿走了，也许她刚拿到逼她自杀的字条后就拿走了枪。伊芙琳在母亲离开房间后，应该不费吹灰之力就可以穿过连接门来取枪。

可是为什么她最后用的是德比从迪基医生那里偷的那把银色手枪呢？她为什么还要从这个盒子里把这对手枪都拿走呢？我知道她把其中的一把给了迈克尔让他打猎时用，可令我不解的是，她已经发现自己与朋友的生命同时受到威胁，怎么还会有心情那样做？

我的目光落在日程本中被撕的痕迹上。这也是伊芙琳撕走的吗？或者另有其人？之前米莉森特怀疑是海伦娜·哈德卡斯尔自己撕走的。

我用手指抚摩着被撕去的边缘，前思后想。

我在哈德卡斯尔勋爵的日程表里看见过海伦娜的约会安排，所以知道缺了的那页写的约会对象有坎宁安、伊芙琳、米莉森特·德比、马厩主管和雷文古。在这些人里，我能肯定的是，海伦娜·哈德卡斯尔只去见了坎宁安。这是马厩主管告诉丹斯的，而且日程本上都是坎宁安沾了墨渍的手印。

我心烦意乱地合上了日程本。时间这么短，可还有这么多未解疑团。

我上楼去找安娜时，脑子里还纠缠着这些疑问。她正在贝尔的卧室外面徘徊，仔细研究着手上的速写本。我能听见门里面低沉的声音，丹尼尔应该正在房间里和贝尔说着话，这就意味着管家正在厨房里和德鲁奇太太在一起，他应该一会儿就会上楼来。

“你看见戈尔德了吗？他应该在这里。”安娜盯着阴影，像是想用她敏锐的目光从阴暗处找出戈尔德。

“还没有，”我紧张地四下张望，“我们在这里待着干吗？”

“侍从今天早上会杀死管家和戈尔德，除非我们把他们带到一个安全的地方，那样就可以把他们保护起来。”她说。

“比如说门房。”

“没错。只是不能让人看出来这是我们做的。否则，侍从就会察觉我的身份，把我除掉。如果他觉得我只是个女仆，而他们俩又受了重伤，没法威胁到他，那他暂时就不会理会我们，这正是我们需要的。从这个本子里看，如果我们让他们两个人活着，他们后面还能发挥作用。”

“那你需要我做些什么呢？”

“我也不知道啊，我甚至不知道我该在这里做些什么。这个本子说在这个时候把你带到这里来，可是……”她摇了摇头，又叹了口气，“只有这个指示是清晰的，其他的东西像是胡言乱语。我刚才说过，你把这个本子给我时，头脑也并不清醒。刚才我一直在琢磨这上面的符号都是什么意思，我只知道，要是弄错了或是来晚了的话，你就会被杀死。”

我浑身战栗，只要往未来轻轻一瞥，便让我信心尽失。

给安娜这个本子的应该是我的最后一位宿主——格里高利·戈尔德。我还记得在丹斯的房门外面，他疯狂地大喊马车的事情。我记得当时觉得他真是又可怜又吓人，他深黑色的眼睛狂野而迷茫。

真希望明天晚一点到来。

我抱着双臂，在她旁边靠着墙，我们俩的肩膀碰在一起。知道在前面轮回中杀死过对方，可能会缩减彼此的爱意。

“你可比我能干，”我说，“当第一次有人将未来托付给我时，我只是在林子里追赶那个叫玛德琳·奥伯特的女仆，以为自己在救她的命。我差点把那个可怜的姑娘吓死。”

“这一天，我可以从这里得到很多指示。”她闷闷不乐地说。

“随机应变吧。”

“我觉得跑来跑去、躲躲藏藏没有用。”她的话里透出一种挫败感，这时一阵匆匆的脚步声打断了她的话。

我们俩一言不发地闪开，安娜躲到了拐角那边，而我钻进了一个敞开的卧室里。我好奇地把门开了一道缝，看见管家一瘸一拐地往我们这边走来，浑身被烧伤了。破旧的棕色睡袍和睡衣将他裹起来，像是一堆锐角被揉作一团抛了过来。

从第一天早晨开始，我已经重温了几遍这一时刻，似乎已然麻木，但是仍旧能感受到管家的挫败感和恐惧，他跑过来想要告诉贝尔他陷入了这个新的躯壳里面。

格里高利·戈尔德从卧室里面出来，管家太专注了，没有看见他。从我这个角度看过去，戈尔德背对着我，奇怪得很，他邋遢得不像个人形，更像是打在墙上的长长的影子。他手里拿着一把火钳，开始击打管家，没有一句警告。

我还记得这次攻击、这种痛苦。

我怜悯管家，深知那种无助而绝望的感觉，火钳打在他身上，鲜血四溅，墙上登时血迹斑斑。

我仿佛附体于管家身上，他蜷缩在地板上求饶，叫天天不灵，叫地地不应。

这一刻，我丧失了理智。

我抓起边柜上的花瓶，跑到走廊，满腔愤怒地向戈尔德冲去，用花瓶砸了他的脑袋，砸碎的花瓶瓷片落了一地，戈尔德倒在地上。

空气仿佛凝固，一片静谧，我手里拿着残破的花瓶瓶口，盯着脚下两个不省人事的人。

安娜跑到了我身后。

“怎么啦？”她装作惊讶的样子。

“我……”

走廊尽头聚集了很多人，男人们衣衫不整，女人们惊魂未定，这里的打斗将他们从晨梦中吵醒。他们先是看了看墙壁上的血点，又看了看地板上两个昏倒的人，最后目光落在我身上，显出不该有的好奇心。如果侍从混在人群中，他会借机悄悄溜走。

那样最好。

我真够生气的，又冲动了一次。

迪基医生冲上楼来，和其他客人不同，他已经穿戴完毕，大胡子整理好了，秃头上也抹了护肤品，锃亮发光。

“见鬼，这怎么啦？”他惊呼道。

“戈尔德疯了，”我说话的声音里还有些颤抖，“他用火钳袭击管家，我就……”

我冲他挥了挥手里的花瓶瓶口。

“姑娘，快去取我的医药袋，”迪基冲安娜说，她正好在医生眼前，“就在我床边。”

安娜去做医生吩咐的事情，她巧妙地使未来的安排就位，却不动声色。医生要求去暖和安静的地方照顾管家，于是安娜建议去门房，还主动承担为管家换药的任务。没有地方关押戈尔德，权宜之计是只好将他也带到门房，定时给他注射镇静剂，好等仆人去镇上请警察来——那个仆人是安娜自告奋勇去找的。

他们用一个简易的担架抬着管家下了楼梯，安娜走时给了我一个安心的微笑，我却困惑无措地皱起眉头。费了这么大力气，我们似乎还是一无所得。管家被送去卧床休息，使他今天晚上很容易成为侍从的猎物。格里高利·戈尔德也将被注射镇静剂，然后被绑起来。他能活下来，却变得神神道道。

我们所做的一切，都是戈尔德的指示，这也无法令人安心。戈尔德给了安娜那个素描本，他还是我的最后一位宿主。真不明白他这样做有何目的，我甚至不知道他是否明白这一切。他承受了这么多痛苦，也许已经神经错乱。

我在记忆中翻找、寻觅曾经瞥见的未来场景，但什么都没有。我还是不知道坎宁安捎给德比的“他们都是”的口信是什么意思。为什么他告诉德比他把所有人都召集起来了？伊芙琳已经从她母亲的卧室拿走了那把黑色左轮手枪，可为什么还要从德比手里拿那把银色手枪呢？为什么她要让德比在她自杀时守着那块石头？

真让人失望，我能看见自己面前撒满了线索[1]，但是据我所知，它们会将我引向绝路。

不幸的是，没有其他的路可以选择。

1 “线索”在原文中是“面包渣”。这是一个童话故事：被继母扔掉的兄妹俩，在森林里面走的时候撒下面包渣，目的是为了找到回家的路。

四十五

从爱德华·丹斯的苍老身躯中解脱后，我本来希望不再有那些琐碎的疼痛，可是在橱柜里待了一宿之后，我还是浑身刺痛。每次伸展、弯曲、扭动身体，都会带来阵阵疼痛，让我龇牙咧嘴，抱怨几声。就连走回自己的卧室，都比我预料的还辛苦。显然，昨天晚上，拉什顿和别的客人相处得不错，我在宅子里走过的一路上，没少和人开心地握握手、亲热地拍拍背。我身后串串的问候声，像是撒下的石子，他们的善意将我从挫伤中治愈。

到卧室之后，我不再强颜欢笑。地板上有个白色信封，里面鼓鼓囊囊地装着什么，估计是有人从门缝下面塞进来的。我把信封撕开，看了看走廊里有没有留下这信封的人影。

你留下的

字条上写着这几个字，裹着一个象棋子，和安娜随身带着的那个几乎一模一样。

拿着亚硝酸戊酯、亚硝酸钠和硫代硫酸钠。

拿好这些。

G. G.

“格里高利·戈尔德。”我看着这名字缩写，叹了口气。

他应该是在袭击管家之前就给了我这个。

现在我体会到安娜的感觉了。这些指示几乎难以辨认，即使我能看清他乱糟糟的笔迹，也根本不明白他在说些什么。

我把便条和象棋子都扔在边柜上，锁好门，用一把椅子挡在门后。照理说，我会立即去翻看拉什顿的私人物品，或是在镜子前面端详这张新面孔，但我已经知道他抽屉里有什么东西，也知道他长什么样子。有个问题我只需联想一下，便可知答案。那就是我知道他放袜子的抽屉里藏着一套指节铜环。那是几年前他从一个打斗者那里没收来的，有那么一两次，这武器还真派上了用场。我把指节铜环套上，满脑子想的都是侍从，想象着他贴近我的脸，愉悦地叹息着，目睹着我残喘着最后一口气，在他的战利簿上记了一分。

我的手在颤抖，但是拉什顿毕竟不是贝尔。恐惧成为他的动力，而不是削弱他的战斗力。他想要把侍从揪出来，结束他的性命，以挽回在之前较量中失掉的尊严。回想今天早上我俩的打斗，我敢肯定就是拉什顿驱使我跑下楼梯，来到走廊，那是他的愤怒和他的自尊。他控制了我，这我都没有注意到。

这样的事情不能再发生了。

拉什顿的鲁莽可能让我们送命，我不能再浪费宿主的生命。要想让自己和安娜摆脱这困境，就需要赶在侍从前面行事，而不是总是跟踪他。我知道哪些人能帮上忙，尽管这些人不那么容易被说服。

我摘下指节铜环，在洗手盆里放好水，开始对着镜子洗脸。

拉什顿是个年轻人——虽然不像他自诩的那样年轻，又高又壮，还特别帅气。他鼻子上布满了雀斑，蜂蜜色的眼睛，金色短发，小麦肤色。唯一不完美的就是他肩膀上的一道弹痕，那条参差不齐的痕迹早已模糊。如果想问的话，我可以从记忆中找出答案，但是我心里的伤痛已经够多，不想平添另一个男人的苦恼。

我正在擦拭胸口，这时门把手发出咔嗒咔嗒的响声，我又抓起了指节铜环。

“吉姆，你在吗？门怎么锁了？”

一个女人的声音，沙哑、平淡。

我新换上件衬衣，拉走椅子，打开门，发现门外站着一个满脸困惑的少女，她手举着正准备再次敲门。她长长的睫毛下面是蓝色的眼睛，冷漠的脸上有一抹红唇。女孩二十岁出头，浓密的黑色披肩发，挺括的白衬衫扎在马裤里面。一看到她，拉什顿就热血沸腾。

“格蕾丝……”宿主将她的名字推到我舌尖，还有更多的话，欲言又止。我对她满心的爱慕，见到她欣喜若狂，兴奋中夹杂着些许羞怯。

“你听说我那个傻瓜哥哥干的好事了吧？”她说着，从我身边挤过。

“你快和我说说。”

“昨天晚上，他借了辆汽车，”她往床上一躺，继续说，“凌晨两点叫醒了马厩主管，穿得花里胡哨的，开车去镇上了。”

她误会了，但是我没法挽回她哥哥的名声。是我决定开车逃离这个宅子，驶向镇上。此刻，可怜的唐纳德·戴维斯被我抛在一条小路上，他在那里睡着了。我的这位宿主拉什顿正努力想拖我出门去找戴维斯。

拉什顿对朋友的忠诚简直疯狂，这让我害怕起来。拉什顿和唐纳德·戴维斯的友情，是在战壕里摸爬滚打建立起来的。他们意气风发而又懵懂地共赴战场，又像亲兄弟一般并肩归来，两个人彼此肝胆相照。

我如此对待他的朋友，让他火冒三丈，我能感到他的愤怒。

还有可能是我在生自己的气。

我和我的宿主纠缠到一起，已经难分彼此。

“都是我的错，”格蕾丝有些垂头丧气地说，“他想去贝尔那里再买些毒品，我威胁他要告诉爸爸，我知道他在生我的气，但没想到他会跑走。”她无助地叹着气，“他不会去做什么傻事吧？”

“他没事，”我一边安慰她，一边在她身边坐下，“他就是吓坏了，没别的事。”

“真后悔认识那位可恶的医生，”她用手抚平我衬衣上的褶皱，“贝尔带着他那箱破玩意儿出现之后，唐纳德就像变了个人。就是那种该死的鸦片酊，让他着了魔。我都没法跟他说话，真希望我们能为他做些什么……”

她话音未落，却仿佛灵机一动。就像是在赛马中，她睁大眼睛退后几步，从头到尾盯着自己看好的那匹马。

“我需要去问查尔斯些事情。”说完，她吻了一下我的嘴唇，就冲出了走廊。

我还没反应过来，她就走了，留下身后的房门大敞四开。

我起身去关门，浑身燥热，心烦意乱，困惑极了。总的来看，我在那个橱柜里待着的时候，事情要简单得多。

四十六

在走廊里，我一步一步地向前蹭着走。路过每个卧室，我都要往里面瞟一眼。我戴着那个指节铜环，稍有声音和阴影就惊得一跳，担心会遭到袭击。我感觉侍从就要来了。如果侍从出其不意地袭击我，我肯定不是他的对手。

我撩开走廊里的丝绒挂帘，步入布莱克希思大宅废弃的东翼走廊，一阵大风吹起窗帘拍打着墙壁，像是一片片肉被扔到了屠夫的案板上。

我走到儿童房才停下脚步。

刚开始我没有马上看到德比，他被拖到墙角，躺在木马后面的地板上不省人事，从门这边看不到。德比头上的血已经凝固，还沾着几片碎瓷，但他还没有死，被妥帖地藏在这里。考虑到他是从斯坦文卧室出来时被袭击的，不管是谁干的，那人至少还想着别让斯坦文找到并杀死他，可又没有足够的时间把他转移到更安全的地方，只好把他藏在这里，还算有良心。

我在德比口袋里迅速翻找，发现他从斯坦文房间拿的东西已经被偷走了。这个结果我早就想到了，但因为德比是宅子里很多谜团的始作俑者，我想还是值得找找看。

我没有管德比，还让他在那里睡着，继续往走廊尽头斯坦文的房间走去。当然只有恐惧才可能驱使德比走到这里，这个大宅里被遗忘的角落，远离其他房间。如果不考虑舒适度，他的房间选得倒是合意。地板可以给他通风报信，我每走近一步，地板就会相应地发出叫声。这个长长的走廊只有唯一的进出口。这个敲诈者很明白自己周围都是敌人，这一点我可以善加利用。

我穿过他的会客厅，敲卧室门。里面出奇地静默，那里面有人，只是努力由躁动转为安静。

“我是吉姆·拉什顿警官，”我透过木门喊着，把指节铜环收了起来，“我需要和您谈一谈。”

话音刚落，里面传来嘈杂的声音。脚步声轻轻穿过房间，接着传来抽屉拉开关闭的摩擦声，有东西被拿起来，最后门框这边传来细碎的声音。

“进来。”泰德·斯坦文说。

斯坦文坐在椅子上，一只手插进左靴筒，他正在刷靴子，还带着股战士的活力。我微微颤抖，被一种不可思议的神秘力量震撼。我最后一次看见斯坦文的时候，他已经躺在林间地上成为一具死尸，我当时还在翻他的口袋。仿佛布莱克希思又把他拎起来，掸掸身上的灰尘，让他重整旗鼓，再从头来过。即使这里不是地狱，魔鬼也在一旁虎视眈眈。

我往他身后望去，他的保镖正在床上沉沉睡去，缠了绷带的鼻子里传来呼吸声和鼾声。我很惊讶，斯坦文并没有移动他，更让我惊讶的是，这个敲诈者把椅子转过去冲着床，就像安娜照顾床上的管家那样。显然，斯坦文对这个家伙还是有感情的。

我在想斯坦文要是知道德比一直在他旁边的房间里会做何感想。

“啊，关键人物来啦。”斯坦文停下手中的动作，看着我。

“您把我搞糊涂了。”我困惑不解。

“如果没把你搞糊涂，我就不算个好敲诈者。”他示意我坐在炉火旁边晃晃悠悠的木椅上。我接受了他的好意，把椅子拽到床这边来，躲开了地上散落的脏报纸和鞋油。

斯坦文穿的衣服像是富人家马夫的制服，熨烫过的白色棉衬衣，一尘不染的黑裤子。这样一个人，穿着如此朴素，擦着自己的靴子，坐在繁华不再的宅邸的破败角落里，我实在不明白，十九年的敲诈勒索给他带来了什么好处。他的脸颊和鼻子红通通的，应该是毛细血管破裂所致，双眼眼窝深陷，眼睛红红的，缺乏睡眠。他好像在时刻提防着，防止门外的怪兽闯入。

他招来的怪兽。

他的咆哮和威吓后面是一个萎谢的灵魂，那团曾让他生龙活虎的火焰早已熄灭。这个内心被打败的人还留有粗糙的边幅，他的秘密是其仅存的温暖。从这点看，那些被敲诈者有多害怕他，他就有多害怕他们。

他激起了我心中的怜悯。斯坦文的处境竟让我感到如此熟悉，在我宿主的内心深处，艾登·毕肖普本人的深层记忆似被唤醒。我来到这里是为了一个女人，我曾经想要救她，却无能为力。布莱克希思是我的第二次机会……再次尝试？

我来这里为了做些什么？

别去管它了。

“我们有话直说吧，”斯坦文坚定地看着我，“和你一伙儿的有塞西尔·雷文古、查尔斯·坎宁安、丹尼尔·柯勒律治，还有几个人。你们几个人揪住十九年前的那场谋杀案不放。”

我之前的想法漫散开来。

“哦，别显得那么惊讶。”斯坦文盯着靴子上的一个脏点说，“坎宁安今天一大早就代表他那个胖主人来盘问我，几分钟之后丹尼尔·柯勒律治也来打探。两个人都想来问我，赶跑了杀死哈德卡斯尔少爷的凶手之后，我射伤的那个人是谁。现在你又来了，是鼻子是眼，一清二楚。”

斯坦文扫视了我几眼，冷漠的外表下隐藏的是老谋深算。我意识到他在看我，赶紧寻找合适的措辞，好驱赶他的疑心，可是我们俩之间的沉默使气氛变得紧张起来。

“我在琢磨你对这事的看法。”斯坦文嘟囔着，把手上的靴子放在报纸上，用抹布把手擦干净。

他再次开口时，声音低沉而温柔，像是在讲故事：“在我看来，你忽然渴望诉诸正义，不外乎两个原因，”他用一把小刀来剔指甲缝里的泥垢，“要么是雷文古听到那个丑闻，就花钱让你帮他调查；要么是你觉得这里有大案子，解开其中谜团，便能上报纸，名利双收。”

对于我的沉默，他哂笑了一声。

“看，拉什顿，你不了解我，也不懂我的生意，但是我知道你这种人。你是工薪阶层，却看上了一个有钱女人。往上爬没有问题，我也做过，但你需要钱才能爬到进阶的梯子上，这我可以帮上忙。信息是有价值的，这意味着我们俩可以互相帮忙。”

他回望着我，却有些不自在。他脖颈上的脉搏剧烈地跳动起来，脑门上渗出了汗珠。他知道，这样的试探有些风险。即使这样，我能感到他的提议颇具吸引力。拉什顿真的希望用钱来铺平他与格蕾丝的爱情之路，他想要去买更好的衣服，想要每月和她多出去吃几次饭。

但事实是，他更喜欢当个警察。

“有多少人知道露西·哈珀是你的女儿？”我温和地说。

现在该轮到我看他变脸色了。

当我在午餐时看见斯坦文欺侮露西时，我就开始怀疑他了。因为露西请他让路，鲁莽地喊了他的名字，他就那样夸张地对待露西。我从贝尔的视角观察时，没有发现什么问题。斯坦文残酷冷血，谁都敲诈，所以这事看上去再自然不过。可当我从丹斯的角度再次审视此事时，就觉察到露西话里话外透出的感情，也看到斯坦文脸上的恐惧。一屋子的人，谁都愿意捅他一刀，而露西就在那里，对着大家宣布对他的关心。这简直是在他自己后背画靶子！难怪斯坦文拂袖而去，他需要她尽快离开那个房间。

“哪个露西？”他说话时，手里攥紧了抹布。

“斯坦文，别再否定，那会侮辱我的智商。”我打断了他的话，“她继承了你的红发，你外套里藏着的那个项链里装着她的照片，项链旁边还有个密码本，上面详细地记录了你那些敲诈的生意。把这两样东西放在一起很奇怪，除非那是你唯一珍惜的东西。你真应该听听露西是怎样在雷文古面前维护你的。”

我嘴里吐露出的每个事实，对他都是一记重锤。

“不难想明白吧，”我说，“事情都是明摆着的。”

“你有什么企图？”他平静地问我。

“我需要知道，托马斯·哈德卡斯尔遇害的那个早上到底发生了什么事情。”

他舔着嘴唇，脑子飞速运转起来，谎言成了齿轮的润滑剂。

“查理·卡佛和另一个人把托马斯带到湖边，然后把这孩子捅死了，”他又把靴子拿起来，“我拦住了卡佛，可那个同伙逃走了。你还想听哪段老掉牙的故事？”

“如果我感兴趣的是谎话，我就会去问海伦娜·哈德卡斯尔，”我略略前倾，双手交叉扣在膝盖上，“她就在那里，不是吗？就像阿尔夫·米勒所说。谁都相信这家人给你一座庄园是感谢你救了小男孩，但我知道真实情况并非如此。那个男孩死后的这十九年来，你一直在敲诈海伦娜·哈德卡斯尔。那天早上，你看见了什么，所以一直以来，你始终以此来要挟她。海伦娜告诉她丈夫，这钱是用来保守坎宁安亲生父母的秘密的，实际上并不是，对吗？是为了保守更大的秘密。”

“我要是不告诉你我的亲眼所见，又能怎样？”他把靴子扔到一边，嘶吼着，“你就到处去说，露西的爸爸是无耻的泰德·斯坦文，那咱们走着瞧，看到底谁先杀死她。”

我开口刚要回答，却困惑地发现，只字难言。我当然那样打算过，可是此刻坐在这里，想起在楼梯的那一瞬间——露西领着困惑的管家回到厨房，好不让他陷入麻烦。和她爸爸不一样，露西心地善良，满含着温柔和疑虑。难怪斯坦文一直不现身，而让她母亲抚养她。这些年来，他可能给家人存了笔钱，想让她们过上舒服的日子，最终保证家人逃脱强敌的魔爪。

“不，”我对斯坦文说，这话像是对自己说的，“在我最需要帮助的时候，露西施以援手。我不会害她，就算因为这件事。”

他冲我笑了笑，后面还有些悔意，这让我很是惊讶。

“在这个宅子里，你要是讲感情，可寸步难行。”他说。

“那我们讲常识如何？”我问他，“伊芙琳·哈德卡斯尔今晚将被人杀害，我觉得这就是十九年前的某些事情引发的。在我看来，要是能让伊芙琳活下来嫁给雷文古，对你也有好处啊，那样你就可以继续勒索得利。”

他吹了声口哨：“要真想勒索得利，不如搞清谁杀了伊芙琳，那样就能敲诈出更多的钱，但是你得昧着良心才能那样做。”他加重了语气，“我不需要继续勒索。对我来说，到此为止了。很快我就会得到一大笔钱，便可以把这些生意卖掉，金盆洗手。我回到布莱克希思，是来接露西的，结束这些交易之后，我就带她离开这里。”

“你准备卖给谁？”

“丹尼尔·柯勒律治。”

“几个小时后去打猎，柯勒律治打算那时杀死你。什么消息这么值钱？”

斯坦文看着我，显然觉得这话可疑。

“杀死我？”他说，“我们俩还要公平交易，他和我。我们准备在林子里交接。”

“交易的就是两个本子，对吗？”我说，“所有的名字、罪行和赎金写在一个本子里，当然是用密码写成的。而解析密码在另一个本子里，你把两个本子分开存放，觉得能确保你的安全，但那不可能，无论交易公平与否，你都将死在……”我撸起袖子看看手表，“四个小时之后，柯勒律治分文不付便可取走那两个本子。”

第一次，斯坦文开始动摇。

他伸手从床头柜的抽屉里拿出一支烟斗，取出一小袋烟叶塞进去。他把多余的烟叶刮掉，一边吸着烟斗，一边用点着的火柴转圈点燃烟叶。等他把注意力转回到我身上时，烟叶已经全部点着，升腾起的白烟缭绕着，似乎在他的头顶形成了光环。

“他要怎么做？”斯坦文用黄牙叼着烟斗，从嘴角挤出这句话来。

“在托马斯·哈德卡斯尔遇害的那个早上，你到底看见了什么？”我问他。

“就这样，是吗？一命换一命？”

“公平交易。”我回答。

他往手上吐了口口水。

“那握手成交。”他说。

我和他握了手，然后点着我的最后一根烟。现在我对烟的需要已经没那么急迫了，有点像河水轻轻地漫上河堤，我让香烟在喉咙里萦绕，眼睛因为愉悦而有些湿润。

斯坦文挠挠自己的胡楂，开口说话，声音中有些担忧。

“那一天真够荒唐的，稀奇古怪，”他调整了一下嘴里的烟斗，“舞会的客人已经到达，但这个宅子一直气氛阴郁。厨房里发生了口角，马厩里有人在打斗，客人们也都在吵吵嚷嚷，没有一个房间的客人柔声细气、好言好语。”

他现在小心翼翼的，像正在收拾一个装满尖锐物体的箱子。

“查理被解雇了，那没有什么可惊讶的。”他说，“他和哈德卡斯尔夫人已经好了一段时间，大家都记不得从什么时候开始的了。刚开始还是秘密，后来就几乎公开了。要让我说，真是太明目张胆。我想他们是想被抓住吧。不知道后来怎样了，但是查理被哈德卡斯尔伯爵解雇之后，消息在厨房里就像瘟疫一样传开。我们以为他会到下面来和我们告个别，但是我们一直没听到他出声。几个小时之后，一个女仆来叫我，告诉我她看见查理醉醺醺的，在孩子们的卧室周围乱逛。”

“你确定是孩子们的卧室吗？”

“她是这么说的。他挨个房间探头进去看，好像在找什么东西。”

“找什么呢？”

“她觉得他是想和谁道别，但是孩子们都到外面玩去了。后来，他背着一个棕色皮袋子走了。”

“她不知道那口袋里是什么吗？”

“一点也猜不到。无论里面是什么，没有人会不舍得给他。查理很受欢迎，我们都喜欢他。”

斯坦文叹了口气，脸朝上看着天花板。

“后面又发生了什么？”我感觉他不太想说，就追问道。

“查理是我的朋友，”他沉重地说，“所以我去找他了，就想和他道别。人们最后见到他时，他正向湖边走去，所以我就跟过去了，却发现他没在那里。那里没有人，至少一开始那里没人。我要是没看见地上的血，当时就走开了。”

“你跟着地上的血迹走的？”我问他。

“是的，跟着一直到了湖边……我就是在那里看见了托马斯。”

他哽咽了，双手掩面。这些秘密在记忆深处潜藏太久，使它们重见天日对他是种折磨，这我并不惊讶。他现在变成这个样子，这个秘密才是罪魁祸首。

“斯坦文，你到底看到了什么？”我问他。

他放下掩面的手，注视着我，仿佛将我当成牧师开始忏悔。

“刚开始，我只看见哈德卡斯尔夫人，”他说，“她跪在泥里，哭得伤心欲绝，到处都是血。我没有看见孩子，她把他抱得那样紧……可她听见我过去之后就扭过头来。她划穿了他的喉咙，几乎把他的头割下来了。”

“她承认了？”我问他。

我都能听见自己的声音在抖。低下头来，我发现自己双拳紧握、身体绷紧。我就坐在椅子边上，屏住了呼吸。

我马上为自己感到羞愧。

“差不多吧，”斯坦文说，“她就在那里不停地说，那是个意外，那是个意外，一遍一遍地说，那是个意外。”

“那卡佛怎么又卷进来了？”我问他。

“他过了一会儿才来。”

“过了多久？”

“我不知道……”

“五分钟，还是二十分钟？”我问，“斯坦文，这很重要。”

“到不了二十分钟，可能是十分钟，没有多长时间。”

“他有没有拿着那个袋子？”

“袋子？”

“就是女仆说的他从房子里扛出来的那个棕色皮袋子，他有没有拿着？”

“没有，没有袋子。”他用烟斗指着我，“你知道些什么，是不是？”

“我想是的，没错。接着讲啊。”

“卡佛来了，把我叫到一边。他很清醒，特别清醒，就是人受了惊吓打击之后那个样子。他让我忘掉我看见的一切，让我告诉别人是他杀的那孩子。我说我不会那样做，不会为了她，不会为了哈德卡斯尔一家那样做，可他说他爱她，那是个意外，这是他唯一一件可以为她做的事，是他唯一可以留给她的东西。他觉得从布莱克希思庄园被解雇，从海伦娜身边被赶走之后，失去了所有希望。他让我发誓替他保守秘密。”

“你照他说的做了，只不过要她偿还。”我说。

“警官，要是你，会有别的选择吗？”他狂怒地说，“那时在那里，你会选择打破与朋友的约定，让她戴上镣铐，还是让她逃脱，不受惩罚呢？”

我摇摇头。我没法回答他，对于他可怜巴巴的自我辩解，我也不感兴趣。这个故事里只有两个受害者——托马斯·哈德卡斯尔和查理·卡佛，前者被杀死，后者则为了保护自己深爱的女人而走向绞刑架。太晚了，他们俩我谁也帮不了，但是我不准备让真相被继续尘封。

已经造成了太多的伤害。

四十七

灌木丛窸窣作响，脚下的细枝被踩断。丹尼尔在林中迅速穿梭，没准备隐藏什么。他不需要躲躲藏藏，我的其他宿主都脱不开身，其他人不是在打猎，就是在阳光房。

我的心跳加速。同贝尔和迈克尔说完话之后，丹尼尔就溜出了房子，我已经跟踪了他十五分钟，静静地在树木之间穿来穿去。我记得他没有赶上和大家一起出发，所以得追上丹斯。我很好奇是什么耽搁了他，真希望这次跟踪可以让我更多了解他的计划。

树木忽然变得稀疏，前面出现了一个碍眼的空地。这里离湖边不远，我几乎可以从右侧看到湖水。侍从像个笼中困兽，在地上转着圈，我赶紧在灌木丛后藏起来，怕他们看见我。

“快点动手。”丹尼尔一边走近他，一边说。

侍从一拳打到他的下巴上。

丹尼尔向后踉跄地退了几步，又站起身来，点头示意侍从再给他一拳。侍从就又用力捣向丹尼尔的肚子，接下来的又一个勾拳把他打倒在地。

“再来几拳吗？”侍从逼近了他。

“够了，”丹尼尔摸了摸裂开的嘴唇，“丹斯需要相信我们打了一架，可你这几下子差点要了我的命。”

他们俩是一伙儿的。

“你能追上他们吗？”侍从说着，把丹尼尔拽起来，“猎人们早就出发了。”

“他们带着好几个老家伙，走不远。抓没抓住安娜？”

“还没呢，我一直都没空。”

“快点吧，我们的朋友可有点不耐烦了。”

原来一切都是为了这个。他们要抓住安娜。

正是这个原因，丹尼尔叫我的宿主雷文古去找安娜，也正因如此，丹尼尔设计抓捕侍从时，叫我的另一个宿主德比把安娜带到书房。他期待我带安娜来，好任他鱼肉。

我头昏目眩，他们说了几句话，然后侍从向宅子走去。丹尼尔擦擦脸上的血，但是待着没有动，片刻之后我就明白原因了。瘟疫医生进了空地，这肯定是丹尼尔提到的“朋友”。

这正是让我害怕的。他们是同谋。丹尼尔和侍从合作，他们代表瘟疫医生去抓捕安娜。我想象不出来是什么带来这样的深仇大恨，这也解释了为什么瘟疫医生一整天都在离间我和安娜。

瘟疫医生一只手扶着丹尼尔的肩，把他领到树林里，后面的情景我就看不见了。这动作显得他们很亲密，真让我吃惊。我从来不记得瘟疫医生触碰过我，他从不会离我那样近。

我低下腰，匆匆追赶他们，时不时隐藏在树后偷听，但是什么也听不到。我气得直骂，只能跟着跑到林子深处，时不时停下来想抓住他们的把柄，可是一无所得。他们消失了。

就好像在梦中一样，我又返回到出发点。

我那天看到的东西，有多少是真的？又有多少人是真实的自己？我曾经相信丹尼尔和伊芙琳是我的朋友，相信瘟疫医生是个疯子，相信自己是个叫塞巴斯蒂安·贝尔的医生，以为他最大的麻烦是失忆。我怎么知道那只是赛跑的起点？从来没有人告诉我，我在奔跑。

你应该把关注点放在终点。

“墓园。”我喊了出来。

丹尼尔相信能在墓园抓住安娜，他那样做时肯定会带上侍从，这点我深信不疑。这一切会在那里终结，我需要准备妥当。

我来到许愿井，今天早上在这里，伊芙琳拿到了费利西蒂给她的字条。我急于实施自己的计划，没有返回宅子，而是右转走向湖边。是拉什顿要这样做，是本能——警察的本能——驱使他这样做。他想去看看犯罪现场，斯坦文的证词还在脑海中挥之不去。

路两边都是树荫，树冠向中间合拢过来，树根冲出地面扭曲向上。蔓生的荆棘挂住了我的风衣，雨水从树叶上四溅下来，最后我终于站到湖边泥泞的土地上。

我以前只是远观，从近处看这个湖要大得多，湖水是覆满苔藓的石头的颜色。一两条破得只剩下骨架的小船，就拴在右侧岸边的船屋里，那船屋也是破破烂烂的。湖中央的小岛上有个舞台，青绿色的顶子漆皮剥落，木头架子因为风吹日晒而破旧不堪。

难怪哈德卡斯尔一家要离开布莱克希思，这里发生了邪恶的事情，这个湖此刻还笼罩在一片诡异的气氛中。我感到不安，想要扭身离去，可身体里有种力量驱使我要弄清十九年前发生的事情。于是，我绕湖步行，走了两圈，仿佛一个验尸官围着工作台上的尸体转圈。

时间一秒一秒地溜走。我看看这里，瞅瞅那里，并没有聚焦到什么东西上。

斯坦文的故事听上去是一锤定音，但是没有解释清楚，为什么过去的恩怨会加害于哈德卡斯尔的另一个孩子。既没法解释谁是始作俑者，也没有显示他们的目的。我原以为来这里可以弄清些什么，可是无论这个湖有什么记忆，它都不会告诉我。它不像斯坦文，可以和我谈条件；也不像马厩主管那样，可以受我胁迫。

我冷得很，又被雨淋湿，几乎都想放弃了，可是拉什顿已经把我拉到了水边，那里有我的倒影。比起其他宿主，警察的眼睛可是明察秋毫，它们可以找到破绽，找到缺失的东西。对拉什顿来说，我对这个地方的记忆远远不够，他需要重新观察。所以，我把手插到口袋里，站到水边，水已经涨得很高，快碰到鞋底了。小雨纷纷落在湖面漂浮的苔藓块上，让湖水起了涟漪。

至少雨一直在下。贝尔和伊芙琳步行的时候，雨水落在了贝尔的脸庞上。管家睡觉、戈尔德被捆着吊在门房时，雨水敲打着那里的窗棂。雷文古在他的会客厅里听着外面的雨声，琢磨着坎宁安到哪里去了。还有德比……德比还在那里昏睡着，这也许对他最好。戴维斯陷在半路上，也许现在正往回赶呢。无论如何，他身上肯定湿了。至于在林中跋涉的丹斯，他的胳膊上架着猎枪，正希望躲开这场雨。

我站的位置，正是伊芙琳今晚将要站立的地方，她将用银色手枪抵住肚子，扣动扳机。

我会看到她看见的东西。

我试着去理解这一切。

凶手想法逼迫伊芙琳自杀，可是她为什么不在自己的卧室里自杀呢？那里没有人看到。为什么要把她带到水边，在舞会进行时让她自杀呢？

这样所有人都可以看到她。

“那为什么不在舞池中间，或是在舞台上呢？”我低声嘟囔着。

这一切，太有戏剧性了。

拉什顿处理过十几宗谋杀案，但那都不是预谋好的，而是一时冲动引发的现场犯罪。男人辛苦工作一天回家，喝上几杯，激起了积蓄多日的矛盾。夫妻俩打起来，妻子受够了每次都被打个乌眼青，她抄起手边的菜刀。死亡就这样降临了，在寻常巷陌中，在温馨安静的房间里。树倒人亡，凶器落地。人们就是这样死掉了，转瞬间，鲁莽冲动，令人遗憾。谋杀不会出现在一百多名身着晚装和宴会礼服的宾客面前。

什么样的人，想要这样一场谋杀大戏？

我反身走向大宅，想起伊芙琳走向水池的路线。我想起她酒醉一般，摇摇晃晃、跌跌撞撞地从燃着火把的地方一路走向黑暗。我记得她手中闪亮的银色手枪，那声枪响，沉默，还有最后她跌入水中时空中跃起的焰火。

为什么她要拿两把枪？明明一把就够用。

一场看上去匪夷所思的谋杀案。

正如瘟疫医生描述的那样……但是如果……我的大脑摸索着思绪的边缘，意欲将想法逗引出来。我出现了一个念头，最奇怪的念头。

也只有这个念头才能说得通。

有人拍了一下我的肩膀，我吃了一惊，差点栽到池子里。谢天谢地，格蕾丝抓住了我，把我拽回她怀里。我必须承认，这个尴尬处境令人愉悦，尤其是当我扭身时，她那双蓝色的眼睛正仰视着我，充满了爱意与困惑。

“你在这里干吗？”她问我，“我到处找你。你没吃午饭。”

她的声音里充满了关切。她盯着我，搜寻我的眼神，虽然我不知道她在寻找什么。

“我来这里散散步，”我不想让她担心，“然后我开始想象，这个庄园鼎盛时期会是什么样子。”

她的脸上闪过几丝疑惑，但很快就消失了。她眨眨漂亮的大眼睛，挽起我的胳膊，她的体温让我暖和起来。

“如今已经很难想象，”她说，“我对这个地方的记忆，即使是最好的记忆，都会因托马斯的悲剧而变得不堪。”

“托马斯遇害时，你在这里？”

“我没有和你说过这事吗？”她的头枕到我的肩上，“我想我没有告诉过你，只是我当时太小了。是的，我在这里，几乎我们这里的每个人，当年都在这个庄园里。”

“你当时看见了吗？”

“谢天谢地，没有。”她非常吃惊，“伊芙琳为孩子们组织了一个寻宝游戏。我当时和托马斯应该都不到七岁，伊芙琳十岁。她差不多算大人了，所以我们一整天都要由她来照顾。”

她有些恍惚，好像是因为回想而有些出神。

“当然了，现在我知道她那时只是想去骑马，不想来照看我们，但那时我们都觉得她人特别好。我们在树林里互相追逐，寻找什么线索，忽然托马斯跑开了。我们再也没有见过他。”

“跑开了？他有没有说为什么要跑开，有没有说要去哪里？”

“你的语气就像是在审问我的警察。”她把我抱得更紧了，“他什么也没有说，托马斯当时没有回答我们的问题，只是问了我时间之后就走了。”

“他问过时间？”

“是的，好像他和别人约好了。”

“他没有告诉你们要去哪里吗？”

“没有。”

“他的举止怪异吗？他说过什么稀奇古怪的话吗？”

“实际上，我们从他嘴里没有套出一个字来，”她说，“他整个星期都怪怪的，沉默寡言，脾气臭臭的，像换了个人似的。”

“他平时什么样子？”

她耸耸肩：“大多数时候都很讨厌。他正好是那种狗都嫌的年纪。他喜欢拽我们的马尾辫，然后吓唬我们。他还会跟着我们进林子，然后出其不意地跳出来。”

“但是他一个星期都很奇怪吗？”我说，“你肯定有那么长时间吗？”

“嗯，舞会开始之前我们在布莱克希思就待了一个星期，是这么长时间。”她现在浑身发抖，抬头看着我，“拉什顿先生，你脑袋里又有什么烦心事啦？”

“有烦心事？”

“我能看到你这里的小皱纹……”她弹了弹我的眉心，“你一有烦心事，这里就皱起来。”

“我还不知道呢。”

“哦，你见我奶奶的时候，别这样啊。”

“皱眉？”

“想想吧，小傻瓜。”

“为什么不能呢？”

“她不喜欢心事重重的年轻人。她觉得那样会显得你无所事事。”

天气迅速转凉，天空仅有的色彩褪去，乌云压顶。

“我们是不是回房子里？”格蕾丝边说边跺脚取暖，“我也和伊芙琳一样讨厌布莱克希思，但是没厌恶到她那个程度，她宁可在外面冻着，也不愿意回宅子里。”

我又看了水池几眼，不抱任何希望，但是我不能只是自己瞎琢磨，需要先去和伊芙琳聊一聊，她正在外面和贝尔散步。无论我现在有什么执拗的想法，用格蕾丝的话来说，都需要等一下，等一两个小时伊芙琳回来后再说。再说了，格蕾丝没有陷入这些悲剧之中，不像我身边的其他人那样，所以能和她待会儿实在是惬意。

我们俩相互依偎着，往宅子里走去。当我们走到门厅时，恰巧看见查尔斯·坎宁安快步走下台阶。他双眉紧锁，满腹心事。

“查尔斯，你还好吗？”格蕾丝的问候，吸引了他的注意力，“说实话，今天这个宅子里的人都怎么啦？魂不守舍的。”

坎宁安咧嘴笑了，看见我们俩倒是很高兴。不同的是，他碰见我总是表情严肃。

“啊，我最亲爱的两个小伙伴，”他边夸张地说着，边跨过三个台阶下来，拍了拍我们俩的肩膀，“不好意思，我刚才走神了。”

看到他这样亲近，我笑开了花。

此刻之前，坎宁安不过是我生命中来去匆匆的过客，偶尔帮些小忙，但总会将自我利益摆在前面，让人无法完全信赖。现在从拉什顿的视角看坎宁安，却好像看到一幅被填好了色的作品。

格蕾丝和唐纳德·戴维斯过去都在布莱克希思过夏天，他们俩和迈克尔、伊芙琳、托马斯、坎宁安一起长大。虽然坎宁安是被厨娘德鲁奇太太带大，可每个人都相信，他就是皮特·哈德卡斯尔的亲生儿子，这提升了他的地位，厨房不是他的归宿。海伦娜·哈德卡斯尔想要抬举坎宁安，所以指示家庭教师教哈德卡斯尔家的孩子时带上坎宁安。虽说坎宁安现在做了男仆，可格蕾丝和唐纳德都不把他当作仆人，不管他们自己的父母同意与否。三个孩子亲如一家人，因此唐纳德·戴维斯和拉什顿在战后回国后，就忙不迭地把坎宁安介绍给拉什顿。这三个年轻人亲如手足。

“雷文古够烦人吧？”格蕾丝问道，“他竟然又拿了份鸡蛋，还记得吧？你知道的，那样子可真是有些讨厌。”

“不，不，不是那样的。”坎宁安若有所思地摇摇头，“你知道的，事情总是千变万化。雷文古告诉了我一些耸人听闻的事，说实话，我现在还没有完全搞明白。”

“他说什么了？”格蕾丝翘首以盼。

“他说他还没有……”坎宁安捏捏鼻子，想转移话题，但又考虑了一下，叹了口气，“最好等今天晚上一切都杂乱不堪时，我们边喝白兰地边说这事。我都说不准自己还记不记得那些话。”

“查尔斯，你总是这个样子，”她跺跺脚，“总是拿那些有料的故事吊我们胃口，每次都只提个开头不讲完。”

“哦，也许这个能让你心情好些。”

他从口袋里掏出一把银色钥匙，带着一个写着塞巴斯蒂安·贝尔名字的标签。上次我见到这把钥匙时，是在可恶的德比口袋里，那之后不久，有人在斯坦文卧室外面打晕了德比，然后把钥匙偷走了。

我感觉自己像是个小零件，被装进了一个巨型钟表里，嘀嗒作响，可我这个渺小的零件不明白整体如何运作。

“你帮我找到的？”格蕾丝将手拍在一起。

他冲我笑着说：“格蕾丝让我去厨房里拿一把贝尔卧室的备用钥匙，这样我们就可以偷他的毒品，”他晃了晃手指上的钥匙，“我不仅找来了，还拿到了他行李箱的钥匙。”

“虽然很幼稚，但我想让贝尔也尝尝唐纳德忍受的痛苦。”她说话时，眼睛里闪过一丝恶意的光。

“你是怎么拿到这把钥匙的？”我问坎宁安。

“我在办事的过程中拿到的，”他语气中有些不安，“我口袋里有他卧室的钥匙。你能想象这个场景吗，把那些瓶瓶罐罐中的毒品全都扔到湖里。”

“不能扔到湖里，”格蕾丝扮了个鬼脸，“回到布莱克希思就够糟糕了，我可不想再到那个湖边。”

“有个井，”我说，“在门房旁边，又老又深。我们把毒品倒在那里面，没有人会发现。”

“完美！”坎宁安高兴地搓了搓手，“好，这位好医生已经出去和哈德卡斯尔小姐散步了，所以我觉得这个时机刚刚好。你们谁要一起来？光天化日下的入门小劫案。”

四十八

格蕾丝在门口放风，坎宁安和我溜进了贝尔的卧室。我对贝尔还有一些怀念，这房间里的一切也都蒙上了愉悦的气息。和其他几位专横的宿主打过交道之后，我对贝尔的态度大大改观。和德比、雷文古和拉什顿不同，塞巴斯蒂安·贝尔就像一块空白的画布，一个静默的人，甚至不敢面对自己。我进入他的躯壳，如此充分地填满了他身体中每个空缺的角落，甚至没有意识到他的身体会是错误的形状。

奇怪的是，他给我的感觉像个老朋友。

“你觉得他那些东西藏在哪里？”坎宁安边问我，边在我身后关上门。

我当然知道贝尔的行李箱藏在哪里，但还要假装不知道，这样我就有机会趁贝尔不在转转这个房间。我很享受这种感觉，毕竟回到了曾经寄居的地方。

坎宁安很快就找到了箱子，让我帮忙把它从衣柜里拽出来，拖到地板上时弄出了很大的声响。幸好别人都去打猎了，否则这声音都能把死人吵醒。

钥匙捅进去，轻而易举就开了锁，箱子顺滑地开了，露出满满当当一箱子的东西，棕色的大小药瓶整齐地摆在里面。

坎宁安带来一个棉布口袋，我们跪在箱子两侧，把贝尔藏的私货往袋子里装。这些都是各种酊剂和调配品，不只有让瘾君子傻笑的毒品。在这些可疑的幻乐药剂之中，有一瓶“士的宁”[1]，已经用去了半瓶，在一般人看来，这些白色的颗粒像是大块的盐。

他拿这个来做什么？

“无论什么，无论谁，贝尔都会卖，是不是？”坎宁安不耐烦地发出啧啧声，他把这个瓶子从我手里夺走，扔到袋子里，“不能再拿去祸害人了。”

把箱子里的药瓶往袋子里装的时候，我想起戈尔德塞到我门下面的那张字条，还记得他让我偷三样东西。

谢天谢地，坎宁安正着迷于他的任务，没有注意到我把药瓶装到自己的口袋里，也没有看到我在箱子里留下了一个棋子。在所有的谋划里，这似乎是件微不足道的小事，但是我还记得这枚棋子带给我的安慰和力量。在我最需要的时候，这于我便是一种仁慈，我很高兴成为给予这种善意的人。

“查尔斯，我需要你告诉我实情。”我开口了。

“我跟你说过，我不会插足你和格蕾丝的。”他一边冷淡地说，一边小心翼翼地往袋子里装东西，“你得承认，这个星期你说了好多错话，格蕾丝接受了你的道歉，你该感激不尽。”

他冲我咧嘴一笑，但是发现我表情严肃，马上就收起了笑容。

1　士的宁（strychnine），又名番木鳖碱，是从马钱子中提取的一种生物碱，能选择性地兴奋脊髓，增强骨骼肌的紧张度，用于治疗轻瘫或弱视。但因毒性较大，治疗安全范围小，临床上很少使用。

“哪里不对劲吗？”他问我。

“你从哪儿拿到的箱子钥匙？”我追问。

“你要是想知道的话，我告诉你。是一个仆人给我的。”他继续收拾，躲避着我的目光。

“不，不是他给你的。”我挠挠脖子，“你把乔纳森·德比打晕，从他口袋里拿走了钥匙。丹尼尔·柯勒律治雇你去偷斯坦文的勒索账本，是不是？”

“那……真是一派胡言。”他说。

“求你了，查尔斯，”我激动地说，“我已经和斯坦文谈过了。”

这些年以来，拉什顿一直信赖坎宁安，多次得到他的建议。看着坎宁安在我的质问下惴惴不安，实在令我难以忍受。

“我……我本来不想打他。”坎宁安有些羞愧，“我安排雷文古洗浴后，就去吃早餐了。那时我在楼梯上听到动静，看到德比尾随斯坦文进了书房。我原以为可以溜进斯坦文的房间，趁人不注意偷走那个本子，可是保镖在那里，我就藏在对面的房间里，伺机而动。”

“你看见迪基给保镖注射了镇静剂，又看见德比找到了那个本，”我说，“你不能让德比拿走本子，那个本子太重要了。”

坎宁安不住地点头。

“斯坦文知道那天早上发生了什么，他知道谁是真正的凶手。”他说，“斯坦文一直在撒谎。一切都记在那个本子里。柯勒律治准备为我破解那个本子里的东西，那样人们就会知道我的父亲——我的亲生父亲——他是无辜的。”

他的眼中溢满了恐惧。

“斯坦文知道我和柯勒律治的交易吗？”他突然问我，“是不是就因为这个，你和他见了面？”

“他什么也不知道，”我轻声说，“我去问他关于托马斯遇害的事情了。”

“斯坦文告诉你了？”

“我救了他一命，他欠我的人情。”

坎宁安还在那里跪着，他扶住我的肩膀：“拉什顿，你真是个奇迹，别和我卖关子了。”

“他看见哈德卡斯尔夫人浑身是血，抱着托马斯的尸体，”我盯着他，“斯坦文当时想当然地下了结论，而卡佛差不多十分钟以后赶到，坚持让斯坦文指证是他杀了托马斯。”

坎宁安盯着我，好像是要在这个寻觅已久的答案上钻个孔。他再开口的时候，声音中满含苦涩。

“当然，”坎宁安瘫坐在地上，“多年以来，我一直在试着证明我父亲是无辜的，所以自然就发现原来我母亲才是凶手。”

“从什么时候起，你知道了自己的亲生父亲是谁？”我尽量让自己的声音听上去给人慰藉。

“二十一岁的时候，妈妈告诉了我，”他说，“她说我爸爸并不是别人指称的怪物，但是又不愿意解释为什么。我从那时起每天都想要弄明白她这句话的意思。”

“你今天早上见过她，对吗？”

“我把茶给她端去，”坎宁安温柔地说，“我们说话的时候，她在床上喝茶。当我很小的时候，我们常常这样做。她会问我过得好不好，会过问我的功课，她对我很好。这是我一天中最幸福的时光。”

“今天早上呢？她没有说什么可疑的话吗？”

“关于托马斯遇害的事吗？没有，她没有提。”他的话语中带着讽刺的意味。

"我的意思是，她有没有什么反常的地方。"

"反常的地方，"坎宁安哼了几声，"一年，不，一年多了，她都魂不守舍，我看不透她。她一会儿忘乎所以，一会儿又声泪俱下。"

"一年？"我若有所思，"就是去年托马斯的忌日，她到布莱克希思之后吧？"

就是在那次之后，她跑到迈克尔的住处，胡言乱语，说衣服什么的。

"没错……好像是的。"坎宁安说着，拽了拽耳垂，"你不会觉得她着魔了吧？我指的是愧疚。这样的话，她一直以来的古怪举止就有了解释，也许她一直在积蓄勇气来忏悔吧。当然她今天早上心情糟糕，也就好理解了。"

"怎么，你们早上聊了些什么？"

"她当时很平静，有些冷淡。她说要纠正错误，还说她很抱歉，我成长的过程中背负着父亲的耻辱。"坎宁安脸色一变，"就是这样，不是吗？她打算在今天晚上的舞会上承认一切。正是这个原因，她才大费周章地要重新开放布莱克希思，并邀请了同一批客人回来。"

"也许吧。"我忍不住流露出疑惑，"为什么她的日程本上都是你的指纹？你在找什么？"

"我追问她更多的信息，她让我查查她和马厩主管约的时间。她说和他见面后就可以告诉我，并让我去马厩那里。我等着她，可她没有去。我一整天都在找她，可是没人看到她。可能她去镇上了。"

我没有理会这句话。

"跟我讲讲，那个失踪的马童，"我说，"你去问马厩主管那个孩子了。"

"真没有什么收获。几年前，我和调查托马斯凶案的警员喝酒。他从来不相信凶手是我的父亲，我指的是卡佛，主要因为父亲和哈德卡斯尔勋爵在伦敦的前一周，那孩子——肯斯·帕克——就失踪了，那个警员并不相信这是巧合。他到处打听那个孩子，但是一无所获。大家都说帕克起身离开时，没有和人讲一个字，也一直没有回来。他们没有找到他的尸体，所以不同意人们说他逃跑的传言。”

“你认识他吗？”

“算是吧，他以前有时会和我们玩，但是仆人的孩子要在宅子附近干活。他大多数时候都要在马厩干活，我们很少见到他。”

他觉察到我的心绪，好奇地看着我。

“你真认为我妈妈是凶手吗？”他说。

“这正是我需要你去搞清楚的。”我说，“你妈妈让德鲁奇太太抚养你，对吗？那是不是意味着她们俩关系很亲近？”

“非常亲密，在斯坦文发现之前，只有德鲁奇太太知道我的亲生父亲是谁。”

“好，我需要你帮我个忙。”

“什么忙？”

“实际上是帮两个忙，”我说，“我需要德鲁奇太太去……噢！”

我忽然想到了上个轮回的事情，这正解答了我要问他的问题。现在我需要确认那事情还会发生。

坎宁安在我面前挥了挥手：“你没事吧？你看上去怪怪的。”

“对不住，老伙计，我走神了。”我的话驱走了他的困惑，“如我所言，我需要德鲁奇太太向我解释一些事情，然后我需要你帮我召集一些人。你召集之后，就能看见乔纳森·德比，然后告诉他你发现的一切。”

“德比？那个恶棍跟这事有什么关系？”

门开了，格蕾丝探头进来。

“我的天哪，你们怎么用了那么长时间？”她问，“如果再等会儿，我们就得给贝尔放洗澡水，假装我们是仆人。”

“再等一下，”我说着，拉住坎宁安的胳膊，“我保证，我们会伸张正义。现在仔细听好，这非常重要。”

四十九

我们走路的时候，布口袋里的药瓶发出叮当声。这口袋沉甸甸的，地面坑洼不平，背着口袋的我几次都差点被绊倒。格蕾丝皱着眉，同情地望着我。

坎宁安跑去帮我调查事情，他突然离去让格蕾丝困惑不解。面对她的沉默，我觉得有必要解释一下，可拉什顿更了解格蕾丝，觉得现在不用解释。当年，唐纳德·戴维斯将这个在战场上救他一命的小伙子介绍给了自己的家人，家人对他感激不尽，不消多时，每个人都心知肚明，吉姆·拉什顿和格蕾丝·戴维斯总有一天会谈婚论嫁。两人门第相差悬殊，他们第一次吃晚饭时，拉什顿连桌上的餐具都认不全，但就在深情的嘲讽与试探之间，两个年轻人萌生爱意，心心相印。那一天之后，他们的爱情茁壮成长，两人怡然自得地沉浸于二人世界。格蕾丝知道，事情结束后我自然会给她讲述整个经过，会把事情的来龙去脉原原本本地讲给她听。现在，我们二人比肩而行，享受着彼此相伴的默契。

我还戴着指节铜环，只是含糊地告诉她，想借此来防备贝尔和迪基医生同伙的威胁。这个借口编得拙劣，但也足够让格蕾丝小心谨慎，这个姑娘连掉落的叶子都要警惕地盯上一会儿。就这样，我们到了井边，格蕾丝推开一根树枝，这样我来到空地时就不会被钩住了。我马上把袋子扔进了井里，袋子砸到井底发出了巨大的响声。

我摆动着自己的胳膊，想要缓解一下肌肉酸痛，格蕾丝往漆黑的井中望去。

“要不要许个愿？”她问我。

“希望我不用再把那个袋子背回去了。”我调侃道。

“哦，天哪，真的灵验了。”她说，“你觉得我能不能再多许些愿呢？”

“我觉得听上去不怎么靠谱。”

“嗯，已经好多年没有人用它许愿了，也许有些愿望没有灵验。”

“我能问你个问题吗？”我说。

“你问问题从来不客气啊。”她向井里面探去，脚都离开了地。

“托马斯被害的那个早上，你们去玩寻宝游戏时，谁和你在一起？”

“吉姆，别这样，已经过去十九年了。”她冲着井里说话，声音听着有些低沉。

“查尔斯在吗？”

“查尔斯？”她把头转过来，“是的，可能在吧。”

“可能，还是确实在？格蕾丝，这很重要。”

“我明白了，”她说着，离开了井边，把手拍干净，“他是不是做了什么错事？”

“我真希望没有。”

“我也是。”她和我一样担心他，“让我想想，等一下，对了，他在那里！他从厨房偷了一整块水果蛋糕，我记得他还给了我和唐纳德一些，肯定把德鲁奇太太气炸了。”

“那迈克尔·哈德卡斯尔呢，他和你们在一起吗？”

“迈克尔？怎么，我不知道……”

她用手拽起一缕头发，边想边在手指上缠着。拉什顿很熟悉这个动作，这让他心中充满了强烈的爱意，几乎完全把我挤到一边去了。

“我想，他在卧床休息，”她最后说，“好像是生了病，那些小孩的常见病什么的。”

她双手挽起我的一只手，美丽的蓝眼睛望着我。

“吉姆，你在做一件危险的事情吗？”她问我。

“没错。”

“你是为了查尔斯做这件事吗？”

“部分原因吧。”

“你会告诉我吗？”

“会的，我觉得有必要的时候。”

她踮起脚尖来，吻了吻我的鼻子。

“那你最好快去忙吧。”她把留在我鼻子上的唇印擦去，“我知道你就是这样，一旦有什么线索要挖，不达目的不会罢休。”

“谢谢你。”

“回来给我讲这段经历时，再说谢谢吧，不要让我等太久。”

“我会的。”我跟她保证。

这次是拉什顿吻了她。某些时刻，我真想将自己从拉什顿的身体抽离，我脸红了，觉得尴尬。格蕾丝冲我笑的时候，眼睛里露出了狡黠的光。我只能把她留在这里，这已经不是我第一次这样做了。我接近了真相，就必须不停地挖掘，否则会担心真相溜走。我需要和安娜谈一谈。

我顺着鹅卵石小路走到了门房。我抖去风衣上的雨水，然后挂到厨房的架子上。脚步声在地板上回响，好像林中的心跳声。右侧的起居室里传来一阵动静，今天早上丹斯的一帮好友和皮特·哈德卡斯尔就在此处会面。我刚开始以为他们当中的哪位又回来了，可开门后，发现安娜正在那里站着，皮特·哈德卡斯尔瘫坐在旁边的椅子里，我早上离开时他就坐在那里。

他死了。

“安娜。”我语气平和地说。

她转身面对我，满脸的惊愕。

“我听到声音，就下楼来……”她冲皮特的尸体比画着。一个尸体就让她受不了，不像我，见到凶杀场景是家常便饭。

“你先去洗把脸吧。”我轻轻碰了下她的胳膊，“我会在这里找些线索。”

她感激地冲我点点头，又看了眼尸体，这才匆匆走出房间。我不是在怪她。皮特那张原本帅气的面孔因恐惧而扭曲，他的右眼半张半合，左眼睁着。他的双手紧紧抓住椅子的扶手，因为痛苦而佝偻着腰。这里发生的事情不仅夺走了他的生命，同时还让他自尊扫地。

我先想到了心脏病，但是拉什顿的本能让我谨慎起来。

我想伸手帮他合上眼睛，但是最终没有碰他。我的宿主已经所剩无几，实在不想让死神将目光投向我。

他上衣口袋里露出了一封叠好的信，我把信抽出来，开始读里面的内容。

我不能嫁给雷文古，也不能原谅我的家庭逼迫我这样做。他们咎由自取。

伊芙琳·哈德卡斯尔

一阵冷风吹来，原来有一个窗户开着。窗框上有泥点，说明有人从窗户逃走。我能看到房间里唯一被翻动的痕迹，是一个打开的抽屉。我是丹斯的时候，翻的就是这个抽屉，皮特的日程本肯定丢了。有人先是撕去了海伦娜的一页日程表，现在又来拿皮特的。海伦娜今天做的事情，是需要杀人才能来掩盖的。这是有用的信息，可怕，但是有用。

我把信放到自己的口袋里，头伸出窗户，想寻找能确认凶手身份的证据。没有什么东西，只能看到泥地上有几个鞋印，几乎已经被雨水冲走了。从鞋印的形状和大小看，逃出这个门房的应该是个女子，穿着高跟靴子。要不是我知道伊芙琳和贝尔在一起，肯定就会觉得是她。

她不可能这样做啊!

我在皮特·哈德卡斯尔对面的椅子上坐下来，那是今天早上丹斯坐的位置。尽管已经过了多时，房间里还留有那场聚会的痕迹。桌子上放着我们喝酒的杯子，空气中还有挥之不去的雪茄烟味。哈德卡斯尔身上还穿着我见他时所穿的衣服，说明他没有换衣服去打猎，所以很可能他已经死了几个钟头。我用指尖轻抹杯里的残酒，逐一放到舌尖上舔。这些酒都没有问题，除了哈德卡斯尔勋爵的酒。威士忌那种焦味后面有一点点苦涩。

拉什顿马上就觉察出来是什么东西了。

“士的宁。”我脱口而出，目光中死者的面容扭曲，似乎带着微笑。他好像在为我的结论感到欢欣，仿佛他一直坐在那里，等着有人来告诉他死亡的原因。他可能还想知道凶手到底是谁。我有个想法，但是此时那只是个想法。

“他在告诉你什么吗？”安娜问我，递给我一条毛巾。

她的面色还有些苍白，但是声音里有了些力气，说明她已经从初始的震惊中恢复了过来。即便如此，她仍然与尸体保持着距离，双臂抱肩。

“有人用‘士的宁’毒死了他，”我说，“贝尔那里有这种东西。”

“贝尔？你的第一个宿主？你觉得是他干的？”

“不是自愿的，”我边说，边用毛巾擦干头发，“他那个懦夫，才不敢和谋杀案扯上关系。‘士的宁’经常被少量售卖用作鼠药，凶手只有在这个宅子里，才能以布莱克希思的日常维护为由大量购进‘士的宁’。只要有人被害，贝尔就会遭到怀疑。那也许正解释了为什么有人要干掉贝尔。”

“你怎么什么都知道啊？”安娜十分惊讶。

“是拉什顿知道这些，”我拍了拍自己的脑门，“几年前他办过一个‘士的宁’的案子。手段肮脏，关于继承的事情。”

“那你还能……记得那个案子吗？”

我点点头，还在琢磨这起投毒案涉及的线索。

“有人昨晚把贝尔引到林子里，就想要灭口，”我自言自语，“但是这位好医生想法逃脱了，只是胳膊受了伤，在黑暗中甩掉了追击他的人。幸运的家伙。”

安娜奇怪地望着我。

“有问题吗？”我皱着眉说。

“就是你说话的方式，”她有些结巴，“不是……我都认不出你来了。艾登，这个躯壳里还存有多少你自己？”

“别说这个了，”我不耐烦地说，把在哈德卡斯尔口袋里发现的信递给安娜，“你应该读读这个，有人想引我们认定这是伊芙琳所为。凶手正试着把这一切包装起来，然后打个漂亮小巧的蝴蝶结。”

她把目光从我身上收回，读了这封信。

“会不会我们全都搞错了？”她读完信说，“会不会有人想要打垮整个哈德卡斯尔家族，伊芙琳只是第一个受害者？”

“你觉得海伦娜是躲起来了？”

“如果她还有理智，就会那样做。”

我又斟酌了一下这个想法，试着从各个角度来分析。至少，我努力换了个角度思考。这个想法太沉重了，太沉重了。我不知道对手是谁。

“我们下面怎么办？”安娜问我。

“我需要你去告诉伊芙琳，管家醒了，他需要私下和她谈一谈。”我说着，站起身来。

“可是管家没醒，他也不想和她说话。”

“不，是我想和她谈谈。我要尽可能不成为侍从的目标。”

“我会去的，但这段时间你需要替我看着管家和戈尔德。”她说。

“我会的。”

“伊芙琳到了这里，你打算和她说什么？”

“我准备告诉她，她是怎么死的。”

五十

已经是下午五点四十二分了，安娜还没有回来。

她已经离开了三个小时。三个小时里我坐立不安，忧心烦恼。我把猎枪放在腿上，一听到声音，就用手抓起，几乎一直用手臂拥着枪。真不知道安娜如何在这里守了这么长时间。

这地方从来没有安静下来。风从窗户的缝隙里钻进来，呼啸着在走廊里穿梭。木头在嘎吱作响，地板在伸展，顶着自己的重量，仿佛门房就是一位老者，正在挣扎着从椅子里站起来。一次一次，我听到脚步声走近，可开了门发现不过是松了的百叶窗在砰砰响，或是树枝敲打在窗户上。

我后来不再理会这些声音，因为不觉得安娜还能回来。在这里守着的第一个小时，我还安慰自己，说她只是努力去找和贝尔散步的伊芙琳了。两个小时过去了，我想她可能在忙着办事……我回忆起这一天早些时候我们相遇的情景，想证明这一点。从她自己的叙述看来，她先是遇见了戈尔德，后来又遇到了林子里的德比，接下来是丹斯，最后是去阁楼里接我。那之后，她和管家在往这里转运的马车中第一次谈话，在马厩主管的小屋里给贝尔留了张字条，接下来就去会客室见雷文古。之后，安娜还会和管家有另一次交谈，不过那次谈话要等到侍从晚上袭击丹斯之后，那时我又看见了她。

整整六天，她每个下午都会消失不见，我都没有注意到。

现在我已经在这个房间里待到了第三个钟头，窗外天开始变黑。我肯定安娜遇到了麻烦，而侍从正藏在某处虎视眈眈。我知道她还活着，因为我看到她和我们的敌人在一起，这不过是略有安慰。侍从把戈尔德整得精神错乱，我实在受不了安娜也遭受类似的折磨。

我手里拿着枪，在房间里踱步，想要克制自己的恐惧，想出一个计划。最容易的事情就是在这里等待，我知道侍从最后会来找管家，但是这样做势必会浪费几个小时，我还要去解开伊芙琳的死亡之谜啊。如果不能使安娜逃离这个房子，救她又有何用？我如此绝望，必须先去救伊芙琳，相信这个时候安娜会照顾好自己。

管家呜咽着，他的眼睛慢慢睁开了。

有那么一瞬间，我们俩只是面面相觑，彼此交流着内疚和困惑。

我将管家和戈尔德留在那里，无人守护，正是将他们推入疯狂和死亡的绝境，但是我别无选择。

他睡着后，我将枪放在床上。我之前目睹着他死去，但我不愿接受这一切。良心要我至少留给他一个抗争的机会。

我抓起放在椅子上的外衣，义无反顾地走向布莱克希思大宅。伊芙琳的卧室仍然乱糟糟的，和我离开时一模一样，炉火不旺，房间里依旧昏暗。我加了几块木头，开始搜查。

我的手在颤抖，这次不是因为德比的欲望，而是我自己的兴奋使然。如果我这次有了收获，就会知道害伊芙琳的罪魁祸首，自由便触手可得。

德比早些时候搜过这个房间，但他不像拉什顿那么训练有素，也不像他那么经验丰富。警察的手迅速地翻找着柜子后面和床框后面的藏匿处，我用脚敲击地板，希望能找到被弄松的嵌板。即便又彻底搜索一番，我依然两手空空。

什么也没有。

我转身看着屋内的布置，眼睛扫过家具内饰，搜索着可能忽略的细节。对于这次自杀，我的看法不可能错误，也没有其他合理的解释。这时我的目光落在帷帐上，就是用来遮掩通往海伦娜卧室那道门的帷帐。我拿着一盏油灯，穿过去，重新搜查。

我几乎都要放弃希望了，直到将床垫抬起，发现一条床腿上拴着个棉布袋。我解开拉绳，发现里面有两把枪，一把枪是不具杀伤力的发令枪，就是那种随处可见的镇上集会用的道具；另一把是黑色左轮手枪，就是伊芙琳从她母亲卧室里拿的那把，今天早上她拿着这把枪到林子里去，又在晚上带到墓园里。这把枪已经装好了子弹，枪膛里少了一颗子弹。还有一小瓶血和一支装满清澈液体的注射器。

我的心跳加速。

“我猜对了。”我低语着。

窗帘动了一下，这救了我一命。

房门敞开，门口一阵凉风袭来，我身后传来脚步声。我赶紧扑倒在地，听到刀子划过空气的声音。我就势一滚，翻过身来，刚掏出枪，就看到侍从逃往走廊。

我低头趴到地板上，将枪放在肚子上，庆幸逃过一劫。如果我再晚一秒注意到窗帘的话，一切就结束了。

我给自己一点喘息的时间，然后站起身来，将两把枪和注射器又放回到袋子里，然后拿走了那一小瓶血。我小心翼翼地离开了卧室，到处打听伊芙琳的行踪。有人把我指向舞厅，那里传来一阵咚咚的敲打声，工人们正在修舞台。落地门大敞着，为了散出油漆味和灰尘，女仆们正在地板上刷洗。

我看见伊芙琳就在舞台旁边，和乐队指挥说话。她穿的是白天穿的那件绿色衣服，玛德琳·奥伯特正站在她身后，叼着一嘴的发夹，匆匆忙忙地别在伊芙琳淘气的发卷上，以便给她弄好晚上的造型。

“哈德卡斯尔小姐。”我大声喊她，穿过舞厅向她走过去。

她友好地笑笑，轻触指挥胳膊，和他告别，然后转向我。

“请叫我伊芙琳，”她说着，伸出一只手来，“您是？”

“吉姆·拉什顿。”

“啊，是您，警官，”她的笑容渐渐消失，“一切都好吗？您看上去满脸通红。”

“我不太习惯上流社会的这些喧嚣忙碌的氛围。”我说。

我和她轻轻握了下手，惊讶地发现她的手很冷。

“拉什顿先生，您找我有事吗？”她问我。

她声音冷淡，有股怨气，像是发现鞋底踩烂了虫子，我觉得自己就像那只虫子。

伊芙琳用鄙夷的态度将自己层层武装，当我在雷文古身体里时，这种鄙夷的态度打击了我。在布莱克希思的所有骗局里，最为残酷的莫过于你曾经当成朋友的人在你面前露出不堪的一面。

这想法让我愣了一下。

伊芙琳对贝尔非常友善，那种温暖的记忆一直伴随着我。可瘟疫医生说在不同的轮回中，他会尝试让宿主出现的顺序不同。如果雷文古是我的第一位宿主，某些轮回中是这样的，我只会感受到伊芙琳的蔑视。她对德比只有愤怒，也许对管家或戈尔德还留有些许善意。这就意味着在某些轮回里，我会冷漠地看着这个女孩死去，想要的只是解开她的死亡之谜，而在其他轮回里，我会不顾一切地去拯救她。

他们真让我羡慕。

“我能和你谈一谈吗？”我瞟了瞟玛德琳，“私下里。”

“我真的忙死了，”她说，“想谈什么事啊？”

“我更愿意和你私下里谈谈。”

“我更愿意赶紧布置好这个舞厅，五十个客人就要来了，到时候会发现没有地方跳舞。”她语气生硬，“您觉得我现在应该先办好哪件事呢？”

玛德琳偷笑着，又为伊芙琳别好一个松了的发卷。

“很好，”我说着，拿出在棉布袋里发现的那一小瓶血，“我们就谈谈这个吧。”

她就像挨了一巴掌，但脸上的惊恐只是一掠而过，我甚至都不能确信看见了惊恐。

“玛德琳，我们一会儿再弄，”伊芙琳冷漠地盯着我，“你去厨房里吃点东西。”

玛德琳的目光中有些不可置信，可马上就把发夹搁到围裙口袋里，行了个礼，离开了舞厅。

伊芙琳拽着我的胳膊，把我拉到舞厅的角落，好让我们的谈话不被仆人们听到。

“拉什顿先生，您有翻私人物品的习惯吗？”她从烟盒里抽出一支烟来。

“最近吗？是的。”我说。

“也许您需要个别的爱好。”

“我有个爱好，就是在努力救你的命。”

“我不需要谁来救我，”她冷冰冰地说，“也许您应该试试园丁的工作。”

“也许我需要假装自杀，这样就不用嫁给雷文古勋爵了。”我停顿了一下，看着她傲慢的神情逐渐消失，“那看上去会让你这段时间很忙。的确够聪明，可不幸的是，有人想要利用这次假自杀来谋害你，这阴谋可比你的计划要恐惧得多。”

伊芙琳张口结舌，蓝色的眼睛里满是惊讶。

她看向别处，想点着夹在指间的香烟，可是手一直在颤抖。我从她手里接过火柴，替她点着，火苗燎过我的指尖。

“是谁告诉你这些的？”她发出嘘声。

“你在说什么？”

“我的计划，”她抢过我手里的那一小瓶血，“是谁告诉你的？”

“怎么，还牵扯了别人？”我问她，“我知道你邀请了一个叫费利西蒂的女孩来这里，但是我还不知道她的身份。”

“她是……”她摇摇头，“没什么，我都不该和你说话。”

伊芙琳向门口走去，可我抓住她的手腕，把她拽了回来，我本来没想用那么大的力气。她满脸怒气，我立即松开她，举起双手。

“泰德·斯坦文把一切都和我说了。”我口不择言，想阻止她冲出舞厅。

我需要一个合理的理由，来解释我知道的一切。德比听到斯坦文和伊芙琳今天早上在吵架。如果我没猜错的话，那个敲诈犯也会插手这件事。这并非不可能。今天发生的事情，哪里都有他。

伊芙琳静静地站着，目光警觉，像是林中的一只小鹿，听到了树枝折断的声音。

“他说你正计划今天晚上在水池旁自杀，但这不符合常理。”我把宝押在斯坦文身上，他毕竟有那么可怕的兜售秘密的名气，我接着说，“原谅我的直白，哈德卡斯尔小姐，如果真要自杀的话，你现在早就死了，而不是扮演尽职的女主人，为你鄙夷的客人们服务。我还有一个想法，你想让每个人都目睹自杀的场景，可为什么你不在舞厅里、在舞会上自杀呢？我站在水池旁边才想明白，池子里那样黑，这才容易掩盖掉进去的东西。”

她眼睛里闪烁着鄙夷。

“拉什顿先生，您想要什么？钱吗？”

“我在努力帮你。”我坚持着，“我知道你打算晚上十一点到水池边，用黑色左轮手枪打中肚子，然后摔进水池里。我知道你根本不会真的扣动黑色左轮手枪的扳机，那把发令枪可以弄出人们都能听见的枪声，我还知道你计划做完以上动作后将发令枪扔到水里。那一小瓶血就用绳子系在脖子上，你用手枪一碰就可以砸碎瓶子，这样伤口便伪装好了。”

“我猜袋子里的那个注射器装的是肌肉松弛剂和镇静剂，这可以帮你装死，让迪基医生容易演戏，我想你已经给了他一大笔钱打点好了，医生可以在官方死亡证明上签字，这样就可以免去烦人的调查。可以想象，你死后一个星期，就又回到法国，惬意地享受一杯白葡萄酒。”

几个女仆拎着满满当当的脏水桶向门口走去，看见我们俩后，她们立即停下了闲谈。路过我们身边时，水稍稍溅了出来，伊芙琳带着我向那边的角落走去。

我第一次在伊芙琳的脸上看到了恐惧。

“我承认不想嫁给雷文古，可我知道我要是不消失的话，根本没法阻止我家强迫我出嫁，但是为什么会有人想要杀掉我呢？”她问我的时候，烟还在手里颤抖。

我端详伊芙琳的脸，想找到谎言的痕迹，这还不如用显微镜去观察一团雾。这些天以来，这个女人满嘴谎言。即使她亲口说出这些话来，我都不觉得那是真话。

“我有些疑问，但需要证据，”我说，“所以我需要你实施自己的计划。”

“完成计划，你疯了吗？”伊芙琳喊了出来，发现人们的目光被引了过来，于是她压低了声音，“你刚和我说完这些，我为什么还要实施这计划？”

“因为除非我们把同谋者都揪出来，你才能安全，而前提是他们必须相信自己的阴谋成功了。”

“我只有远走高飞，才能安全。”

“那你如何到那里去？”我问她，“如果赶马车的人也是阴谋的一部分，或者仆人也属于阴谋的一部分，又会发生什么？闲话会在这个宅子里传开。当凶手得到消息，知道你试图逃跑，他们会推进自己的计划杀死你。相信我，逃跑只能拖延不可避免的事情。只要你执行这个计划，我便在此时此地叫停这件事。将枪指向你的肚子，装死半个小时。谁知道呢，你可能要继续装死，直到逃离雷文古。”

她手抚额头，眼睛紧闭，聚精会神地沉思。她再开口说话时，声音更平和了，也更空洞些。

“我现在走投无路了，对吧？”她说，“很好，我会完成这个计划，但是我需要先知道些事情。拉什顿先生，你为什么要帮助我？”

“我是个警察。”

“那没错，可你不是个圣人，只有圣人才会置身其中。”

“那就把这当成对塞巴斯蒂安·贝尔的帮助。”我说。

惊讶使她的面容柔和下来：“贝尔？那亲爱的医生到底和这事有什

么关系？”

“我还不知道，可他昨晚被袭击了，我怀疑那不是个巧合。”

“也许吧，可你为什么操心这个？”

“他想要成为一个更好的人，”我说，“在这个宅子里，这太少见了。这让我佩服。”

“我也想成为一个好人。”伊芙琳停顿了一下，揣摩着眼前的这个人，“好的，告诉我你的计划，但首先我想让你保证我的安全。没有保证，我不能把自己的性命交出来。”

“你怎么知道我会言出必行？”

“这一生，我身边尽是无耻之徒，”她坦白道，“你和他们不一样。现在，向我保证。”

“我向你保证。”

“来喝杯酒，”她接着说，“我还需要一点勇气来完成。”

“除了一点勇气，”我说，“我还想让你和乔纳森·德比交好。他手里的那把银色手枪，我们会用得上。”

五十一

晚宴已经摆好，客人们已在桌边就座，我在水池旁边的灌木丛中蹲伏着。时间还早，但我的计划是，伊芙琳从房子里出来时，我是第一个找到她的人。我不能允许过去成为绊脚石。

雨水从叶子上滴落下来，落在我的肌肤上，冰冷刺骨。

起风了，我的腿在抽筋。

我稍稍动了动，意识到自己一整天都没吃东西，也没有喝点什么，这对于即将到来的夜晚不算准备充分。我头晕目眩，没有什么分心的东西，我感到每个宿主都紧紧地撑着我的头骨。他们的记忆充斥着我的大脑，这些记忆过于沉重，几乎难以承受。他们渴望的东西，我也想要。我对他们的疼痛感同身受，而他们的恐惧也让我变得胆怯。我不再只是一个人、一个声音，而是汇成了合唱。

两个仆人从房子里出来，没有注意到我在那里，他们怀里抱着木头来点外面的火盆，仆人的腰带上挂着油灯。他们一个一个地点燃了火盆，使得漆黑的庭院燃起了一串火。最后一个火盆就在暖房旁边，火苗倒映在玻璃上，使得所有东西看上去好像着了火。

风在号叫，树木上雨声滴答，布莱克希思大宅里灯火通明，焕然生彩，客人们从餐厅各自走回自己的卧室，最终又涌入舞厅。乐队已经在舞台上准备就绪，参加晚会的宾客在等待。仆人们打开了玻璃门，音乐向外面一泻而出，在地面上翻滚着，涌入林中。

“此刻你能像我一样看到他们，”瘟疫医生低沉的声音传来，“戏剧中的演员，每晚上演同一出戏。”

他就站在我身后，几乎隐没在树木中。火盆影影绰绰的光里，他的面具在暗影处若隐若现，仿佛是一个灵魂试图要挣脱肉体的束缚。

“你告诉侍从安娜的事情了吗？”我发出嘘声。

我极力控制住自己，没有跳过去把他掐死。

“我对他们俩都不感兴趣。”他冷淡地说。

“我看见你在门房外面和丹尼尔在一起，后来你们俩又在湖边出现，现在安娜失踪了，”我说，“是不是你告诉了侍从去哪里能找到她？”

第一次，瘟疫医生听上去有些犹豫。

“我向你保证，毕肖普先生，我没去过那两个地方。”

“我看见你了，”我咆哮着，“你和他在说话。”

“那不是……”他声音渐弱，再开口时仿佛明白了什么，“原来是她一直在从中作梗。我还在纳闷她怎么无所不知。”

“丹尼尔从一开始就和我撒谎，而你在为他保密。”

“我不能干涉。我知道你最后会看穿他。”

“那你为什么要警告他安娜的事情呢？”

“因为我担心你不会告诉他。”

音乐戛然而止，我看了一眼表，发现差几分钟就到十一点钟了。迈克尔·哈德卡斯尔已经让乐队停止演奏，问有谁看见了他姐姐。这时，房子旁边有动静，黑暗中有人过来，原来是德比按照安娜的指示，在石头旁边就位。

“毕肖普先生，我向你保证，在林中空地上的那个人不是我，”瘟疫医生说，“不久我就能解释所有事情，但是这会儿我也要进行自己的调查了。”

他很快就离开了，身后留下一连串的疑问。如果是其他的宿主，会去追他，但是拉什顿很聪明，不那么容易受惊，脑子也转得快。此刻，伊芙琳是我关注的焦点。我把瘟疫医生抛在脑后，慢慢移到水池旁边。谢天谢地，刚才的雨将树叶和细枝都打蔫了，我踩上去静悄悄的。

伊芙琳边走边哭，寻找着树木间我的身影。无论她在这个计划中的角色如何，显然她很害怕，整个身体都在颤抖。她肯定已经服用了肌肉松弛剂，因为她微微地摇晃，仿佛是随着只有她一个人才能听见的音乐声摇摆。

我把旁边的灌木丛弄出沙沙声，以让她知道我在这里，但是那药物起了作用，她几乎看不见，更甭提找到黑暗中的我。即便如此，她一直在走着，右手上的银色手枪闪闪发光，左手拿着那支发令枪。她将枪紧贴在腿上，不让别人看见。

她有勇气，我会给她勇气。

走到水池边上时，伊芙琳犹豫着，我知道后面会发生什么，想着也许此刻银色手枪对她来说过于沉重，而且这个计划对她来说是难以承受的重负。

“上帝保佑我们。”她悄悄地念叨着，将枪指向自己的肚子，然后扣动了腿部一侧发令枪的扳机。

枪声如此刺耳，好像震开了世界，发令枪从伊芙琳手上滑落到漆黑的池水里，而银色手枪掉到了草地上。

鲜血染红了她的裙子。

她看着这一切，满脸困惑，然后向前栽进了池子。

痛苦让我难以动弹，枪声和伊芙琳跌倒前的表情，拨动了我心中曾经的记忆。

你来不及救她。

太近了。我几乎可以看见另一张面孔，听到另一声乞求。另一个我没有救成的女人，我是为了她才赶到布莱克希思……什么？

“为什么我来到这里？”我大声地喘息，努力从黑暗中将记忆掘出。

去救伊芙琳，她快要被淹死了！

一眨眼的工夫，我望向水池，伊芙琳的脸朝下浮了起来。恐慌冲刷掉痛苦，我慌忙站起来，穿过灌木丛，跳入冰冷的水中。她的裙子在水面上铺展开来，就像浸透的麻袋一样重，而水池底上覆盖了一层滑溜溜的苔藓。

我根本抓不住她。

舞厅那边有一阵骚动。德比正在和迈克尔·哈德卡斯尔打架，将原本注意到池中垂死女孩的宾客吸引了过去。

夜空中焰火绽放，将一切都染成红色、紫色、黄色和橘红色。

我抱着伊芙琳的上腹部，将她拽出水面，拖到草地上。

我倒在泥里，大口地喘息，看看坎宁安有没有按我的要求拉住迈克尔。

坎宁安拉住他了。

计划有条不紊地进行。没有人谢我，这枪声搅起的旧有记忆差一点惊呆了我。另一个女人，另一场死亡。是伊芙琳脸上露出的恐惧，让我想起了别人，我认出了那种恐惧。是这将我引向布莱克希思，我敢肯定。

迪基医生跑向我。他非常激动，气喘吁吁，在他的眼睛里可以看到对金钱的渴望。伊芙琳告诉我，已经给了医生钱，他会拟出假的死亡证明。这位乐呵呵的老伙计没少收钱办事。

“发生了什么事？”他问。

“她自杀了，”我回答，看到他脸上绽放了希望，“我目睹整个过程，却无能为力。”

“你不要怪自己，”他紧紧抱住我的肩膀，“听我的，去喝杯白兰地，我去看看她。交给我，好吗？”

他跪在尸体旁边，我把银色手枪从地上拿起来，冲迈克尔走去，坎宁安还在紧紧地拉着他。看看这两个小伙子，我本来觉得不可能办到的。迈克尔又矮又壮，像头公牛被禁锢在坎宁安那绳子一样细瘦的胳膊里。即使这样，迈克尔越挣扎，坎宁安箍得越紧。用撬棒和凿子都不能把迈克尔弄出来。

“我太抱歉了，哈德卡斯尔先生，”我满含同情地把手放在迈克尔的胳膊上，他还在挣扎着，“你姐姐自杀了。”

他突然放弃了挣扎，泪水从眼底涌出来，痛苦的目光投向池水边。

“你不知道，”他极力想越过我看向那边，“她也许还……”

“医生已经确认了，我很抱歉。”我将银色手枪从口袋里拿出来，放到他掌心，“她是用这把枪自杀的，你能认出来吗？”

“不。”

“好，你暂时先保管一下这把枪。”我提议，“我已经叫几个男仆来把她的遗体抬到阳光房里，远离……”我冲围过来的人群比画了一下，“所有人。如果你想和你姐姐单独待几分钟，我可以安排。”

他默默无言地盯着手枪，好像是有人从遥远的未来给他送来了什么东西。

“哈德卡斯尔先生？”

他摇摇头，空洞的眼神飘向我。

“什么……是的，当然，”他的手指渐渐围拢手枪，“谢谢你，警官。”

“先生，我就是个警察。”我抬手招呼坎宁安过来，“查尔斯，你介意陪哈德卡斯尔先生去阳光房吗？让他远离人群，好吗？”

坎宁安听到我的请求后，简单地点点头，手扶着迈克尔的后腰，缓缓地领着他向宅子里走去。已经不是第一次了，我很高兴这位随身男仆站在我这边。我看到他离开，感到一阵伤心，这也许是我们最后一次相见。尽管有这么多猜忌和谎言，这一周以来，我还是渐渐对坎宁安产生了好感。

迪基检查完毕，慢慢地站起来。在他的监视下，男仆们将伊芙琳的遗体抬上担架。他伪装着悲伤，就像是披上了二手的外衣，我不知道我怎么之前没有看出来。这个谋杀就像是哑剧，我可以看到四处的幕布在窸窣作响。

伊芙琳被人从地面上抬起来时，我向宅子另一侧的阳光房冲去。我从落地门溜进去，早些时候我把这门的锁打开了，然后藏在屏风后面。壁炉上边，伊芙琳的祖母从画像中看着我。在摇曳的烛光中，我发誓她在微笑。也许她知道我知道的一切，也许她一直无所不知，只是没有办法，只能在那里日复一日地看着，看着我们跌跌撞撞地走过，看着我们错过真相。

难怪以前她一直阴沉着脸。

雨水敲打着窗棂，男仆们抬着担架过来了。他们走得很慢，争取不碰到遗体，遗体上面盖着迪基的夹克。他们很快就进来了，将遗体抬到了餐边柜上，摘下帽子贴在胸口致以敬意，然后走出了阳光房，关上了落地门。

我目睹着他们离去，看到了镜中自己的影像，我的手就插在口袋里，拉什顿的面容平静，一副能干、坚定的样子。

连我的镜中影像都在和我撒谎。

我来到布莱克希思，失去的第一个东西就是坚定。

门敞开了，走廊里吹来的风抽击着蜡烛的火苗。从屏风的缝隙间，我看见迈克尔脸色苍白，不住地颤抖，他抓住门框支撑着自己，泪水在眼眶里打转儿。坎宁安在他后面，偷偷瞟了几眼我藏身的屏风，然后关上门，只留下我们两个人。

发现只剩下自己，迈克尔立即从悲伤中走了出来。他挺直肩膀，眼神不再柔和，悲伤转换成某种残酷的东西。他赶忙走近伊芙琳的遗体，在她流血的肚子上找枪眼，发现没有，就在那里嘀咕着。

迈克尔皱着眉，将我给他的手枪枪匣取下，发现已经上了子弹。伊芙琳去池边时，应该拿着一把黑色左轮手枪，而不是这把银色手枪。他肯定在琢磨是什么让她改变了方案，他还在想她到底有没有真的实施了原计划。

看到她还活着，迈克尔很满意。他退后，一边掂量着手枪，一边用手指敲打着嘴唇。他似乎在与手枪恳谈，皱着眉头，咬着嘴唇，考虑着一系列狡猾的问题。他走向房间的一角，我有那么几分钟看不见他，只好从藏身处探出一点来看清楚。他从椅子上捡起一个绣花靠垫，带到伊芙琳那里，抵住她的肚子，应该是想抵消开枪的声音。

几乎没有任何停顿，也没有任何告别。迈克尔把脸别过去，扣动了扳机。

手枪无力地咔嗒一下。他试了又试，直到我从屏风后面走出来，结束了这场猜谜游戏。

“没有用的，”我说，“我把撞针拆下来了。”

迈克尔没有转身，甚至没有放下手枪。

"警官，你要是让我杀掉她，我会给你一大笔钱。"他的声音颤抖着。

"我不能这样做，而且就像我在外面告诉你的，我是个警察。"

"噢，我肯定你很快就能升职当警官，你这么聪明。"

迈克尔颤抖着，手枪还紧紧地顶在伊芙琳的身体上。汗水在我后脊渗出淌下，房间里的气氛极为紧张，那种紧张情绪浓得可以用手捧起来。

"哈德卡斯尔先生，请你扔掉武器，转过身来。慢慢地，照此行事。"

"警官，你不需要吓唬我，"他说着，把枪扔进花盆里，转身举起手来，"我并不想伤害任何人。"

"不想？"他脸上露出的悲伤令我震惊，"你打了你亲姐姐五枪。"

"我向你保证，每颗子弹都是出自善意。"

他还举着手，用一根手指指向扶手椅，那椅子旁边是张棋盘，我第一次遇见伊芙琳下棋的地方。

"你介意我坐下来吗？"他问我，"我觉得有点头晕。"

"老实点。"我严密地监视着他，看着他坐到椅子里去。我隐隐担心他会向门口冲去，但是说实话，他好像已经精疲力竭。他苍白、焦躁，双臂软塌塌地垂在身体两侧，腿在前面劈开着。要我猜的话，我觉得他决定扣动扳机时用尽了全力。

对于这个男人来说，谋杀并不容易。

我让他歇着，从窗边拉过来一个靠背椅坐在他对面。

"你是怎么知道我的计划的？"他问我。

"那两把左轮手枪。"我说着，又往椅子里坐了坐。

"左轮手枪？"

"今天早上，两把黑色左轮手枪从你母亲的房间里丢失了。一把在伊芙琳那里，另一把在你这里。我不明白是怎么回事。"

“我没有跟上你的思路。”

“伊芙琳偷一把枪，最明显的理由是她觉得自己有危险，这对于一个想要自杀的人来说是个多余的理由，还可能她准备自杀时用这把枪。第二种理由可能性更高，她为什么要拿两把左轮手枪呢？当然用一把自杀就够了。”

“你这些想法得到了什么结论？”

“没有什么结论，直到丹斯注意到你在打猎时拿着第二把左轮手枪。那很奇怪，更奇怪的是，一个想要自杀的女人，在心情最低落的时候，还会想到她弟弟不喜欢打猎，来为他再偷一把枪吗？”

“警官，我姐姐非常爱我。”

“也许吧，可你告诉丹斯，你直到中午才知道要去打猎，而两把枪一大早就从你母亲的房间里消失了，早于去打猎的时间。伊芙琳不可能因为你说的那个原因拿走第二把枪。我一得知你姐姐假装自杀的消息，就意识到你在撒谎，如此这般，一切便清晰起来。那枪不是你姐姐从你母亲的房间偷走的，是你偷走的。你自己留了一把，又给了伊芙琳一把用来防身。”

“伊芙琳告诉你她假装自杀的事了？”他的声音里透着一种怀疑。

“部分是的，”我说，“她解释说你答应帮她，说你会跑到水池边，把她拽出来，放到草地上，表演一个悲痛的弟弟应该有的行为。我盯着你，观察你是如何犯下这场完美的罪行的，你为什么需要两把一样的手枪。将她拖出水池之前，你需要做的就是开枪打中她的肚子，用焰火来掩盖第二枪。凶器可以消失在漆黑的池水中，子弹与她刚刚掉落在草坪中的那把枪恰恰吻合。借助自杀而行凶，这真是太聪明了。”

“正因如此，你让她换了那把银色手枪，”迈克尔慢慢意识到了什么，“你让我不得不改了方案。”

“我不得不顺势进了你的圈套。”

“很聪明。”他透出赞赏的语气。

“还不够，”我说，迈克尔的平静让我惊讶，“我还是不太明白你为什么要这样做。我不止一次听说，你和伊芙琳的感情有多么好，你多么在意她，难道一切都是谎言吗？”

愤怒让他一下子坐得笔直。

“我爱我姐姐胜过任何人，”他的目光中向我射出怒火，“我什么都愿意为她做。你觉得她找我帮忙需要理由吗？我答应她需要条件吗？”

迈克尔如此激动，让我始料不及。我如此行动，是因为我以为自己知道迈克尔将要告诉我什么，但似乎事实并非如此。我以为会听到他妈妈如何在别处筹划，又是如何将他安排到这里。我肯定我搞错了，这种预感已经不是第一次了。

“你要是爱你姐姐，为什么要背叛她？”我大惑不解。

“因为她的方案不可能成功！”他啪的一声拍了下椅子扶手，“迪基为做假死亡证明要的钱，我们付不起。尽管他还是同意帮我们，可昨天柯勒律治发现了迪基的计划，他正想今天晚上把我们的秘密出卖给父亲。你还没明白吗？尽管如此苦心设计，伊芙琳还是会在布莱克希思醒来，无法逃出她不顾一切要远离的这种处境。”

“你告诉她这些了吗？”

“我还能有什么选择？”他露出凄楚的表情，“这是她唯一的机会，唯一获得自由和幸福的机会。我又怎能夺走这个机会呢？”

“你可以杀死迪基啊。”

“柯勒律治也这么说，可是什么时候啊？我需要他来确认伊芙琳的死亡，而他计划确认之后直接去找我父亲，”他摇摇头，“我只能如此行事。”

他的椅子旁边有两杯威士忌，一杯喝了一半，杯边有口红印；另一杯没有痕迹，只是杯底留了一点酒。他盯着我，伸手去拿那个有唇印的酒杯。

“介意我喝点酒吗？”他问，“这是伊芙琳的酒。舞会开始前我们在这里干了一杯，为了预祝方案顺利。”

他的声音里有一丝踌躇，其他宿主会觉得他有所悔悟，但拉什顿很快就觉察到恐惧。

“当然不会。”

他愉快地拿起杯子来，动作稍稍停顿。也许是为了让他的手不那么颤抖。

“警官，我理解我姐姐，”他的声音变得沙哑，“从我们还是小孩子时，她就不愿意被逼迫做什么事情。她肯定不会忍受那种耻辱——与雷文古在一起的耻辱，人们会在背后嘲笑她。看看她为了避免这些，都铤而走险做了什么吧。那样的婚姻绝对会一步一步地毁掉她。我想帮她从这种痛苦中解脱出来。”

迈克尔双颊绯红，绿色的眼睛湿润了。那是一种甜蜜而真诚的悲伤，差点让我上当。

“我想这件事和钱没有关系吧？”我平淡地说。

他的悲伤转为愤怒。

“伊芙琳和我说过你父母的威胁，如果她不按他们说的去做，你就会被从遗嘱中移除，”我说，“你是他们的筹码，这还真奏效了。因为他们的威胁，伊芙琳才答应了他们的要求。可是谁知道呢，如果伊芙琳知道她的计划落空，她还会不会像之前那样答应一切呢？如果伊芙琳真的死了的话，就没有那种可能性了。”

“警官，你好好看看，”他拿着酒杯向四处指指，“你真的认为这一切值得我去杀人吗？”

“现在你父亲不会四处挥霍了，我想你要继承的财产也会大大增加。”

“四处挥霍是我父亲的特长。”他轻蔑地哼了一声，将酒一饮而尽。

“是不是因为这个，你连他也杀了？”

迈克尔怒意加重，紧闭双唇，脸色苍白。

“迈克尔，我发现了他的尸体。我知道你毒死了他，或许是在你去找他打猎的时候。你留下了一张字条陷害伊芙琳，那个故意留在窗外的靴印真够狡猾。”他的表情中闪现出一丝犹豫，“或许是别人干的？”我娓娓道来，“费利西蒂？我得承认，我还没有完全解开这个谜。或许是你母亲干的？迈克尔，她在哪里？是不是你连她也杀了？”

因为惊恐，迈克尔五官扭曲，瞪大了眼睛，手上的酒杯掉到了地板上。

“你要否定这些吗？”我突然不敢确定了。

“不……我……我……”

“迈克尔，你妈妈在哪里？是她让你这么干的吗？”

“她……我……”

起初我以为他因为懊悔不知说什么，他的呼吸急促起来，像是在字斟句酌。可是当他紧握椅子扶手，唇边泛起白沫，我才意识到他被人下毒了。

我惊慌地跳起来，却不知如何是好。

“快来人哪。”我大声呼喊。

迈克尔弓起背来，肌肉痉挛，血管暴突，眼睛变成血红色。他的喉咙发出咯咯声，一下栽倒在地板上。我听到身后发出响声，我转过身去，原来伊芙琳也在餐边柜上抽搐，唇边也涌出和迈克尔一样的白沫。

门被撞开了，坎宁安冲进来，目瞪口呆。

“怎么回事？”他问我。

“他们中毒了，”我看看迈克尔，又看看伊芙琳，“快去找迪基。”

我话音未落，坎宁安就跑出去了。我双手抚额，无助地盯着两个人。伊芙琳仿佛被施了魔法，正在柜子上扭动，而迈克尔紧闭牙关。

解药，你这个傻瓜。

我赶紧掏口袋，摸到了那三瓶药，有人让我今天下午和坎宁安搜查贝尔的箱子时偷来这些药。我打开字条，赶紧找上面的医嘱。我应该是将这些药混在一起，但是不知道给他们服用多少。我甚至不知道这些药够不够两个人的量。

“我不知道该救谁。”我喊着，看看迈克尔，又看看伊芙琳。

迈克尔有所隐瞒。

“但是我向伊芙琳承诺过，我要保护她。”我自言自语。

伊芙琳在柜面上抽搐得如此剧烈，她滚到了地板上。迈克尔也打起摆子来，他的眼球上翻，露出了眼白。

“见鬼。”我跑向吧台。

我把三瓶药全倒进一个威士忌酒杯里，从一个罐子里加了点水，然后搅拌出沫子来。伊芙琳弓起背来，手指紧抓着地毯。我把她的头往后倾，把脏兮兮的混合液灌到她的喉咙里，而我身后，迈克尔喘不过气来。

伊芙琳的症状瞬间消失了。眼睛渗出血来，她大口深吸进空气，发出沙哑的声音。我如释重负地叹了口气，试了试她的颈部是否恢复了脉搏。脉搏跳动得很厉害，但好在有力。她会活下来，可惜了迈克尔。

我内疚地瞥向这个年轻人的尸体，他和起居室里的他父亲一模一样。显然是同一个人对他们下了手，用的就是塞巴斯蒂安·贝尔偷偷带入这宅子里的“的士宁”。药肯定是放到了他喝的威士忌酒里，伊芙琳的威士忌酒。她杯里的酒剩了一半，这么长时间才发作，她应该只喝了一两口。而迈克尔一下子喝掉了剩下的半杯。他知道这酒被人下了毒吗？从他脸上惊慌的神情看，似乎不知道。

肯定是别人干的。

在布莱克希思还有一个凶手。

“可那是谁呢？”我生气自己竟然眼睁睁地目睹着这一切发生，“费利西蒂？海伦娜·哈德卡斯尔？迈克尔的同伙是谁？也许是他并不认识的人？”

伊芙琳动了动，面颊上已经有了血色。不管混合药液里是什么，它见效真快，虽然她此刻还很虚弱。她抓着我的袖口，似乎要说些什么。

我把耳朵凑近她嘴边。

“我不是……”她咽了口唾沫，“米莉森特是……谋杀。”

她非常虚弱地拽了拽自己的喉咙，扯出衣服盖住的一个项链。项链一端挂着一个印章，如果我没看错的话，是哈德卡斯尔家族的印章。

我惊愕地看着她，大惑不解。

“我希望你找到了需要的真相，”落地门那里传来一个声音，“虽然也没什么用了。”

我扭头一看，侍从在暗处走出来。他用刀轻拍着腿侧，刀在烛光下闪着光。他还穿着那件红白制服，外衣上都是油点和泥土，好像他自己的油脂渗了出来。他腰间系着一个干净空瘪的猎物袋子。我的恐惧加剧，想起来他扔到德比脚下的是一满口袋东西，那袋子里浸满了鲜血，以至于袋子落地时发出了湿漉漉的拍击声。

我看了看表。德比现在就要出去了，烤着温暖的火，看着舞会的宾客散去。不知道侍从要往袋子里装什么，他打算生吞活剥了拉什顿。

侍从冲我笑着，眼睛里闪着期待。

“你是不是觉得，我杀你杀得已经厌倦了？”他问我。

银色手枪还在花盆里，是迈克尔刚才丢进去的。它打不响，可侍从不知道。如果我能够拿到那把枪，也许就能把他吓跑。我们俩离那里差不多远，可他和花盆中间隔着一个桌子。我应该可以在他前面跑到那里去。

“我要慢慢宰了你，”他摸摸自己断了的鼻梁，“我欠你的人情。”

拉什顿不那么容易害怕，但是他现在真的害怕了，我也是。今天我已经死了两个宿主，而格里高利·戈尔德几乎一整天都在门房里捆着，唐纳德·戴维斯在遥远的土路上进退两难。如果我再死了，真难说我还有多少逃离布莱克希思的机会。

“别惦记那把枪了，”侍从说，“你不会需要它的。”

我会错了意，胸膛里燃起希望，我看到他在得意地笑，那希望又发出了嗞嗞响声。

“哦，不，我的帅小伙，我要杀死你。”他冲我挥舞着刀子，“我的意思是，你不用抵抗了。”他慢慢逼近我，“你看，我抓住了安娜，你要是不想让她死得太惨，就乖乖就范，安心死吧，甭管今天晚上还剩下谁了。”

他摊开手掌，让我看见安娜的棋子，上面血迹斑斑。他一抖腕子，把棋子甩进火里，棋子立即被火焰吞没。

他又走近一步。

“如何啊？”他问我。

我双拳在身体两侧紧握，口干舌燥。拉什顿从记事以来，一直都知道自己不会长命。在阴暗的街巷里，在战场上，在没有光明、没有舒适、没有友谊的地方，他总是会陷入绝望的处境。他深知自己一直在出生入死，也愉快地面对这个现实，因为他知道自己临死都不会放弃抗争。无论这种抗争是否有用，无论这种抗争多么渺小，他也希望自己挥舞着拳头踏入黑暗。

而现在，侍从要夺走他的生命。我会束手就擒，这样死去是我的耻辱。

“你的回答呢？”侍从越来越不耐烦。

我没有勇气承认自己败得如此惨烈。再在这个躯体里待一会儿，我就可以解开这个谜，这让我想要尖叫。

“你的回答呢？”他追问。

他逼近我时，我努力想点头，他的恶臭将我包围，他的刀刃刺入我的肋骨，鲜血涌入我的喉咙和嘴巴。

他抓紧我的下巴，抬起我的脸，盯着我的眼睛。

“还剩两个。”言毕，他扭动了刀刃。

五十二

第三天（继续）

雨水重重地砸在马车顶上，马蹄踏在鹅卵石小路上。我在马车里，对面坐着两位身穿晚礼服的女士。她们俩在窃窃私语，随着车厢的摇摆，她们的肩膀不时地碰到一起。

别从马车里出来。

我不寒而栗。这就是戈尔德警告我的那个瞬间，这个瞬间让他疯掉。在黑暗中，侍从持刀等待着。

“奥德丽，他醒了。”一位女士注意到我动弹了。

也许以为我听不见，另一位女士凑过来。

“我们发现你在路边睡觉，”她大声地说着，把手放到了我的膝盖上，“你的车就停在几英里外，我的司机努力想启动那辆车，但是没有成功。”

“我是唐纳德·戴维斯。”我感到自己解脱了。

上次在这个男人身体里时，我正驾驶汽车在黑夜里狂奔，直到拂晓汽油耗尽才把车丢下。我向着镇上的方向走了几个小时，那条路似乎永远没有尽头。我最后因精疲力竭而倒下，离目的地还有十万八千里。他肯定是睡了一整天，正好也让他躲过了愤怒的侍从。

瘟疫医生告诉我，戴维斯一醒过来，我就会回到他身体里。直到此刻，我都没想到他还能获救，返回布莱克希思。

终于有了好运气。

“哦，甜美的女士，”我捧着大恩人的脸颊，亲了亲她的嘴唇，“你不知道帮了我多大的忙。”

她还没来得及回答，我就将头伸出窗外。天色已晚，车厢上摇摇晃晃的提灯发出亮光，但是难以驱散黑暗。包括我们乘坐的这辆，一共有三辆车从镇上向大宅开去。十几辆马车停在路两边，驾车人不是在打鼾，就是凑在一起聊天，或是将一支烟传来传去轮着抽。我听见大宅那边传来音乐声，尖厉的笑声一阵阵传来，舞会正在举行。

我胸中又升腾起希望。

伊芙琳还没朝水池走去，这意味着我还有时间去问迈克尔，查清他到底在和谁合作。即使我来不及做这些事，也还能在侍从去找拉什顿时伏击侍从，好找出侍从藏安娜的地方。

别从车厢里出来。

“女士们，还有几分钟就要到布莱克希思了。”车夫从上方某处向我们大声喊着。

我再次向窗外张望。大宅就在我们正前方，马厩在右侧路尽头。那里是他们藏猎枪的地方，我要是不拿把枪就和侍从搏斗，那简直就是大傻瓜。

我开了锁，从车上跳下来，脚落到湿滑的鹅卵石上时有些疼。女士们大声尖叫，车夫在我后面大声叫嚷，我迅速起身，摇摇晃晃地走向远方的灯光。瘟疫医生说这一天的模式是由宿主的性格决定的。我希望如此，也希望运势转好，否则我会既害了自己，又害了安娜。

借助火盆的亮光，马童们拆下连接马和车厢的马具，然后把嘶叫的马牵到马棚里。他们的动作很利索，可看上去已经筋疲力尽，几乎说不出话来。我冲离得最近的马童走过去，尽管下着雨，他也只穿了一件棉衬衣，袖口挽起来了。

“你们的猎枪放在哪里？”我问他。

他正在绷紧一个马具，拉紧最后一扣时，他咬紧了牙关。他狐疑地看了我几眼，扁平的帽子下，眼睛眯缝起来。

“现在去打猎有些晚了吧？”他说。

“你这样粗鲁可不好，”我厉声说，真受不了我这个宿主，总是高高在上，看不起下人，“枪到底放哪儿了？是不是要我把哈德卡斯尔勋爵带到这儿来，亲自找你要啊？”

他上下打量着我，扭头用手指着一个红砖小屋，窗户里透出阴暗的光线。猎枪都摆在木头架子上，旁边的抽屉里是几盒子弹。我拿起一把枪，小心上了子弹，又拿了一盒备用子弹放在口袋里。

枪沉甸甸的，一股冷酷的勇气驱使我走过院子，顺着路朝布莱克希思大宅走去。马厩仆人看到我过去都互相交换了一下眼色，闪到两旁让我过去。显然他们把我当成了一个有钱的疯子，以为我去寻仇。明天早上又会有关于我的新谣言。我要去找的这个人，不能再伤我分毫。我很高兴这样，他们如果凑近了看，肯定会注意到我眼里可藏着好几个人，我之前的那些宿主都在那里挤着看热闹。侍从伤害了他们每一个人，他们蜂拥过来取他的命。在这些喧哗声中，我几乎无法思考。

有亮光朝我一摆一摆地移动，我用手紧紧抓住枪，预备好扣动扳机。

“是我。”透过喧嚣的暴风雨声，丹尼尔喊道。

他手里拎着一个防风提灯，如蜡的灯光照着他的面孔和上半身。他看着好像是瓶子里冒出来的精灵。

“我们得快点，侍从在墓园，”丹尼尔说，“他手里有安娜。”

他还以为我们都还被他愚弄着。

我的手指摸着枪，盯着布莱克希思看了几眼，试着决定最佳行动方案。我们说话的时候，迈克尔应该在阳光房，可我肯定丹尼尔知道安娜被关在什么地方，这是从他嘴里获取消息的最佳时机。两条路，两种结局，而我知道其中一条走向死亡。

“这是我们的机会，”丹尼尔喊着，将雨水从眼睛上拂去，“我们一直都等着这个。他在那里，就是现在，在那儿等着，他不知道我们已经找到彼此。我们可以破坏他的陷阱，我们可以一起来结束这一切。”

一直以来，我都在努力改变我的未来，改变这一天。此刻，我被自己徒劳的选择折磨，几乎崩溃。我救了伊芙琳，阻止了迈克尔，只有在十一点钟向瘟疫医生说明这一切，这两件事才有意义。过了这个时刻，我就是在做无用功，而今天之后，我只剩下一个宿主，所以每个决定都很重要。

“我们要是失败了呢？”我冲他喊道，也许他根本听不见。雨水很响地砸到石头上，风在林中肆虐，仿佛挣脱了牢笼的猛兽在树木间呼啸而过。

“我们还有什么选择？”丹尼尔呐喊着，抓住我的后颈，“我们有了方案，第一次占了上风，我们必须这样去做。”

我还记得第一次与他相遇时，丹尼尔看上去是那样镇定、耐心、理智，和此刻判若两人。在布莱克希思无边无尽的暴雨中，冷静与理智被洗刷得一干二净。他的眼神透着疯狂，渴望着、乞求着，狂野而绝望，这一刻他和我一样孤注一掷。

丹尼尔是对的，我们要结束这一切。

“什么时间？”我问他。

他皱皱眉：“那有什么要紧的？”

“我听了时间后才能决定，”我说，“什么时间？请告诉我。”

他看了看手表，不耐烦地说：“九点四十六分，我们能走了吗？”

我点点头，跟着他穿过草坪。

往墓园走的一路上都没有星光，那些星星像胆小鬼一样闭着眼睛。丹尼尔推开墓园门时，只有他的防风提灯里闪着微光。这里的树挡住了暴雨的声音，也挡住了强风，而在树木围起来的壁障缝隙间，风如同匕首般穿过来。

“我们得躲在暗处，”丹尼尔低声说，把提灯挂在了塑像天使的手臂上，“安娜到这里时我们就喊她。”

我把猎枪扛到肩上，将双管都抵住了他的后脑勺。

“丹尼尔，你可以停下行动，我知道我们不是一个人。”我的眼睛扫过树林，寻觅着侍从的身影。不幸的是，提灯太亮了，它照不到的地方黑得一无所见。

“举起手，转过身来。”我命令他。

丹尼尔按我说的做了，盯着我，盯得我浑身发毛，他像是在找什么破绽。我不知道他看见了什么，但是沉默良久，他俊朗的脸上绽开了迷人的笑容。

“我想，我们的关系维持不下去了。”他指了指自己胸前的口袋。我点头同意，他伸手慢慢掏出一个烟盒，从里面掏出一支烟来。

我跟着这个人进了墓园，深知如果不对抗他，就总得不断回头，提防他出击，然而此刻我面对着他的平静，竟然动摇了。

“丹尼尔，她在哪里？安娜在哪里？”我问他。

“怎么？这该问你啊。”他将烟夹到唇间，“我正要问你呢，安娜在哪里？我一整天都在让你告诉我，当德比同意帮我从这个宅子赶走侍从时，我就以为你会告诉我。你真应该看看你这张脸，太急于取悦别人。”

丹尼尔背着风，点了三次才点着烟，火光照亮了他的脸，他的眼窝深陷，活像身边的雕像。我虽然用枪指着他，可感觉还是他占了上风。

“侍从在哪里？”猎枪在我怀里越来越沉，“我知道你们俩是一伙的。”

“噢，根本不是那样的。恐怕你完全搞错了，”丹尼尔挥挥手想打发掉眼前的家伙，“他可不像你，也不像我或是安娜，他是柯勒律治的一个同伙。房子里确实还有好几个人，他们都是一帮坏家伙，而柯勒律治染指的也不是正当生意。你所谓的那个侍从，是他们这帮人里最聪明的一个，所以我要给你解释一下布莱克希思发生的事情。我觉得侍从并不信任我，但是杀戮是他的特长，所以我向侍从指认你的那些宿主时，他都没有眨一下眼。说实话，很可能他享受杀人。当然，我给了侍从那么多钱，他也的确给我办了不少事。”

丹尼尔笑着，鼻子喷出烟，仿佛我们俩在私下开着玩笑。他运筹帷幄、自信从容、心细如尘，与他相比，我双手颤抖、心慌意乱，真令人气馁。他将一切都计划周全，我却还蒙在鼓里，束手无策，只能坐以待毙。

“你和安娜很像，不是吗？”我说，“挣扎整整一天，然后会忘掉一切，从头开始。”

“看上去不太公平，不是吗？你有八条命，可以活八天，不公平啊。你拥有所有权利，可现在为什么要这样？”

“我看瘟疫医生对你隐瞒了我的事情。”

他又笑了。我后背一阵阵发凉，好像冰块划过脊梁。

“丹尼尔，你为什么要这样做？”我很惊讶自己这样苦恼，“我们本来可以互相帮助。”

“我亲爱的朋友，你已经帮了我的忙，”他说，“斯坦文记录敲诈的两个本子都在我这里。幸好德比在斯坦文卧室里乱翻，否则我只能找到一个本子，今天早上我不可能如此接近谜底。两个小时内，我就带着这些信息到湖边去，便能离开这里了。这都是你的功劳，这能让你感到心安吧。”

湿滑的地上，有人走近。有人举起猎枪，冰冷的金属就抵在我后背上。一个恶棍从我身边蹭过，站在丹尼尔身边。这个人不像在身后胁迫我的人，他并没有拿武器，而且他也不需要武器。他的这张面孔啊，酒吧里打架的人都是这样，鼻梁断了，脸颊上有道丑陋的伤口。他正摩拳擦掌，跃跃欲试，舌头舔着嘴唇。我隐隐觉出将要发生什么，却又不知所措。

“乖乖的，放下武器。”丹尼尔说。

我叹了口气，把枪扔到地上，举起双手。也许听上去很蠢，我当时脑子里想的是希望这手别抖得这么厉害。

“你可以出来了。”丹尼尔大声说。

左边灌木丛里传出了沙沙声，瘟疫医生跨步走出，正好站在提灯的光下面。我正要羞辱他一番，却看见他面具的左边画着一滴银色的眼泪。那泪珠在灯光下熠熠发光，我打量一番，发现了其他的不同。此人穿的大衣更为精细，颜色更深，衣服边也没有磨损。袖口上绣着一串玫瑰，而且这个人也要矮一些，身形更加挺拔。

这根本不是瘟疫医生。

“你就是那天在湖边和丹尼尔说话的人。”我说。

丹尼尔吹了声口哨，瞥了瞥他的同伴。

“他到底是怎么看见的？”他问那个“银泪”，“你不是特意站在那里，好不让别人看见我们吗？”

“我在门房外面也看见过你。”我说。

“越来越奇怪了，”丹尼尔自得其乐，嘲笑他同伙的失误，“我以为你对他一天里的动态了如指掌呢。”他的声音浮夸地模仿，“柯勒律治先生，这里发生的一切都逃不出我的法眼。”他生气了。

“要是真的话，我需要你帮忙抓住安娜贝拉。”“银泪”说，是一种庄重的女人声，和那位瘟疫医生颇为不同，“毕肖普先生的行为，扰乱了事态发展的本来进程。他改变了伊芙琳·哈德卡斯尔的命运，却造成了她弟弟的死亡，在此过程中，他拆开了维系这一天的所有线索。他和安娜贝拉联盟的时间远远比以前要长，这就意味着发生的事情有些失控，有的变长，有的变短，有的根本不会发生。所有事情都乱套了。”

戴面具的人转向我。

“毕肖普先生，你干得不错，”她说，“几十年以来，我从来没见过布莱克希思这样乱。”

“你是哪位？”我问她。

“我本来也要问你同样的问题，”她回避着，“但现在我不会问你这个问题了，因为你也不知道你自己是谁，而我还有更多其他问题要问你。这么说吧，上级派我来纠正我同事的错误。现在，请告诉柯勒律治先生，去哪里找安娜贝拉。”

“安娜贝拉？”

“他叫她安娜。”丹尼尔说。

“你找安娜干吗？”我问她。

“那不关你的事。”“银泪”回答。

“马上就要关我的事了。”我说，“既然你会和丹尼尔这样的人交易，想让他把安娜带到你面前，那你肯定想对她不利。”

“我是在调整平衡。”她说，“你的宿主们都是与伊芙琳谋杀案关系最密切的人，你以为这只是一种巧合吗？当你最需要唐纳德·戴维斯时，你就从他的身体里醒来，对这些你不觉得好奇吗？我的同伴从一开始就违反规定，让你享受最优待遇。他应该只是观望，不应该插手，只在湖边等待谜底，其他行为都是不应该的。更严重的是，他开了门让一个不该逃出去的人离开宅子，我不能让这件事继续下去。”

“所以你就到这里来了。”瘟疫医生从阴影中显现出来，雨水从他的面具上淌下。

丹尼尔身子一僵，警觉地看着这位闯入者。

“很抱歉没有早点出来，约瑟芬。”瘟疫医生接着说，他的目光盯在“银泪”身上，“如果直截了当地问，我不敢肯定你是否会告诉我真相，毕竟你费尽心机地想隐藏自己。如果拉什顿没有发现你，我自己都不知道你在布莱克希思。”

“约瑟芬？”丹尼尔打断了他的话，“你们俩认识？”

“银泪”没有理他。

“没承想我们还会见面，”她冲瘟疫医生说。她的声音变得温顺、热情，而且略带遗憾，“我本来想完成任务，悄悄离开，没打算让你知道。”

“我不明白你怎么会在这里。毕竟，布莱克希思是我的地盘，这一切都在我的掌控中。”

“你不会真这么想吧！”她生气了，“看看艾登和安娜贝拉变得多么亲密，他们差点就要逃走了。他愿意献身来救她，你看见了吗？如果我们任其发展下去，很快她就会站在你面前给你谜底，到那个时候，你可怎么办？”

“我有把握，那不会发生。”

“我有把握，那会发生。”她哼了一声，“跟我说实话，你真想让她走吗？”

这个问题让瘟疫医生沉默了片刻，他头略偏，有些犹豫不决。我看向丹尼尔，他正全神贯注地看着他们俩。我想丹尼尔此时与我有同样的感受，就像孩子望着父母吵架，对于争吵的事情一知半解。

瘟疫医生再开口时，声音坚定，显然盘算已久。他的这种确信是出于某种重复，而并非出于真正的信仰。

“布莱克希思的规矩清清楚楚，我也要遵守这些规矩，你也一样。”瘟疫医生说，“如果安娜贝拉告诉我杀死伊芙琳·哈德卡斯尔的凶手，我想我是无法拒绝她的。”

“规矩放在一边，如果安娜贝拉逃出布莱克希思，你知道上级会怎样处置你的。”

“他们让你来取代我吗？”

“他们当然没有这样的打算，”“银泪”叹了口气，声音里有受伤的感觉，“你觉得他们会这样有人情味吗？我来这里是把你当成了朋友，想赶紧来收拾这个烂摊子，否则他们会发现你差点铸成大错。我正想悄悄地把安娜贝拉转移走，确保你不会做出让自己后悔的决定。”

“银泪”冲丹尼尔示意了一下：“柯勒律治，请你说服毕肖普先生告诉我们安娜贝拉的位置。我相信你明白什么叫危在旦夕。”

丹尼尔用脚底碾着烟头，冲打手点了点头，那打手紧紧抓住我的胳膊，使我在原地不能动弹。我试着挣扎，可他实在太壮了。

“约瑟芬，不许这样做，”瘟疫医生惊呆了，“我们不能直接行动，我们也不能下命令。我们当然不能告诉他们不该知道的信息，你几乎打破了我们发誓要遵守的每一条规则。”

“你还敢教训我？”“银泪”不无嘲讽地说，“你所做的一切不就是在干涉吗？”

瘟疫医生使劲地摇着头。

“我向毕肖普解释了他的目的，并在他动摇的时候鼓励他。他不像丹尼尔，也不像安娜，他醒来时，无须遵守什么必要的规则。他完全有质疑的自由，也可以偏离其目的行事。我告诉他的都是他应该知道的，就像你帮助丹尼尔一样。我只是想使双方达到平衡，而不是使毕肖普得到优势。我求你，不要这样做。让事情自然发展下去，他快要解开谜题了。”

“所以，安娜贝拉也快要解开谜题了。”她的声音变得冷冰冰的，“很抱歉，我必须在艾登·毕肖普和你的幸福之间做出选择。继续吧，柯勒律治先生。”

“不！”瘟疫医生大喊，伸出一只手来安抚。

恶徒将枪口指向了瘟疫医生。他很紧张，手指紧扣扳机。我不知道瘟疫医生能否被这类武器伤害，但我可不能让他冒这个险，我需要他活着。

“离开吧，”我冲他说，“你在这里无能为力。”

“这是不对的。”他抗议道。

“那去做对的事吧。我的其他宿主需要你，”我意味深长地说，“我不需要你。”

我不知道是因为我的音调，还是他目睹过这样的场景，最终，他极不情愿地让步，盯着约瑟芬，慢慢地退出墓园。

“还像以前一样大公无私。”丹尼尔向我走过来，“艾登，我想让你知道的是，我欣赏你的这种品质。虽然那个女人的死亡可以让你重获自由，可你一直奋力去拯救她。如果我不这样做，安娜肯定会背叛你，然而你还一直爱着她。最终恐怕这种感情只是一味空掷。我们中只有一个人可以离开这个宅子，我要是你的话，就不会关心那么多的事情。”

我头顶树枝上的乌鸦越来越多，它们好像并非不请自来，而是在无声地挥动双翅，雨水将它们的羽毛冲刷得光滑漂亮。这么多的乌鸦压过来，像是葬礼上的哀悼者，好奇地注视着我，令人毛骨悚然。

“一个钟头之前，安娜还在我们手上，可她想办法逃走了。”丹尼尔继续说，“艾登，她会去哪里呢？告诉我她的藏身之处，我就让你痛痛快快地死。现在只剩下你和戈尔德了，两枪之后，你就会在贝尔的身体里醒来，敲布莱克希思的大门，一切又会重来，而我不会再碍你的事。你是个聪明的家伙，我肯定你很快就会解开伊芙琳死亡之谜。”

在提灯光亮下，他的面孔毛骨悚然，因为渴望而扭曲。

“丹尼尔，你到底有多害怕？”我缓缓开口，“你已经杀死了我未来的宿主，所以我对你并不构成威胁，可你不知道安娜在哪里。一整天这件事都在困扰你，是吗？你害怕她在你前面解开谜底。”

我的微笑吓坏了他，我隐隐觉得或许我并不像他先前认定的那样走投无路。

“如果你不告诉我安娜在哪里，我就将你千刀万剐，”丹尼尔说着，用指尖划过我的脸颊，“我会一寸一寸地剐下你的肉。”

“我知道，我见过被你折磨的样子，”我盯着他，“你把我折磨成疯子，这种疯狂到了格里高利·戈尔德身上。他划伤自己的胳膊，还胡言乱语警告爱德华·丹斯。真是可怕，但我还是要拒绝你。”

“告诉我她在哪里，”他提高了声音，“柯勒律治已经买通了宅子里一半的仆人，如果必要的话，我的钱也足够去收买另一半仆人。我可以再次包围那个湖，你还不明白吗？我已经赢了，你现在还冥顽不化有什么用？”

“动手吧，”我大喊着，“我什么也不会告诉你，丹尼尔。我阻挠你一分钟，安娜就多一分钟将谜底带给瘟疫医生。在这样漆黑的夜晚，你得要一百个人去守住湖边，我甚至怀疑‘银泪’能否帮得上忙。”

“你会很痛苦的。”他发出拖长的鄙夷声。

“离十一点还有一个小时，”我说，“我们两个人里，你觉得谁能忍受得更久？”

丹尼尔重重地打了我一拳，我喘不过气来，跪倒在地。我抬起头来，他一步步逼近我，抚摩着被打痛的指关节。他的脸上掠过愤怒的神情，好像无云的天空集结起风暴。早先赌徒的那种潇洒已经荡然无存，取而代之的是骗子的乖张，他整个身体被暴怒席卷。

“我要一刀一刀剐了你。”他咆哮着。

“丹尼尔，在这里死掉的不是我。”我吹了个尖厉的口哨。树上的乌鸦四散飞去，灌木丛里沙沙作响。林中的这片漆黑中，一个提灯被点亮。几步之外，又一个提灯被点亮，接着又点亮一个。

随着一个个提灯被点亮，丹尼尔转过身去。他没有注意到，“银泪”正慢慢地退向林中。

“你伤害了好多人，”灯光聚拢过来，我接着说，“现在你得面对他们。”

“如何面对？”他结结巴巴地说，局势的扭转让他惊慌失措，“我杀死了你未来所有的宿主。”

“你没有杀掉他们的朋友。”我说，“当安娜告诉我她想把侍从引到这里来，我就认定了我们需要更多的人，所以我就请坎宁安帮忙。当我意识到你和侍从是一伙的时候，我就招募到更多的人。不难找到你的敌人。”

格蕾丝·戴维斯先走过来，她举着枪。拉什顿不让我找她帮忙，他肯定会懊悔，但我实在别无选择。我其他的几位宿主不是忙得难以抽身，就是已经死去，坎宁安和雷文古在舞会上。第二个打着提灯的人是露西·哈珀，很容易把她拉入到我的阵营，因为我告诉她丹尼尔杀死了她的父亲。最后走过来的是斯坦文的保镖，他的头上缠满了绷带，只露出一双冷峻无情的眼睛。他们虽然都拿着武器，但看上去不够自信，我也没法确信他们能否打中瞄准的目标。没有关系，眼下重要的是，我们人多势众，这足以让丹尼尔和“银泪”惊慌失措。他们俩此刻正东张西望，寻找退路。

“丹尼尔，一切都结束了。”我说，语气十分坚定，“投降吧，我会让你毫发无损地回到布莱克希思宅子里。”

他绝望地怒视着我，又看了看我的朋友们。

“我知道这个地方会给我们造成什么影响，”我继续说，“但是你第一天早上对贝尔十分友好，在打猎途中我看见你对迈克尔也是有感情的。再做一次好人吧，召回侍从，让我和安娜带着你的祝福离开这里。”

他有些迟疑，脸上显现出痛苦的神情，但是这还无法使他回心转意。布莱克希思完全毒害了他。

“杀死他们。”他凶狠地说。

身后猎枪响起，我本能地扑到地上。我的盟友散开了，丹尼尔的手下冲着他们的方向，往黑影处开了一枪又一枪。没有拿枪的打手躲在左边，一直猫着腰，他想出其不意地抓住他们。

我说不清到底是我的愤怒还是我宿主的愤怒，让我痛打丹尼尔。唐纳德·戴维斯勃然大怒，他的怒气只是种发泄，算不上犯罪。他愤愤不平，怎么会有人如此卑劣地对他。

我的愤怒则更针对丹尼尔这个人。

从第一天早上起，丹尼尔就给我设置障碍。他想要踩着我逃出布莱克希思，破坏我的计划以服务于他自己。他来找我做朋友，笑里藏刀、口蜜腹剑，因为这些，我向他扑过去，像一支矛扎入他的肚子。

丹尼尔躲到一边，一记上勾拳捣中我的肚子。我猫下腰去，猛击他的下腹，接着又抓住他的脖子，把他拖倒在地。

等我看见指南针的时候，为时已晚。

他用指南针砸中了我的脸颊，玻璃裂成碎片，血从我的下巴滴下。我疼得挤出了眼泪，手掌下面压着湿透了的树叶。丹尼尔向前迈了一步，一发子弹从他身边呼啸而过，打中了“银泪”，她尖叫起来，捂着肩膀倒了下去。

丹尼尔看了一眼露西·哈珀手中颤抖的枪，向布莱克希思大宅跑去，我站起来追他。

我们像猎犬追着狐狸，跑过宅子前面的草坪，一直顺着车道跑过门房，向镇上的方向跑去。我确信他正往镇上逃去，这时他忽然左转，顺着小路跑到井边，然后来到湖前面。

这里漆黑一片，月亮躲在云彩后面，像是狗躲在古老的木栅后面，很快我就跟丢了我的猎物。我担心遇到伏击，就放缓脚步，全神贯注地聆听周围的动静。猫头鹰在叫，雨滴从树叶间落下来。挡着的树枝挂住我的衣服，我在穿梭躲闪之时，忽然看见了湖边的丹尼尔，他正弯腰用手扶住膝盖，一直气喘吁吁，脚边放着防风提灯。

他无路可逃了。

我的手在颤抖，胸中蠕动着恐惧。愤怒给了我勇气，但是也让我犯傻。唐纳德·戴维斯又矮又瘦，比他的睡床还要绵软。丹尼尔比戴维斯高，也比他壮，我们都不是丹尼尔的对手。我在墓园里虽是占了上风，但在这里可不行。这是我来到布莱克希思之后，我们俩第一次感觉前途未卜。

丹尼尔觉察到我在靠近，挥手让我后退，示意给他喘口气的时间。我等了片刻，趁这工夫拾起一块重重的石头当武器。他刚才用指南针砸我，我们之间不会再有什么公平争斗。

“无论你做了什么，他们都不会让你的朋友离开。”他一边大口喘气，一边挤出下面的话，“‘银泪’跟我说了你的所有事情，交换条件是我必须承诺要找到并杀死安娜。她给我讲了你的宿主的情况，他们在哪里醒来，何时醒来。你还不明白吗？艾登，这些事情都不重要。我是唯一能够逃出去的人。”

“你该早些告诉我这个，”我说，“事情本来可以不必有如此结局。”

“我有妻子和儿子，”他说，“我只记得这些。你能想象这种感觉吗？知道他们在外面，在外面等着我。或者应该说，他们曾经在那里等着我。”

我向他走近一步，手里拿着石头。

“可是知道你为了逃离这里而行恶，你又要如何面对他们？”我问他。

“是布莱克希思使我变成了这个样子。”他喘着气，把黏液吐在泥里。

“不，是我们使布莱克希思变成了这个样子。”我又走近了一步。他还是那样弯着腰，疲惫不堪。我再走近两步，一切便可以结束，“丹尼尔，是我们自己的决定把我们拖到了这个地步。如果这里是地狱，那也是我们一手造就的。”

“那你让我们怎么做呢？”他抬头看着我，“坐在这里忏悔，直到有人觉得应该打开大门？”

“帮我去救伊芙琳，这样我们就能一起将知道的一切带给瘟疫医生。”我情绪激昂地说，“我们三个人一起，你、我和安娜。我们有机会走出这个地方，改头换面，变成更好的自己。”

“我不能冒这个险，”他声音单调，毫无生气，“我不能让机会从我身边溜走。我不会内疚，也不会去帮助已经没有拯救价值的人。”

他毫无征兆地踢翻了防风提灯。

我眼前一片黑暗。

我听到拖泥带水的脚步声，接着他用肩膀撞了我的肚子，让我喘不过气来。

砰的一声，我们俩一起倒在地上，我手上的石头也掉到了一旁。

我能做的只有抬起胳膊来保护自己，可是它们又瘦又弱，根本招架不住他的拳头。我满嘴是血，从里到外都是麻木的，但他还一直在打我，直到他的指关节从我流血的脸颊上滑脱。

他松开我，往后退去。

他大声喘息着，汗水滴到了我的身上。

"我一直不想这样。"他说。

他强壮的手指抓住我的脚踝，拖着我往水边走。我伸手够他，可他的攻击使我耗光了身上的力气，我浑身瘫软。

他停下来，擦了擦眉头上的汗。月光从云彩里洒下来，照亮了他的五官。他银色的头发，肤白如新雪。他低头看着我，眼神中充满怜悯，和看贝尔的眼神一样，就在我刚到这里的那个早上。

"我们不……"我咳出了血。

"你不该挡住我的路，"他又一次把我往前拽，"我就向你提了这么一个要求。"

他拽着我和他一起跳入湖中，冰冷的湖水没过我的双腿，浸过了我的胸膛和头颅。惊恐激起了我的求生欲，我努力刨水向岸边游，可是丹尼尔抓住我的头发，把我的脸按入刺骨的水中。

我抓挠他的手，踢着双腿，但是他太强壮了。

我的身体抽搐着，挣扎着要呼吸。

他仍然拽着我向下。

我看见了托马斯·哈德卡斯尔——那个死了十九年的孩子，他从黑暗中朝我游过来。他有金色的头发、大大的眼睛，在这里失去了生命，但是他拽起我的手，紧握着我的手指，鼓励我勇敢些。

我再也没法屏住呼吸，嘴张开了，大口吞进冰冷混浊的湖水。

我的身体痉挛了。

托马斯把我的灵魂拽出这个行将就木的肉体，我们俩肩并肩地浮在水里，眼睁睁地看着唐纳德·戴维斯溺死。

安宁和平静，令人惊讶的安静。

接下来，什么人跳进了水中。

一只手冲入水面，抓住唐纳德·戴维斯的身体，将他往上拽，一秒钟之后我跟上了他。

这个死去男孩的手指还与我的手指交缠着，但我没法把他拽出湖水。他在这里死去了，所以他没法离开这里，只能悲伤地看着我被救回到安全地带。

我躺在泥里咳出了水，我的身体像铅一样重。

丹尼尔正浮在湖中，脸冲着下面。

有人扇了我一下。

又是更重的一下。

安娜站在我头前面，但是一切都是模糊的。湖水仿佛用手捂住了我的耳朵，把我往回拖。

黑暗在召唤着我。

她靠近我，人形模糊的一团。

“……来找我，”安娜尖叫着，我听不清这些话，“早上七点十二分，在门厅……”

托马斯在湖底又召唤着我回去，我闭上了眼睛，回到溺水的男孩那里。

五十三

第八天

我的面颊贴着一个女人的后背。我们俩赤裸的身体交缠着，身下是脏兮兮的床垫，上面的床单浸满了汗水。雨水顺着腐烂的窗框缓缓地流下，沿着墙流到了光秃秃的地板上。

我一动，那女人也动了。玛德琳·奥伯特转身过来对着我。女仆绿色的眼睛里闪烁着病态的渴望，她深色的头发粘在潮湿的面颊上。她看上去很像我梦中托马斯·哈德卡斯尔的样子：溺亡时绝望的神情，紧紧抓住救命稻草。

看见我躺在身边，玛德琳又躺回到枕头里，失望地叹了口气。这样明显的鄙夷，让我不爽，但是一想起我们第一次相遇的情景，我的气就消了。当我将贝尔的鸦片酊从口袋里掏出来时，她充满渴望地扑入我的怀抱，我们对彼此的欲望令我赧颜。

我漫不经心地扫视小屋，寻找更多的毒品。我为哈德卡斯尔家画的作品已经完成，他们的新画像就挂在画廊里。我没有接到舞会的邀请，宅子里没有人找我，我一上午都可以在这个垫子上赖着，整个世界在我眼前旋转，就像放水孔里旋转流下的颜料一样。

我的眼神停留在玛德琳搭在椅子上的帽子和围裙上。

仿佛被人打了一巴掌，我立即变回了自己，这制服让我想起安娜的面孔、声音和触摸，以及我们危险的处境。

我带着这些记忆，努力将戈尔德的个性挤到一边。

我脑海里还充溢着戈尔德的希望与恐惧、欲望与激情，这让艾登·毕肖普仿佛陷在晨光的梦境中。

之前我以为自己不过如此。

我从垫子边上站起来，碰翻了一堆空的鸦片酊瓶子，倒了的瓶子像逃跑的老鼠一样滚到了地板那头。我把瓶子踢到一边，走到火炉前面，里面的火苗几乎熄灭，只剩余烬，我从柴堆里拿出一些木头和火绒扔到火堆里，让火苗旺起来。壁炉上方摆着一排棋子，每个都是手工雕成，有几个还上了色，或者更应该说是溅上了色。这些棋子只是半成品，旁边放着一把戈尔德用来刻棋子的小刀。安娜一整天就是拿着这些棋子跑来跑去，我昨天看到戈尔德胳膊上的伤痕，就是这把小刀刻出来的。

命运又点亮了信号火焰。

玛德琳去拿散落在地板上的衣服。这样匆忙的状态，显现出她当时难以驾驭的激情，而此刻她心中只剩下羞愧。她背对着我穿好衣服，眼睛盯着对面的墙。戈尔德的眼神不那么纯洁，他贪婪地看着女孩苍白的肉体，她的头发在背上倾泻而下。

“你有镜子吗？”她一边整理衣服，一边问我，带着些法语口音。

“我可没有镜子。”我享受着赤裸肌肤上的激情和温存。

“我的样子肯定很糟糕。”她心不在焉地说。

一位绅士出于尊重可能会反驳，可戈尔德不是绅士，玛德琳也不是格蕾丝·戴维斯那样的淑女。我没有见过她脱了脂粉的样子，惊讶地看到她露出病恹恹的样子。她的脸很是瘦削，发黄的皮肤上有些麻子，疲惫的眼睛已经揉得发红。

她沿着对面的墙走，尽可能地远离我。她开门离开了，冰冷的空气冲进来，驱走了房间里的暖意。时间还很早，正是天亮之前的静谧时刻，地上的雾气还未散去。布莱克希思大宅四周都是树，依然被笼罩在一片夜色中。从我观察的角度来看，这个小屋应该是在家族墓园旁边的某处。

我望着玛德琳，她匆匆地沿着小路往大宅走去，围巾紧紧裹着肩膀。如果事情按照原有轨迹进行，我又会跌跌撞撞地踏入暗夜。先是被侍从的折磨逼疯，再用刀子划自己的身体，接着爬上布莱克希思大宅的楼梯去敲丹斯的房门，高声地警告他。看穿了丹尼尔的背叛，在墓园里征服了他，我已经避免了那种命运，我已经改写了这一天。

现在我必须确保有个好的结局。

我关上门，点亮一盏油灯，思考下一步举措，此时黑暗溜到了墙角。我脑壳里有很多想法在挣扎，一个还未彻底形成的怪兽等着被拖入光明。想想吧，我第一个早上在贝尔身体里醒来时，因没有多少记忆而烦躁不安。如今我有了这么多记忆，应该满意了。我的大脑是个被塞得满满的行李箱，需要把里面的东西整理出来。但是对于戈尔德来说，只有画布上的世界才有意义，而我要借此找到答案。如果说拉什顿和雷文古教会了我什么，那就是要善加利用宿主的才能，而不是一味嗟叹他们的缺点。

我捡起灯，朝小屋后面的工作室走去，想找些颜料。画布都靠墙堆放着，这些画要么没有完成，要么就是被裁得乱七八糟。酒瓶被踢得到处都是，酒水洒在地板上，沾了酒水的数百张铅笔素描被揉成团，扔到了一边。松节油顺着墙滴下来，将一张风景画弄模糊了，这好像是戈尔德匆忙中落笔的，然后又被他生气地扔掉了。

许多幅陈旧的家庭画作被脏兮兮地堆在一起，像是火葬用的东西。这些画作的框子已被拽下来，扔到一旁，蠹虫将其蛀得千疮百孔。大多数画已被松节油毁掉，唯有画中的几处苍白肢体还依稀可见。伊芙琳告诉我，戈尔德已被委派绘出布莱克希思庄园的艺术图景。看起来，他不太喜欢这里的景色。

盯着这堆画作，我有了个主意。

我在架子上翻找着，抓起一根炭棒，又回到前厅，将灯放到地板上。手头没有画布，我就把自己的想法涂抹到对面的墙上，只画在脚边的油灯能照到的一小圈光里。这些画是在狂乱中落笔的，想法蜂拥而至，只消几分钟这支炭棒就被画得只剩一小段，我只好又返回到黑暗中再去找一支炭棒。

我先是从天花板下面开始，写下了一堆名字，又兴奋地画下了这些人一天的所作所为，甚至重提十九年前的往事，还翻找出湖底的那个被害的男孩。某个瞬间，我不小心碰破了手上的旧伤疤，把墙上的树形图染红了。我赶紧将衣服袖子撕下来，把伤口包扎好，这样又可以继续绘制回忆。当我完成这幅图后退一步的时候，清晨的第一缕阳光从地平线上升起，炭棒从我手中掉了下来，在光秃秃的地板上摔碎了。我筋疲力尽，坐在墙前面，胳膊颤抖着。

信息太少，你会一叶障目；信息太多，你又会视而不见。

我眯眼看着这幅图。树形图上有两个结点，代表故事里的两个旋涡。这两个问题能解释所有事情：米莉森特·德比知道些什么？海伦娜·哈德卡斯尔在哪里？

小屋的门开了，一股霉味迎面扑来。

我太疲倦了，懒得四下张望。我就像一团融化的蜡烛，没有了形状，又耗尽了气力，等着什么人把我从地板上刮起来。我现在只想睡觉，想闭上眼睛，放空自己，但是这是我最后一位宿主，我要是失败的话，一切又要从头再来。

“你在这里？”瘟疫医生吃了一惊，“你不该在这里。此时，你通常已经发疯了。怎么……那是什么？”他从我身边走过，斗篷飕飕带风。在新一天的阳光下，这戏服显得十足地可笑，梦魇般的鸟儿成了戏码十足的流浪汉，难怪他大多是在晚上访客。

他停留在墙前面，用戴着手套的手拂过树形图的线条，擦掉了名字。

“很棒。”他低语着，上下打量着这幅图画。

“‘银泪’怎么了？”我问他，“我看见她在墓园里中了枪。”

“我使她陷于循环中，”他不无悲伤地说，“只有这一种方法能救她。几个小时后她就会醒过来，还以为自己刚来到这里，会重复她昨天做的每一件事。最后我的上级会注意到她缺席了，会来救她，到时候恐怕我会受到严厉的盘问。”

他站在那里端详着我画出的树形图，我打开了前门，阳光照在我脸上，温暖了我的脖颈和裸露的胳膊。我朝耀眼的太阳眯缝着眼睛，深深吸入金灿灿的阳光。我从来没有这么早起过，从未见识过太阳在这里升起。

真是奇迹。

“关于这幅画，不知道我理解的是否正确……”瘟疫医生的声音里带着紧迫的期待。

“你是怎么理解的？”

“迈克尔·哈德卡斯尔想要谋杀他的亲姐姐。”

“是的，画里是这么表现的。”

鸟儿在歌唱，三只兔子在屋外的小花园里蹦来跳去，阳光给它们的身体染上了一层铁锈色。早知道日出时是这样天堂般的图景，我就不会舍得浪费一个夜晚来睡觉。

“毕肖普先生，你已经解开了谋杀之谜，你是第一个成功解谜的人，”他兴奋地提高了声音，“你自由了！这么长时间以来，你终于自由了！”他从袍子下面拿出一个银质酒壶，塞到我手里。

我不知道壶里装的是什么，但一口喝下，骨头仿佛燃起火来，登时受到震撼而清醒。

“‘银泪’的担心是对的，”我还在望着那些兔子，“没有安娜，我是不会走的。”

“这不是你能决定的。”他说着，向后退了一步，好能看清这幅图。

“你要干什么，把我拽到湖边去吗？”我问他。

“我不需要那样做，”他说，“那个湖不过是个会面场所，重要的是谜底。你已经解开了伊芙琳的谋杀之谜，这个谜底令我信服。既然我接受了这个解释，布莱克希思就不能留下你。你再睡着时，便可以获得自由！”

我想要生气，却无法激起自己的怒气。一双温柔的手正将我拉入梦乡，每一次合上眼睛，便觉得越来越难再睁开眼睛。我又回到打开的门边，背倚着门慢慢溜下来，直到最后坐到了地板上，我一半的身体隐没在阴影中，另一半身体沉浸在阳光里。我没法舍弃这些温暖和鸟鸣，我已经好久没有享受到世间的幸福。

我又从酒壶里喝了一口酒，使自己清醒过来。

我还有那么多事情要去做。

那些事情需要悄悄去做。

“这场竞争不公平，”我说，“我有八位宿主，可安娜和丹尼尔只有一个。我可以记得整个星期的事情，而他们不能。”

他停下来，打量着我。

“你有这些优势，是因为你自愿来到布莱克希思，”他轻声说，像是怕别人偷听，“他们别无选择，这件事我只能说这么多。”

“如果我选择来这里一次，我就可以选择再来一次，”我说，“我不会丢下安娜不管。”

他开始踱步，一会儿看看我，一会儿看看墙上的画。

“你在害怕。”我大吃一惊。

“没错，我在害怕，”他干脆承认，“我的那些上级，他们不……你不应该挑衅他们。我保证，你离开之后，我会尽可能地全力协助安娜。”

“一天，一个宿主。她永远不可能逃出布莱克希思，你知道她没法做到。”我说，“如果没有雷文古的聪明，没有丹斯的狡猾，我也做不到。多亏了拉什顿，我才开始将各种线索串联成证据。见鬼，甚至德比和贝尔都贡献出了力量。她像我一样，需要所有这些能力。”

“你的宿主还都在布莱克希思。”

“但是我没法再控制他们了！”我强调，“他们不会去帮一个女仆。我会把她抛在这样一个地方。”

“忘掉她吧！这件事已经过去了太久。”他转过身来面对着我，在空中挥着手。

“什么事情已经过去了好久？”

瘟疫医生看着自己的手套，惊讶于自己一时失言。

“只有你才会让我这么生气，”他稍稍平静片刻，然后接着说，“总是这个样子。一次又一次的轮回，一个又一个宿主。我看见你背叛朋友，结交盟友，又死去，这全出于原则。我看见这么多版本的艾登·毕肖普，你也许从来没有在他们身上认清你自己，但是始终不变的就是你的固执。你选好一条路，就会一直走到底，无论一路上跌了多少跤，遭遇多少陷阱。这既让我恨得牙根痒痒，又让我钦佩。”

“让不让你生气无所谓，我必须知道为什么‘银泪’大费周章要杀死安娜。”

他给了我意味深长的一瞥，接着叹了口气。

“毕肖普先生，你如何才能知道一个怪物是否适合重新回到世间？”他若有所思地说，“如何判断这怪物只是说了你想听到的话，还是真的得到了救赎？”他又从酒壶里喝了一口酒，“你就用一天来考察他们，没有结果的一天，看他们是如何行事的。”

我身上泛起鸡皮疙瘩，顿觉血液凝固。

“这全是考验？”我慢慢地说。

“我们更愿意称其为改造。”

“改造……”我重复着这个字眼，醍醐灌顶，好似太阳慢慢升起，“这里是监狱？”

“是的，只不过我们不会让囚犯坐穿牢房，而是给他们机会来证明自己可以被放出去。你能看出这种设计的美妙之处吗？事实上，伊芙琳的死亡之谜没有被解开，也许永远不会被解开。把囚犯禁锢在这场谋杀案里，我们让他们借助这个机会，趁解密别人的罪行来为自己赎罪。与其说这是种惩罚，不如说是种考验。”

“别的地方，还有没有这样的监狱？”我说着，想弄明白这件事情。

“有成千上万个这样的监狱。”他说，“我见过一个村庄，每天早上醒来都能在广场上看见三个无头尸体，我还见过远洋轮船上有好几个凶手，要十五个囚犯努力解开谋杀之谜。”

“那你是什么角色？典狱长吗？”

“陪审法官。我决定你是否值得被释放。”

“可你说过，我自愿来到布莱克希思。我为什么要自愿来一个监狱呢？”

“你是来找安娜的，可你陷在这里。一个又一个轮回，布莱克希思严厉地审查你，直到你忘记了自己，这都是设计好的。”他的声音中满是怒气，戴着手套的手握得紧紧的，“我的上级本就不该把你放进来，这样不对。我一直在想，进入布莱克希思的这位无辜者迷失了方向，在琐碎细节上献祭了自己，可你又找到了出路。所以我要帮助你，我让你控制不同的宿主，找那些最有可能解开谋杀谜局的人。今天是第八天，终于尘埃落定。我甚至安排将拉什顿先生藏在橱柜里保命。我尽可能地通融来让你最终逃脱。你现在明白了吗？趁你还没有变得糟糕，就赶紧离开。”

“那安娜……”我犹豫着还要不要问那个讨厌的问题。

我从不相信安娜属于这里，而是更想将这里当成沉船，或是被闪电击中的地方。把安娜当成受害者，我就不用考虑这一切努力是否值得。如果没有那些想法，我会越来越害怕。

“安娜做了什么，要被送到布莱克希思来？”我问他。

他摇摇头，又递给我酒壶：“这不是我能说的，我只知道惩罚与所犯罪行成比例。我刚才告诉你的那个村子或是船上的囚徒，比安娜和丹尼尔所获得的审判要轻。那些地方比这里的情况要好一些。布莱克希思是为了恶魔而建，惩罚的不是小贼。”

“你是说安娜是个恶魔吗？”

“我说的是每天都会有成千上万桩罪行，但只有两个人被送到这里，”他提高了声音，心潮澎湃，“安娜是个罪人，而你不惜牺牲自己来帮她逃跑，简直疯了。”

“能让我如此忠诚的女人，一定值得我牺牲。”

“你没好好听我的话。”他握紧了双拳。

“我听了，可我不会把她抛下。”我说，“即使你让我今天走，我明天也会想法回来。我既然做过一次，还会再做第二次。”

“别这么傻啦！”他重重地砸着门框，弄了我们俩一头灰，“不是忠诚把你带到布莱克希思的，是复仇。你不是来救安娜的，你是为了来索取你的‘一磅肉’[1]。她在布莱克希思是安全的，虽然被囚禁，但是很安全。你不想让她被圈禁，而想让她痛苦。外面很多人都想让她遭受痛苦，但他们不愿意像你这样去做，因为他们对安娜的仇恨远远比不上你。你跟着她来到布莱克希思，整整三十年，你都在尽力折磨她，就像今天侍从折磨你一样。”

沉默将我们笼罩。

我想要张嘴回答，却一阵阵反胃，头也晕得厉害。世界好像颠倒了过来，即使我坐在地板上，也感到自己在坠落，不停地坠落。

“她做了什么？”我低语着。

“我的上级……”

“向一个打算复仇杀人的无辜者打开布莱克希思的门，”我说，“你的上级和这里所有人一样有罪。现在告诉我她做了什么。”

“我不能。”瘟疫医生虚弱地说，他抗拒着，但是已然疲惫不堪。

“你反正已经帮了我这么多。”

“没错，因为发生在你身上的事情是不对的。”他又从酒壶里喝了一大口酒，喉结动了几下，“没有人反对我帮你逃出去，因为你本来就不该来这里，但是如果我告诉了你不该知道的事情，就会危及我们两个人。”

1　“一磅肉”出自莎士比亚的《威尼斯商人》，夏洛克要求安东尼奥根据合同用一磅肉来补偿自己。

“我不能就这么走了，我得知道来这里的原因，否则我也不能保证将来会不会卷土重来。”我说，“求求你，只有这样我们才能结束这一切。”

鸟嘴面具缓缓地转向我，整整一分钟，他站在那里，陷入思考。我能感觉他在评判我，拿起我的品质掂一掂放在一边，然后又将我的缺点举起来置于灯下细细评判。

他评判的并不是你。

这是什么意思？

他是一个好人，在这一刻他发现了你有多么好。

瘟疫医生低下头，将自己的高帽子摘了下来，露出了固定鸟嘴面具的棕色皮带子，这吓了我一跳。他逐条解开这些皮带，嘟囔着用粗手指费力地解扣。当最后一个带子松开的时候，他摘下了面具，放下斗篷上的兜帽，露出了下面的秃顶。他比我想象的还要老，得有五十多岁，那种兢兢业业劳作的正人君子的面孔。他的眼睛布满血丝，皮肤是旧纸的颜色。如果我的疲惫可以呈现出来，也会是这个样子。

他不在意我的目光，仰起脸来迎接从窗户透过来的晨光。

“很好，这么干得了。”瘟疫医生把面具扔到戈尔德的床上。没有了瓷质面具的束缚，他的声音反倒让我认不出来了。

“你这样做不行吧。”我冲面具示意一下。

“我违反了一堆禁令。”瘟疫医生一边回答着，一边坐在门外的台阶上，他调整位置，好让整个身体都沐浴在阳光中。

“每天早上开工之前，我都会来这里，”他做了个深呼吸，“我喜欢这个时刻。一般会持续十七分钟，然后天上就有了云彩，两个男仆会继续前天晚上的争吵，最后会在马厩那里大打出手。”他一个手指一个手指地摘下了手套，“毕肖普先生，真遗憾，这是你第一次能真正地享受这个时刻。”

“喊我艾登吧。”我说着，伸出手。

“奥利弗。”瘟疫医生说着自己的名字，握了握我的手。

“奥利弗，”我若有所思地重复着，“我从来没有想过你还有名字。”

“也许我在路上遇到唐纳德·戴维斯时，就应该告诉他我叫什么，”他的唇边泛起一丝微笑，“他那时非常生气，这能让他平静下来。”

“你还会出去吗？为什么？你不是有谜底了吗？”

“你逃出去之前，我还有义务保护那些追随你的人，给予他们你所拥有的机会。”

“可你现在知道是谁杀死了伊芙琳·哈德卡斯尔了呀。”我说，“这能改变什么吗？”

“你是在说，因为我比他们知道得多，所以我会觉得自己的任务困难吗？”他摇摇头，“我总是比他们知道得多，我也比你知道得多。知识从来不是问题，无知才是我苦恼的根源。”

瘟疫医生的面孔又严肃起来，声音里的那些轻快也消失了：“艾登，这就是为什么我要摘掉自己的面具。我需要你看看我的面容，听听我的声音，你就知道我对你说的绝对是真话。我们俩之间不能再有猜疑。”

“我明白。”我勉力应承，感觉自己像是在等待真相。

“安娜贝拉·考尔克，就是你所说的安娜，这个名字说出来就像是一种诅咒。”他盯着我，好像将我钉在原处，“她是一个犯罪组织的头目，这个组织在全世界几乎一半的国家里播种着毁灭和死亡的种子，如果三十年前她逍遥法外，肯定还在行凶作恶。这就是你想要放走的人。”

我应该惊讶、震惊，或是愤怒。我应该抗议，可是我现在心如止水。这感觉不像是解密，更像是说出了我早已熟悉的事实。安娜可以在必要时，变得凶狠、大胆甚至残暴。在门房里我见过她的这种表情，那时她持枪走向丹斯，没有认出来是我。她当时完全可能扣动扳机，没有一丝悔意。她杀死了丹尼尔，我却做不到；她还无意流露出让我们自己杀死伊芙琳的想法，那样就可以去解答瘟疫医生的谜题。她说那是句玩笑话，可我直到此刻也没法分辨她话中的真假。

然而，安娜杀人只是为了保护我，为我赢得时间来揭开谜底。她强壮而善良，当我援救伊芙琳的意愿威胁到对谋杀谜局的调查时，安娜还保持着忠诚。

在这个宅子的所有人当中，安娜是唯一一个从不伪装自己的人。

“安娜已经改头换面。”我辩解道，“你说布莱克希思本意是改造人，是要抹去他们本来的特征，考察他们新的品行。那好，我在过去的一周里已经仔细审视了安娜。她帮助过我，不止一次地救过我，她是我的朋友。”

“她杀死了你姐姐。”瘟疫医生脱口而出。

我的世界霎时一片空白。

“她在世人面前虐待她、羞辱她。”他接着说，“安娜就是那样一个人，艾登，那种人是不会变的。”

我跪下来，紧紧捂住太阳穴，尘封的回忆纷至沓来，好像要喷发出来。

我的姐姐叫朱丽叶，她有棕色的头发，笑容明朗。她负命去抓捕安娜贝拉·考尔克，这让我骄傲。

每一段回忆都像一块玻璃碎片，穿透了我的大脑。

朱丽叶干劲十足，又很聪明。在她眼里，我们不能只是简单地期盼正义，还必须去维护正义。她总能让我会心大笑，在她心中，维护正义要全身心付出。

泪水从我的脸颊流下。

安娜贝拉·考尔克的手下夜晚出动，将朱丽叶从家里掳走。她丈夫被匪徒一枪爆头，这还算幸运的。朱丽叶被折磨了七天后才被杀死，他们在所有人面前折磨她。

他们将其对朱丽叶的迫害称作正义。

他们说我们本应该预料到这一切。

我不知道自己的其他信息，也不了解我别的家庭成员。我想不起自己那些快乐的记忆，只记得那些帮助过我的人，只记得仇恨和悲伤。

是朱丽叶的遇害将我带到了布莱克希思，每周必来的问候电话戛然而止。我们不再分享故事，她不再出现在老地方，只留下空落落的一片。安娜贝拉最后终于被绳之以法。

她被捉住时，没有流血，没有痛苦。

完全在意料之中。

他们将安娜贝拉送到布莱克希思，杀害我姐姐的凶手将在这里待一辈子，解开另一个姐姐的遇害之谜，他们将之称为正义。他们额手称庆，赞叹这个精妙的计划，以为我会和他们一样高兴，他们觉得这样的惩罚足够了。

他们错了。

这种对正义的践踏在夜晚将我撕裂，白天里也如影随形。她占据了我整个身心。

我跟着她走过了地狱之门。我对安娜贝拉·考尔克穷追不舍，恐吓折磨着她，我甚至都记不起为什么要这样做。最后“朱丽叶”这个名字从我脑海中消失了，安娜贝拉变成了安娜，我只看到一个惊慌失措的小女孩，被恶徒任意摆布支配。

我成为自己最憎恶的那种人，将安娜贝拉误认作我的所爱。

而我还在谴责布莱克希思。

我抬头望着瘟疫医生，眼中满含热泪。他看着我的脸，揣摩着我的反应。我不知道他看见了什么，我的脑海中空白一片。我费尽全力要去救的人，一切皆因她而起。

这都是安娜的错。

安娜贝拉。

"什么？"我问道，被自己脑海中挥之不去的声音震惊。

这都是安娜贝拉·考尔克的错，不怨安娜。我们憎恨的只是安娜贝拉。

"艾登？"瘟疫医生问。

安娜贝拉·考尔克已经死了。

"安娜贝拉·考尔克死了。"我喃喃地念叨，瘟疫医生投来受惊的眼神。

他摇摇头："你错了。"

"花了三十年的时间，"我说，"这个悲剧终于结束了，没有暴力，没有憎恨，是宽恕终结了这一切。安娜贝拉·考尔克死了。"

"你错了。"

"不，错的是你。"我越来越有信心，"你让我去听从我心中的声音，我就是这样做的。你让我相信布莱克希思可以改造人，我也相信了。现在你也要这样做，因为你被安娜过去的样子蒙蔽，你没看到她现在的样子。如果你不愿接受她已经洗心革面的事实，这番改造又有什么意义？"

瘟疫医生泄了气，用靴子尖踢着地上的泥土。

"我真不该把面具摘下来。"他生气地喊着，站起身来大踏步走进花园，吓跑了地上吃草的兔子。他的手叉着腰，盯着远处的布莱克希思。第一次，我才意识到不仅是他，我也可以主宰自己的命运。我也可以修补自己的生活，加以改变。他一直被迫目睹谋杀、强奸和自杀，每天包围他的谎言足以埋葬整个庄园。他不得不接受这一天带给他的所有悲剧，无论多么令人发指。他又没法像我这样可以忘掉这一切，在这样的情况下，一个人会疯掉的。大多数有信仰的人，都会疯掉。只有那些不择手段的人，才会安之若素。

瘟疫医生好像看到了我的所思所想，他转向我。

"艾登，你想让我怎么做？"

"十一点钟来湖边，"我坚定地说，"那里会出现一个怪物，我保证那不是安娜。看着安娜，给她一个证明自己的机会。你会看到她真实的样子，你会明白我的话没错。"

他看上去有些犹豫不决。

"这你如何得知？"他问我。

"因为我会陷入危险。"

"即使你向我证明，她已经改过自新，你也已经解开了伊芙琳的谋杀之谜，"他说，"但规则非常明了：第一个揭开谋杀伊芙琳·哈德卡斯尔的凶手身份的囚犯会被释放。是你揭开的，不是安娜。这一点怎么办？"

我站起身来，又去研究自己画的那幅树形图，我用手戳着那些交会点，那是我知识点里的漏洞。

"我没有解决所有的事情，"我说，"如果迈克尔·哈德卡斯尔计划在水池边枪杀他姐姐的话，为什么他还要给她下毒呢？我觉得他不会那样做。依我看，他不知道害死他的那杯酒里有毒。我认为是别人在那酒里下毒，怕迈克尔计划失败。"

瘟疫医生跟着我进了屋。

“艾登，这推断可不太站得住脚啊。”

“对于其他的事情，我还有很多疑问，”我想起在阳光房里救起伊芙琳时，她那张苍白的脸，努力想要告诉我什么，“如果这一切都结束了的话，伊芙琳为什么还要告诉我米莉森特·德比也是被人害死的？那有什么目的？”

“可能迈克尔也杀死了她？”

“迈克尔的动机是什么？不，我们一定漏掉了什么。”

“漏掉了什么？”瘟疫医生的声音里也透出一丝疑问。

“我觉得迈克尔·哈德卡斯尔是在和什么人合作，这个人一直隐藏在我们的视线之外。”我说。

“第二个杀手。”他若有所思，“我已经来这里三十年了，从来没有怀疑过……其他人也没有怀疑过。艾登，不会是那样的，那不可能。”

“今天的所有事情都不可能，”我捶着用炭笔画的这棵树，“还有一个凶手，我知道还有一个。我怀疑某个人，如果我说得没错，他们杀米莉森特·德比是为了掩盖自己的罪行。他们既要杀死伊芙琳，又要杀死迈克尔，这就意味着你需要的是两个答案。如果安娜找到了迈克尔的同伙，是不是就可以放了她？”我问他。

“我的上级不想看见安娜贝拉·考尔克离开布莱克希思，”他说，“而且我也没把握说服他们相信安娜已经改头换面。艾登，即使他们相信这一点，也会找其他的借口继续关押她。”

“你帮助我是因为我不应该来这里，”我说，“如果我对安娜的分析正确的话，她也是这个情况啊。”

他用手摸着头，在屋里踱来踱去，眼神焦灼地看看我，又看看墙上的草图。

“我给你的承诺只能是晚上我会出现在湖边，不带任何偏见。”他说。

“那就足够了，”我拍拍他的肩膀，“十一点钟我们在船屋相会，你会明白我说得没错。”

“我能问问，这中间你要去干什么吗？”

“我要去调查杀死米莉森特·德比的凶手。”

五十四

我依照树形图上的线索，去布莱克希思大宅里秘密地调查，衣服上浸着雾气，鞋子上沾着泥巴。我蹲伏在距阳光房几步开外潮湿的灌木丛中，观察着房间里的一举一动。时间尚早，我不知道丹尼尔是否已经醒来，也不知道他什么时候受雇于“银泪”。为了安全，我依然将他和他的间谍们当成了威胁，这就意味着我必须隐藏自己的身份，直到丹尼尔带着自己的所有阴谋溺死在湖里。

早上还阳光灿烂，此刻却陷入一片阴郁和昏暗，天空涂抹着深浅不一的灰色。我盯着花床，看看有没有红色的斑点，或者紫色、粉色、白色的痕迹。我仿佛看到了这一切背后隐藏的那个更加绚烂的世界，想象着布莱克希思大宅被点燃的场景，它身披烈焰，头顶火之冠冕。我看到灰色的天空在燃烧，黑灰如雪般飘落。我想象着浴火重生的世界，哪怕只是短短的一瞬。

我愣住了，忽然不知道自己在干什么。我四处望望，什么也没有看到，奇怪自己为什么没有拿画笔和画架就离开了小屋。当然，我是来画画的，却没法欣赏这里的晨光。它太过沉闷、太过静谧，一切都蒙上了一层雾霭。

“我不知道自己为什么在这里。”我看着自己被炭笔弄得脏兮兮的衬衣，自言自语道。

安娜，你来这里是找安娜的。

她的名字使我从戈尔德的迷惑中摆脱出来，我的记忆如潮水般涌回。

情况越来越糟糕。

我深吸一口冷冽的空气，手上紧紧攥着壁炉上的那个棋子。我用对安娜的记忆在我自己和戈尔德之间筑起了一堵墙。她的笑、她的抚摩、她的善良和温暖，变成了一砖一瓦，筑起了高墙。我走进阳光房，开始打量起房内的情况，令我欣慰的是，这个时间整个宅子还在睡梦中。

丹斯的那个醉醺醺的朋友——菲利普·萨克利夫，正在其中的一个躺椅里睡觉，脸上盖着自己的外套。他动了几下，咂巴咂巴嘴唇，困倦地瞅了我几眼，嘟囔了几句，换了换姿势，就又睡着了。

我等在那里，聆听着滴水的声音，重重的呼吸声。

没有别的动静。

壁炉上方的画像里，伊芙琳的祖母正看着我。她噘着嘴，画家捕捉到了她这一刻的不满。

我的脖子感到刺痛。

我发现自己正冲着画像皱眉，老太太总是被描绘得那么和蔼，这让我心中颇有些不快。我在脑海里重新描绘着这幅画，那些线条像伤疤一样粗糙，油画颜料一块块堆砌起来，就像是涂抹在画布上的情绪，阴郁一片。我肯定一把老战斧更好用。

一串尖厉的笑声从敞开的门外传来，石破天惊。客人们一定已经开始下来吃早饭了。

没有多少时间了。

我闭上眼睛，努力回想米莉森特和她儿子谈了什么，是什么让她匆匆走开，又是什么让她来到这里，但是一切那么混乱。有太多的日子，又有太多的谈话。

走廊那边的一个留声机响了起来，随意的曲子划破了静谧的清晨。出现了一个破音，音乐中止，斗嘴声和指责声传来。

那时，米莉森特和我站在舞厅外面，一切从那里开始。她十分伤心，沉浸在回忆中。我们聊起了过去，谈到她在孩童时代如何来布莱克希思玩，后来她又在孩子大一点时故地重游。她对他们有些失望，接着便对我发起火来。她看见我正透过舞厅窗户望着伊芙琳，把我的关注当成了对她的欲念。

“和你在一起总是会心软，不是吗？”她说，“总是……”

米莉森特看见了什么，这打断了她的回忆。

我双目紧闭，努力回忆当时的情况。

当时谁和伊芙琳在一起？

随即，我向画廊那边的走道快步跑去。

墙上点着油灯，火苗有气无力，非但不能驱走阴暗，反倒让这里更加幽暗。我把油灯从钩子上摘下来，举灯去照家族油画，一个挨一个地去仔细审视。

布莱克希思大宅仿佛在我周围挤压着，像是蜘蛛遇火蜷缩成了一团。

几个小时之后，米莉森特会在舞厅看到让她受惊的事情，她会在那条路上抛下她儿子，冲到这个画廊里来。她裹紧围巾，带着怀疑过来，在这些旧作里会发现戈尔德的新画。而其他时候，她路过这里也许不会注意到。她在一百多次轮回中也许都没有发现，除了这一次之外。这一次，过去会紧握住她的手。

记忆会杀死她。

五十五

已经七点十二分了，门厅那里还是乱糟糟一团。打碎的酒杯散落在大理石地面上，墙上的画挂得歪歪扭扭，这些早已湮灭入土的人唇上印着吻痕。领结在枝状吊灯上垂下来，像是睡觉的蝙蝠，安娜就站在门厅中间，赤足穿着白色棉睡袍，盯着自己的手，仿佛那是她不能理解的谜团。

安娜没有注意到我，我看了她好几秒钟，试着把她和瘟疫医生故事里的安娜贝拉·考尔克联系起来。我在想，安娜这时是不是听见了考尔克的声音，我第一个早晨就听见了艾登·毕肖普的声音。那声音听上去干巴巴的，既像来自远方，又像是他身体的一个部分，挥之不去。

让我羞愧的是，我对自己朋友的信心动摇了。我绞尽脑汁地想向瘟疫医生证明安娜的清白，如今我却以异样的眼光看她，怀疑这个谋害我姐姐的凶手身上是否还有残暴扭曲的部分未被铲除，是否会伺机而动。

安娜贝拉·考尔克已死。现在，去救她。

“安娜。”我轻柔地喊着她，突然意识到自己现在得有多邋遢。戈尔德几乎喝了一宿鸦片酊，屋里的空气闷浊不堪。我只在冲出屋子之前，草草地往脸上泼了点水抹抹，没怎么梳洗。天知道在她看来，我会是多么糟糕、多么难闻。

安娜抬头看见我，惊呆了。

“我认识你吗？”她问。

“你马上就认识了，”我说，“这很有用。”

我扔给安娜一枚从屋里带来的棋子，她一只手就接住了。她张开手，盯着这枚棋子，记忆点亮了她的面容。

安娜毫无征兆地扑入我怀里，泪水浸湿了我的衬衫。

“艾登，”她的嘴贴上了我的胸膛，她闻起来有种牛奶皂和漂白剂的味道，她的头发挂到了我的胡须上，“我还记得你，我记得……”

我感觉安娜僵住了，随即松开了胳膊。

她挣扎着把我推开，从地上抓起一块碎玻璃片当武器，手颤抖着。

“你杀了我。”她吼叫着，手紧握住玻璃片，已经扎出血来了。

“是的，我杀了你。”她对我姐姐所做的一切，就在我的唇边呼之欲出。

安娜贝拉·考尔克已死。

“我很抱歉，”我将手插进口袋里，接着说道，“我发誓不会再伤害你了。”

这一刻，她只能惊愕地看着我。

“我不再是你记忆中的样子，”我说，“而是全新的自我，全新的选择。我曾经犯下太多的过错，我努力不再重蹈覆辙，而我想就是因为你，我成功地做到了这一点。”

“不要……”我刚走近一步，安娜就把玻璃片向我捅过来，“我不能……我记得很多事，我知道的。”

“这里有规则，”我说，“伊芙琳·哈德卡斯尔就要死了，我们必须一起救她。我有办法让我们俩都逃出这里。”

“我们不可能两个人都逃出去，规则不允许，”她坚持说，“那是其中的一条规则，不是吗？”

“允许与否，我们都要那样做，”我说，“你必须相信我。”

“我做不到。”她异常激动地说，用手指抹去腮边的一滴泪珠，“你杀死了我，我还记得。我还能感受到那一枪。艾登，我那么激动地想见你。我那时以为我们终于可以离开了，你和我一起。”

“我们是一起的。”

“你杀了我！”

“那不是第一次。”我的声音因悔恨而变得嘶哑，“安娜，我们都伤害过彼此。我们也都为此付出了代价。我保证，我不会再背叛你，你可以相信我。你已经信任我了，只不过你不记得了。”

我举着手，像是在投降，慢慢地往楼梯那边走去。我扫去一副碎了的眼镜和一些彩纸碎片，坐在红地毯上。每个宿主都在压迫着我，他们关于这个房间的记忆溢出了我的脑海，如此沉重。往事清晰呈现，仿佛回到了事情发生的那个早上——*就是在这个早上发生的*——我记得贝尔和管家在门口说话，他们俩是那么害怕。雷文古挣扎着走向藏书室时拄着拐杖，想起这些我的手也随之有了压痛的感觉。不久之后，吉姆·拉什顿就扛起一袋子偷来的毒品从这边走向前门。我听见唐纳德·戴维斯逃离房子时走在大理石地上的轻快脚步声，此时他刚和瘟疫医生第一次会面。我还听见爱德华·丹斯的朋友们的笑声，而他本人则沉默地站在那里。

这么多的记忆和秘密，这么多的负担。每个人的生活都有这么多重负，我不知道人们如何承载这些重负。

“你怎么啦？”安娜凑近了我，她手里的玻璃片松了一些，“你看上去不太舒服。”

“我的身体里待着八个不同的人。”我拍打着自己的太阳穴。

“八个？”

“八个版本的今天，”我说，“每次我醒来后，都会出现在不同宿主的身体里。这是我的最后一位宿主。我今天要是解不开这个谜的话，明天一切又要重新来过。”

“那不……规则不允许啊。我们只有一天时间来解开谋杀之谜，而且你不能到别人的身体里去。那样……那是不对的。”

“这些规则不适用于我。”

“为什么？”

“因为我是自愿来这里的，”我说着揉揉自己疲惫的双眼，“我为你而来。”

“你来救我吗？”她不太相信我的话，她手里的玻璃片在身侧晃悠着，已经被忘记。

“差不多是这样吧。”

“但是你杀了我。”

“我没说过我很擅长这个。”

可能是因为我的语调，或是我蜷缩在台阶上的样子，安娜把玻璃片扔到了地上，坐在了我身边。我能感受到她的体温，她实实在在地坐在那里。在一个由回声组成的世界中，她是唯一一个真实的东西。

“你还在努力吗？”她瞪着一双棕色的大眼睛，皮肤苍白松软，满是泪痕，“我的意思是，努力来救我。”

“我在努力救我们两个人，但是没有你的帮助，我没法成功。”我说，“你必须相信我，安娜，我不会再伤害你了。”

“我想要……”安娜犹豫不决，摇摇头，“我怎样才能信任你？”

“你只需要开始，”我耸耸肩，“我们没有时间去做别的事情。”

安娜点点头，照单全收：“如果我可以相信你的话，你要我去做什么呢？”

“一些小忙和两个大忙。”我说。

“什么大忙？”

“我需要你来救我的命，两次。这对我有帮助。”

我从口袋里掏出画家速写本，这个本子已经很旧了，里面塞满了皱皱巴巴的活页，本子的皮封面用绳子捆了起来。我离开小屋的时候，从戈尔德的夹克口袋里找到了这个本子。我扔掉了戈尔德那些乱七八糟的画，写下我记忆中残存的宿主行程，批注了很多注解和指示。

“这是什么？”她从我手上接过去，问我。

“这是我的本子，”我说，“这是我们唯一的依靠。”

五十六

“你看见戈尔德了吗？他应该在这里。”

我坐在萨克利夫空荡荡的卧室里，门开着一条缝。丹尼尔正忙着和贝尔在对面的房间里说话，而安娜则在外面生气地踱来踱去。

我本不想让安娜不安，但是我已经在宅子里散布了一些信，有一封就放在藏书室里揭露坎宁安的身世之谜。我从客厅里拿了一杯威士忌躲到这里来。我已经喝了一个小时，想要冲走即将到来的耻辱。虽然我已经醉醺醺，但还不是醉得不省人事。

“我们有什么计划？”我听见拉什顿问安娜。

“今天早上，我们需要阻止侍从杀死管家和戈尔德，”她说，“他们在这个计划里都有任务，记着，我们要让他们活得足够久。”

听着他们说话，我又啜了一口威士忌。

戈尔德身上没有什么暴力基因，真的要花大量时间才能说服他去伤害一个无辜的人。我没有时间去说服他，所以只希望可以让他麻木起来。

到现在为止，我还一次没走运呢。

戈尔德睡过别人的老婆，赌博时连蒙带骗。他不计后果，好像天会随时塌下来一样，但是他连叮自己的黄蜂都不愿伤害。他热爱生命，不愿意给别人的生活带去痛苦。这是不幸的，因为只有痛苦才能让管家活得足够久，才能在门房里同安娜会面。

我听到门外管家拖沓的脚步声，深呼一口气，大步迈到走廊里，挡住了他的路。从戈尔德奇特的视角来看，管家那副容貌倒有迷人之处，那张烧伤的脸给人带来了愉悦，比大多数人那种平淡的对称要迷人得多。

碰面之后，管家连连道歉，赶忙后退，可我抓住了他的手腕。管家抬头望着我，他在我脸上看到的并不是真实情绪。他看到的是愤怒，而我的内心被痛苦占据。我丝毫不想伤害这个人，可我又不得不这样做。

管家想要绕过我，可我挡住了他的路。

我鄙夷自己要做的这一切，真希望可以解释，但是时间不够了。即便如此，我还是下不了手，真的举不起火钳来袭击一个无辜者。我眼前不断浮现这样的场景：他躺在床上，包裹在白色的棉布单里，被打得青一块紫一块，喘气都费劲。

可你要是不这样做，丹尼尔就赢了。

这个名字足以激起我的愤怒，拳头攥了起来。我想起他对我的欺骗，不断想起他对我说的谎言，想起自己和湖底的小男孩一起淹没，愤怒的火焰越烧越旺。我记得侍从的刀子插入德比的肋骨、划破丹斯的喉咙的那种感觉，我记得他强迫拉什顿接受投降。

我吼了一声，发泄出自己的愤怒，从壁炉拾起一把火钳就开始打那个管家。我抓住他的脖颈把他抛出去，他撞到墙上，然后又跌倒在地。

“求求您，”管家想要从我这里溜走，“我没有……”

管家伸出一只乞求的手，吭哧吭哧地请求饶命，这只手将我推下悬崖。丹尼尔在湖边做了这样的事情，用我的怜悯来回击我。此刻地上的人变成了丹尼尔，我的愤怒之火熊熊燃烧，在我的血管里沸腾。

我又开始踢他。

一下，一下，又一下。我失去了理智，愤怒注入虚空中。每一次背叛，每一次痛苦，每一次后悔，每一次失望，每一次蒙羞，每一次痛楚，每一次伤害……所有的情感将我填充。

我几乎无法呼吸，什么也看不到。我一边狠劲地踢他、踢他，一边在啜泣。

我怜悯这个人。

我怜悯我自己。

我听见拉什顿出来了，他马上就用花瓶砸向我。我的头骨里回荡着撞碎的声音，我不停下坠，地板用它坚硬的怀抱迎接着我。

五十七

第二天（继续）

“艾登！”

声音从遥远的地方传来，冲刷着我的躯体，像是海水在拍击着海滩。

“老天，醒醒，快醒醒。”

我的双眼，疲惫地张开了。

我盯着的是一堵有裂缝的墙，头枕的白色枕套溅上了点点红色血迹。疲惫向我涌来，像是要将我吞没。

令我惊讶的是，我又回到了管家体内，躺在门房的那个床上。

醒着，别动，我们有麻烦了。

我动了一下身体，从肋骨那里涌来剧痛，我想要叫却没有叫出声，硬是咽了回去。单单是这种剧痛，就足以让我清醒。

血从侍从早些时候刺我的地方流出，浸透了床单。这种痛苦足以让我失去知觉，却没有剧烈到杀死我。当然那也不算是意外，侍从将很多人送到极乐世界，可我怀疑他这次失手了。这个想法让我浑身发冷，我觉得最恐惧的事莫过于有人想要杀死我。结果，重要的是谁来杀人，当侍从成为杀手的时候，被留有活口却更加令人恐惧。

“艾登，你醒了吗？”

我痛苦地转过来，看见安娜就在房间的角落里，手脚被绳子捆住，被拴在一个老散热器上。她的脖子已经肿了起来，一只眼睛被打得乌青，就好像是雪里的一朵花。

从安娜上方的窗户望过去，可以看见外面已经夜色茫茫，但是我不知道几点钟了。我只知道，十一点钟瘟疫医生会在湖边等待我们。

看见我醒来，安娜这才松了口气，抽噎了一下。

“我还以为他把你杀死了。”她说。

“那我们就还剩下两个人。”我声音嘶哑地说。

“侍从在房子外面抓住我，说我要是不和他一起走，他就杀死我。”她挣扎着想挣脱捆着自己的绳子，“我知道唐纳德·戴维斯已经在那条路上安全地睡着了，侍从又没法去抓他，所以我就按他说的去做了。艾登，对不起，我实在没有办法。”

她将要背叛你。

这就是瘟疫医生警告我的，拉什顿以为这证明了安娜的两面三刀。这一点点怀疑差点毁掉了我们一天的努力。我在想瘟疫医生是不是也知道安娜“背叛”的缘由，只不过为了达到自己的目的而故意隐瞒，或者他真心认为这个女人会背叛我。

“安娜，那不是你的错。”我说。

“我还是很抱歉。”她又惊恐万分地向门口扫了一眼，压低了声音说，“你能拿到那把枪吗？他把枪放在边柜上了。”

我向那边瞅了瞅，只不过几步开外，可如同远在月球一般。我没法滚过去，更甭提站着过去取枪了。

“你醒了？”侍从打断了我们的谈话，他从门口闪进来，用他的小刀在削苹果吃，“真可惜，我还想要叫醒你呢。”

他身后还有一个人。就是墓园里的那个恶棍，当丹尼尔想要从我嘴里拷问出安娜的藏身处时，就是他在后面别住了我的胳膊。

侍从走到了床边。

“上次见面，我留了你一命，”他说，“没办法，但是还……真不让人满意。”他清清喉咙，我感觉一口湿乎乎的唾液啪的一声吐在了我的脸颊上。我心中升腾起憎恶，但是无力举起胳膊擦去这口水。

“不会有第二次了，”他说，“我不喜欢人再次醒过来，感觉工作半途而废。我想要唐纳德·戴维斯，我想让你们告诉我去哪里可以抓到他。”

我的大脑在飞速旋转，我的生活就像是巨大的拼图碎片，被一块块拼起来。

我从车里跳出来后，丹尼尔在路上发现了我，并说服我跟他一起去墓园。我从未想过丹尼尔怎么知道我在哪里，可我还是可以回答。几分钟以后，我就要告诉侍从。

如果我不是这么害怕，我会对着这个疯子微笑。

丹尼尔相信我会背叛戴维斯，使他被杀，但没有他们在墓园的对抗，我永远不会知道“银泪”就在布莱克希思，也不会同丹尼尔在湖边打斗，这才让安娜可以结果他的性命。

这是个圈套。拉什顿开始设套，戴维斯织就，而我则是下了诱饵。这简直太精巧了，只是我告诉侍从他想要的信息之后，他就会像宰牲口一样杀掉我和安娜。

侍从把刀和苹果放在边柜上，枪就在旁边。他拿起安眠药罐，晃出来一个药片放到手心里。我几乎能听见他不满的声音，他自己的想法也是前冲后撞。他的同伙还在门口站着，抱着胳膊，面无表情。

那个药罐还在晃着，一下、两下、三下。

“需要吃多少这样的药片，才能杀死你这样一个被烧伤的瘸子，嗯？”侍从边问边用力捏着我的下巴，让我的脸朝向他。

我努力想要别过脸去，可侍从更加用力了，他锁牢我的眼睛。我能感觉到他的热度，他的恶意如同一种扎手的灼热爬过我的皮肤。我本可以在那样的目光下醒来，我本可以分享大脑中杂乱的信息，可以艰难地穿过那些记忆和冲动，我从未想过可以摆脱掉这些东西。

也许在上个轮回中我做到了。

突然间，连讨厌的德比看上去都成了一种恩赐。

侍从铁钳般的手指松开了我，我的头疲软地靠到了一边，豆大的汗珠从脑门上涌了出来。

我不知道自己还有多长时间可以坚持。

“从那些烧伤的伤口看，你活得可真是艰难。”侍从后退了一点点，“我想，艰难的生活应该有个轻松的结局，这就是我给你的选择。要么吃下一肚子的药片，沉沉睡去；要么痛苦抽搐几个小时再死掉。如果你让我的刀子错过了重要人物……”

“放开他！”安娜在角落里尖叫，她竭尽全力想要挣脱，木地板随之嘎吱作响。

“时候没到，”他冲她挥挥小刀，“我的刀也可以用来对付女孩。我还要留她一命，她有的是机会叫唤。”

他冲安娜走近一步。

“马厩。”我轻轻地说。

他突然停下，扭头看着我。

“你说什么？”

他又冲我走回来。

闭上你的眼睛，别让他看见你的恐惧，那是他渴望的东西。他只能

等你睁开眼睛，才能杀掉你。

我闭紧双眼，感觉床因为他坐下而稍微下沉。几秒钟后，他的刀尖就会碰触我的脸颊。

恐惧让我睁开眼睛，目睹着伤害来临。

只是呼吸，等待你的时刻。

“唐纳德·戴维斯将要出现在马厩里？”他发出嗞嗞声，“你是这么说的吗？”

我点点头，试图抵挡掉恐慌。

“放开他！”安娜又在角落里尖叫一声，她用脚后跟使劲砸着地板，拼命扯着勒她的绳子。

“闭嘴！”侍从冲她喊了一声，然后又将注意力转向我，“什么时候？”

我的嘴特别干，甚至都不知道自己是否还能说话。

“什么时候？”他接着问，用刀刃划着我的脸颊，血渗了出来。

“差二十分十点。”我还记得丹尼尔告诉我的时间。

“走！还有十分钟。”他冲门口的那人说，那个恶棍走出房间，他的脚步声沿着走廊渐渐远去。

刀刃顺着我唇边游走，描画着鼻子的轮廓，最后我感觉刀尖抵在我闭合的眼皮上。

“睁开眼睛。”他发出嗞嗞声。

我在琢磨他是否能听到我的心脏在跳动。他怎么听不见呢？那就像是炮火的重击，消磨掉了我内心中仅存的一点点勇气。

我开始颤抖，微微颤抖。

“睁开眼睛。”他重复了一遍，口水吐到了我的脸颊上，“睁开眼睛，小兔子，让我看看里面。”

木头折断的声音，安娜尖叫起来。

我忍不住看了一眼。

她设法将散热器从支架上扯了下来，这就解放了双手，而她的腿还动不了。侍从收回刀，一跳站了起来。床不用再承受他的重量，床垫弹簧仿佛叫了起来。

现在。赶快行动！

我向侍从扑了过去。毫无技巧，毫无力量，有的只是孤注一掷和能量动力。前一百多次我都失败了，我的身体像块棕色抹布一样打中他，他站的角度和持刀姿势都有些问题。我完美地抓住了刀柄，转了个圈，将刀捅进他的肚子里，鲜血从我的指缝间涌出来，我们都倒在地板上，缠在一起。

侍从在大口喘气，震惊、痛苦，但是这一刀没有致命。他已经开始打起精神来。

我低头看看刀子，只能看见刀鞘，我知道这种伤害还不够。他太强壮了，我又太弱小。

“安娜！”我大喊道，把刀子拔了出来，从地板上给她滑过去，刀子停下的地方离安娜还有几寸的样子，她极力去够，我只能绝望地看着。

侍从伸手来抓我，他用指甲划过我的脸颊，又不顾一切地来抓我的喉咙。我用身体压住他的右手，用肩膀抵住他的脸，挡住他的视线。他在扭动着、嘟囔着，想要摆脱我。

“我抓不住他！”我冲安娜大喊大叫。

他的手摸到了我的耳朵，就用力拧它，我因为疼痛眼前发白。我猛地躲开，撞到了边柜上，柜子上的枪掉到了地板上。

侍从的手从我的身子下面挣脱开来。他把我推开，我倒向地板的时候，看见安娜拿到了那把枪，她手腕上还残留着刚被割断的绳子。我们四目相对，她脸上溢满了愤怒。

侍从用手环住我的脖子，然后收紧。我打中他断了的鼻梁骨，使他痛苦地号叫，但是他还不放手。他收得更紧了，想要勒死我。

震耳欲聋的枪声，侍从被爆头了，一具无头尸体在我身边倒下，鲜血从他的脖颈里涌了出来，流了一地。

我盯着安娜手中颤抖的猎枪。如果这枪没有掉落到那个位置……如果她没有够到那把刀，或者她再晚几秒钟才能解开绳子的话……

我战栗不已，命悬一线让人胆战心惊。

安娜和我说着话，担心我的身体，但是我太累了，只能听见她一半的话，她将手放在我手中，用温柔的双唇吻了我的前额，最后无边的黑暗将我席卷。

五十八

第八天（继续）

我在迷雾的梦境里左冲右突，终于醒来。我咳嗽的时候，吓了安娜一跳。她正踮起脚尖站在那里，身体紧紧地贴着我，因为她正想用厨刀割断绳子，好把我放下来。我又回到戈尔德的体内，他手腕被缚，吊在天花板上。

“我再挑一下，就能把你放下来。”安娜说。

她肯定是从旁边的房间直接过来的，因为她的围裙上满是侍从的血。她眉头紧皱，看着绳子，匆忙中有些笨手笨脚。她骂了几句，慢下手里的动作，几分钟后，绳结松开了，我可以慢慢把手从里面蠕动出来。

我像石头一样落下，砰的一声砸到了地板上。

“慢一点，”安娜跪在我身边，“你已经被吊了一整天，身上没有什么力气了。”

“什么……”我干咳不止，但是罐子里没有水。瘟疫医生早些时候为了让我醒着，已经把水都用光了。他往我身上泼水，我衬衣溅上水的地方现在还湿着呢。

我等着这阵咳嗽过去，就又开始说话。

“几点了……”我费力地说出几个字，感觉自己好像在将石头推上喉咙。

“九点四十五分。”安娜说。

如果你杀掉了侍从，他就不能去杀死拉什顿或德比了，他们都还活着，可以帮忙。

“不需要他们。”我嗓子沙哑。

“需要谁？”安娜说。

我摇摇头，跟她比画帮我起来：“我们必须……”

又是一阵痛苦的咳嗽，安娜同情地看着我。

“可怜可怜自己，再坐片刻。”她递给我一张叠好的纸，这纸刚从我的上衣口袋里掉出来。

如果她看看这张纸，就会看见戈尔德潦草的字迹“他们都是”。这几个字是一切事情的关键，三天前坎宁安将字条捎给德比之后，这几个字就一直和我如影随形。

我把字条塞回到口袋，冲安娜摆摆手，想让她扶我起来。

在黑暗中的某处，瘟疫医生正向湖边走去，他在那里等着安娜给他谜底，可现在她还没有找到。八天里我们一直在问问题，现在终于有一个多小时的时间来完成任务。

我搂着安娜的肩膀，安娜用手环着我的腰，我们像喝醉了酒似的，跌跌撞撞地出了门，差点滚下楼梯。我非常虚弱，更大的问题是，我的四肢都还是麻木的，我感觉自己像牵线木偶。

我们离开了门房，没有回头，直直地踏入夜晚凛冽的空气里。离湖边最近的路线，会路过许愿井，但那样走不太可能碰上丹尼尔和唐纳德·戴维斯。有些事情本来对我有利，我可不想搞糟这件事，不想打破刚刚形成的脆弱的平衡。

我们必须走远的那条路。

我身上都是汗，脚上像灌了铅，气喘吁吁。我踉踉跄跄地走上通往布莱克希思的车道。我的队友和我一起，丹斯、德比和拉什顿在前面领路，贝尔、柯林斯和雷文古都在后面挣扎着跟随。我知道这些都是我支离破碎的意识的投射，但是我能清清楚楚地看见他们，就像看倒影一样，可以看见他们每个人的步态，他们如此渴望完成摆在我们面前的任务，尽管有时也会带着些许鄙夷。

我们离开车道，顺着鹅卵石小路走到了马厩。

现在舞会正是高潮之时，这里还很静谧，几个马夫正围着火盆烤手，等着最后一批马车到达。他们看上去都累坏了，看不出谁会是丹尼尔的爪牙。我拉着安娜离开火光照亮的地方，沿着通往湖边的小路，走到小牧场。路的尽头忽隐忽现即将燃尽的火苗，温暖的火光从树木间隙透过来。我悄悄靠近，看见了丹尼尔掉落的提灯在泥地上渐渐熄灭。

我向暗处一瞥，发现丹尼尔就在湖中，抓着唐纳德·戴维斯的脸冲下浸在水里，戴维斯正在那里拼命蹬腿想要逃命。

安娜从地上拾起一块石头，几步走向二人，可我抓住了她的胳膊。

“告诉他……早上七点十二分。”我声音沙哑，希望眼神可以表达出从喉咙没法细说的信息。

安娜将石头举过头顶，朝丹尼尔砸去。

我转过身去，捡起那个掉落的防风提灯，呼呼吹了几下，想吹旺那半死不活的火苗。我不想看着别人死去，无论他们怎样罪有应得。瘟疫医生说布莱克希思是要来改造我们，但是监狱并不能造就更好的人，不幸会毁灭仅存的善良。这个地方剪掉了人心中的希望，失去了那种希望，爱、同情或者善良还有什么用处？无论布莱克希思当初的建造者有何初衷，它只是唤醒了我们心中的恶魔，我再也不想任心中的恶魔恣肆，它已被放纵了太久。

我举着提灯，向船屋走去。一整天我都在寻找海伦娜·哈德卡斯尔，以为她是这个庄园里一切事情的幕后主使。虽说这也许和我的想象有所出入，但我感觉可能是对的。

无论这是否为海伦娜的初衷，她都是这一切事情发生的缘由。

这个船屋比水边的棚子好不了多少。右边一排的高架都塌了，整个建筑都走形了。船屋的门锁着，木头已经腐烂，一碰便会化为齑粉。我稍一用力就能打开这门，但是我还在踌躇，拿不准主意。我的手在颤抖，灯光在跳跃。并不是恐惧让我停手，上帝的心意始终如一。是期待。久久追寻的谜底即将揭开，而那时一切就将结束。

我们即将获得自由。

我深吸一口气，推开了船屋门，惊起了一群蝙蝠。它们飞离船屋的时候，好像在生气地吱吱乱叫。屋里还系着两艘船的架子，其中一艘上面盖着发霉的毯子。

我跪下来，将这艘船拉到岸边，看到了海伦娜·哈德卡斯尔苍白的脸。她的眼睛还睁着，瞳孔像她自己的皮肤一样暗淡无光。她看上去很惊讶，似乎看到死神手捧鲜花降临了。

为什么在这里？

“因为历史会重复。”我低语着。

“艾登？”安娜喊着，声音中有些恐慌。

我想要回答，但我的嗓子还是那样沙哑，这迫使我回到雨中，张口对着天空，吞下冰冷的雨滴。

“在这里，”我冲她喊，“在船屋里。”

我又退回到屋里，拎着提灯上下照海伦娜的尸体。她的大衣没有扣上扣子，露出了铁锈色的羊毛外套和裙子，外套里面是件白色的棉布衬衣。她的帽子被扔到了旁边的船里，她被刺中脖颈，时间已经足够久了，血都已经凝固。

如果我没猜错的话，海伦娜死于今天早晨。

安娜走到了我身后，她看见船中的尸体后倒吸了一口凉气。

“那是……”

“海伦娜·哈德卡斯尔。”我说。

“你怎么知道她会在这里？”她问道。

“这里是她最后一个约会的地点。”我解释道。

她脖子上的伤口并不大，一个马掌刀的大小，我一点也不觉得奇怪，杀她的凶器应该和十九年前杀死托马斯·哈德卡斯尔的凶器一样。所有事情最终还是指向了这个，所有的死亡都是那次谋杀的回响，一个没有人听说过的谋杀。

我的腿因为蹲了太久，有些疼了，于是站起身来，伸了伸腿。

“是迈克尔干的吗？”安娜问，并抓住了我的大衣。

“不，这不是迈克尔干的，”我说，“迈克尔·哈德卡斯尔很胆怯，他只是万不得已才会杀人。这起谋杀和之前的不一样，这需要耐心和意志。海伦娜是被诱骗至此，是在门口被刺杀的，所以她会倒在里面，没有人看见。凶手挑的这个地方，距托马斯·哈德卡斯尔的死亡地点不到二十英尺，而且还选择了托马斯的忌日。这让你想到了什么？”

我说话时，眼前仿佛出现了哈德卡斯尔夫人倒下的场景，她踏进船里，听见木头裂了的声音。一个阴影在我脑海中逼近，将毯子盖在尸体上，然后踏入水中。

“凶手浑身是血，”我让提灯的光扫了一下船屋，“他在水中洗干净自己，知道船屋提供了遮挡。他还准备了干净衣服……”

不出所料，墙角有一个旧的大袋子。我打开袋子，发现里面有一堆满是血迹的女人衣服。是凶手的衣服。

这全是有预谋的……

很久以前，这个预谋的目标是另一位受害者。

“艾登，这是谁干的？”安娜的声音里出现了越来越多的恐惧。

我走出船屋，在黑暗中搜索，直到发现湖那边还有一个防风提灯。

“在等人？”安娜问道，眼睛还盯着渐亮的光。

“在等凶手。”我顿觉出奇地平静，“我让坎宁安传出话去，说我们会来这里……嗯，可以说，来这个船屋。”

“怎么？”安娜惊恐万分，“你要是知道谁帮助了迈克尔，就该去告诉瘟疫医生！”

“我不能去，”我说，“你需要去解释剩下的部分。”

“什么？”她发出了咝咝声，飞快地扫了我一眼，“我们定好了：我让你活命，你去找杀害伊芙琳的凶手。”

“瘟疫医生要从你那里听到这些，”我说，“否则他是不会让你走的。相信我，你找到了所有细节，只需要把它们拼凑起来就行。来，拿着这个。”

我把手伸进口袋里，掏出一张纸递给她。她展开纸，大声地读起来。

“他们都是。”她思考的时候，脑门出现了皱纹，“这话是什么意思？”

“我让坎宁安问德鲁奇太太一个问题，这就是那个答案。”

“什么问题？”

“哈德卡斯尔家的其他孩子也是查理·卡佛的吗？我想知道他为谁献出了生命。”

“但是他们现在全死了。”

神秘的提灯在空气中一动一动的，越来越近。举着提灯的人匆匆而行，没有一点鬼鬼祟祟的样子。已经不再需要隐瞒和诡计了。

“是谁？”安娜问，她用手遮住眼睛，眯眼看着走近的光。

“哦，我是谁？”玛德琳·奥伯特说，她放低了提灯，露出了直指我们的枪口。

玛德琳扔掉了自己的女仆制服，穿上了裤子和宽松的亚麻衬衫，肩上披着米黄色羊毛开衫。她深色的头发湿漉漉的，满是麻点的皮肤敷上了一层厚厚的粉。摘下劳役的面具后，玛德琳和她母亲具有一样的神色，同样的椭圆形眼睛，脸上布满雀斑，倒是衬托出乳白的肤色。我真希望安娜能看透这一切。

安娜的目光先是投向我，接着投向玛德琳，然后又投向我，她脸上的困惑变成了恐慌。

“艾登，帮帮我。”安娜乞求道。

“必须由你来完成，”在黑暗中，我抓住了安娜冰冷的手，“你眼前已经摆好了所有碎片。谁会在十九年前和十九年后用几乎一样的方式杀死托马斯·哈德卡斯尔和哈德卡斯尔夫人？为什么在我救起伊芙琳后，她要说‘我不是’，要说米莉森特是被谋杀的？为什么她曾经给费利西蒂·马多克的图章戒指还在她手上？米莉森特·德比知道了什么，给她自己招来了杀身之祸？整个宅子都破败至极，可为什么他们还要雇格里高利·戈尔德来重新画家族画像？为什么海伦娜·哈德卡斯尔和查理·卡佛要撒谎，他们要保护谁？”

真相如日出一般，在安娜的脸上渐渐展开。她看看这张字条，又看看玛德琳充满期待的表情，瞪大了眼睛。

“伊芙琳·哈德卡斯尔，”她先是温和地说，然后声调渐高，“你就是伊芙琳·哈德卡斯尔。”

五十九

我不知道伊芙琳会是什么反应，可她真是令我吃惊。她高兴地拍了拍手，又跳了几跳，仿佛把我们当成了表演新花招的宠物。

“我就知道跟踪你们俩会有收获。”伊芙琳说着把手里的提灯放在了地上，让灯光照着我们，“人们要想一路跟到黑暗中，就需要知道如何照路。我必须承认，我不知道你们为何会关心这些。”

伊芙琳的话里已经没有了法国口音，也抛下了所有伪装的忠仆痕迹。垂肩立刻变得笔直，脖子直挺着，她抬着下巴，似乎从高高的悬崖上审视着我们。

她质询的目光在我们俩之间穿梭，但是我的注意力全在林子里。如果瘟疫医生没有到这里听到这些话，一切就会变成徒劳。我们的两盏提灯发出了两团微弱的光，而其他地方漆黑一片。瘟疫医生可能正站在十码之外，我没法知道。

伊芙琳将我的沉默当成了固执，她冲我咧嘴一笑。她正将我们俩当成美食在享用，她要细细地玩味。

我们必须让她觉得饶有兴味，一直要耗到瘟疫医生出现。

“那么多年之前，你也是这样谋划杀死托马斯的吗？”我指着船屋里海伦娜的尸体，“我去问马厩主管，他告诉我在托马斯死的那个早上，你出去骑马了，但那只是一个不在场证明。你还是在这里和托马斯见面了，你只需要骑马经过门房，把马拴好，直接穿过林子到这里。我算了一下时间，你用不了半个小时就可以过来，还没有人看见，你有充足的时间在船屋里安静地杀死托马斯，然后在水里洗干净，换上衣服，骑着你的马回去，那时都没有人发现他不见了。你从马厩主管那里偷来凶器，还拿了一条盖尸体的毯子。一旦托马斯的尸体被发现，你就可以嫁祸给马厩主管，只不过这个计划出了岔子，是吗？”

“出了太多岔子，”伊芙琳咂咂舌，“船屋只是个备用计划，以防我第一个计划失败。我本来想用一块石头砸晕托马斯，然后把他扔到水里淹死，让他漂在湖里，这样就可以被别人发现。这就只会被当成一个悲剧事故，我们所有人都会继续平静地生活。可悲的是，我没有机会实施这个计划。我砸中托马斯的头，但是不够狠，他开始不停地尖叫，我就抓狂了，只好在那片空地上把他捅死了。”

伊芙琳听上去很生气，可她又有什么理由这样生气呢？她听起来就像是在谈论被坏天气搅黄的一次野餐。我发现自己在盯着她。来这里之前，我推断出了大部分情节，但听到伊芙琳的陈述只觉毛骨悚然，她无动于衷地描述事情的经过，竟然无一丝愧疚之意。她的灵魂何在？良心何在？我真不敢相信这还是个人。

安娜注意到我的内心挣扎，就接着说：“就在那时，哈德卡斯尔夫人和查理·卡佛遇到了你。”她字斟句酌，尽量克制自己如潮奔涌的想法，“你却设法让他们相信托马斯的死只是个意外。”

“是他们自己要这么想的。”伊芙琳想了想说，“他们出现在那条小路上时，我想一切都完蛋了。我告诉他们我只是试着夺走托马斯手里的刀，卡佛却为我圆好了下面的故事。一场事故，不过是小孩的玩闹，如此罢了。他告诉了我一个包装好的故事版本。”

“你知道卡佛是你的亲生父亲吗？”我又平静下来，接着问她。

“不知道，我那时还只是个孩子。我对降临的好运气照单全收，然后按照他们的吩咐去骑马了。直到他们送我去巴黎，妈妈才告诉我事情真相。我觉得她是想让我为卡佛骄傲。”

“所以卡佛看见他的女儿全身是血地待在湖边，”安娜说得很慢，试着整理好所有思绪，“意识到你会需要一些干净衣服，他就到大宅里去取，而海伦娜抱着托马斯的尸体待在这里。就在那时，斯坦文跟踪卡佛来到湖边，看到了这个场景，便以为海伦娜杀死了她的儿子，所以斯坦文才眼睁睁地看着自己的朋友承担了罪责。”

“那可花了一大笔钱，”伊芙琳嘴唇翕动着，露出了齿尖，她绿色的眼睛呆滞、默然，没有一点同情，也没有一丝悔恨，“这么多年，妈妈没少给他钱。”

“查理·卡佛不知道你事先就谋划了这场谋杀案，也已经在船屋里准备好了换洗衣服。”我尽量克制自己不去看瘟疫医生有没有在林子里，“衣服就藏在船屋，直到你妈妈去年重访布莱克希思的时候，才发现了那些衣服。她立刻就明白了事情的真相，她甚至还和迈克尔谈起这些，可能就想看看他的反应。”

“你妈妈那时肯定以为迈克尔也知晓这场谋杀，”安娜充满怜悯地说，“你能想象吗……她甚至没法信任自己的两个孩子。”

起风了，雨滴滴答答地落在我们的提灯上。林子里传来声音，缥缈而又遥远的声音，但是已经让伊芙琳有所察觉。

“*拖住她*。”我脱下自己的大衣，披在安娜单薄的肩膀上，趁机向她做出了这个口型，她会心一笑。

“这对哈德卡斯尔夫人来说太可怕了，”安娜把大衣收紧一些，“她意识到自己的情人抵命保护的女儿，竟然冷血地杀死了弟弟。”她低声说，“伊芙琳，你怎么能那样做呢？”

“我觉得最好要问问她为什么杀人，”我边说边将目光投向安娜，“托马斯喜欢黏着她。他知道自己被抓住后就会有麻烦，所以也知道不应该乱喊乱叫。一天，他跟着伊芙琳到林子里，发现她去见一个马童。我不知道他们为什么要见面，也不知道那是不是也是安排好的，也许只是个巧合，但我觉得那是意外，我希望那是意外。”我望向伊芙琳，她正在估量我，好像在看落在外套上的一只飞蛾。我们的整个未来就书写在她眼角的皱纹中。这张苍白的脸像是水晶球，里面模模糊糊地透出恐怖的影子。

“那也无所谓，”我意识到伊芙琳不准备回答，就继续说，“反正她杀死了他。也许托马斯不明白他看见的一切，或者他本来想跑回去告诉妈妈，但是伊芙琳明白托马斯看见了不该看见的事情。她面临着两个选择：让托马斯闭嘴，以防他告诉别人；或者承认她所做的一切。她选择了第一个方案，而且有条不紊地动手了。”

“猜得不错，”伊芙琳脸色一亮，“只是一两个细节有出入，你好像身临其境一样。戈尔德先生，你真令人愉悦，知道吗？昨天晚上我把你当成了一个愚蠢的家伙，今天我觉得你有意思多了。”

“那个马童怎么了？”安娜问，“马厩主管说一直没有找到他。”

伊芙琳沉思了片刻。起初我以为她在决定是否要回答这个问题，后来我意识到了事情的真相。她在搜索记忆，这些年来她从未想过这件事。

“真是匪夷所思，”伊芙琳冷淡地说，“那个马童带我去看一些他找到的洞穴。我知道父母不会让我去，所以我们就悄悄出发了，他可真是乏味。我们在一起探险，他掉进了一个深洞。没什么大不了的，我可以去请求救援。我告诉他我回去找人救他，可是后来我想到了什么。我不需要找人救他，我什么也不必去做。我可以把他留在那里，没有人知道他去了哪里，也没有人知道我和他在一起，这好像就是命运的安排。”

“你就把他抛在那里了？”安娜大吃一惊。

“你知道的，我还真享受这一切。他是我那令人兴奋的小秘密，直到托马斯问我，那天干吗去洞里。”她边用枪指着我们，边把提灯从地上拎起来，“其余的事情你们都知道了。真觉得遗憾啊。”

她拔下撞针，安娜跳到了我前面。

“等一下！”安娜说着，伸出了一只手。

“拜托，不用求我饶命，”伊芙琳火冒三丈，“我一直这么看重你们，其实你们什么也不知道。除了我妈妈，十九年以来，没有人质疑过托马斯的死亡。可你们两个突然冒了出来，将整件事情和盘托出，像是送了我一份大礼。这真的需要太多决心，我钦佩你们，可缺少自尊实在不够得体。”

“我不准备求你，可故事还没有结束，”安娜说，“我们有权知道剩下的故事。”

伊芙琳笑了，她的神情美丽而脆弱，又近乎疯狂。

“你把我当成了傻瓜。”伊芙琳说着，拭去眼睛上的雨水。

“我想你正打算杀死我们，”安娜平静地说，就像在和小孩子说话似的，“可我觉得你要是在外面杀我们，很多人都会听见。你需要把我们俩转移到更安静的地方，这样我们在路上还可以聊一聊。”

伊芙琳走近几步，将提灯凑近安娜的面庞，希望看得更仔细。她仰起脑袋，双唇微张。

“机灵的姑娘，”伊芙琳轻声表示赞许，“很好，你们转过身去，往前走。”

我听到她们的对话，越发觉得恐慌，甚至企盼瘟疫医生会从黑暗中现身，来终结这一切。到此刻为止，他绝对有足够的证据支持安娜重获自由。

除非，他被耽搁了。

这想法让我心中充满了恐惧。安娜在努力使我们活下去，但是如果瘟疫医生不知道去哪里找我们的话，这一切求生的努力也会付之东流。

我去够我们的提灯，但是伊芙琳把灯踢到了一边，用枪口示意我们往林中走去。

我们俩并排行走，伊芙琳跟在我们后面几步远的地方。我冒险地回头看她一眼，但她离我们尚有距离，我们根本不可能去夺她手里的枪。即使我能夺过来，也没有什么用。我们又不是来这里抓伊芙琳的，我们是为了证明安娜已经改头换面，而证明的最好方式就是陷于危险之中。

厚重的乌云挡住了星星，只有伊芙琳手中提灯的微弱火光来照路。我们不得不小心翼翼地挪动步子才不至于摔跤，就好像是尽力在漆黑的海上行驶，瘟疫医生依然不见踪影。

“如果你妈妈一年之前就知道你的所作所为，为什么后来没有向任何人提起呢？”安娜回头看了看伊芙琳，“为什么要安排这个舞会？为什么要邀请这些人？”

安娜的声调里有真正的好奇心。她要是害怕了，会将恐惧藏到我看不见的地方。显然，伊芙琳不是这个宅子里唯一一个做戏的人，只希望我也能演得这么好。我的心跳得非常厉害，好像会撞断肋骨似的。

“贪婪，”伊芙琳说，“比起妈妈想要绞死我的想法，我父母更需要钱。我想，他们需要时间来安排联姻，因为妈妈上个月给我寄了封信，说我要是不同意嫁给那个可憎的雷文古，就会告发我。今天聚会上的羞辱不过是临别时的气话，是为托马斯谋求的一种正义。”

“所以你杀了他们就是为了复仇？”安娜问。

“父亲的死是种交易。迈克尔杀死费利西蒂，我就杀死父亲。我弟弟想要保留他的继承权，他正打算和柯勒律治买断斯坦文的勒索生意。”

“我在门房窗户外面看到的，还真的是你的靴子印，”我说，“你还留下字条，宣布对那个谋杀案负责。”

“哦，我可不能让可怜的迈克尔替我受过，那样会彻底打破平衡。”她说，“我一旦离开这里，就不打算再用现在的名字，所以为什么不好好再利用一下这个名字呢？”

“那你妈妈呢？”安娜问，“为什么要杀死她？”

“我本来在巴黎，”从伊芙琳的话里第一次透出了愤怒，“要不是我妈妈想拿我和雷文古做交易，她永远都不会去见我。在我看来，她是自杀。”

忽然走出了林子，我们来到了门房前面，又绕到房子后面，眼前就是上了闩的门，里面就是厨房。第一天早上，那个假伊芙琳就带贝尔来过这里。

“你去哪里找的假伊芙琳？”我问道。

“她叫费利西蒂·马多克。依我看，她可是欺骗老手，”伊芙琳含糊地说，“斯坦文安排了这一切。迈克尔告诉斯坦文，我们家想让费利西蒂代替我嫁给雷文古，所以他们会付给斯坦文一半的嫁妆堵住他的嘴。”

“斯坦文知道你们的计划吗？”安娜问。

“也许吧，他有什么可在意的？”伊芙琳耸了耸肩，示意我去开门，“费利西蒂是个卑鄙小人。今天下午有个警察想要帮她，你知道她怎么做的？她没有向那个警察坦白，而是径直去找迈克尔要封口费。真的，那样一个人真是垃圾，我觉得杀了她不过是为民除害。”

“米莉森特·德比呢，把她杀死也是为民除害吗？”

“哦，米莉森特，”伊芙琳想起这些时，不禁一笑，“你知道的，她年轻时，和她儿子一样坏。只不过她现在老了，没力气折腾了。”

我们穿过厨房，来到门厅。房子很安静，里面所有的人都死了。尽管如此，墙上的灯还是烧得很亮，说明伊芙琳早就计划回到这里来。

“米莉森特认出你来了，对不对？”我用指尖划过壁纸，感觉有些迷幻，一切都显得虚无缥缈。我需要去触摸一些实实在在的东西，这样才会知道自己没有在做梦。“米莉森特发现你就站在舞厅里费利西蒂的旁边，”我想起老太太匆匆忙忙离开德比的情景，“她看着你长大，不会被一个女仆的制服愚弄，也不会被墙上戈尔德的新画像给骗了。米莉森特马上就知道了你的身份。”

“米莉森特来到厨房，想问问我在干什么，”伊芙琳说，“我告诉她这是一个舞会的恶作剧，而那个傻乎乎的老太太还真信我了。”

我四下里瞅瞅，希望能看到瘟疫医生的踪影，但是我的愿望又渐渐落空了。他没法知道我们在这里，也就没法知道安娜有多么勇敢无畏，更不知道她已经解开了他的谜团。我们正要和一个疯女人走向死亡，一切努力都将是徒劳的。

“你是怎么杀死她的？”我还竭力想让伊芙琳接着说，好想出什么新方案来。

“我从迪基医生的袋子里偷了一瓶佛罗拿[1]，又碾碎了几个药片加进她的茶里，”她说，“她昏睡过去之后，我拿起一个枕头压住她的脸，直到她呼吸停止，我就叫来迪基。”

伊芙琳的声音里有几分愉悦，仿佛这是段美好的回忆，可以在晚餐

1　佛罗拿（Veronal）：一种催眠药。

桌上与朋友们一起分享。“迪基看见他医疗袋里的佛罗拿就在她的床头柜上，立即就明白自己也被牵扯了进来。”她说，“死人有一个好处，就是你怎么利用她都行。”

“所以迪基把瓶子拿走了，说米莉森特是死于心脏病，这样是为了掩盖他自己的罪责。”我边说边叹了口气。

“哦，别不安，我的爱人，”她用枪管戳着我的后背，“米莉森特·德比死的时候与活着的时候一样，都是那么优雅、那么谨慎。相信我，这也是一种天赋。我们要是能这样死得其所，也算很幸运了。”

我担心伊芙琳会将我们带进哈德卡斯尔勋爵的起居室，他坐在那把椅子上死于非命。可她带我们进了起居室对面的房间，这是个小餐厅，中间摆着一个小方桌和四把椅子。伊芙琳提灯的光照到了对面的墙壁，照亮了墙角的两个大帆布袋，每个里面都塞了满满当当的珠宝和首饰，这全是伊芙琳从布莱克希思大宅里偷出来的。

我们的生命将在这里结束，伊芙琳的新生活将在这里开始。

戈尔德作为一个艺术家，至少能欣赏这种对称美。

伊芙琳把提灯放在桌子上，摆手让我们都跪在地板上。她的眼睛闪闪发光，面颊红扑扑的。

窗户对着路，但是我看不见瘟疫医生的踪影。

“恐怕你们没有时间了。”伊芙琳说着，举起了枪。

只剩下一步棋了。

“你为什么要杀死迈克尔？”我快速地问她，指责她。

伊芙琳怔住，笑容消失了：“你说什么呢？”

“你毒死了迈克尔。”我看见她脸上渐渐显出困惑，“每一天，我都听说你们俩那么亲密，你那么爱他。他甚至不知道你杀了托马斯，也不知道你杀了妈妈，对吧？你不想给他留下负面印象。然而时机成熟，你还是杀死了他，如此轻而易举，就像杀死其他受害者一样。”

伊芙琳的目光在我和安娜之间游移，她手上的枪在颤抖。第一次，她脸上出现了恐惧的表情。

“你撒谎，我从来不会伤害迈克尔。”她说。

“我眼睁睁地看着他死去，伊芙琳，”我说，“我站在那里望着他……”

伊芙琳用枪砸中了我，血从我的唇边渗了出来。

我本来想把枪从她手中夺回来，但是她动作太快了，已经从我们身边跳开了一步。

“别和我撒谎。”伊芙琳痛哭起来，两眼发光，呼吸急促。

“他没有撒谎。”安娜反驳道，她用胳膊搂紧我的肩膀来保护我。

泪水从伊芙琳的面颊滚落，她的双唇颤抖着。她的爱如此狂暴，搏动不已，虽然腐朽，却也是真诚的。这更显出她的怪异和畸形。

“我没有……”她扯住自己的头发，使劲拽着，快要拔掉了，“迈克尔知道我不会嫁……他想要帮忙，”她用恳求的目光望着我们，“他为了我杀死了费利西蒂，好让我自由……他爱我……”

“你想要双重保险，”我说，“你怕迈克尔到时没有胆量，会让费利西蒂醒过来，所以你不愿冒险，就在费利西蒂走向水池之前，给了她一杯下了毒的威士忌。”

“但是你没有告诉迈克尔，”安娜继续说，“当迈克尔被拉什顿盘问时，喝下了那杯剩下的毒酒。”

伊芙琳的枪向下倾斜了一下，我紧张起来，准备跳过去抓那把枪，但是安娜搂紧了我。

“他在这里。”她在我耳边低语，冲窗户那边点了下头。

路边有支点燃的蜡烛，照亮了一张鸟嘴面具。希望升起，又很快凋谢。他没有动，他甚至听不见刚才的话。

他还在等什么？

“哦，不。”安娜听上去恶心至极。

安娜也在盯着瘟疫医生，不像我这样困惑，她的脸上都是恐惧。她脸色苍白，手指紧紧抓住我的衣袖。

“我们没有解开谜底，”安娜低声说，“我们还不知道谁杀了伊芙琳·哈德卡斯尔——真正的伊芙琳·哈德卡斯尔。而我们的嫌疑人有两个。”

我心头像是被压上了冰冷的石头。

我曾经希望安娜来揭露伊芙琳，以为这足以为她赢得自由，但是她说得没错。虽然瘟疫医生谈的是救赎和改造，他依然需要有人来兑现承诺[1]，他希望我们俩中的一个人告诉他谜底。

伊芙琳还在走来走去，撕扯着自己的头发，为迈克尔的死心烦意乱，可我们离她太远，没法伏击她。也许安娜和我，其中有一个人能把枪从她手中夺过来，但是另一个人就会被打死。

我们被耍弄了。

瘟疫医生故意躲得远远的，这样就听不见安娜的回答，也不必面对这位改造好的女人。他不知道我对迈克尔的判断是错误的。

也许他根本就不关心这一点。

瘟疫医生得到了他想要的东西。如果我死了，他就会放了我。如果安娜死了，她还会陷在这里，这正是他的上级想要的结果。无论安娜怎

1　原文是“pay the piper”，指“付钱给花衣笛手”。这个典故出自一个德国的童话故事：一个欧洲小城被鼠患烦扰，一位花衣笛手吹笛子引诱老鼠跳入河中，但是镇上的居民没有履行诺言付给这位笛手报酬，所以笛手又在夜里吹起笛子，引诱着小镇上的孩子离家走出小镇，走入森林。

么做，他们永远也不会给她自由。

我无法再忍受这种绝望，跑到窗户那里，猛砸玻璃。

“这不公平！”我对着瘟疫医生遥远的身形尖叫着。

我的愤怒吓坏了安娜，她惊恐地跳开了。伊芙琳举着枪朝我走来，她把我的愤怒看成了恐慌。

绝望抓住了我。

我告诉瘟疫医生我不会扔下安娜不管，说他们就算放了我，我也会想办法再回到布莱克希思，但我现在无法再在这里多待一天。我不能任自己再被残杀，我不能看着费利西蒂自杀，也不能被丹尼尔·柯勒律治背叛。我无法忍受这一切，我真想抛下朋友，冲向伊芙琳，结束这一切，这种渴望就潜伏在我身体里，远比我曾经意识到的渴望强烈很多。

我被自己的痛苦蒙蔽，没有注意到安娜向我走了过来。伊芙琳看着安娜像一只猫头鹰凝视跳舞的老鼠，安娜并没有理会她，而是握住了我的双手，踮起脚尖，亲了亲我的脸颊。

“别再回来找我了。”安娜说着，脑门和我相碰。

安娜以迅雷不及掩耳之势，转身向伊芙琳扑过去，动作一气呵成。

震耳欲聋的枪声响起，它的回声回荡了几秒钟。我大喊出来，冲到安娜的身边，枪咔嗒一声掉到了地上，血从伊芙琳的衬衣里渗了出来。

伊芙琳的嘴一张一合，慢慢地跪倒下来，她空洞的眼神里还残留着沉默的祈求。

费利西蒂·马多克站在门口，像是起死回生的梦魇。她还穿着那件蓝色晚礼服，此刻湿漉漉地淌着水，上面满是泥污。她的妆容已花，因为匆匆跑过林间小路，苍白的面颊上已有多处划伤。她的嘴唇抹脏了，发型凌乱，手里拿着那把黑色左轮手枪。

费利西蒂飞快地瞟了我们一眼，可我怀疑她没有看见我们。愤怒已经让她近乎癫狂，她举枪对着伊芙琳的肚子扣动了扳机，枪声如此之大，我不得不捂住耳朵，鲜血飞溅到了壁纸上。她不甚满意，又开了一枪，伊芙琳倒在地板上。

伊芙琳已经死了，费利西蒂走过来，将剩余的子弹全部射入她的尸身。

六十

安娜的脸靠在我的胸口上，我目不转睛地看着费利西蒂。我不知道这是否就是正义，但是我依旧无望地感谢这一切。安娜的牺牲将使我自由，但是愧疚永远挥之不去。

安娜若是死去，我便无法正视自己。

是费利西蒂救了我。

费利西蒂的左轮手枪已经打空了子弹，但是她还在扣动着扳机，用一片空洞的咔嗒声来埋葬伊芙琳。我想她还会继续打下去，然而瘟疫医生的到来使她停了下来。他轻轻地从她手中接过武器，仿佛魔法被解除，她的眼睛变得清澈，四肢又有了活力。她看上去疲惫至极，好像整个人被掏空，像木偶一样被推来推去。

费利西蒂望了伊芙琳的尸体最后一眼，然后冲瘟疫医生点点头，从他身边错身走出门去，消失在黑暗中，都没有用提灯来照路。过了一会儿，前门开了，哗哗的雨声传来。

我放开了安娜，倒在了地毯上，手捧着脑袋。

“你告诉费利西蒂我们在这里，是吗？”我的话从指缝间透出来。

这话听上去像是指责，可我的本意绝对是想表达感激。此刻，发生了这么多事情，也许很难分清这两种情感。

“我给了费利西蒂一个选择，”他跪下来合上伊芙琳睁着的眼睛，“她的本性帮她最终做了个了结，也帮了你们。”

瘟疫医生边说边看向安娜，但他的目光很快就越过她，扫向溅满鲜血的墙壁，最后又回到躺在他脚下的尸体上。我在想是不是他不太欣赏自己的作品，不喜欢这种对一个人的间接毁灭。

“你从何时起知道谁是真的伊芙琳的？”安娜边问边上下打量着瘟疫医生，带着孩童般的惊异来审视他。

“几乎和你同时。”他说，“我按要求来到湖边，看到她撕破了脸。当明白她要带你们到这里来时，我就返回布莱克希思大宅里去给那个女演员报信了。”

“可为何要帮我们呢？”安娜问。

“正义，”瘟疫医生简单地说，鸟嘴面具朝向她，“伊芙琳该死，费利西蒂也该杀死她。你们两个证明了你们值得获得自由。我不会让你们在最后关头跌倒。”

“就这样，我们真的完成了？”我的声音还在颤抖。

“差不多吧，”他说，“我还需要安娜正式回答这个问题，到底是谁杀了伊芙琳·哈德卡斯尔？”

“艾登怎么办？”她把一只手搭在我肩上问他，“他错怪了迈克尔。”

“毕肖普先生解开了迈克尔、皮特和海伦娜·哈德卡斯尔的谋杀之谜，也搞清了费利西蒂·马多克的未遂谋杀案，这场犯罪被如此精巧地被掩盖，差点骗过了我和我的上司。”瘟疫医生说，“我不能怨他没有回答出我们自己都没想到的问题，我也不会去惩罚一个冒着生命危险去拯救他人性命的人。他的答案也可以立住脚，现在我需要你的答案。安娜，谁杀死了伊芙琳·哈德卡斯尔？”

“你还没有提到艾登的其他宿主，”安娜固执地说，“你也会让他们走吗？有几个宿主还活着。如果我们现在去，可能还能救活管家。还有可怜的塞巴斯蒂安·贝尔，他今天早上才醒来。没有我去帮他，他可怎么办？”

“艾登就是今天早上醒来的塞巴斯蒂安·贝尔。”瘟疫医生诚恳地说，“安娜，他们并不是实体，不过是光线的小花招——投射在墙上的影子。现在要和你并肩走出去的人，就是投射这些影子的火焰，任务完成，他们便会消失得无影无踪。”

她冲他眨了眨眼睛。

“相信我，安娜，”瘟疫医生说，“告诉我谁杀死了伊芙琳·哈德卡斯尔，这样所有人都会自由——某种方式的自由。”

“艾登？”

安娜迟疑地瞅瞅我，等待我的应允。我只能点头，我心中涌起一股情感，等待解脱。

“费利西蒂·马多克。”安娜宣布。

“你自由了，”他站起身来，“布莱克希思不会再困住你们俩任何一个了。”

我的肩膀在颤抖。我无法控制，开始可怜巴巴地啜泣，八天的痛苦和恐惧像毒药一样倾泻而出。安娜抓住我，但是我停不下来。我几近崩溃的边缘，如释重负却又疲惫不堪，害怕被人戏耍。

布莱克希思其他所有事情都是谎言，为什么这是真实的呢？

我盯着伊芙琳的尸体，看见迈克尔在阳光房里滚来滚去，还看见斯坦文在林中被丹尼尔射杀时脸上出现的困惑表情，以及皮特、海伦娜、乔纳森、米莉森特、丹斯、戴维斯、拉什顿、侍从、丹尼尔，这些人的尸体。

人如何来逃脱这一切？

通过说出一个名字……

“安娜。”我低语着。

“我在这里。”她激动地抓住我，“艾登，我们这就回家。你做到了，你履行了你的承诺。”

安娜盯着我，眼睛里没有一点怀疑。她在笑，喜气洋洋的。一天，一条生命，我总觉得不够逃出这个地方，但可能也是逃离这里的唯一方式。

安娜紧紧抓住我，抬头望向瘟疫医生。

“接下来会发生什么？”她问，“我还是记不得今天早上之前发生的任何事情。”

“你会记起来的。”瘟疫医生说，“你已经服满刑期，所以你的所有财产会还给你，包括你的回忆，如果你愿意的话。大多数人都选择抛下他们之前的记忆，继续过好后面的日子，那些日子或许才值得思考。”

安娜细细品味着这一切，我意识到她还不知道自己的身份，也不知道自己做过的事情。那将会是一场艰难的谈话，但目前我还没有力量来面对这样的摊牌。我需要将布莱克希思打包扔掉，就留在这黑暗中，我的梦魇埋葬的地方，会有很长时间我都无法真正解脱。如果我能让安娜躲开这种相似的折磨，哪怕只是一段时间，我愿尽力而为。

“你该走了，”瘟疫医生说，“我想你在这里已经逗留了太久。”

“你准备好了吗？”安娜问我。

“我准备好了。”我让她帮我站起身来。

“感谢你所做的一切。”她对瘟疫医生说，离开庄园时冲他行了个礼。

瘟疫医生望着安娜离去，然后把伊芙琳的提灯递给我。

“他们将会去找安娜，艾登，”瘟疫医生低语着，“任何人都不要信任，别让自己停留在这些记忆中。往好里说，这些记忆会削弱你，而往坏里说……”他没有说完，“你被释放后，就开始奔跑，不要停下来，那是你唯一的机会。”

“你会怎样呢？”我问他，“我担心，你的上司发现你的所作所为之后不会高兴的。”

“哦，他们会大发雷霆，”他高兴地说，“可今天感觉还不错，布莱克希思很长时间没有这样的日子了。我想我会暂时享受一下这段时光，明天再去担心后果。后果很快就会来，总是这样。”

瘟疫医生伸出手来：“艾登，祝你好运。”

“也祝你好运。”我握握他的手，然后走进暴雨中。

安娜在路上等着，她的眼睛盯着布莱克希思大宅。她看上去那么年轻，那么无忧无虑，可那只是一张面具。面具下是另一张面孔，是被半个世界憎恨的女子，我帮忙解救了她。我心中有些迟疑，但是无论她做过什么，无论前路有多少坎坷，我们会一起跨过。此地此刻，这是唯一重要的事情。

“我们应该到哪里去？”安娜问我，我举着提灯，温暖的光扫过漆黑的林子。

“我不知道，”我说，“我觉得那都不重要。”

安娜拉起我的手来，温柔地握着。

“那就让我们出发吧，看看最后能走到哪里去。”

于是，我们就这样走下去，一步一步，走进了黑暗中，只有微弱的灯光为我们指路。

我努力想象前方等待我们的一切。

是我抛于身后的家庭？是伴随我的传说长大的孙辈？或是另一个被秘密纠缠的林子和大宅？我希望不会是这些东西。我希望走向一个崭新的世界，不可预期、高深莫测，是连戈尔德都难以想象的世界。毕竟，我要逃离的不仅仅是布莱克希思，而是他们，是贝尔和管家，是雷文古，是丹斯和德比，是拉什顿和戈尔德。布莱克希思是监狱，他们都是镣铐。

也是钥匙。

我能获得自由，要感谢他们每一个人。

那艾登·毕肖普呢？我欠他什么呢？这个将我深陷此地，来折磨安娜贝拉·考尔克的人。我不会将记忆归还给他，我敢肯定。明天，我将在镜中看见毕肖普的面孔，而我也要接受它成为我自己的面孔。为了做到这些，我需要重新来过，抛下过往的一切，挣脱他的束缚，也忘掉他犯下的错误。

远离他的声音。

“谢谢你。”我低声说，感觉毕肖普终于离我而去。

这像是一场梦，有太多不敢期许的向往。明天将不用和侍从搏斗，不用去拯救伊芙琳·哈德卡斯尔，也不用和丹尼尔·柯勒律治斗智。不会再有那个嘀嗒作响的钟表，不会再有谜雾重重的房子。我只需要关心普通人的追求，再也不用去完成不可能的使命。我可以去享受一些平凡又奢侈的生活，比如连续两天在同一张床上醒来，比如随心所欲地抵达临近的小镇，比如享受阳光、享受诚实，比如生命的尽头终于不再有谋杀。

明天可以成为我理想中的样子，这就意味着，几十年里我第一次可以对明天有所期盼。我不再惧怕什么，我可以对自己许下承诺。我有机会更勇敢一些、更善良一些，有机会纠正错误，有机会成为比今天更好的自己。

今日之后，每一天都将成为恩赐。

我只需要不停地前进，直到抵达彼岸。

致谢

《伊芙琳的七次死亡》的问世，要感谢我的经纪人哈利·艾琳沃斯。他甚至能预知我的故事走向，并帮我使故事成型。艾琳沃斯，你是位绅士。

我要感谢我的编辑埃里森·亨尼西，她智慧无穷，又言语犀利。埃里森被称为“乌鸦出版社的女王”“迷人的（段落）杀手”，我写了个故事，埃里森将它变成了一本书。

我还要感谢我的美国编辑——格蕾丝·梅纳里·万恩菲尔德。她问了我一些我从未思索过的问题，帮助我深入到我所创造的这个世界里。

还有我在写作过程中认识的乌鸦出版社和源泉出版社的其他所有同僚，他们的才华、热情和魅力，让我自惭形秽。其中，我尤其要感谢玛丽戈尔德·艾特凯，她用幽默和智慧帮我抚平了恐慌——最后一分钟的编辑。肯定有人在某处听到过她的尖叫，但那绝对不是冲我来的，为此我要好好感谢她。

我还要感谢我最早的读者——大卫·拜因、提姆·丹顿和尼古拉·科比，当这个故事还处在“大卫·林奇”阶段时，他们就读了这个故事，而且非常和善地指出，那些线索、文法和故事节点的提示并非弱点。

最后，我要感谢我的妻子梅丽莎。如果你准备做什么愚蠢的事情（比如花三年时间写一部兼具时空穿越、人格转换、谋杀悬疑等多种要素的小说），你需要这样一位最好的朋友在一边支持着你。梅丽莎过去是，而且将来一直会是我最好的朋友。没有她，就没有这部小说。

图书在版编目（CIP）数据

伊芙琳的七次死亡 / (英) 斯图尔特·特顿著；徐颖译.--北京：中国友谊出版公司, 2021.3

书名原文: The Seven Deaths of Evelyn Hardcastle

ISBN 978-7-5057-5140-8

Ⅰ.①伊… Ⅱ.①斯… ②徐… Ⅲ.①推理小说－英国－现代 Ⅳ.①I561.45

中国版本图书馆CIP数据核字(2021)第027893号

著作权合同登记号 图字：01-2021-1080

书名	伊芙琳的七次死亡
作者	〔英〕斯图尔特·特顿
译者	徐 颖
出版	中国友谊出版公司
发行	中国友谊出版公司
经销	新华书店
印刷	河北鹏润印刷有限公司
规格	880×1230毫米 32开
	15印张 372千字
版次	2021年3月第1版
印次	2021年3月第1次印刷
书号	ISBN 978-7-5057-5140-8
定价	56.00元
地址	北京市朝阳区西坝河南里17号楼
邮编	100028
电话	（010）64678009

如发现图书质量问题，可联系调换。质量投诉电话：010-82069336